范晔及其史传文学

Fan Ye and Historical Biography

程方勇 著

导师 徐公持

中国社会科学出版社

图书在版编目（CIP）数据

范晔及其史传文学/程方勇著．—北京：中国社会科学出版社，2020.6
（中国社会科学博士论文文库）
ISBN 978-7-5203-6478-2

Ⅰ.①范…　Ⅱ.①程…　Ⅲ.①范晔（398-445）—史传文学—文学研究　Ⅳ.①I207.5

中国版本图书馆 CIP 数据核字（2020）第 082895 号

出 版 人	赵剑英
责任编辑	范晨星
责任校对	李　莉
责任印制	李寡寡

出　　版	中国社会科学出版社
社　　址	北京鼓楼西大街甲 158 号
邮　　编	100720
网　　址	http://www.csspw.cn
发 行 部	010-84083685
门 市 部	010-84029450
经　　销	新华书店及其他书店
印　　刷	北京明恒达印务有限公司
装　　订	廊坊市广阳区广增装订厂
版　　次	2020 年 6 月第 1 版
印　　次	2020 年 6 月第 1 次印刷
开　　本	710×1000　1/16
印　　张	17.5
字　　数	290 千字
定　　价	98.00 元

凡购买中国社会科学出版社图书，如有质量问题请与本社营销中心联系调换
电话：010-84083683
版权所有　侵权必究

《中国社会科学博士论文文库》
编辑委员会

主　　任：李铁映
副 主 任：汝　信　　江蓝生　　陈佳贵
委　　员：（按姓氏笔画为序）
　　　　　王洛林　　王家福　　王辑思
　　　　　冯广裕　　任继愈　　江蓝生
　　　　　汝　信　　刘庆柱　　刘树成
　　　　　李茂生　　李铁映　　杨　义
　　　　　何秉孟　　邹东涛　　余永定
　　　　　沈家煊　　张树相　　陈佳贵
　　　　　陈祖武　　武　寅　　郝时远
　　　　　信春鹰　　黄宝生　　黄浩涛
总 编 辑：赵剑英
学术秘书：冯广裕

总　　序

在胡绳同志倡导和主持下，中国社会科学院组成编委会，从全国每年毕业并通过答辩的社会科学博士论文中遴选优秀者纳入《中国社会科学博士论文文库》，由中国社会科学出版社正式出版，这项工作已持续了12年。这12年所出版的论文，代表了这一时期中国社会科学各学科博士学位论文水平，较好地实现了本文库编辑出版的初衷。

编辑出版博士文库，既是培养社会科学各学科学术带头人的有效举措，又是一种重要的文化积累，很有意义。在到中国社会科学院之前，我就曾饶有兴趣地看过文库中的部分论文，到社科院以后，也一直关注和支持文库的出版。新旧世纪之交，原编委会主任胡绳同志仙逝，社科院希望我主持文库编委会的工作，我同意了。社会科学博士都是青年社会科学研究人员，青年是国家的未来，青年社科学者是我们社会科学的未来，我们有责任支持他们更快地成长。

每一个时代总有属于它们自己的问题，"问题就是时代的声音"（马克思语）。坚持理论联系实际，注意研究带全局性的战略问题，是我们党的优良传统。我希望包括博士在内的青年社会科学工作者继承和发扬这一优良传统，密切关注、深入研究21世纪初中国面临的重大时代问题。离开了时代性，脱离了社会潮流，社会科学研究的价值就要受到影响。我是鼓励青年人成名成家的，这是党的需要，国家的需要，人民的需要。但问题在于，什么是名呢？名，就是他的价值得到了社会的承认。如果没有得到社会、人民的承认，他的价值又表现在哪里呢？所以说，价值就在于对社会重大问题的回答和解决。一旦回答了时代性的重大问题，就必然会对社会产生巨大而深刻的影响，你也因此而实现了你的价值。在这方面年轻的博士有很大的优势：精力旺盛，思想敏捷，勤于学习，勇于创新。但青年学者要多向老一辈学者学习，博士尤其要很好地向导师学习，在导师的指导下，发挥自己的优势，研究重大问题，就有可能出好的成果，实现自己的价值。过去12年入选文库的论文，也说明了这一点。

什么是当前时代的重大问题呢？纵观当今世界，无外乎两种社会制度，一种是资本主义制度，一种是社会主义制度。所有的世界观问题、政治问题、理论问题都离不开对这两大制度的基本看法。对于社会主义，马克思主义者和资本主义世界的学者都有很多的研究和论述；对于资本主义，马克思主义者和资本主义世界的学者也有过很多研究和论述。面对这些众说纷纭的思潮和学说，我们应该如何认识？从基本倾向看，资本主义国家的学者、政治家论证的是资本主义的合理性和长期存在的"必然性"；中国的马克思主义者，中国的社会科学工作者，当然要向世界、向社会讲清楚，中国坚持走自己的路一定能实现现代化，中华民族一定能通过社会主义来实现全面的振兴。中国的问题只能由中国人用自己的理论来解决，让外国人来解决中国的问题，是行不通的。也许有的同志会说，马克思主义也是外来的。但是，要知道，马克思主义只是在中国化了以后才解决中国的问题的。如果没有马克思主义的普遍原理与中国革命和建设的实际相结合而形成的毛泽东思想、邓小平理论，马克思主义同样不能解决中国的问题。教条主义是不行的，东教条不行，西教条也不行，什么教条都不行。把学问、理论当教条，本身就是反科学的。

在21世纪，人类所面对的最重大的问题仍然是两大制度问题：这两大制度的前途、命运如何？资本主义会如何变化？社会主义怎么发展？中国特色的社会主义怎么发展？中国学者无论是研究资本主义，还是研究社会主义，最终总是要落脚到解决中国的现实与未来问题。我看中国的未来就是如何保持长期的稳定和发展。只要能长期稳定，就能长期发展；只要能长期发展，中国的社会主义现代化就能实现。

什么是21世纪的重大理论问题？我看还是马克思主义的发展问

题。我们的理论是为中国的发展服务的，绝不是相反。解决中国问题的关键，取决于我们能否更好地坚持和发展马克思主义，特别是发展马克思主义。不能发展马克思主义也就不能坚持马克思主义。一切不发展的、僵化的东西都是坚持不住的，也不可能坚持住。坚持马克思主义，就是要随着实践，随着社会、经济各方面的发展，不断地发展马克思主义。马克思主义没有穷尽真理，也没有包揽一切答案。它所提供给我们的，更多的是认识世界、改造世界的世界观、方法论、价值观，是立场，是方法。我们必须学会运用科学的世界观来认识社会的发展，在实践中不断地丰富和发展马克思主义，只有发展马克思主义才能真正坚持马克思主义。我们年轻的社会科学博士们要以坚持和发展马克思主义为己任，在这方面多出精品力作。我们将优先出版这种成果。

2001 年 8 月 8 日于北戴河

摘　　要

　　范晔所处的南朝时代，政权更迭频繁。一方面，当时的士人对王朝天命不再迷信，经常奋起抗争；另一方面，高门士族实际政治能力日渐退化，他们的抗争往往以失败告终。政治上无所作为，士人们于是将他们的爱尚转移到文化艺术上，著史的社会风气也随之兴盛起来。这些影响了范晔，造就他一身才学，促成他著作《后汉书》，也间接导致他谋反遭诛。

　　范晔家族出自南阳，笃持儒学，世传《春秋》，是一个文化家族。这也影响了范晔，他抨击佛教的神鬼宣传与因果传说，力主无鬼论，在著史观念上对儒家学术非常重视，在政治上推崇儒家的王道精神，主张实行宽和的仁政，歌颂忠孝节义等儒家道德。

　　范晔性格轻躁，对上司倨傲，与同事不能同心，日常交游又十分不慎，最终陷入了宋文帝与刘义康斗争的旋涡，成了皇族内讧的牺牲品。范晔的悲剧正反映了南朝士族阶层的退化。范晔出身士族家庭，心志高狂，但既没有经略军政的实际能力，又缺乏成就大业的勇气，最终的悲剧自然是难以避免的事情。

　　范晔著史的目的在于"正一代之得失"。在体例，以及传记人物的取舍上，《后汉书》主要取源于《东观汉记》及先前已成的有关东汉的诸家历史著作。此外，范书新设了一批类传，如《文苑列传》《独行列传》《逸民列传》《列女传》等，这些类传的设立是范晔吸收了前人创作成就，化为己用的结果。《后汉书》在描写、塑造历史人物形象上注意到了向前代史传文学学习，如运用细事法、集中法、典型事例法、侧面描写法、对比法、背景烘托法等写人方法，各类人物，各有特色，人物类型的丰富性、感染力直逼《史记》。《后汉书》在结构安排上采用"牵连法"（李景星语），将合传内各个传主人物的事迹彼此牵连起来，使传记更像一个整体。一些篇幅较长的人物传记，在叙述结构的安排上颇具匠心，全传的叙述头绪虽然比较繁杂，但人物事件前后关联，叙述线索杂而不乱。《后汉书》的叙述语言简中见密，简中见丽。《后汉书》序、论、赞的创作也是范晔最引以为骄傲的成果。序、论具有较为明显的骈俪化倾向。一些序、论还通过句子的整散组合、音节的起伏跌宕创造出一种婉转顿挫的气韵。序、论所具有的这些特点与宋初文章创作风气、风格颇为一致，说明南朝文史创作的相互影响与借鉴。

总之，尽管范晔是一个颇有争议的人物，但他的《后汉书》在文史两方面都取得了较高的成就。

关键词： 范晔　《后汉书》　史传文学

Abstract

In FanYe's time—South Dynasties, regime alternated frequently. The Elite Intellectuals didn't blindly worship the power of regime any longer, which had be thought to be endowed by the Gods; and often roused to oppose the rulers of regime. On the other hand, with the failing struggle to the rulers of regime, the governing ability of the Elite Intellectuals gradually degenerated. Because that nothing can obtain from political area, the Elite Intellectuals changed their pursuit to the circle of culture and art, more and more Elite Intellectuals became to like writing the books about history. Borne in this background which indirectly leaded his rebellion and death, FanYe was well trained and educated in many kind of arts as literature、calligraphy、music, and accomplished famous work—*Houhanshu*. With earnest tradition of Confucian scholarship, Fan's family that came from NanYang, handed down *ChunQiu* through generations. Fan's family was a cultural family which put impact on FanYe. He seriously criticized Buddhism, insisted on Confucism, attached much importance to Confucian idea in his work *Houhanshu*. He called for gentle and peaceable style of politics, extolled Confucian norms as loyalty、filial piety、faith. Sometimes, he wasn't respectful to emperor, and couldn't hold together with colleagues. He was so careless and frivolous that fell into the snare of royal faction, at last lost his precious life. FanYe' tragedy reflected degeneration of the the Elite Intellectuals in South Dynasties. Due to growing up in the Elite Intellectuals, he was very proud and self-conceited, in spite of his being short of real ability and courage that were essential for somebody to achieve great power, and at end, he had to accept the fate of failure.

The purpose of FanYe' writing *Houhanshu* was to pass judgement on Eastern Han Dynasty' policy. Framework and character of *Houhanshu* mainly derived from *Dongguanhanji* and other previous works concerning the history of Eastern Han Dynasty. Moreover, *Houhanshu* absorbed former achievements about historical biography, added some new kind of biographies as W*enyuanliezhuan*、D*uxingliezhuan*、Y*iminliezhuan*、*Lienvzhuan*. Refering to former historical biography, *Houhanshu* used many kind of means as detail、concentration、model、side face、comparison、background foiling to depict and shape historical character. Most kind of character in *Houhanshu* had his (her) own personality, and the type of character was rich and colorful in *Houhanshu*. The abundance and richness of character type in *Houhanshu* almost can compare with *ShiJi*. Adapting "relevancy method", (牵连法) *Houhanshu* connected the stories of various characters that the combining biographies (合传) recorded. Although clues of events were quite tanglesome, some long biographies were rather elegant to organize the stories of characters and structure of narration, and the clues of narration of these long biographies were very clear and fluent. The narration language of *Houhanshu* added complexity and embellishment to simplicity. In FanYe' mind, *Houhanshu*' X*u* (序)、*Lun* (论)、*Zan* (赞) were the most valuable parts in whole book. X*u* (序)、*lun* (论) clearly had tendency of *Pianlihua* (骈俪化) that was consistent to the vogue and style of literature writing in early Song Dynasty.

In a word, FanYe was a controversial person, his *Houhanshu* acquired much accomplishments.

Keywords: FanYe Houhanshu Historical biography

目　　录

序　论 ……………………………………………………………… (1)

第一章　范晔的时代 …………………………………………… (1)
　　第一节　多变积弱的政治形势 ……………………………… (1)
　　第二节　保守消极的士人阶层 ……………………………… (5)
　　第三节　重文骋才的社会风尚 ……………………………… (8)
　　第四节　尊尚佛祖的宗教信仰 ……………………………… (14)

第二章　范晔的家族与家学 …………………………………… (20)
　　第一节　起自循吏 …………………………………………… (20)
　　第二节　兴由功业 …………………………………………… (22)
　　第三节　尊儒与尚佛 ………………………………………… (24)
　　第四节　无鬼论与儒学 ……………………………………… (28)

第三章　范晔的仕宦及悲剧结局 ……………………………… (33)
　　第一节　出生及成长入仕 …………………………………… (33)
　　第二节　初仕与轻躁的性格 ………………………………… (36)
　　第三节　谋反与最终悲剧 …………………………………… (39)

第四章　范晔的史学观念 ……………………………………… (56)
　　第一节　《春秋》研究与著史家传 …………………………… (56)
　　第二节　范晔著史观念的新变 ……………………………… (58)
　　第三节　范晔尊王道、尚宽政、重儒学的历史观 …………… (60)
　　第四节　边防问题上的霸道思想 …………………………… (71)

第五节　范晔对谶纬的态度及其思想上的矛盾 …………………（75）
第六节　范晔的门第思想 …………………………………………（82）

第五章　《后汉书》纪传体例的继承与创新 ……………………（86）
第一节　《后汉书》与《东观汉记》的关系 ………………………（89）
第二节　范晔《后汉书》与谢承《后汉书》、司马彪
　　　　《后汉书》的关系 ………………………………………（97）
第三节　范晔《后汉书》与华峤《后汉书》的关系 ……………（103）
第四节　《后汉书·方术列传》与《三国志·方技传》及
　　　　《搜神记》等书的关系 …………………………………（108）
第五节　《后汉书》《逸民列传》与《列女传》…………………（115）

第六章　《后汉书》描写人物的技巧与方法 …………………（120）
第一节　人物材料的取舍 ………………………………………（122）
第二节　描写人物的方法 ………………………………………（134）
第三节　《后汉书》对前史写人技巧的借鉴 …………………（153）

第七章　《后汉书》人物传记结构及叙事方法 ………………（157）
第一节　《后汉书》人物传记的篇章结构 ……………………（157）
第二节　《后汉书》人物传记的开头、结尾 …………………（163）
第三节　《后汉书》人物传记的叙述线索 ……………………（174）
第四节　带叙、类叙的叙事方法 ………………………………（186）

第八章　《后汉书》语言特点及序、论、赞 ……………………（192）
第一节　《后汉书》人物传记的语言 …………………………（192）
第二节　《后汉书》的论、序、赞 ………………………………（211）

主要参考文献 ……………………………………………………（238）

索引 ………………………………………………………………（243）

Contents

Preface ··· (1)

Chapter 1 The Era Fan Ye lived ································· (1)
  Section 1 Changing and declining political situation ············· (1)
  Section 2 Conservative and Negative Intellectual Class ········ (5)
  Section 3 The Social atmosphere of Emphasis on literary Talent ·· (8)
  Section 4 The Religious Belief of Respecting Buddhism ······ (14)

Chapter 2 Fan Ye's Family and its cultural heritage ··············· (20)
  Section 1 Origin as Upright Official ································· (20)
  Section 2 Thrivingby Military Exploit ································ (22)
  Section 3 Respect and promotion of Confucianism and Buddhism ·· (24)
  Section 4 Non-ghost Theory and Confucianism ·············· (28)

Chapter 3 Fan Ye's Official Career and his Tragic ending ········ (33)
  Section 1 Born and Grown into an Official ····················· (33)
  Section 2 Early Years as an Official and Impetuous Character ·· (36)
  Section 3 Rebellion andfinal Tragedy ····························· (39)

Chapter 4 Fan Ye's Ideas on History ································· (56)
  Section 1 Study on The Spring and Autumn Annals and Family's heritage of Writing History ···················· (56)
  Section 2 Fan Ye's new Concept on writing history ············· (58)

Section 3　Reverence of Way of the Right, Advocating Benevolent Government, Emphasis on Confucianism: Fan Ye's Historical Views …………………………………… (60)

Section 4　Ideas of Way of The Might on Frontier Defence Problems …………………………………………… (71)

Section 5　Fan Ye's Attitude to Chenwei Theory and the Contradiction in His Thought ………………………………………… (75)

Section 6　Fan Ye's Emphasis on Family Status ……………… (82)

Chapter 5　Inheritance and Innovation of Biographical Style in Book of the Later Han …………………………… (86)

Section 1　Relationship betweenBook of the Later Han and Dong Guan Han Ji ……………………………………… (89)

Section 2　Relationship Among Fan Ye's Book of the Later Han, Xie Cheng's Book of the Later Han and Sima Biao's Book of the Later Han ……………………………… (97)

Section 3　Relationship Between Fan Ye's Book of the Later Han and Hua Qiao's Book of the Later Han ……… (103)

Sectino 4　Relationship Among Fang Shu Lie Zhuang fromBook of the Later Han, Fang Ji Zhuan from Records of The Three Kingdoms and Soushen Ji ………………… (108)

Section 5　Book of the Later Han, Yi Min Lie Zhuan and Lie Nu Zhuan ……………………………………… (115)

Chapter 6　The Skills and Methods of Describing Characters … (120)

Section 1　Trade-Off In Materials about Characters ………… (122)

Section 2　Methods of Describing Characters ……………… (134)

Section 3　Reference to Previous Works in Book of the Later Han …………………………………………………… (153)

Chapter 7　The Structure and Narrative Techniques in Biographies in Book of the Later Han ……………… (157)

Section 1　Structure of Biographies in Book of the Later Han …………………………………………………… (157)

Section 2　Opening and Ending of Biographies inBook of the
　　　　　　　Later Han ··· (163)
　　Section 3　Narrative Clue in Biographies in Book of the Later
　　　　　　　Han ··· (174)
　　Section 4　Narrative Techniques:Dai Xu and Lei Xu ············ (186)
Chapter 8　Language's Characteristics and Prefaces, Discusses,
　　　　　Praises in Book of the Later Han ······················ (192)
　　Section 1　Language in Biographies inBook of the Later
　　　　　　　Han ··· (192)
　　Section 2　Prefaces, Discusses, Praises inBook of the Later
　　　　　　　Han ··· (211)
Main references ··· (238)
Index ··· (243)

序　论

一　选题的意义

魏晋南北朝时期，史学著述异常兴盛，只要查看一下《隋书·经籍志》史部类目录的数量，就可以感受到当时著史的繁荣。但从总体上看，这一时期正史创作的成就呈逐渐衰落的趋势，这是学者们的共识。[①] 张新科先生还具体指出这段时期的史传文学创作与《史记》《汉书》相比，有以下变化特点：人物范围逐步缩小；思想感情由浓而淡。（见上注）但是，他本人也承认这一变化中存在着一个较为特殊的例子，那就是范晔的《后汉书》。《后汉书》是一部记录东汉的历史人物、历史事件，反映东汉的历史发展进程的纪传体断代史书。首先，在编写体例上，《后汉书》虽然主要继承《汉书》，但有所创新，表现出一些独有的特点。与《史记》《汉书》相比，《后汉书》多增了一些人物类传。这些新增人物类传分别为《文苑列传》《宦者列传》《独行列传》《逸民列传》《列女传》《党锢列传》。各个类传所收人物分别属于东汉社会不同层面。另外，《后汉书》传主人物的数量为499人，从数量上远远超过前三史。[②] 不仅如此，《后汉

[①]　参见韩兆琦《中国传记文学史》（河北教育出版社1992年版）第四章"魏晋南北朝——史传文学的下落与杂传散传的纷起"；张新科《唐前史传研究》（博士论文）第三章"唐前史传文学嬗变轨迹"之"魏晋南北朝时期史传文学的嬗变轨迹"；及李祥年《两汉魏晋南北朝传记文学史》（复旦大学出版社1995年版）之第五章"正史传记的跌落（上）"、第六章"正史传记的跌落（下）"。

[②]　据韩国朴宰雨《〈史记〉与〈汉书〉比较研究》（中国文学出版社1994年版）的统计，《史记》有主要人物908人，《汉书》有409人。他所列的数字可能并不仅仅包括各传传主人物，而应包括各传所写的主要人物。《史记》的传主人物不易统计，如将一世家作一传主计，则共约206人，其中，汉代传主人物共有约99人（包括本纪、世家、列传），其数目少于《汉书》。但《史记》的世家乃世系性传记，一世家顺序记载该家族诸多人物，主要人物也往往不止1个，所以，世家的传主人物难以统计。《汉书》约有传主人物247人，《三国志》约有237人。

书》还倾向于收录一些下层人物，如《独行列传》《逸民列传》《刘赵淳于江刘周赵列传》《周黄徐姜申屠列传》《荀韩钟陈列传》所收人物或为处士，或为下层小吏，官位都不高，但他们或忠，或孝，或节，或义；或德为表率，或行可师范，足堪名垂史册。清王鸣盛对此极为称许，他写道："今读其书，贵德义，抑势利，进处士，黜奸雄。论儒学则深美康成，褒党锢则推崇李杜；宰相多无述，而特表逸民；公卿不见采，而惟尊独行。"① 因此，《后汉书》人物类型的丰富性与前代史书相比，并不逊色，从某个角度观察，《后汉书》的人物类型甚至有所扩大，如对女性人物的收录等。其次，《后汉书》蕴含着极为浓烈的思想感情。史传本来就具有一定的主观色彩，有学者言："既然史传的记载经过了历史学家的主观筛选和编排，那就谈不上纯粹的客观性了，可以说任何史传都有历史学家的主观因素在里面。历史学家在选择什么、强调什么的时候，头脑里就已经有一种价值观念在进行着衡量，更何况历史学家往往是'述往事，思来者'，有所为而作。"②《史记》既是第一部纪传体史书，也是司马迁的"悲愤"之作，"从来的史书没有像它这样具有作者个人的色彩的"③，因此，鲁迅称之为"史家之绝唱，无韵之《离骚》"，更有学者认为《史记》"全书中有许多都可当作小说看"，"最精彩的部分是文学而不是历史"④。范晔被贬谪，"不得志，乃删众家《后汉书》为一家之作"（《宋书·范晔传》），与司马迁发愤著书的情形颇为近似。在传记的行文中，范晔表达了鲜明的爱憎之情，对祸害国家与百姓的宦官、外戚、军阀的憎恨与鞭挞；对忠于谋国、舍生取义的忠臣烈士的赞美都直接表露出来，不作半点遮掩。可以说，在魏晋南北朝史传著作中，《后汉书》主观色彩最浓，传记思想感情的表达也最为突出。因此，《后汉书》成功地取得了较为感人效果，深深地吸引了后代读者。李慈铭曾深有体会地说道："读《后汉书》。蔚宗自论此书云：'吾杂传论，皆有精意深旨，既有

---

① 《十七史商榷》（北京市中国书店据上海文瑞楼版影印1987年版）卷61"范蔚宗以谋反诛"条。
② 石昌渝：《中国小说源流论》，生活·读书·新知三联书店1994年版，第77页。
③ 李长之：《司马迁之人格与风格》，第275页，转引自《历代名家评史记》，北京师范大学出版社1986年版，第45页。
④ 施章：《史记新论》，第14页，转引自《历代名家评史记》，北京师范大学出版社1986年版，第40页。

裁昧，故约其词句。至于《循吏》以下及《六夷》诸序论，笔势纵放，实天下之奇作。比方班氏，非但不愧。'愚谓范氏此言，自诩非过。然其最佳者，如《郑康成传论》《左雄周举黄琼传论》《陈蕃传论》《李膺传论》《宦者传序》《儒林传论》，兴高采烈，辞深理精，以云奇文，实超前古。次则《曹褒传论》《丁鸿传论》《邓彪张禹胡广诸人传论》《蔡邕传论》《李固传论》《张奂传论》《孔融传论》《樊英传论》《张俭传论》《卢植传论》《窦武何进传论》，皆抑扬反复，激烈悲壮，令人百读不厌。"① 美国学者浦安迪说道："在中国文学史，虽然没有史诗，但在某种意义上史文、史书代替了史诗，起到了类似的美学作用。"②《后汉书》在文学成就上虽未达到《史记》《汉书》的高度，但其丰富的人物类型，与浓烈的情感色彩，基本上可以与《史记》相媲美。③《后汉书》在真实记录历史的同时，也通过其形象地描写与记叙表现出美学效果，让人获得美的感受，接受美的熏陶。为此，笔者将研究的重点定位在范晔及其《后汉书》历史人物传记的文学成就上。

二 研究的过去与现状

《后汉书》所取得的文学成就在当时就引起人们注意，重视辞采的萧统就将《后汉书》中的《皇后纪序》《马武传论》等四篇序、论收入到《文选》之中。近人刘师培在他的《汉魏六朝专家文研究》中也屡屡提到范晔《后汉书》，将《后汉书》与《史记》《汉书》并称为"三家"，又说"三家之文，风格不同，而皆有独到之处"④。刘对《后汉书》取得的文学成就颇为赞许，他将《后汉书》视作文章写作的典范。《后汉书》虽然取得较高的文学成就，但后世对其文学价值进行研究的学者及著作并不太多。其实，学者们对正史的研究也主要集中在校勘、整理、纠正、补充上，正史主要是学者们发现古代社会政治、经济、文化、风俗、地理、教育等诸方面规律的门径与资料，换言之，他们很少从文学的角度

---

① 李慈铭著，由云龙辑，虞云国整理：《越缦堂读书记》，辽宁教育出版社2001年版，第228页。
② 《中国叙事学》，北京大学出版社1996年版，第30页。
③ 张新科《唐前史传研究》（博士论文，第41页）："《后汉书》的感情色彩是可以与《史记》相媲美的。"传记人物的丰富性见第2页注释④及上论。
④ 《中古文学论著三种》，辽宁教育出版社1997年版，第104—105页。

来研究正史。从文学角度研究者有之，又多集中在《史记》《汉书》，尤其是前者。对《后汉书》史传文学的专门研究，古人几乎没有；即使有一些学者有所涉及，也只是只言片语，零零星星，不成系统，或提到其中一些篇章，或就其传类编排发表一点意见，诸如此类。刘勰很早就列史传为一专门文类，并作以系统的整理、叙述。或许他于范晔之朝相去不远，所以对范晔《后汉书》，只字未论。唐人刘知幾的专门史作《史通》，虽然在很多地方论及《后汉书》，但其主要站在史学理论的立场来审视历史著作，对《后汉书》文学成就的论述实在不多。清人赵翼有《廿二史札记》，钱大昕有《廿二史考异》，王鸣盛有《十七史商榷》，等等。赵著"贯穿全史，参互考订"，主要集中"历代制度大略，时政得失，风会盛衰，及作史者之体要各殊，褒贬所在"（李慈铭语），等等；钱著"侧重于文字校勘和名物训诂；"王著"既有史考，又有史论"。三者着重点在史，而不在文。又有钱大昭《后汉书辨疑》、何若瑶《后汉书考证》、丁晏《后汉书余论》、杭世骏《后汉书拾蒙》、李慈铭《后汉书札记》、刘咸炘《后汉书知意》、马叙伦《读两汉书记》等著作，重在对《后汉书》作历史考证；惠栋《后汉书补注》、王先谦《后汉书集解》、沈铭彝《后汉书注又补》等著作又重在对《后汉书》的字词注释；诸人的主要目的是考正历史，而不是研究文学。只有李景星的《后汉书评议》对范书各篇逐一分析评论，一篇一论，每论前一半对各传命题、传文主要内容、作者作传用意、作者对历史材料的运用、作者叙述方法及技巧等有所述议，后一半则重在词语、时地等诸方面的考证、辨异。李书稍显细致，对于研究《后汉书》文学价值可堪借鉴，但该书也仅仅是读书笔记，缺乏系统性，难以统裁，研究者必须对之作系统梳理。今人对《后汉书》史传文学作专门研究，几乎没有。只有一些学者致力于史传文学发展演变的研究，涉及或论及范晔《后汉书》，总结其书的史传特点，但多是在一大框架下立设分章，所谈所论，不是过于宽泛，就是过于概括，究之不深，取得的成果也不多。目前涉及范晔及其《后汉书》史传文学的研究专著，主要有以下几种：

赵志汉、林剑鸣著《中国史学家评传·范晔》（全书为陈清泉等编著，中州古籍出版社1985年版，第184—209页）。范晔传只是其中之一传，作者本意在叙述史学家生平，重在"人"，在"作者"，而非"书"、非"作品"。作者对范晔生平及其《后汉书》的史学思想、编排体例、流传版本、注释集解等均作以介绍，甚至述及《后汉书》不足之处，对《后汉书》的文学价值却并未论及。

朱东润著《后汉书考索》(《史记考索》第316—419页，华东师范大学1996年版)。此书附于其《史记考索》《汉书考索》，"探讨到作者的思想意识，比《史记考索》进了一步"(见《史记考索》后记)。该书探讨范晔作书的"蓝本""特点""动机"，并附有"范晔年表"。朱先生雅好史传，发轫《史记》，精研两汉，不同于其他史家之处正在能探人内心，追究文学现象背后的深层原因，指出范晔对前人史作的承袭与改进，及其受家学影响，好"气节之士"的特点。朱先生见解独到，但没有彻底展开研究，对《后汉书》文学价值的研究似乎不够。

李祥年著《两汉魏晋南北朝传记文学史》(复旦大学出版社1995年版)。该书第五、六章乃为"正史传记的跌落"，专论魏晋南北朝的正史传记文学，指出此一时期是正史传记文学走向衰落的时期，各个正史传记作品的成就均不能与《史记》《汉书》相比。第五章又专论《三国志》与范晔《后汉书》的史传文学成就。以后各章论述魏晋南北朝之"新传记"：别传、家传、僧侣传、杂传等的兴起及其成就。范晔《后汉书》于全书中所占分量不重，所论也极简，该书主要目的并不在论述魏晋六朝的正史传记文学，而在分源别流，考究汉魏六朝传记文学的"发展轨迹"，并借此以考察整个古代中国传记文学的演进情况。

韩兆琦主编之《中国传记文学史》(河北教育出版社1992年版)。该书所论对象非唯史传，竟包括中国古代所有的传记文学作品，上溯先秦，下迄晚清，类目所及有史传、杂传、散传、专传、传记小说等五大门类，其目的主要在研讨中国古代传记文学发展的渊源流变，史传的论述集中在第二章"西汉——史传文学的辉煌突起"、第三章"东汉——史传文学的继承与转折"、第四章"魏晋南北朝——史传文学的下落与杂传散传的纷起"。其第四章第三节专论"范晔及其《后汉书》"(第152—165页)，但也仅仅涉及思想与文学艺术两方面，研究的深度与宽度有开掘与拓展的余地。

张新科《唐前史传文学研究》(博士论文)。该文分十章，研究的对象为整个唐代以前的史传文学作品。作者的研究偏重在汉代史传文学作品，没有设立专章论述《后汉书》。另有一些论及范晔及其《后汉书》的单篇论文，多关注范晔的史学思想，研讨《后汉书》文学艺术的不多，论述往往就事论事，笔者在论文中有所征引，此处不再一一赘举。

总之，迄今为止，还没有一部专门论述范晔《后汉书》史传文学艺术的研究作品，各种文学史都没有论及《后汉书》。

三 本书目标及结构

基于上述原因，笔者决定以"范晔及其史传文学"作为本书的题目，希望通过研究范晔与其史传文学，达到以下目标：

（一）通过研究范晔及其著述状况，力求阐明范晔在魏晋南北朝史传文学发展中之地位及贡献。

（二）探究范晔著《后汉书》之动机及其著此书所持之思想。

（三）分析《后汉书》之史传艺术之技巧、成就，尽量阐明其对《史记》《汉书》《三国志》及其前代其他史传著作之吸纳、整理之处，及自力独创之处。

（四）通过研究范晔及其《后汉书》，阐明特定时代文史创作之间的关联及彼此之影响，尤其是南朝文学创作对史学创作之影响。

笔者拟分作者研究、作品研究两部分，共八章组织本书。无论是研究历史著作，还是研究文学著作，都必须本着"知人论世"的态度。所以，本书第一部分着重论述作者。这一部分包括四章。

第一章，主要论述范晔所处时代的特点，及时代对范晔的影响。魏晋南北朝时期应该是一个缺乏伟大英雄的时代，从东汉末年开始，除去西晋短暂的承平，社会一直在分裂中摇摆，没有一个英雄可以建立持久、统一的国家政权。这段时期，政权频繁更迭，一方面带来了社会动乱，破坏了社会生产力；另一方面，也使得大批人才惨遭杀戮。如此一来，前后相沿的各个政权的制衡力量呈现出日趋衰弱的特点。同时，朝代迅速更迭，也使皇权交替的节奏明显加快。这些都影响到当时士人，他们一方面盼望出现一个可以一统混乱局面的伟大英雄，另一方面也不再拘泥于天命王朝的迷信，心中时常泛起称皇做帝的涟漪。但是自东晋至刘宋王朝，皇权有所加强，士族实际的政治控制力量明显下降，高门士族依仗祖先惠泽，"平流进取，坐致公卿"，不为实务，不求进取，他们的实际政治能力日渐退化。士族已演变成为一个缺乏实力而务在文饰的"花瓶"阶层。政治上无所作为，士人们于是将他们的爱尚转移到文化艺术上，文学、清谈、书法、绘画、围棋、音乐等艺术形式空前繁荣。著史的社会风气也随之兴盛起来。同时，缺乏政治实力的士人还为自己找到了一个绝佳的精神避乱处——佛教。此时，经学彻底衰落，佛教盛行，朝廷上下往往不得不因循牵顺。这就是范晔所处的时代。范晔缺乏实际经略能力却以谋反遭诛；以及范晔拒斥佛教的思想等都可以在他的时代里找到产生的根源。

第二章主要论述范晔的家族与家学，及家族与家学对范晔的影响。范晔家族出自南阳，其发展经历与南朝大部分士族颇为相似。范晔的曾祖父范汪曾参与东晋的开国，并由此跻身上层士族阶层。范晔的父亲范泰曾资助过刘裕，所以终刘宋一朝，仕宦顺利，文帝时，特受敬重。可以说，范泰为范晔后来的仕宦创造了一个良好开端。范氏家族尽管起步较晚，但笃持儒学，是一个文化家族。范家精研《春秋》，代代相传，范宁《春秋谷梁传集解》集范氏家学之大成，为儒家典籍研究的传世之作。此外，范家难以避免地受到时代风气影响，从范汪到范泰，在坚持修习儒家经典的同时，对佛教的信仰也越来越浓。相反，范晔与他的同族晚辈范缜则固守传统家学，抨击佛教的神鬼宣传与因果传说，力主无鬼论，范缜宣起的神灭论之争更是中国思想历史上一件轰轰烈烈的大事。

第三章主要分析范晔的仕宦经历、性格特点，以及其人生悲剧的根源。范晔在思想上秉承家学，摈斥佛、鬼，在仕宦上也幸赖其父勋荫，初始较顺，但他性格轻躁，元嘉九年（432）冬，竟然在彭城王刘义康母妃去世之日，开窗醉听挽歌为乐，结果被贬宣城。正是在宣城这段时期，他完成鸿篇巨制《后汉书》的编写工作。因为性格轻躁，范晔对上司倨傲，与同事不能同心，日常交游又十分不慎，最终陷入了宋文帝与刘义康斗争的旋涡，成为皇族内讧的牺牲品。范晔的悲剧正反映了南朝士族阶层的退化。范晔出身士族家庭，学有一身才艺，心志高狂，适性任己，但既没有经略军政的实际能力，又缺乏成就大业的勇气，最终的悲剧自然是难以避免的事情。

第四章主要论述范晔的史学思想及史学观念。范晔虽死，但留下史学名著《后汉书》。在这部书中，范晔贯穿了自己的一些史学思想与观念。首先，与司马迁、班固不同的是，他不追求"究天人之际，通古今之变"的百科全书式的史学思想。他的出发点是朝廷政治的兴衰变化及演进轨迹，他著史的目的在于"正一代之得失"。可以说，范晔是第一位明确指出历史文献、历史记载、历史研究应服务于社会现实的史学家。[①]其次，范晔受家学影响，对儒家学术非常重视，在政治上推崇儒家以德化人的王道精神，主张实行宽和的仁政，反对苛酷细察的政治行为；在学术上倡导抛弃利禄得失的"为人"之学，反对只在"为己"的学术事业（参见《桓荣列传论》），更反对统治者出于巩固一家一姓的小利而利用学术，阉割学术的行为。范晔并不彻底否定谶纬，但他反对将谶纬定为国学，那样一来，学术就走入了偏狭的末弊，难以培养与造就德行兼备的大儒与通才。范晔的思想也有矛盾的地方，如对周边民族的武力征服观点、天命观点；对阴阳五行、善恶报应的看法；对有无鬼神的判断，等等。最后，范晔受南朝时代的影响，门第观念较强。

本书第二部分着重论述作品。对作品的研究，笔者主要集中在人物传记部分，对四裔传及志、帝纪这些不以记人为主的部分则略而带过。此外，对《后汉书》与《三国志》重叠的记叙与描写部分，本书也从略分析。本部分也分四章论述。

第五章主要论述《后汉书》在体例上对前代史书的继承及创新。《史记》《汉书》的创作都表现出家族相传的积累性特点。《春秋》是范氏家族的家学，范家也称得上"世载雄狐"（《晋书·王准之传》载王彪之语）。范晔作《后汉书》继承《春秋》褒贬善恶的特点。但在体例上，以及传记人物的取舍上，范晔主要取源于《东观汉记》及先前已成的有关东汉的诸家历史著作。笼统地讲，各家《后汉书》，包括范晔《后汉书》主要取材于《东观汉记》，仔细分析，我们发现范晔师法了《东观汉记》的纪传体体例；范书中东汉前期的传主人物主要来自《东观汉记》。范书中东汉后期的传主人物则主要来自谢承《后汉书》，一些则来自司马彪《续汉书》。此外，与前史不同的是，范书新设一批类传，如《文苑列传》《独行列传》《逸民列传》《列女传》等，但这些类传并不是范晔凭空自造的，这些类传的设立是范晔吸收前人创作成就，化为己用的结果，如《列女传》明显受到刘向《列女传》影响，而为皇后立纪，华峤《后汉书》、王隐《晋书》已有前例在先。范晔《后汉书》的编写还受到一些文学著作的影响，如《搜神记》等。

第六章主要论述《后汉书》人物传记描写人物的技巧与方法。历史

[①] 参见王锦贵《中国纪传体文献研究》，北京大学出版社1996年版，第95页。

传记是一种介于文学与史学之间的体裁，它要求真实性与形象性恰当的结合。因此，怎样取舍、组织历史人物的人生事迹，以表现历史人物的性格特点，这才是史传作者最需要下功用力的地方。《后汉书》在描写、塑造历史人物形象上注意到向前代史传文学学习，如运用细事写人、集中所有笔墨重点突出传记人物的主要特点、抓住典型情节写人物、运用夸张笔法写人、对比写人等，取得较好的效果。范晔也吸收其所处时代一些文学作品的创作技巧，有的篇目甚至全部采用虚写的方法，从侧面勾勒传记人物的性格特点，如《黄宪传》等，颇得传神写照的妙处。正因为如此，《后汉书》的帝王、功臣、经士、文士、党士、逸士、奇士、方士、外戚、宦官等各类人物，各有特色，人物类型的丰富性直逼《史记》。《后汉书》写得最为成功的人物应是颇具激烈之气的壮士，以及富于悲剧色彩的义烈之士。范晔在写这类人物时，往往先渲染出壮烈或悲烈的气氛，置身于这种气氛中的传记人物也因此显得有声有色，生动有神，极具感染人心的力量。

第七章主要论述《后汉书》的编写结构与叙事方法。《史记》是纪传体史书的开创之作，在全书的结构安排上表现出在一定程度上的非整齐性。《汉书》的特点是体裁详密，结构整饬。《后汉书》在结构安排上更倾向于《汉书》，但又具有一些突出的特点。《后汉书》单传减少，合传增多，多个性格特点相类的历史人物往往集中于一传之内，他们的传记一个接着一个，前后累叠，易于失去有机的贯连。为此，范晔采用"牵连法"（李景星语），将合传内各个传主人物的事迹彼此牵连起来，使传记更像一个整体。一些类传人物传记的前后排列甚至呈现一定的内在规律性。具体到一传之内，史传已形成一套比较固定的行文结构：传记人物姓名、籍贯、家庭出身、仕宦履历等。史传创作大多是"带着这套镣铐舞蹈"。《后汉书》一些人物传记的开头、结尾颇有特点，多数人物传记注意先立"传眼"，全传围绕传眼展开。一些篇幅较长的人物传记，在叙述结构的安排上颇具匠心，全传的叙述头绪虽然比较繁杂，但范晔总能使人物事件前后关联，使全传叙述线索杂而不乱。此外，《后汉书》借鉴前代史书创作的一些叙事方法，如互见法等，但突破不多，所以，笔者不专门加以研究、讨论。赵翼认为《宋书》的带叙法最佳，《南齐书》的类叙法运用甚妙，实际上，《后汉书》在带叙法与类叙法的运用上已经达到比较成熟、比较巧妙的境界。

第八章主要论述《后汉书》的语言特点及序、论、赞的行文特点。刘知幾曾道："国史之美者，以叙事为工；而叙事之工者，以简要为主。"①《史记》《三国志》的叙述语言都比较简洁，《三国志》则伤于过简。《后汉书》的叙述语言简中见密，简中见丽，简而不滞，与魏晋时代语言运用的"高简"有同工之妙。另外，与前代史书相比，《后汉书》大量引用民歌、格言、谣谚等描写人物、记叙事件，也达到了以简胜繁的效果。《后汉书》真正可以肯定为范晔独力创作的部分应是序、论、赞。序、论、赞的创作也是范晔最引以为骄傲的成果。序、论、赞其实是三种不同的文体，因而各自具有不同他体的写作特点。其中，序、论的文学价值最高，文学成就最大。《后汉书》的序、论具有较为明显的骈俪化倾向。一些序、论还通过句子的整散组合、音节的起伏跌宕创造出一种婉转顿挫的气韵。序、论所取得的这些特点与宋初文章创作风气、风格颇相一致，说明南朝文史创作存在相互影响与借鉴的情况。

最后，尽管范晔是一个颇有争议的人物，但他的《后汉书》在文史两方面都取得了较高的成就。《后汉书》所表现出的创作个性甚至超过了《汉书》，接近《史记》，笔者认为这应是范书淘汰其他诸家后汉史书，流传至今的一个重要原因。

---

① 浦起龙：《史通通释》，上海古籍出版社1978年版，第168页。

第一章

范晔的时代

范晔生长于东晋，仕宦于刘宋，主要经历在宋文帝元嘉年间①，正值南朝之初，晋宋南朝的政治局面、士人心态、社会风尚、宗教信仰都对他有明显的影响。

第一节 多变积弱的政治形势

东汉分裂以后，并没有能够回归于原来全国统一的局面。自曹丕代汉到南朝始立，200年间，政治格局一直不稳定，政权更迭极其频繁。西晋承平（280年统一），才足10年，继之以八王之乱（291—306），西晋一亡（316），新的分裂时代接踵而至。北中国进入各族统治者彼此割据、前后替代的"五胡十六国"时期（316—439），与此同时，西晋动乱所余的王公贵族则在长江以南建立偏安一隅的东晋政权（317—420）。偏小的东晋也只存在百年左右，就被刘宋代替。与统一、强盛的汉朝相比，这一阶段的政局变化快速迅疾，各个政权，你方唱罢我登场，如走马灯般，不停地换来换去。这种混乱多变的政治形势直接导致人民生活艰难痛苦、社会生产力遭到严重破坏。汉末大乱，"生民百余一"，社会遭受破坏的程度，"自书契已来，殆未之有也"（《三国志·董卓传》）。八王之乱，"流尸满河，白骨蔽野"（《晋书·食货志》）。同时，朝代频繁更迭，也使得大批士人才子或因政治态度不附新贵，或因个人性格触忤当权，而

---

① 见张述祖《范蔚宗年谱》（《史学史研究》1981年第2期，以下简称《年谱》），范晔生于东晋安帝隆安二年戊戌（398），宋武帝永初元年（420）二十三岁，宋文帝元嘉二十二年（445）卒。

惨遭屠戮。汉曹相代，一批士人惨遭杀戮；晋魏相替，何晏等不与司马氏同心者，纷纷死于非命；西晋动乱，"名士罕有全者"，以致李慈铭深叹"人才莫衰于晋"①。刘宋代晋，谢混等又死于非命。社会生产力遭到极大破坏，人才又过多非死、早死，朝廷缺乏善才可用，这些合力促成魏晋南朝时期，前后相沿政权的政治力量总体上逐渐弱化的特点。各代政权统治力量渐趋弱化的特点，在抗衡北方民族上表现得最为明显。汉末虽乱，曹操仍然能够斩单于，平乌桓。曹魏时代，司马懿甚至一举铲平辽东；西域诸国，"无岁不奉朝贡"（《魏志·乌丸鲜卑东夷传》）。魏晋之间，南匈奴单于仅有虚号，"无复尺土之业，自诸王侯，降同编户"（《晋书·刘元海载记》）。惠帝失驭，异族诸强乘势而起，长江以北不复为汉族政权所有。迄于东晋，只好渡江南下，立国选势已十分偏蹙，朝廷的制衡力量更趋弱化。东晋皇室只能与士族们共享政权，如琅琊王氏、颍川庾氏等，所以有"王与马，共天下"之说②，皇权可谓衰微之至。但整个东晋政权依然有抗衡北方民族政权的力量，祖逖、庾亮、桓温等都曾组织过北伐，桓温还平定了西蜀，又击败羌人姚襄，收复洛阳。③ 此后的晋室虽无力北伐，但还能够与北方抗峙，太元八年（383），东晋军队在淝水击败强大的前秦军队，令北方重又陷入混乱。

东晋末年，刘裕先是平定南方的孙恩、卢循，又灭掉南燕，义熙十三年（417），又灭掉后秦，史家叹为"盛矣哉，悠悠百年，未之有也"④。30多年后，宋文帝元嘉二十七年（450），刘宋王朝也曾组织过一次大规模的北伐，与武帝刘裕前两次北伐的"主动出击"相比，此次是"北魏大军压境，刘宋仓促应战"，形势迥异；结果也不同，此次北伐，

---

① 《越缦堂读书记》，第249页《晋书》条。
② 此语见《晋书·王敦传》中载："（元）帝初镇江东，威名未著，敦与从弟导等同心翼戴，以隆中兴，时人为之语曰：'王与马，共天下。'"参见田余庆《东晋门阀政治》之《释"王与马共天下"》章。
③ 祖逖事见《晋书》本传，祖逖曾收复黄河以南之地，功未成而身死；庾亮事见《晋书》本传，庾亮率毛宝、庾翼等北伐，失败，毛死，亮也"忧慨发疾"；桓温事见《晋书·穆帝纪》及其本传。另有庾翼也曾北伐，事见其《晋书》本传，康帝即位，翼率众出征，无功而还；殷浩也曾北伐，事见其《晋书》本传："浩既受命，以中原为己任"，后姚襄反，谢尚败，全师败。
④ 裴子野：《宋略总论》，载严可均《全上古三代秦汉三国六朝文》，中华书局1985年影印版。

第一章 范晔的时代

宋军大败，北魏军队直逼其首都建康①，魏太武帝"起行宫于瓜步山"（《魏书·世祖纪下》），宋廷"内外戒严"（《宋书·文帝纪》），最后以魏军主动撤退结束。此后，南朝再也无力与北朝争衡。

这种迅速多变、政力代降的政治形势影响了当时的士人，他们内心深处非常渴望出现一个可以统一混乱局面的大英雄，建立比较强大、稳固，而且能够多代相传的政权。这种政权对内可以创造一个稳定的环境，让百姓安居乐业，使社会得到发展；对外则完全有能力抗击周边民族，保持中原文化区对周边地区的军事与文化优势，不至跌落到神州陆沉的悲惨境地。同时，政权频繁更迭，加快一代代当权人物递接的速度与节奏。一批新兴家族，如谯郡曹氏、河内司马氏、京口刘氏甚至攫取了至上皇权。曹丕通过禅让登上皇位后，感慨言道："尧舜之事，吾知之矣"，皇权的神秘面纱已被揭开。士人们目睹迅速更迭的朝代，一方面，出于对政治斗争及当权者的畏慎，不敢轻易忤逆权贵，多半随波顺势，忠于一家一姓的观念也渐渐消退。另一方面，他们不再执着于君权天命的迷信，面对渐趋弱化的朝廷、缺乏雄才大略的君主，他们开始觉得称皇做帝并不是遥不可及的神话，只要抓住时机，登台禅让也是可能得成的。

渴望江山一统，以及不再迷信皇权，这两个方面在范晔身上都有体现。朱东润先生认为范晔编写《后汉书》的动机就是有感于江山的分裂，中原的陆沉。② 不再迷信皇权的思想直接影响了范晔后来的"异端"行为——谋反。应该说，范氏家族在刘宋王朝中属于得意一派。自晋入宋，范家政治地位有了明显提高，范晔的父亲范泰深受刘宋武帝、文帝两君恩宠③，范晔开始入仕即被辟为武帝刘裕的相国掾，所以，范晔对刘宋王朝本应没有特别的恶感，在政治立场上，他更应该认同，甚至趋同刘宋政权。另外，刘宋代晋后，皇权明显有所集中，有所加强。宋武帝及文帝都做了一些有益社会发展的改革，宋文帝算得上一个"承平之良主"④。文帝元嘉年间，社会经济有了很好的恢复，《宋书·良吏传序》深赞道："凡百户之乡，有市之邑，歌谣舞蹈，触处成群，盖宋世之极盛也。"但

---

① 见阎采平《齐梁诗歌研究》，北京大学出版社1994年版，第6—7页。
② 参见《史记考索·后汉书考索·范晔作书的动机》，华东师范大学出版社1996年版，第351—372页。
③ 范泰事见《宋书》本传，详见后第二章论。
④ 司马光：《稽古录》卷14，王亦令点校本，中国友谊出版公司1987年版。

是，魏晋到南朝，各代君主普遍缺乏一统天下的恢宏大气，他们攫取统治皇权的方式及目的都不太为后世所称道。晋明帝羞知晋室开创史，石勒则鄙薄曹操、司马懿父子欺人孤儿寡妇以取天下。① 这些君主的出发点大多不在经略天下，解救苍生，而在维护其一家一姓的朝廷统治。刘宋王朝更是如此。刘裕也曾占领关中，但留守建康的刘穆之刚一去世，他就留下年仅12岁的次子义真与王修、王镇恶等镇守长安，匆匆赶回建康，谋划篡位。赫连勃勃的大臣王买德很清楚刘裕的意图，"刘裕灭秦，所谓以乱平乱，未有德政以济苍生。关中形胜之地，而以弱才小儿守之，非经远之规也。狼狈而返者，欲速成篡事耳，无暇有意于中原"（《晋书·赫连勃勃载记》）。大约一年半之后，夏军就彻底地消灭了占据长安的刘宋军队，关中得而复失，刘宋损兵折将，损失惨重。不仅如此，魏晋政权禅让，废君都得以安享余生，刘裕则残忍地暗害晋废帝，所行之劣甚于魏、晋。宋文帝从不敢授军将大权，"授将遣帅，……遥制兵略，至于攻日战时，莫不仰听成旨"（《宋书·文帝纪》），手下将领只是听令行事而已。文帝多病，对军将更不信任，元嘉十三年（436），文帝"疾动"，考虑到檀道济军权太重，"诸子又有才气"，随即诛道济及其诸子弟，并其部将之勇敢者。（《宋书·檀道济传》）这种忌虑贤才的做法，于刘宋一家一姓也许有益，对"社稷存亡"却是有害的，因为它使国家的军政实力遭到严重削弱。短暂承平之后，元嘉二十七年，宋师大败于魏军，"自是邑里萧条，元嘉之政衰矣"（《资治通鉴·宋纪八》）。

　　基于此，范晔并未停留在对刘宋王朝的愚忠上，他希望建立一个强盛而持续的政权，百姓可以依之居业，士人可以因之研读，北可以驱除强胡，南可以抚顺蛮夷。他十分"进利"（《宋书》本传），意即急功近利，孔熙先曾描述过他当年参与谋划反叛时的神态："詹事当前共畴昔事时，无不攘袂瞋目。及在西池射堂上，跃马顾盼，自以为一世之雄。"（《宋书·范晔传》）范晔心中时时升起的是驰骋纵横的英雄气概，他自己非常想成为一个能建功立业的豪杰。他关注的是实际的事功，只要能做

---

① 见《晋书·帝纪一》载："明帝时，王导侍坐。帝问前世所以得天下，导乃陈帝创业之始，用文帝末高贵乡公事。明帝以面覆床曰：'若如公言，晋祚复安得长远！'"又见《晋书·石勒载记》引石勒语曰："大丈夫行事当礌礌落落，如日月皎然，终不能如曹孟德、司马仲达父子，欺他孤儿寡妇，狐媚以取天下也。朕当在二刘之间耳，轩辕岂所拟乎！"

成大事，谁来主宰天下，似乎已不十分重要。这种躁急的心思与行为，明显受到魏晋南朝政治形势的影响。

第二节　保守消极的士人阶层

两晋南朝，国力日蹙，士人阶层的实际政治能力也日趋退化。西晋士人"祖尚浮虚"（《晋书·石勒载记》王衍语），不以物务自婴，导致西晋最终没落与衰灭。中原陆沉，永嘉南渡，士人们的心态、行为方式都有了巨大变化。他们不像前代士子那样放荡恣纵，破碎的国家，混乱的社会，一方面施予他们空前沉重的精神压力，促使他们肩负起振兴家国的责任；另一方面又赋予他们一个充分展示政治才华的大舞台。他们直接参与东晋政权的建立、巩固、发展和保卫。晋元帝定都建业，接称帝号，主要听从王导的设计①，又在王导、王敦等的全力支持下，赢得江东士人的归附②，同时招辟大批士子充当掾属，号"百六掾"（《晋书·元帝纪》），东晋政权这才稳固建立起来。大臣称王导为"管夷吾"，元帝呼之为"仲父"（皆见《晋书·王导传》）。王敦位为大将军，扼居荆州上游之地，琅琊王氏势倾朝野。此后，颍川庾氏、谯郡桓氏、陈郡谢氏先后分别执掌过东晋王朝的军政大权，士族势力之盛，甚至盖过朝廷。王敦、桓温都曾威胁到朝廷的存续，桓玄则直接篡夺了皇位。陈郡谢氏则领导并主持淝水之战，一举击败强大的前秦军队，使东晋政权度过立朝以来最危险的一劫。这种由士族与皇室分享政权的政治形式就是后世所称的"门阀政治"。在这种状况下，东晋士人也谈玄，也宅心事外，他们的心态是从容自若的，因为"在他们的潜意识里，他们是主人"③。

晋宋易代，政治格局出现巨大变化，"严格意义的门阀政治是确定不移地一去不复返了"，"皇权政治基本恢复了常态"④。出身寒庶的刘

---

① 见《晋书·元帝纪》载："永嘉初，用王导计，始镇建业。"
② 见《晋书·王导传》载："及徙镇建康，吴人不附，居月余，士庶莫有至者，导患之……会三月上巳，帝亲观禊，乘肩舆，具威仪，敦、导及诸名胜皆骑从。吴人纪瞻、顾荣，皆江南之望，窃觇之，见其如此，咸惊惧，乃相率拜于道左。"其后，江东士人归附，百姓归心。
③ 见罗宗强《魏晋南北朝文学思想史》，中华书局1996年版，第180页。
④ 见田余庆《东晋门阀政治》，北京大学出版社1989年版，第321页。他还指出，"严格意义的门阀政治只存在于东晋，不存在于南朝"。

裕，依靠军功攫取最高统治权，即登大位。他吸取东晋一朝政出多门，权去公家的经验教训，采取极其有力的措施来加强皇权，巩固刘姓王朝。首先，他提拔一批忠于自己的寒族将领，如檀道济、到彦之、朱龄石、毛修之等，高门士族基本上不掌军权，所以陈寅恪先生有"高门缺乏将领"的断言，赵翼有"江左世族无功臣"的定论①，士族们专擅军政大权的时代已不再存在。不仅如此，刘裕还将自己的儿子直接安插在重要州镇，辅卫政权，如刘义真曾都督关中，出镇扬州、南豫州；宋文帝曾为徐州、司州、荆州诸州刺史。这项政策一直延续到文帝时期。文帝诸弟刘义康、刘义季、刘义恭、刘义宣等都曾出辅重要州镇（见《宋书》诸人本传），文帝还注意擢用寒人为典掌实权的中书舍人。② 这样一来，高门士人的政治运作空间又进一步缩小了。刘裕并非不用士人，"士族子弟若得重用必须兼居忠心与才干两个条件"③。符合这个标准的士人在其幕府中任职的比较多，如庾悦、袁湛等，甚至有一些出身一流高门的士人，如谢晦、王华、王弘。对于那些不与自己合作，甚至反抗自己势力的士人，刘裕则采取严厉的镇压手段，毫不留情地诛杀之，如依附刘毅的谢混、郗僧施，与桓氏有亲的王愉、王绥。宋文帝也以谋反的罪名处死了不太循规蹈矩的高门子弟谢灵运。东晋也有士人死于政治斗争，但斗争主要在士人之间，皇室还未如此残酷地惩治士人。到了刘宋，士人不仅不能获得专擅的实权，而且随时可能因政治立场不附当朝而失去身家性命。此时，他们只有两条路可走，一是投靠新朝，获取功名富贵；一是远离政治斗争的圈子。前者如王弘、谢景仁等，他

---

① 陈论见万绳南《陈寅恪魏晋南北朝史讲演录》（黄山书社1987年版）第172页。陈是针对东晋的情况而言的，不过，高门乏将的论断并不完全适合东晋一朝，东晋的王敦、庾翼、桓温、谢玄都是鼎鼎有名的将领，这个论断更适合南朝一些，因为南朝君主都出身寒庶，不愿士族过多执掌实权，军政大权多予寒人，高门多占据一些无关实功的职位，他们当中也就不可能产生更多的将领了。赵论见赵翼《廿二史札记·江左世族无功臣》（王树民校证本，中华书局1984年版）。但赵之"江左"也将东晋纳入在内，东晋乃典型的门阀政治，不当；又将东晋顾荣归入寒族，不准确。

② 《南齐书·幸臣传》："中书之职，旧掌机务。汉元以令仆用事，魏明以监令专权，及在中朝，犹为重寄。……《晋令》舍人位居九品，江左置通事郎，管司诏诰。其后郎还为侍郎，而舍人亦称通事。……宋文世，秋当、周赳并出寒门。"

③ 陈群：《刘宋的建立与士族文人的分化》，《中国史研究》2002年第3期。

第一章 范晔的时代

们虽居高位，并无实际的权力，也不过"为兴朝佐命，以自保其家世"①。换言之，他们仕宦的目的已不是为了"柱石国家"，而是为了使其家族及门第获得政治实惠，继续保持高门高位。士人的政治力量萎缩，政治功能开始退化，他们的人生态度、处世方式都因之愈趋保守，他们失去了进取的雄心，多半依赖祖传门第，"平流进取，坐致公卿"（《南齐书·褚渊王俭传论》）。那些远离政治圈子的士人们则退隐山林，逸情山水，《宋书·隐逸传》所载的隐士多生活在晋宋之际。② 士人不再沉溺于虚玄之辩，玄学思想不再是社会思想的主流③；他们更多地沉溺于山水、隐逸。隐逸是另一种方式的投降与妥协。南朝士族的退化似已全面铺开。

远离实务使士族开始退化，其实际经略之政治、军事能力也渐渐衰退。士族一方面不愿意拱手让出自己已有的政治优势，他们作出相应的抵抗；另一方面又因军政能力的退化，其抵抗也往往以失败告终。在范晔之前，因与朝廷相抗而被诛的有谢晦、谢灵运。二谢出身一流高门。谢晦还是武帝刘裕临终顾命大臣之一，刘裕临死还告诫少帝说，"谢晦数从征伐，颇识机变，若有同异，必此人也"（《宋书·武帝纪》），说明谢晦具有一定的经略实力。文帝讨伐谢晦，谢不愿退缩，准备与之决战，说明他还是有抗争意识的。（同书《何承天传》）但谢晦的实际统帅能力已远远不如其家族前辈谢安、谢玄，最终被擒遭诛，身死家灭。谢灵运更缺乏乃祖那种纵横杀敌的气魄与才干，他的反抗有点儿类似胡闹，对刘宋构不成任何威胁。（见同书谢本传）

与二谢相比，出身士族的范晔，魄力与能力更差。范晔心志甚高，着眼大功大业，宋文帝曾指出他"意难厌满"（《宋书·范晔传》）。尽管范家颇受优待，但刘宋朝廷给范晔的待遇并没有满足他的欲求。范晔的要求与他的实际能力及勇气极不相称。谢灵运虽缺乏实际的军政才

---

① 见赵翼《廿二史札记·江左世族无功臣》，王树民校证本，中华书局1984年版。
② 《宋书·隐逸传》载16人，除王素稍晚，翟法赐年月不详外，其余全是晋宋之际人，其中不乏高门士人，如琅琊王弘之、陈留阮万龄等，南方士子有吴兴沈道虔、会稽朱百年，北方有南阳宗炳、鲁郡孔淳之。
③ 见罗宗强《魏晋南北朝文学思想史》，第173页。罗先生指出陶渊明"标志着玄学思想成为社会主流思想的终结"；第175页论及元嘉时代的思想变化时，又指出其时玄学已与佛学合流，"在思想领域里，又出现了多元并存的局面"。

华,但谢积极提倡北伐(《宋书·谢灵运传》),其勇可嘉。元嘉七年(430),征南将军檀道济北伐,范晔身为檀道济的司马,领新蔡太守,本应积极响应,随军参战。这也是一个创立丰功伟业的大好时机,但范晔却胆怯不已,最后竟然以"脚疾"作为推辞的借口。宋文帝驳回了他的请求,他这才以后勤人员的身份北上参战。《资治通鉴·宋纪》卷124记载范晔谋弑文帝的过程:"(宋文)帝之燕武帐冈也,晔等谋以其日作乱。许曜侍帝,扣刀目晔,晔不敢仰视。俄而座散,徐湛之恐事不济,密以其谋白帝。"以此可知,范晔非常软弱、怯懦,如此胆量,成事不足,败必无疑。如果再细检范晔谋反所联络的人物,以及谋反所采取的措施,我们会发现他实在缺乏实际政治斗争的卓识与能力,谋反失败也在情理之中。

第三节　重文骋才的社会风尚

在军政能力逐步退化的同时,士族们渐渐开辟了另外一个阵地,那就是精神文化领域。他们在诗书琴棋的戏娱中优游自得,客观上造就并推动了东晋南朝文化发展的繁荣。鲁迅先生以为魏晋时期是人的觉醒时期,余英时也论定党锢之后,"就士大夫之意识而言,殆为大群体精神逐步萎缩而个人精神生活之领域逐步扩大之历程"[1],又曰汉末人物鉴识家"只论才性,不问命运"[2]。曹魏进一步推进了士人个人才性的发展,曹操曾三下求才令,不拘品行,不择偏短,不求全才。(《三国志·魏书·武帝纪》)这种以政治为目的的对才性的重视,又渐渐拓展到人们的生活之中,其直接表现形式即为人们注重精神和意识领域的思索、辨析、探求,注重个体内心深处的体验、感悟、充实[3],文艺就是他们实现这些的最佳

---

[1] 余英时《士与中国文化》,上海人民出版社1987年版,第370页。

[2] 余英时《士与中国文化》,上海人民出版社1987年版,第318—319页。余证"(郭)林宗之时,人物评论与命相之术已截然分途。……汉末鉴识家之只论才性,不问命运,不仅在思想上为一大进步,同时在促进个人意识之发展方面亦极具作用"。

[3] 见汤用彤《魏晋玄学论稿》,上海古籍出版社2001年版,第122页。汤认为汉代的通经致用到了魏晋发生了变化,"于是中心,不在社会而在个人,不在环境而在内心,不在形质而在精神"。

手段，他们或借文学来抒发感情、表达思想①，或借艺术来陶泻郁闷、排忧解愁。② 上行下效，重才华、重文艺的态度日趋成风，晋宋之际亦然。先看文学。刘宋王室出身寒庶，皇室子孙多粗鄙无学，但武帝、文帝比较重文，《文心雕龙·时序篇》有言："宋武爱文，文帝彬雅，秉文之德。"③ 宋文帝则于元嘉十五年（438），立儒学，十六年，立玄、史、文三馆，选师任教（《南史·文帝纪》），这是中国历史上文学第一次被列为官学。对于善于文学的士人，文帝颇为赏识，如谢灵运、范晔。（分别见《宋书》二人本传）

宗室临川王刘义庆"爱好文义，才词虽不多，然足为宗室之表"，"招聚文学之士，近远必至"（《宋书》本传），编写了著名的文学作品《世说新语》。文帝给他下诏时，也每每加意斟酌。王室这种重视文学的态度，客观上起到了促进当时文学创作繁荣的作用。其时著名作家有陶渊明、谢灵运、颜延之、鲍照等，钟嵘《诗品》以谢为上品，余三人为中品，实以陶的成就最大，但后三人对南朝的文学创作影响更大。④ 其时的文学由重玄言一变为重山水，文学作品更讲究驰文骋采⑤，同时，音律

---

① 如陶渊明《五柳先生传》："尝著文章自娱，颇示己志，忘怀得失，以此自终。"《宋书》本传谓此系其"自序"，正以表明他的文学态度。又《宋书·颜延之传》，颜遭贬，愤而作《五君咏》。此例甚多，不再举。

② 余嘉锡：《世说新语笺疏》（上海古籍出版社1993年版，第121页）："谢太傅（谢安）语王右军曰：'中年伤于哀乐，与亲友别，辄作数日恶。'王曰：'年在桑榆，自然至此，正赖丝竹陶写。恒恐儿辈觉，损欣乐之趣。'"斯以音乐为消遣者。

③ 范文澜《文心雕龙注》注此曰"《齐书》《王俭传》谓宋武好文章，天下悉以文采相尚"，实应为《南史·王俭传》，原文为"先是宋孝武好文章，天下悉以文采相尚，莫以专经为业"。然刘勰既有此文，当自有据。《宋书·武帝纪》载其于永初三年，曾下诏兴修学校，鼓励"教学"。又范注"文帝彬雅"条曰："《南史·临川王义庆传》谓文帝好文章，自谓人莫能及"。按其原文为："文帝以为中书舍人。上好为文章，自谓人莫能及……"《宋书》"文帝"作"世祖"，钱大昕《廿二史考异》（丛书集成初编本，中华书局1985年版）："鲍照为中书舍人在宋孝武帝时"；据《宋书》鲍照本传，其为中书舍人亦在孝武帝时，《南史》之"上"当为宋孝武帝。

④ 陶渊明生处晋末宋初，谢、颜主要生活在元嘉期间（见其本传），鲍则下延至宋孝武时（见上注）。又《南齐书·文学传论》指出齐梁文章有三体，谢开"典正可采，酷不入情"体；鲍创"发唱惊挺，操调险急，雕藻淫艳，倾炫心魂"体，皆准确。唯于"缉事比类，非对不发，博物可嘉，职成拘制"体，以为发自傅咸、应璩则不确，此体实即颜延之体。

⑤ 见《宋书·谢瞻传》："瞻善于文章，辞采之美，与族叔混、族弟灵运相抗。"又元嘉时之袁淑"文冠当时"（《南史·临川王义庆传》），亦"文采遒艳"（同书本传）。可见当时文学创作对辞采非常重视。

也被应用于诗文创作之中。《诗品》记载齐王融曾言范晔、谢庄颇识音律，范晔也自称"性别宫商，识清浊"①。范晔时代这种重文采、重声律的风气明显感染了范晔，与前代史书相比，《后汉书》语言丽采与骈偶的特点更为突出。

再看清谈。两晋士人好尚清谈，在王衍等人推动下，"矜高浮诞，遂成风俗"（《晋书·王衍传》）。东晋宰相王导、谢安都喜欢清谈。② 宋世相沿，清谈的习气仍然十分浓厚，清谈甚至具有影响朝廷政治的作用。宋武帝出身寒门，缺乏深厚的学术修养，清谈本领不如刘毅。刘裕的部将胡藩要求刘裕除掉刘毅，他的理由是"夫豁达大度，功高天下，连百万之众，允天人之望，毅固以此服公。至于涉猎记传，一咏一谈，自许以雄豪，加以夸伐，搢绅白面之士，辐凑而归，此毅不肯为公下也"（《南史·胡藩传》）。刘毅较刘裕更长于学术，长于清谈，竟能以此获得士大夫的拥戴，难怪刘裕部下对他十分嫉恨。刘裕为了得到士人的归附，也附庸风雅，摆出清谈的架势。《南史·郑鲜之传》曾载："（宋武）帝少事戎旅，不经涉学，及为宰相，颇慕风流。时或谈论，人皆依违不敢难。鲜之难必切至，未尝宽假。与帝言，要须帝理屈，然后置之。帝有时惭恶变色，感其输情，时人谓为'格佞'。"郑鲜之对刘裕的心思琢磨较透，知道刘裕倾慕时风，故意不"依违"刘裕，假意与刘裕辩个是非曲直，让刘裕觉得是在进行地道的清谈，从而讨得刘的欢心。刘裕不仅自己喜欢清谈，对擅长清谈的士人也非常欣赏，予以拔擢。③ 宋文帝对清谈之士也很赏识。④ 皇帝在上提倡，臣子自会在下应和。元嘉朝，颜延之也有清谈之尚："延之居身简素，清静寡欲，凡所经历，务存不扰。在江州，禄俸外一无所纳。独处斋内，未尝出户，吏人罕得见焉，虽子弟亦不妄前。时时见亲旧，未尝及世事，从容谈咏而已。"（《南史》本传）

---

① 曹旭：《诗品集注》，上海古籍出版社1994年版，第337—339页。
② 见余嘉锡《世说新语笺疏》第213页王导与王濛、王述、桓温、谢尚、殷浩等谈玄，第226—227页支道林、谢安、谢朗等讲论，第237页支道林、许询、谢安、王濛等清谈。
③ 例见《宋书·王惠传》："陈郡谢瞻才辩有风气，尝与兄弟群从造惠，谈论锋起，文史间发，惠时相酬应，言清理远，瞻等惭而退。高祖闻其名，以问其从兄诞，诞曰：'惠后来秀令，鄙宗之美也。'即以为行太尉参军事，府主簿，从事中郎。"
④ 《宋书·谢灵运传》："既至，文帝唯以文义见接，每侍上宴，谈赏而已。"可见文帝所赏仅为灵运的文才及谈功。

第一章　范晔的时代

范晔不太擅长清谈，他自己也以此为憾，事见其《狱中与诸甥侄书》："口机又不调利，以此无谈功。"可见他并不是不想手挥麈尾，大谈玄理，只是由于口齿不太流利的先天限制，所以才没有开发这个方面的潜力，他将自己的才华展现在书法、音乐等艺术形式上。

再看书法。东晋尚书法，王羲之父子名垂后世，至刘宋，这种风气仍然较浓。书法拙劣，则有损声誉。武帝刘裕素不善书，为了不致太失体面，刘穆之建议他"纵笔为大字"（《宋书·刘穆之传》），以此遮丑。宋文帝擅长书法，王僧虔云"宋文帝书，自云可比王子敬，时议者云'天然胜羊欣，功夫少于欣'"（《南齐书·王僧虔传》）。王僧虔还说，"范晔与萧思话同师羊欣，后小叛，既失故步，为复小有意耳……谢综书，其舅云紧生起，是得赏也，恨少媚好"。可见范晔与其外甥谢综受时风的影响，都是书法高手。庾肩吾《书品》①列文帝的书法创作为中品，刘宋永初、元嘉朝同时列名《书品》的还有：羊欣、王僧虔、孔琳之、张永、宗炳、谢灵运、萧思话、刘穆之、朱龄石、谢晦、徐羡之等。②诸人既有文臣，也有武将，这反映当时之人对书法艺术的重视与爱尚，也说明当时书法艺术异常兴盛。书画同源，刘宋绘画风气也很浓，善于绘画的士人较多，南齐谢赫的《画品》③就列有宗炳、王微、顾骏之、陆绥等刘宋一朝的善画之家。宗炳还著有论画名著《画山水序》，王微则著有《叙画》，可见他们对绘画的研究已经上升到理论的高度。此外，刘宋时期，围棋、音乐等各种其他技艺也都为时人所重，为时人所爱。文帝爱下围棋，曾与羊玄保以棋赌郡，结果羊获胜，得"补宣城太守"（《宋书·羊玄保传》）。何承天、何尚之、徐羡之均善于围棋。当时还有很多通晓音乐的人才，如杜慧度、戴颙、沈道虔等皆善弹琴。④范晔本人即精通音律，"善弹琵琶，能为新声"（《宋书》本传）。也有很多士人身兼多

---

① 见唐张彦远《法书要录·梁庾肩吾〈书品论〉》，刘石校点，辽宁教育出版社1998年版，第28—33页。

② 笔者按：王僧虔虽入《南齐书》，而卒于永明三年（485），"时年六十"，范晔死时（元嘉二十二年）（445），王已二十岁，年龄不小，终元嘉之朝二十八岁。王本传也言宋文帝见其书扇，十分赞赏，则王书在元嘉时当已出名。余人并见其《宋书》本传。

③ 见沈子丞编《历代论画名著汇编》，文物出版社1982年版，第17—20页。

④ 见《宋书·杜慧度传》：（杜）"布衣蔬食，俭约质素，能弹琴"；同书《戴颙传》：（戴）"父善琴事，颙并传之，凡诸音律，皆能挥手"；同书《沈道虔传》：（沈）"受琴于戴逵，王敬弘深敬之"。

项技艺，诗书琴棋，无所不能，如萧思话、孔琳之、江湛、王微等。

南朝这种重艺术、重个人技艺的风气影响很远，甚至拓拔魏朝也心存羡慕。魏主拓跋焘带兵南侵时，就专门派人向驻守彭城的刘义恭、刘骏索要"箜篌、琵琶等器及棋子"（《宋书·张邵附张畅传》）。

南朝重文艺，骋才学的风气还反映在著史上。梁启超在《中国历史研究法·过去之中国之史学界》中指出："两晋、六朝，百学芜秽而治史者独盛。"① 两晋南北朝著史之风十分盛行，史学著作的数量多得惊人。《隋书·经籍志》曰："凡史之所记，八百一十七部，一万三千二百六十四卷。通计亡书，合八百七十四部，一万六千五百五十八卷。"这些史书绝大部分都是魏晋南北朝时所作，两汉及两汉之前的史书只占极小的比例。这个数字与经部书籍"通计亡书，合九百五十部，七千二百九十卷"的数字相比，部数略差，卷数却是经部书籍的两倍还多。② 其中与史传有关的正史、古史、霸史、杂史、起居注、旧事篇等加起来总数约为486部，这还不包括亡佚之书，各书积加起来的总卷数就更令人惊叹了。整个魏晋南北朝，"几乎代代有史，国国有书有录"③。士人们不仅为同时代作史，也为前代作史，如后汉书、纪就有十家，六朝史风之盛，可见一斑。

史学如此兴盛的原因很多，首先，汉代以后，造纸术大为进步，书写字体多样化，汉字书写较以前更简易，更迅速，著书出书较以前更为容易，所以，书籍数量空前上升。④ 其次是政治方面的原因。从东汉至南朝刘宋，政治形势混乱，国家难以统一，民族关系复杂，各个政权或为了吸取前代经验教训，或为了批斥其他政权为非正统，纷纷著史、编史。据《史通·古今正史》，魏文帝、孙权都曾专令修其本朝史。⑤ 又据同书《史官建置》，自汉而后，政局虽然动荡，但各朝均有专门记史之官，曹魏为著作郎，晋为大著作及佐著作郎，宋则更为著作佐郎，负责采集素材，"资以草传"。朝廷重视著史的另一个原因是，魏晋南朝诸皇室多出

---

① 梁启超：《中国历史研究法》，第16页。
② 见高敏《试论魏晋南北朝时期史学的兴盛及其特征和原因》，《史学史研究》1993年第3期。
③ 同上。
④ 见朱仲玉《魏晋南北朝时期史籍散论》，《史学史资料》1979年第4期。
⑤ 见浦起龙《史通通释》，第346—347页。

第一章 范晔的时代

自普通门第,著史立史,能够记录下来他们的功绩,并将他们的言行传之后世,助其名勒汗青,永垂不朽。刘宋出身卑微,又处在重视门阀的时代,所以对著史修史更为看重。宋文帝曾于元嘉十六年(439)立史学馆,由何承天负责教授,又以《三国志》记事伤于简略,特命裴松之为之作注。从士人的角度来看,这一历史时期,政治变化迅疾,参政士人多无善终,名士罕有全者,不如专学,或文或史,避入另境,起码可以捍卫自己独立的人格,保障性命安全。东晋南朝,士族与庶族之间分野越来越大,种姓几乎成为一种信仰,史书正好可以载录高门望族的言语、交际、风格,专门的家传在此期大量出现,正史中家谱的味道也浓烈起来。

再次为学术变迁及社会风气方面的原因。金毓黻先生在分析魏晋私家史学发达时曾道:"两汉经师,最重家法,至后汉郑玄,而结集古今学之大成。魏晋以后,转尚玄言,经术日微,学士大夫有志撰述者,无可发抒其蕴蓄,乃寄情乙部,一意造史,此原于经学之衰者一也。"[①] 他以为经学的衰微乃史学发达的一个重要原因,其说极是,但欠精确。魏晋士人发抒蕴蓄并不一定要著史,其途径很多,如文学、清谈、书法、绘画、弹琴,等等。事实上,两汉经学家法相承的传统日渐削弱,社会思想日益开展,个性渐张,特立独行的现象日益增多。个人不必专循一家一例之言、行,重个人、重本体、重今生、重智性、重知识的风气日盛。有抛开道德,图感官之快者;也有独偏一技,逞爱好之长者,著史正其一枝,爱史者自然愿意一展其才华。六朝虽立史官,但朝代兴替频繁,王权衰微,王室对史学的垄断也不如汉代强烈,这也给士人们著史修史提供了一个相对宽松的政治环景。

最后为时代及个人的原因。曹丕以为,人生百年,要传名后世,"莫若著篇籍"。儒家三大德,立言居其一,如果能够立言传世,自可千秋不朽。为文著史,都是立言,著史的传承似乎更久远、更绵长,那些"疾没世而无名"的士人往往选择著史以立名。宋文帝就曾称赞过裴松之,夸奖他的《三国志注》"为不朽矣"(《宋书·裴松之传》)。著史兴盛也反映魏晋之后,士人创造之气日趋退化的趋势:汉末之士,尚能有谈有

[①] 金毓黻:《中国史学史》,河北教育出版社2002年版,第105页。同页他还指出魏晋史学兴盛另三个原因:君相之好尚;学者之修坠;诸国之相争。

论；魏士有才，刘陈阮嵇，都能著作；西晋太康之士，如潘陆之流，"才如江海"，创意虽亚于竹林二士，也还可以称作著作之家。此后的士人，专务清谈，如王夷甫之流，再也不能有所创作。斯风之绪，直随过江，终南朝金粉，伴秦淮烟云。自魏至陈，开创之风，代代减退，温软之习，代代增累。至梁代时，江东世族子弟，竟然视马为虎，弱不禁风。生活之面窄隘不堪，人生阅历平顺简单，逐日所习，仅书籍典章，不知征战，不屑刀枪，不识公务，不通世事，故所作诗文，亦唯风花雪月，儿女情长，积案盈箱，毫无刚健之气。名为朝廷之贵族，实乃社会之赘人。人生乏刚健，学术缺创意。而当时的史学著述，与文学创作相比，对独创性的要求似乎低一些，史书作者的功力主要在对各种典籍、材料的掌握、编辑与整理上，作者自己独力创作的成分不多，这或许也起到了促使史家进行史学著述的作用。正是在这样的背景下，范晔攒聚诸家后汉史书精华，编作了《后汉书》。

总之，汉末之后，个性解放的士人们，纷纷将自己个人独有的才华充分地展现出来，再无半点掩饰，整个时代对人们的才性、才华也极为看重，于是重文骋才相沿成风，刘宋士人也深受感染。

第四节　尊尚佛祖的宗教信仰

"南朝四百八十寺，多少楼台烟雨中"。南朝佛教的兴盛，前人早已有定论。作为外来宗教，佛教在中国取得如此巨大的影响与成就，当然有许多原因。从两汉到魏晋南朝，经学的逐渐衰落、思想领域的逐渐解放应是导致佛教兴盛的一个重要前提之一。汉武帝罢黜百家，独尊儒术，实质上是完成国家意识形态的统一。[①] 西汉时代，经学与政治紧密相关，而儒生多只通一经，代代相传，严格恪守师法。东汉光武中兴，倡导经学，经生多以章句之学升官获爵，经学成为获取禄利的手段，桓荣就是最好的例子。[②] 一经说至万言，或一人兼通数经，本微而末重，经学已变

[①] 见葛兆光《中国思想史》第一卷《七世纪前中国的知识、思想与信仰世界》，复旦大学出版社1998年版，第381页，葛先生指出董仲舒《春秋繁露》之后，"儒家的思想学说终于形成了理路贯通、兼备形上形下、可以实用于社会的国家意识形态，完成从理想主义到现实主义的过渡"，其意即汉武帝后，儒学已日渐成为国家意识形态。

[②] 《后汉书·桓荣传》载其家三世"父子兄弟代作帝师，受其业者皆至卿相，显乎当世"。

第一章　范晔的时代

得面目全非，同时，务为竞说在客观上也起到了促进士人思想创新的作用，产生了"风气益开，性灵渐启"的效果。① 东汉末期，宦官、外戚当权，经学无关政治，士人以经获禄之途中断。经学与当朝政治统治分离，它作为国家统一意识形态的绝对地位日渐丧失，经学学习变成纯粹的学术研究活动。统一的意识形态衰落了，各种充满个性的专门之学乘机浮出水面，魏武重法术，魏文好通脱，更给社会及士人展现丰富个性提供了一个宽阔的背景，这反过来更加速了经学作为一统思想的衰微。上层士人由东汉的清议一变为魏晋的玄学论辩，下层百姓也获得更多自由的思想空间及信仰空间。社会的腐败，正义与正直的丧失，个人生处的微弱，使他们对玄言虚谈不太感兴趣，他们更在意世俗生活的稳定与和平。佛教就在此时传播开来，道教也应运而生。此时的佛教与道教主要打着消灾弭祸的幌子来吸引下层百姓。② 魏晋黑暗的政治，动荡的社会，士人们多有远离政治斗争，全生避害的想法，这就给佛教、道教提供了另一个活动空间，佛教、道教逐渐渗入了社会的上层。魏晋的道教主要是神仙道③，士人信道，主要是追求长生不老。与道教相比，佛教的教义更具有思辨色彩，颇合魏晋士人好谈尚辩的风气。再则，魏晋时期的佛教已由初传的消灾弭祸一变为重义理的辨析与讨论④，为士人清谈注入了新鲜血液，《世说新语》记录很多僧人与王谢等高门士人清谈的事例。因此，佛教在士人中的流播更加迅捷，影响也更为广泛。士人们信仰佛教的甚多，《高僧传·宋京师东安寺释慧严》载有何尚之答宋文帝的一段话：

---

① 见皮锡瑞《经学历史》，周予同注释，中华书局 1959 年版，第 127 页。以上论述均可参见该书之《经学昌明时代》《经学极盛时代》《经学中衰时代》。

② 佛教以医术、方术招纳信徒见释慧皎著，汤用彤校注之《高僧传·汉洛阳安清》（中华书局 1992 年版，第 4 页）：安"外国典籍及七曜五行医方异术，乃至鸟兽之声，无不综达"。又同书第 14 页《魏吴建业建初寺康僧会》载康"明解三藏，博览六经，天文图谶，多所综涉"。佛教招揽下层百姓入佛门见王青《魏晋南北朝时期的佛教信仰与神话》，中国社会科学出版社 2001 年版，第 10—15 页，王分析指出甚至两晋时期，僧侣大部分出身寒门。道教借行医吸引百姓见张角太平道，事出《后汉书·皇甫嵩传》。

③ 卿希泰主编《中国道教史》，四川人民出版社 1988 年版，王明序，第 9 页"两晋南北朝的道教，基本上沿着神仙道教这个趋势发展，直至唐代，达到了高潮"，以见此时之道教重在神仙道教。又其第 8 页曰"神仙道教的主要目标是追求长生不死"。

④ 见汤用彤《汉魏晋南北朝佛教史》（北京大学出版社 1998 年版）自汉代至刘宋（或者东晋），最盛行的佛典是《般若经》（第 163 页），而佛教教义至汉末以来，已渐与道家结合，皆在辨明本无末有之理（第 191 页）。

度江以来，则王导、周顗、庾亮、王濛、谢尚、郗超、王坦、王恭、王谧、郭文、谢敷、戴逵、许询，及亡高祖兄弟、王元琳昆季、范汪、孙绰、张玄、殷顗，或宰辅之冠盖，或人伦之羽仪，或置情天人之际，或抗迹烟霞之表。并禀志归依，厝心崇信。

由上可知，江南冠盖不仅接受了佛教，而且，对佛教达到"崇信"的地步，大多已成为虔诚的佛教信徒。尊尚儒学的范家也没能逃脱西域传来的佛教的影响，范晔曾祖父范汪就是一个佛教信徒。晋宋之际，"涅槃"学逐渐代替"般若"学，成为佛学的主要关注点。在佛性上，"涅槃"学认为"一切众生，莫不是佛，亦皆泥洹"（竺道生《法华经注》）①。竺道生甚至指出"阐提人皆得成佛"②。以此，任何人都有信仰佛教的自由及成佛为祖的可能，佛教信仰的范围空前扩大。刘宋皇室也接纳了佛教。刘裕对佛僧十分敬重。对与卢循"交厚"的慧远，他不但不惩罚，反而以书致敬、赠送钱米（《高僧传·晋庐山释慧远》）；对与司马休之有交的慧观，他也"倾心待接，依然若旧"（同书《宋京师道场寺释慧观》）；他征伐长安时，还带着僧人慧严（同书《宋京师东安寺释慧严》）。武帝对佛教尊尚的主要目的可能在佛教的政治影响力，武帝即假借佛徒谶言禅让篡权。③ 宋文帝年少时读过不少佛经，年长后不太信佛（同上），但他比较尊佛。据《高僧传·宋京师中兴寺释慧览》，他曾请酒泉慧览下都止钟山定林寺；又据《高僧传·宋京师中兴寺求那跋陀罗》，他还曾遣使者延请天竺僧人求那跋陀罗到建康，并深加崇敬。文帝善悟佛理，尤其对竺道生的顿悟义理感兴趣，"尝述（道）生顿悟义，沙门僧弼等皆设巨难，帝曰：'若使逝者可兴，岂为诸君所屈'"（《高僧传·宋京师龙光寺竺道生》）。道生死后，文帝又专门使人寻访能够讲解其顿悟之义的僧人，如法瑗（《高僧传·宋京师灵根寺释法瑗》）、道猷（《高僧

---

① 参见任继愈《汉唐佛教思想论集》（人民出版社1998年版）第32—56页《南朝晋宋间佛教"般若""涅槃"学说的政治作用》及汤用彤《汉魏晋南北朝佛教史》第十六章《竺道生》。

② 见《高僧传·宋京师龙光寺竺道生》，第256—257页。

③ 《南史·宋本纪上第一》载太史骆达上符谶："冀州道人释法称告其弟子曰：'嵩神言，江东有刘将军，汉家苗裔，当受天命，吾以璧三十二、镇金一饼与之，刘氏卜世之数也。'"

传·宋京师新安寺释道猷》)。文帝朝大臣信奉佛教的非常多，因为佛教为这些"时秀率所敬信"，所以文帝对佛教丝毫不敢轻看，并认为六经虽可"济世为治"，如果要追求"性灵真奥"，还得以佛经为指南。（同书《宋京师东安寺释慧严》）至尊天子也只得顺从世风，可见当时社会信佛之盛。现在看来，文帝尊佛一是好其义理，二是受时代风气的制约，借佛来联络臣子与下属，稳固其刘宋统治。其时信佛的宗室及大臣有刘义康、刘义季、刘义庆、范晔的父亲范泰、王弘、何尚之、萧思话等，才子谢灵运、颜延之也都是佛的信徒，二人都有佛学论著。谢与庐山慧远等还曾组织过佛学组织"莲社"，颜也与何承天争论人与万物的差别。（均可见《高僧传》）信佛的大臣为了推广佛教的影响面，在联络高僧，彼此探讨之余，也向皇帝陈说佛教信仰对皇家政治统治的益处。何尚之曾对文帝说：

> 百家之乡，十人持戒，则十人淳谨。百人修十善，则百人和睦。传此风教遍于守内，则仁人百万矣。……夫能行一善则去一恶，去一恶则息一刑。一刑息于家，则百刑息于国。……则陛下所谓坐致太平者也。①

这进一步增强文帝弘扬佛教的信心。宋初僧人，不仅受到皇帝的赏识，可以参与朝廷的宴会，面对面与皇帝辩论佛理，一些僧尼甚至利用皇帝的宠信干预朝政，左右时局。僧人慧琳在文帝即位之前，即为文帝二兄义真所爱，义真曾经说过一旦得志，将以颜延之、谢灵运为宰相，以琳为西豫州都督。文帝时慧琳受宠信，每召见，升独榻（《宋书·颜延之传》），"遂参权要，朝廷大事，皆与议焉。宾客辐凑，门车常有数十两，四方赠赂相系，势倾一时"（同书《天竺传》）。慧琳还曾以王室内部矛盾的调解人身份代文帝处理贬谪的刘义康（同书《宋书·刘义康传》），范晔在其讽刺当朝大臣的《和香方》诗中将慧琳与何尚之、庾炳之、沈演之等鼎辅之臣序列一起（同书《范晔传》）。可见慧琳名为僧人，

---

① 《全宋文》卷28《列叙元嘉赞扬佛教事》（选自清严可均编纂《全上古三代秦汉六朝文》，中华书局1958年版）。

实为权臣。① 像慧琳这样的僧人毕竟只占少数，但当时僧尼还是能够出入王府，交接王公的。《宋书·刘义宣传》记载刘义宣"后房千数，尼媪数百"，法净尼与沙门法略竟然能够出入彭城王刘义康等家府，参与刘义康等人谋反之事，可见宋初僧尼的确拥有较强的社会活动力、社会影响力。上层信仰与重视推动佛教的传播与发展，僧尼的社会地位及经济待遇也都得到极大提高，其奢侈与浪费的负面效应也就随之而至。元嘉十二年（435），丹阳尹萧摩之奏曰："佛化被于中国，已历四代，形像塔寺，所在千数，进可以系心，退足以招劝。而自顷以来，情敬浮末，不以精诚为至，更以奢竞为重。旧宇颓弛，曾莫之修，而各务造新，以相夸尚。甲第显宅，于兹殆尽，材竹铜彩，糜损无极，无关神祇，有累人事。"（同书《天竺传》）萧摩之的上奏揭示刘宋初年佛法兴盛的弊端，这些弊端也引起朝廷重视，文帝就听从了萧的上奏，对僧众稍有淘汰。② 作为僧人的慧琳大概摸透了文帝的心思，写出贬佛的《白黑论》，何承天也附和写作《达性论》。二论一出，立即招来朝野众多信佛士人的猛烈批评，慧琳也因之被贬，尚佛的势力实是远远超出斥佛的力量。③ 至此，佛教在南朝的发展远远超过道教④，道教的影响力也远不如佛教。

大抵此时，儒学与佛学已有合流的趋势，通儒的文士多半信佛，如立儒学馆的雷次宗即是庐山名僧慧远的弟子。⑤ 范汪信佛之事已见上文何尚之奏对，范晔祖父范宁、父亲范泰都是佛的信徒。⑥ 范晔可能体察到佛教信仰带来的弊处，对佛教表现出强烈的拒斥态度，他抨击佛教以鬼神捉弄天下苍生，坚决反对佛鬼信仰。他的思想立场与同族的著名思想家

---

① 据《高僧传·宋京师彭城寺释道渊》，慧琳以贬黜佛教的《白黑论》为文帝所赏识，正反映他实是一个政治投机分子，对他来说，佛教身份只是一个掩人的幌子，但离开了这个幌子，他的政治前途也就结束了。因为他著《白黑论》，所以受到刘宋朝内信仰佛教的诸大臣（颜延之、宗炳等）的驳斥及排挤，尽管有文帝的宠信，他最终还是被贬黜到交州，再也未能恢复以前的政治辉煌。这个事例也证明当时朝内信佛势力非常强大，以致皇帝也不得不屈从。

② 同上。

③ 同上。

④ 见卿希泰主编《中国道教史》第一卷，四川人民出版社1996年版，第487页。

⑤ 见其《宋书》本传，同书《周续之传》，周少被称为"颜子"，通五经，也师事庐山慧远。而名僧多通儒经，如慧远（《高僧传·宋京师彭城寺释道渊》），晋初时，竺法雅即已用结合儒佛的格义法阐释佛理，见《高僧传·晋高邑竺法雅》："以经中事数，拟配外书，为生解之例，谓之格义。"

⑥ 范宁曾请慧持讲经，事见《高僧传·晋龙渊寺释慧持》；范泰事见其《宋书》本传。

范缜相合，与整个时代潮流有点不太相符。不信佛鬼，持无鬼论的思想，这本是极为理性的思想行为，这种行为及态度对范晔秉正著史是有帮助的。但在信佛极盛的元嘉朝，持此态度的人一定会受到大多数佛教信徒的排挤与打击，范晔也应难以避免。范晔的这种思想虽与家学一致，却与父祖有异，与时代相背，这也会影响到他的日常交游与政治仕宦。

第二章

范晔的家族与家学

范晔的祖籍是南阳顺阳。① 南阳范氏在魏晋时期并不是很著名的望族，族中缺乏创建巨勋的先辈。自魏晋至南朝，士家大族大都有创建之勋，他们或参与开朝庙谟，如颍川荀氏；或依附开国元勋，如陈留阮氏；或力救危难的朝廷，如陈留谢氏。而东晋以后突出显进的门户，几乎都走的是武功＋文学的路子，如谯郡桓氏，彭城刘氏等。范氏也不能彻底超越这样近乎固定的发展路线。范家起自循吏，后来抓住两次改朝换代的良机，由此跃入当时的士族阶层。从总体上看，范氏家族"武人"色彩不浓，基本上从一开始就呈现出文化家族特点，以儒学作为家族传统，自始至终一直坚持着儒学研习、传承与弘扬。先看范家发展缘起。

第一节 起自循吏

已知范晔先祖中，西晋范晷应是第一位在史传中有专传的。（见《晋书·良吏传》）范晷之所以能够入循吏传，是因为他很有政治管理才能，他"善于绥抚"百姓，对百姓"倾心化导，劝以农桑"，以至他所管辖的百姓对他非常依赖，非常乐意接受他的管理。儒者强调教化，即通过牧守的道德修为与身体力行来"感物而行化"（《后汉书·循吏列传》语），所以特别需要有一批能够移风易俗，风化下民的贤良官吏。范晷所作所

---

① 关于顺阳今属何处，主要有两种说法：1.《年谱》以为顺阳属今之内乡；2. 汪荣祖《史传通说》以为是河南淅川，并认为其家居会稽山阴，说同束世澂《范晔与〈后汉书〉》[选自吴泽主编《中国史学史论集（一）》（上海人民出版社1980年版）]，今从《年谱》之说。

为，正是一个受过儒家学说教育的知识分子的表现，以此，他应该具有较好的儒学修养。另有二事也可证明他与儒学深有渊源。一为《范晷传》载他"少游学清河"，以言范晷少年时曾努力问经求学；二为范晷曾为裴楷所知赏，并被他推荐为侍御史。裴楷虽为玄学家，但受儒教影响很深，与当时的山涛、和峤都是"以盛德居位"[1]，他自然不会推荐一个没有经学修养的人。范晷的儿子范广则不仅以儒术治事，更能立身修德，弘扬儒学。范广为堂邑令时，堂邑令丞刘荣犯事系狱，但家有老母，每至节日，范广就让他暂时还家侍奉老母，刘荣也总能如期而反。后来县堂为野火所烧，刘荣脱去枷锁救火，灭火之后，自己又戴上枷锁。这是儒家用德信治人的典型事例，范晔《后汉书》中也记载大量此类事例，可见范晔深受祖辈事迹的影响。后来范广所任县大旱，广"散私谷振饥人，至数千斛，远近流寓归投之，户口十倍"（《晋书·范晷传附范广传》），斯又厚德化人的佳事。这两件事足以体现范广承袭老父，以德术治下的作风。范广立身修行，颇有纯儒之风。西晋末年，范广携带外甥孙迈南渡，"虽盗贼艰急，终不弃之"（同上）。又有范广"疏族"雁门人范隆，四岁即无父母，范广将其收养至家，教以经书。范隆后来博通经籍，学有所成，著有《春秋三传》。（《晋书·儒林传》）范隆四岁入范家，他的《春秋》知识应该是从范广那里传袭而来的。以此可见，范家研习《春秋》的传统由来甚早。范晷、范广两代，官为循吏，地位较低，范家在他们的时代还没有能够进入士族阶层。范晷另一子范稚的妻子娶自新野庾氏，新野庾氏在南阳应该是地方大族，但在魏晋时期，甚至南朝前期，新野庾氏并未真正进入士族的上层，他们进入政治上层当在南朝中晚期。[2] 这也使范家避免受到当时上层之间盛行风俗的感染。当时晋世，上层风气甚衰，干宝《晋纪总论》具体真实地勾画出其时的情形："风俗淫

---

[1] 见《晋书·裴楷传》。又其本传，有"裴楷清通，王戎简要"之说，裴又能清谈，似乎裴乃阮籍等放荡型人物，其实不然，裴自称俗士，虽与阮籍等交，然持以礼轨（见《晋书·阮籍传》）。裴家本重儒学，裴楷从兄裴秀"儒学洽闻"（《晋书》本传），秀子裴頠更为尊尚儒学，患时俗放荡，不尊儒术，著《崇有论》，以抨击口谈浮虚，不遵礼法，尸禄耽宠，仕不事事的阮籍、何晏，及不以物务自婴，且风教陵迟的王衍等人（见其《晋书》本传）。裴楷在朝也不与杨骏、石崇交，又直言宜斥贾充，参与朝会，每陈儒家治化之功，有儒者循实之风。

[2] 据《南史》，新野庾氏"为西楚望族"（《南史·庾荜传》），但其在刘宋时仍寂寂无闻，南齐时庾杲之方得显位，到㧑仍笑其曰："蠢尔蛮荆，其俗鄙。"（《南史·到㧑传》）梁时有庾肩吾父子等知名当代。

僻，耻尚失所，学者以庄老为宗，而黜六经；谈者以虚薄为辩，而贱名节；行身者以放浊为通，而狭节信；进仕者以苟得为贵，而鄙居正，当官者以望空为高，而笑勤恪。"① 而范家因为崛起较晚，没有来得及接受这样的谈玄务虚习气，他们受的是传统道德伦理熏陶，尊尚儒学，身体力行，对下，爱民助民，化之以德信；对内，亲亲仁悌，教之以经书。这些正是范家家学的上源，后世范氏代代相替，政治地位不断提高，重儒重经传统或浓或淡，一直未曾彻底丧失。

第二节　兴由功业

范家真正挤入政治上层，成为士族中的一支，是在范汪时代。范汪是范晷的孙子，范稚的儿子，正是他第一次振兴了范家。② 他六岁过江，好学有才，《晋书》本传记他"布衣疏食，然薪写书，写毕，诵读亦遍，遂博学多通，善谈名理"；《世说新语·排调第二十五》也载有他在简文帝处清谈之事。范汪孝敬母亲，极守儒家的伦理道德。③ 与父祖不同的是，范汪以军功起家。这与他所处的时代有关，范汪他弱冠之时，恰逢苏峻之乱，只好依附庾亮、温峤④，从事征伐，位升至将军。范汪为人清直中正，不徇私。⑤ 断定范汪已进入政治上层，还有另一个证据，即范汪的联姻。范汪的女儿嫁给太原王坦之。太原王氏乃当时一流高门士族，能与这样的高门士族结为姻亲，充分说明南阳范氏此时已步入阀阅时代。依附颍川庾氏，联姻太原王氏，南阳范氏获得晋升的政治功业，以及高贵的政治身份，但也为后来受谯郡桓氏压抑排挤播下不利的根苗。桓温上台后，大肆诛杀诸庾，亲近庾氏的范氏不可能得到重

---

① 梁萧统编、唐李善注：《文选》卷第四十九《史论上》，上海古籍出版社1986年版，第2186页。
② 见《晋书》范汪本传载：荆州刺史王澄见（范汪）而奇之，曰："兴范族者，必是子也"。
③ 见《晋书》范汪本传载：（范汪）"年十三，丧母，居丧尽礼，亲邻哀之"。
④ 据《晋书》范汪本传，范汪先依温峤、庾亮，曾随庾亮十余年，后随庾翼。
⑤ 据《晋书》范汪本传，范汪外家虽为新野庾氏，但他与颍川庾氏的庾亮相գ甚笃，"为（庾）亮佐吏十有余年，甚相钦待"。当庾亮之弟庾翼准备北伐时，他抛开私情，上书朝廷，建议朝廷令庾翼取消北伐之计划，"还镇养锐，以为后图"，此为国家大局而弃其与庾氏之私恩。

第二章 范晔的家族与家学

用。① 太原王氏之王述一支，官位皆显，但王国宝为司马道子所杀，王愉并子孙都为刘裕所杀，王忱、王恺也都早死，且后继乏人，范家并未能以此婚姻在东晋后期获得多大的实际利益。又，王坦之敦尚儒学，著《废庄论》《公谦论》，斥庄老，"崇世教"（此为其本传载之谢安语），与范宁有似，范王之结姻，原因或由此。范汪还继承了父祖辈能吏之风。他虽位至将军，但主要是充当庾亮等的文职参谋，并未亲执戈矛，挥槊杀敌，所以严格说来，他仍是一个文人。范汪在政治上主张"宽惠"，庾冰主政，"颇任威刑"，他曾借天文建议道："顷天文错度，足下宜尽消御之道"（《晋书·庾冰传》），是其反对苛酷之治。他崇文尚化，"在郡大兴学校，甚有惠政"（《晋书》本传）。另外，据《后汉书·黄宪传论》，"黄宪言论风旨，无所传闻，然士君子见之者，靡不服深远，去玼吝。将以道周性全，无德而称乎？余曾祖穆侯以为宪隤然其处顺，渊乎其似道，浅深莫臻其分，清浊未议其方。若及门于孔氏，其殆庶乎！故尝著论云"，则范汪平日笃修儒术。又据范宁《春秋谷梁传序》，"升平（东晋穆帝年号）之末，岁次大梁，先君北蕃回轸，顿驾于吴，乃门生故吏、我兄弟子侄，研讲六籍，次及三传"②。可见范汪对家学颇有继承，对经学颇有研究，《春秋》三传又是研究的重点，正是在他的影响下，范宁才有后来的经学成就。在南阳范氏发展过程中，范汪确是一个承上启下的关键人物，他一方面弘扬儒学，另一方面也受到当时盛行的玄学的影响。他"善谈名理"（见上文），受当时雅尚才艺的文化氛围感染，范汪多有才艺。据《世说新语·政事第三》刘孝标注载"范汪《棋品》曰：'（虞）謇字道真，仕至郡功曹'"，说明范汪曾作有《棋品》一书，其本

---

① 据《晋书》范汪本传，桓温代庾氏后，请范汪为长史、江州刺史，范不就，自还为东阳太守。桓温很生气，于是借机免其为庶人。后范汪曾于姑孰见桓温，桓温欲倾朝廷，又重范汪的名望，大喜，准备予以太常之职，然范汪终于家中而不顺桓温之意。又《世说新语·假谲第二十七》载范汪为庶人后，曾拜访桓温，桓温亦喜，准备予以太常之职，但范汪"恐以趋时损名"，竟言："会有亡儿瘗在此，故来省视。"桓温大失所望，而范汪也未达到其目的。刘孝标注引《中兴书》则异于此说，而与范汪本传记载略同，更斥桓温之蛮横霸道。其本传有中和二者之嫌。考虑范汪与庾氏有旧，而桓温则大肆诛压庾氏，于私，二人难以和合；另外，桓温后来虎视朝廷，有自代之意，这也是顾全大局的范汪所不能容忍的，故《中兴书》更近真实情况。又，范汪之子范宁等"终桓温之世"，"无在位者"，皆为桓温所抑（见《晋书·范宁传》）。桓温对范汪的后代尚且如此压抑，足以反映他对范汪的不满，以及范汪对他的不屈。

② 见《十三经注疏·春秋谷梁传注疏》，北京大学出版社1992年版。

人也必然善于棋道。① 范晔"性精微有思致，触类多善，衣裳器服，莫不增损制度，世人皆法学之"，即可能与其乃祖一样，受时代重视艺能风气的影响。此外，东晋一代，南阳范氏尚有范坚及其子范荣期见之史传。范坚为范汪之叔，所以他像范汪的父辈一样，经学修养甚深②，其子范启的学问与他有所不同。范启"以才艺显于世"，与"清谈之士庾龢、韩伯、袁宏等，并相知友"（《晋书·范坚传》），是一个典型的玄学派人物。范汪、范荣期等这种雅重艺能的态度也为范氏家学系统注入新的内容，三代之后，范汪孙范晔学就一身才艺，诗文、书法、音乐都兼而通之，这也有家族遗风吧。范汪还接受了当时极为盛行的佛教信仰。佛教在东晋时期已渗入政治上层，为士人所尊信，与盛行的清谈合流。佛理成为清谈的一个重要内容，佛学与玄学渐渐融合起来。同时，佛学与儒学也日渐接近、合流。孙绰就在其《喻道论》中说道，"佛即周孔，周孔即佛，盖外内名之耳。……应世轨物，盖亦随时，周孔救极弊，佛教明其本耳，共为首尾，其治不殊"③。是其调和儒佛也。东晋末年的释慧远也主张"如来之与周孔，发致虽殊，潜相影响；出处成异，终期必同。故虽曰道殊，所归一也"（《高僧传·慧远传》）。时风如此，出身儒家的范汪信佛也就不足为怪了。但细检诸史，并无范汪过于尚佛的记载，范汪本传史臣论也强调他"风飚直亮，抗高节于将颠"，说明他颇重儒学，儒者的忠直节操观念仍极为强烈。实际上，范家真正尚佛应在范泰一代，至范晔、范缜，则又摈弃佛教信仰，有点儿回归本学的态势了。

第三节 尊儒与尚佛

范家在学术上的最高成就者应是范汪的儿子，范晔的祖父范宁。范宁因乃父不附桓氏的缘故，仕宦不顺。④ 远离政治斗争，范宁一心为学，终成一代名儒。他一生都在推崇儒家明经笃行的道学。他极为反感浮华的时俗，以为其罪在王弼、何晏之提倡，比拟王、何为毁道伤道的桀纣。

---

① 范汪《棋品》一书又见《世说新语笺疏·方正第五》（第322页）刘孝标注。
② 据《晋书·范坚传》，其子"经学不及坚"，则坚之经学修养可知矣。
③ 清严可均编纂《全上古三代秦汉六朝文》（中华书局1958年版）之《全晋文》卷62。
④ 据其《晋书》本传，先有桓温压抑，后为王国宝排斥，又受王凝之参奏，宦位不高。

可以说，是他将南阳范氏代代相沿，世世传习的儒家家学发扬光大的。总概起来，他主要有两大成就：一为作《春秋谷梁传集解》；一为大力倡学，开办学校，收养门徒，授学弘道。前文已叙，南阳范氏本有传习《春秋》的传统。范宁又"以《春秋谷梁氏》未有善释，遂沉思积年，为之集解，其义精审，为世所重"（《晋书》本传）。据范晔《后汉书·郑玄传论》载："郑玄括囊大典，网罗众家，删裁繁诬，刊改漏失，自是学者略知所归。王父豫章君每考先儒经训，而长于玄，常以为仲尼之门不能过也。及传授生徒，并专以郑氏家法云。"以此知范宁推重的是郑玄，研究经学依循的是郑玄的"家法"，并以其法传经授业。郑玄处于东汉末期，其时古文经学的发展势头超过今文经学，同时今古文经学也开始融合。郑玄学问博大精深，为一代巨擘，影响至大。皮锡瑞《经学历史·经学中衰时代》道"郑注诸经，皆采今古文"，又道"郑采今古文，使两汉家法亡不可考，则亦不能无失"，与范晔言之"网罗众家"意义相近。范宁所据的郑玄之"家法"应该就是这种兼采众家的方法。范宁《春秋谷梁传序》也道："释《谷梁传》者虽近十余家，皆肤浅末学，不经师匠。辞理典据，既无可观，又引《左氏》《公羊》以解此传，文义违反，斯害也已。于是商略名例，敷陈疑滞，博示诸儒同异之说。"可见范宁注《谷梁传》也是综贯各家，遍采诸说，并不拘泥于一家一师之陈言，他的注疏方法同于郑玄。范宁在作《谷梁集解》（以下简称《集解》）时，不仅引用其他各家的观点，同时也大胆地将自己子侄、门生的观点引入其中。《集解》中就载有范宁之子范泰、范雍、范凯及其从弟范邵等人的见解、论点，也有其父亲范汪的门生故吏江熙等的言说。[①] 他的《集解》的确是一部"集解"，集聚当时各家的见解，也集聚范家长幼诸人的见解。范宁《集解》博采百家，也深得后世推重。宋王应麟《困学纪闻》

[①] 见《十三经注疏·春秋谷梁传序》杨士勋疏，范泰、范雍、范凯、范邵在《集解》中分别被称作"泰""雍""凯""邵"。又据杨士勋疏，范汪"帅门生故吏、我兄弟子侄"的"门生"意为"同门后生"，即上述诸范；"故吏"即"昔日君臣，江、徐之属是也"。再据《集解》本书，杨意"江"应即江熙，徐或为徐邈。邈与范宁同时代人，《晋书》范宁本传云，"既而徐邈复为之注，世亦称之"。如此，则徐邈所注在范宁之后；杨士勋列举魏晋以来注《谷梁》者，录有徐乾，无徐邈。但《晋书·徐邈传》并无其师从范汪的记载，《隋书·经籍志》有邈著《春秋谷梁传》。《集解》又有徐乾，《隋志》载其为晋人，有《春秋谷梁传注》13卷，梁时犹在，当不是杨所指之"徐"。

载道:"《文中子》谓:范宁有志于《春秋》,征圣《经》而诘众《传》。盖杜预屈《经》以申《传》,何休引《纬》以汨《经》,唯宁之学最善。"① 《十三经注疏》中的《谷梁春秋》采用的就是范宁《集解》本,范家之学也因为这一本书而流传后世,范宁创始之功可谓巨大。

再谈范宁修学校,崇学术。汉末以来,政局动荡,玄学又兴,儒学中衰,各个王朝对兴修学校都不如汉代那么重视,学校建设也不如两汉那么兴盛。② 范宁所处的东晋亦然。他却顶住如此世风,为余杭令时,"在县兴学校,养生徒,洁己修礼,志行之士莫不宗之,期年之后,风化大行"(《晋书》本传)。这在当时是很少见的,但还只是他兴校崇学的开始。当他被贬黜出京,为豫章太守时,"又大设庠序,遣人往交州采磬石,以供学用,改革旧制,不拘常宪。远近至者千余人,资给众费,一出私禄。并取郡四姓子弟,皆充学生,课续《五经》。又起学台,功用弥广"(《晋书》本传)。为了弘扬学术,他甚至将自己的"私禄"都投入到办学之中。学生远近千余人,盛况空前,以致史臣叹道"自中兴已来,崇学敦教,未有如宁者也"(《晋书》本传)。此外,范宁在朝内敢于直言,曾陈书以为应该减轻百姓的劳役,修平静之政,并主张早土断、省小郡、去送迎、慎选举,等等。诸言都极为中肯,甚得孝武帝赞赏。大约与范宁同时,范家还有一位继承崇儒、直言家风的士子范弘之。弘之是范汪的孙子③,范宁的侄子,"雅正好学"、"儒术该明",曾上书指斥谢万贪败,桓温谋逆,得罪谢氏、桓氏,虽然"亮直",始终不能仕显。(《晋书》本传)

范宁虽鄙斥浮华,也未能完全摆脱时风影响。据《晋书·王忱传》,王忱"任达不拘",时或"裸体而游",而范宁竟赞他道"卿风流隽望,

---

① 孙通海校点本第158页,辽宁教育出版社1998年版。
② 见《南史·儒林传》载:"洎魏正始以后,更尚玄虚,公卿士庶,罕通经业。时荀颉、挚虞之徒,虽议创制,未有能易俗移风者也。自是中原横溃,衣冠道尽。逮江左草创,日不暇给,以迄宋、齐,国学时或开置,而劝课未博,建之不能十年,盖取文具而已。是时乡里莫或开馆,公卿罕通经术,朝廷大儒,独学而弗肯养众,后生孤陋,拥经而无所讲习,大道之郁也久矣乎。"此为梁以前的状况,梁时始立全五经博士,置讲师。
③ 据《晋书》范弘之本传,他与范宁基本处在同一时代,二人年龄相差当不大。又据同书《范汪传》,汪另有长子范康,或者范弘之乃出自长房,为范康之子。

真后来之秀",王说道"不有此舅,焉有此甥"①。范宁还称善能清谈的张玄为"吴中名士"②,看来他也沾染了玄风。《世说新语·言语第二》第97则曾载道:"范宁作豫章,八日请佛有板,众僧疑,或欲作答。有小沙弥在坐末曰:'世尊默然,则为许可。'众从其议。"南朝人王琰作的《冥祥记》记载有范宁遇见佛教神异之事:"晋太元中,豫章太守范宁,将起学馆,遣人伐材其山。见人著沙门服,凌虚直上。既至,则回身距其峰;良久乃兴云气,俱灭。时有采药数人,皆共瞻视。能文之士,咸为之兴。"③是又证明范宁信佛。范宁虽信佛,但"勤于经学,终年不辍",仍应是一位儒师、儒者。他的儿子范泰则笃信佛教。

范泰在东晋也受桓氏压抑,桓玄主政时,遭贬谪。(《宋书·范泰传》)但他抓住晋宋转换的良机,及时向后起军阀刘裕靠拢,改变了南阳范氏自范汪以来受抑难起的局面。刘裕讨伐卢循时,时任东阳太守的范泰为其发兵、赠粮,助刘氏于关键之时,所以深得刘氏政权的尊宠。刘宋时为尚书兼司空,为宋武帝加九锡,随武帝征洛阳,有脚疾,宋武帝特别命令赐以乘舆,同登彭城。文帝时为特进,更受尊重。此外,范泰颇知为家族计较,将其子范晏送入刘义真幕府(见《宋书·刘义真传》),范晔、范广渊送入刘义康幕府,深结诸王,树立范家的政治势力。在扩充家族势力上,他做得比其父祖更好。范泰也崇学好学,曾上表建议应该建立国学,其本人"博览篇籍,好为文章,爱奖后生,孜孜无倦",并撰《古今善言》二十四篇及文集,流传于世。范泰还经常向上直谏,如谏少帝应远狎小,亲政事;建议文帝应政为宽和,为刘宋江山夯实基础,等等。范泰的政治能力却不如乃祖,传载其"拙于为治",所以做不了处理实务的官员,元嘉时,"遂轻舟游东阳,任心行止,不关朝廷"。范泰对佛教的信仰却超过了他的父祖。据《高僧传·慧严传》载文帝语,范泰曾言"六经典文,本在济俗为治",若求灵性真奥,还得以佛经为指南。斯则至范泰,佛教已与儒学结合了,一主世俗,一救灵性,似乎佛教比儒学更高深,更理念化。又据同书《慧义传》,元嘉初,范泰还曾立

---

① 此话出自《晋书·王忱传》,王至范所,恰逢张玄,范令王与张"语",王竟不与言。范宁责备王忱,王认为张如要谈,自可造访,其本人不必先与之"语"。范道"卿风流隽望,真后来之秀",王说道"不有此舅,焉有此甥"。《世说新语·方正第五》之第66则也载此事。
② 此语见上注所引书。又张玄善清谈,事见《世说新语·夙惠第十二》之第4则。
③ 见鲁迅《古小说钩沉》,齐鲁书社1997年版,第298页。

祗洹寺，专请慧义讲传佛经，《全宋文》还载有慧义写给范泰的《答范泰等书》（卷63）。范本传也指出他晚年"事佛甚精"。范泰信佛可谓笃矣。据范泰本传，王忱认为他比较谨严[①]，似乎他秉承家风甚正。但其本传又言"泰好酒，不拘小节，通率任心，虽在公坐，不异私室"，是范泰性格通脱，与魏晋以来的士人性格合拍。范泰又曾戏笑赵伦之[②]，是其性格于先辈的谨厚稍有改变。范泰身上已融合有儒、佛、道各家精神与作风，这也是时世发展的潮流所致。范泰奉佛最盛，作为儒者也不如范汪、范宁那么纯直，这可能是他目睹晋宋转换，又亲历家族压抑所致。范汪、范宁都坚决不与当政的权臣合作[③]，范泰在政治上比他们善于投机。他的为人处世态度比其父祖更委婉一些，也就是说他对儒家原则的坚守性要差一些。范泰这种通脱、任性的性格也影响了他的儿子范晔，范家的家风至此有了另一个转趋的方向，范晔就选择了范泰的通脱的方向，不过，他又在乃父的基础上有所"增益"，以致养成任性冒急的性格。

第四节　无鬼论与儒学

南阳范氏发展到范泰时，学术上已开始有新的变化，即有合儒、佛、道的趋势；政治上则更加温和实际，取与统治者妥协、合作的态度。范泰的仕宦是范氏最显赫的，这本来给他的直系后代提供了一个极好的仕进机会，但范晔的谋反事件又使范家遭受新的打击，后世离范汪等渐远，鉴于范泰与范晔的经验，又有了更新的发展趋向。其趋向主要有二：一者为温和派，吸收的是范泰的政治态度，与当权者合作，以获得实际的政治利益，如范云；一者为激进派，吸收的是范泰为人的态度，又增而益之，主要在思想领域与世风抗衡，如范缜。前者受范泰的影响也许更多一些，后者受范晔的影响则更多一些。

---

① 有人以范泰与谢邈比，王忱道"茂度（谢邈）漫"；又与殷颛比，王道"伯通（殷颛）易"。

② 见《宋书·赵伦之传》，伦之以外戚居高位，范泰好戏谓曰："司徒公缺，必用汝老奴。我不言汝资地所任，要是外戚高秩次第所至耳。"

③ 范宁持正的态度还可见《宋书·徐邈传》："初，范宁与邈皆为帝所任使，共补朝廷之阙。宁才素高而措心正直，遂为王国宝所谮，出守远郡。邈孤宦易危，而无敢排强族，乃为自安之计。"徐亦为儒者，其秉正的态度则不如范宁。

第二章 范晔的家族与家学

据史传记载，范云、范缜乃从兄弟，都是范汪的六世孙。范晔为范汪四世孙，论辈分，范晔应是云、缜的从叔祖。范云（宋武帝元嘉二十八年至梁武帝天监二年）历经南朝宋、齐、梁三代，在南齐时，与梁武帝萧衍等同为齐竟陵王萧子良门下的"竟陵八友"，以此与萧衍结下较深的友谊，梁朝建，参与谋谟，为梁之开国勋臣，深为梁武帝器重，宦位极显，其政治遭遇与范泰近似。范云为政勤谨，"好节尚奇，专趣人之急"，乐于诱进后学，有家族之风①，而"性颇激厉，少威重，有所是非，形于造次"，也有范泰任达之风，只是过于范泰，近似范晔。范云又发扬范氏作为文化士族的另一面，即文学才华。就目前所见作品来看，他应是范氏家族中文学成就之最高者。钟嵘《诗品》列其诗为中品，称其诗"清便宛转，如流风回雪"，属于温柔委婉一派。要之，范云较好地将家族敦谨的经学加循吏作风与时代雅尚才艺的风气结合起来，他走的是范氏经过妥协后所采用的路线。

范缜则更接近范晔。范晔在个人性格的好尚上，继承其父范泰的居多，但在思想意识上，则较其父更为倾向范氏家学——儒学。范氏传到范晔一代及其下一代的范缜一代，对佛教已不太尊信。据《高僧传·慧义传》，范泰生前曾以果竹园 60 亩施舍予其所立的祇洹寺。范泰一死，他的儿子范晏"遂夺而不与"，慧义也只好移居外寺。范晏明显不如他的父亲那么尊信佛教。范晔则认为死者神灭，常欲著《无鬼论》，临死的时候还告诉何尚之："寄语何尚书，天下绝无佛鬼。"但范晔并未能够写作出来《无鬼论》。范缜替他完成了这个任务。范缜或受范晔的影响，深信无佛鬼，著《神灭论》。范缜生处齐梁之时②，"勤学"，"博通经术，尤精《三礼》"，以此可知范缜继承了治经学的家风。南齐时，范缜曾入竟陵王萧子良西邸，与"竟陵八友"有过一段共事记录，与梁武帝萧衍的交谊也就是在这段时间内建立的。梁朝建，其以高祖旧友获官，后因力举王亮被贬，再高升，但仕宦不如从兄范云。（见《梁书·范缜传》及《王亮传》）范缜"性质直，好危言高论，不为士友所安"（《梁书·范缜

---

① 据《梁书》范云本传，其为始兴太守，"抚以恩德"，"商贾露宿"；入梁，谏议梁武帝要谨慎、远离女色，皆家风本色。范云对后学积极鼓励，如刘孝绰、裴子野、何逊等，杜甫有"沈范早知何水部"，参见曹道衡、沈玉成《南北朝文学史》第九章"范云"一节。

② 关于范缜的生卒年，可参考胡适《范缜萧琛范云的年月》（天津《大公报·文史周刊》1947 年 8 月），胡推其生于元嘉二十七年（450），卒年未定。

传》），其激进之处正与范晔相似，二人都有些恃才骄人，难与众合。关于范缜《神灭论》，前人研究著述已经很多，这里不想再去具体讨论有关《神灭论》的细节问题。《神灭论》的主要论点为："神即形也，形即神也；是以形存则神存，形谢则神灭也。"今世多目范缜为无神论斗士，杰出的唯物主义者。此论实在有些曲解范缜的出发点及思想本质。首先，范缜的出发点在抨击佛教以因果报应说、生死轮回说来迷惑百姓，积敛财物，祸害社会与时政。刘宋时佛风已很盛，士大夫多信仰佛教，齐、梁时，佛教信仰更是达到极致。①据唐道世《法苑珠林》（四部丛刊本）卷120记载，刘宋时有寺庙1913所，僧尼3600人，梁则有寺庙2846所，僧尼82700人。范缜攻击佛教，正是因为佛教用生死轮回、因果报应、天堂地狱等欺惑百姓，以致"家家弃其亲爱，人人绝其嗣续。致使兵挫于行间，吏空于官府，粟罄于惰游，货殚于泥木"。斯为"害政"。又"竭财以赴僧，破产以趋佛，而不恤亲戚，不怜穷匮者"，不顾朋友，斯为"蠹俗"。所以范缜"哀其弊，思拯其溺"（《梁书·范缜传》）。范缜运用来抨击神不灭论的理论神灭论也来自先儒。东汉王充就曾指出"人之所以生者，精气也，死而精气灭"②，与范缜之论同出一辙。王充又主张"人死不为鬼"（同上注），也与范缜论合。章太炎先生就曾指出："范说实自王充、阮瞻来，盖学者多言无鬼，自太史公时已然（《留侯世家赞》），则范固儒说也"③。范缜之论与王充此论还略有不同，他既精学儒经，反佛但并不否认鬼的存在，尤其表现在对方引用儒家典籍上关于鬼的记载来反驳他时。如当被问曰："《易》称'故知鬼神之情状，与天地相似而不

---

① 据《梁书·武帝纪》，梁武帝于天监三年，宣布佛教为国教。据《宋书·王僧达传》中载："吴郡西台寺多富沙门，僧达求须不称意，乃遣主簿顾旷率门义劫寺内沙门竺法瑶，得数百万。"是当时僧人财富惊人。士人反对佛教主要即其奢侈与害政。又，《宋书·周朗传》载，周朗抨击佛教，指其"习慧者日替其修，束诫者月繁其过，遂至糜散锦帛，侈饰车从。复假精医术，托杂卜数，延姝满室，置酒浃堂，寄夫托妻者不无，杀子乞儿者继有。而犹倚灵假像，背亲傲君，欺费疾老，震损宫邑，是乃外刑之所不容戮，内教之所不悔罪，而横天地之间，莫不纠察。人不得然，岂其鬼欤！"梁又有郭祖深道："都下佛寺五百余所，穷极宏丽。僧尼十余万，资产丰沃。所在郡县，不可胜言。道人又有白徒，尼则皆畜养女，皆不贯人籍，天下户口几亡其半。而僧尼多非法，养女皆服罗纨，其蠹俗伤法，抑由于此。"他认为如不抑佛，"恐方来处处成寺，家家剃落，尺土一人，非复国有"（《南史·郭祖深传》）。

② 黄晖撰：《论衡校释·论死篇第六十二》，中华书局1990年版，第871页。

③ 见章太炎《论中古哲学》，傅杰编校《章太炎学术论集》，中国社会科学出版社1997年版。

违'。又曰：'载鬼一车。'其义云何？"他也只好答道："有禽焉，有兽焉，飞走之别也；有人焉，有鬼焉，幽明之别也。人灭而为鬼，鬼灭而为人，则未之知也。"可见他是承认有鬼的，只是人死不为鬼，鬼灭不为人而已。他又说，"圣人之教然也。所以弭孝子之心，而厉偷薄之意，神而明之，此之谓矣"。他以为儒教的宗教迷信正是为了教化万民，不同于佛教，也不同于民间淫祀，说明他的神灭论并不是彻底的无神论。他是有立场限制的，因为他站在儒家立场上，以抨击佛教"害政""蠹俗"为目的。最后，范缜心中理想的社会模式具有儒家政治色彩。他心中的理想社会模式是："小人甘其垄亩，君子保其恬素；耕而食，食不可穷也；蚕而衣，衣不可尽也；下有余以奉其上，上无为以待其下，可以全生，可以匡国，可以霸君，用此道也。"（《神灭论》）这其实是掺合了道家自然清净观念的儒家仁政模式。所以他认为若要达到这么一个境界，需要"禀于自然"，使万物"各安其性"，而不是采用佛教因果而修行的方法。① 要之，范缜《神灭论》主要是针对佛教之神不灭论而发的，他代表的是儒家立场②，其目的在于维护儒家政治意识形态的主流统治地位。从这个角度看，他继承并发扬了重视儒学的家学传承。范缜抨击佛教，力赞儒风的态度较其先祖范汪、范宁等更接近儒家的思想本质。范缜在某种意义上是范晔在齐梁朝代的延续，他们都是儒家中，也是范氏家族中的激进主义者，不与当朝作政治合作，也不与当朝作思想意识形态的合作。南阳范氏发展到此，家学家风虽在，运行的趋向已分而歧矣。范缜有孙范迪仕于西梁萧氏，以文章显。迪弟范通文才不及范迪，但经学超过了他，是南阳范氏重儒尊经之风世代未绝。

由上可见，南阳范氏兴起于地方下层官吏，兴起时间较晚，受西晋时期上层社会流行的浮华风气影响较小，保持传统儒家作风较多，他们关心政治，关心下层民生，又尊崇儒学，弘扬儒学。东晋后，范氏也随

---

① 汤用彤《汉魏晋南北朝佛教史》第336页中曰"范缜《神灭论》最后主旨，即政治崇自然，破因果"。综观范缜所论，虽有"自然"，终在"匡国""霸君"，实是以儒政治国，非徒自然。

② 据侯外庐等编《中国思想史》（人民出版社1957年版）第3卷第351—352页："在儒家正宗的汉代，处于异端地位的道家，成了无神论思想的继承者和发展者；在佛道盛行的魏晋，神灭思想成了儒家排佛反道的斗争武器。"其实，不仅魏晋，南朝儒家也是以神灭思想来反对佛教的。

之过江，因参与始创，其政治地位有了较大提高，在学术思想上也开始接纳玄学、佛教，又重文才，重艺能，但仍以儒家作风为主流，范汪、范宁等皆不与当权者苟合，所以东晋后期，范氏为政不显。与此同时，范氏将他们多年来研究儒家经学的积累成果化，这就是范宁率领其子侄们编写的《春秋谷梁传集解》。由晋入宋，范泰实现了范氏在政治上的第二次崛起，但其实际政治管理能力开始退化，政治态度也趋于温和保守，个人性格则更加任达，又十分信佛，他的顺世倾向更浓。范晔又走入了另一个极端，性格上受时代影响，任性多欲，恃才傲物；学术思想上承袭家学内核，反佛反鬼，逆于时风；政治上受乃父荫护，无经国大略及实力，宦位却较显，终以判断不明，轻躁冒进而丧命。范氏后世范云、范缜则都从不同方面继承了范氏家学，范云走的是温和一路，范缜则选的是激进一线，二人在仕途上也因之一显，一困；范云发展了范晔的文学才华之一面，将重儒的范氏家族带入到诗歌文学的领域；范缜发展了范晔的斥佛反鬼的一面，将范氏家族代代相传的儒学内核推展开来。总之，这是一个重视经学的文化家族，传统儒家的精神意识、人格修为、处世哲学都得以研习、传戒；同时也是一个受时代影响的家族，东晋南朝的政治变化、学术思想、宗教信仰都在其发展中留有较深的印记。

第三章

范晔的仕宦及悲剧结局

第一节　出生及成长入仕

范晔的生年，应是东晋安帝隆安二年（398），卒年为宋文帝元嘉二十二年（445）。① 《宋书》范晔本传在指出家族、籍贯的同时，还简略地叙述了他出生时情况。他是在厕所里出生的，落地的时候，额头碰到砖头上，家人就以"砖"作为他的小名。又据上书同传，"（范晔）兄（范）皓为宜都太守，嫡母随皓在官"，及范晔就刑时，"（范）晔所生母泣曰"，是范晔有嫡母，也有生母。也就是说，他的生母是范泰侧室，他是范泰的庶子。近世有学者以为范晔庶出身份决定了他的社会地位，注定他要受到屈辱，这就导致他异端思想的诞生，也间接影响了他的人生。② 这种说法是不太准确的。《颜氏家训集解·后娶》曾明确指出："江左不讳庶孽，丧室之后，多以妾媵终家事。"③ 此江左即南朝。周一良也指出宋时褚渊、梁时王志都以庶子尚公主，辅证南朝并不太在意出身是否嫡庶。④ 又《宋书·王懿传》载："北土重同姓，谓之骨肉，有远来

---

① 据其本传卒于元嘉二十二年，"时年四十八"，故张述祖于《史学史研究》1981 年第 2 期的《范蔚宗年谱》一文中，定范晔生年为 398 年。曹道衡、刘跃进《南北朝文学编年史》也将范晔的生年系于 398 年，即晋安帝隆安二年，卒年系于 445 年，即宋文帝元嘉二十二年，其说是。

② 见白寿彝《中国史学史论集》（中华书局 1999 年版）之《范晔》（第 131—132 页）。

③ 颜之推著，王利器集解，中华书局 1993 年版。

④ 见其《魏晋南北朝史论集》（北京大学出版社 1997 年版）第 309 页。周言"褚涉亦以庶子而尚公主"。按史并无褚涉其人，此褚涉当为褚渊，见《南齐书·褚渊传》其父褚湛之纳侧室郭氏而生渊，嫡母始为始安哀公主，死，又为吴郡公主；渊本人则尚文帝南郡献公主，《南史·褚彦回传》亦同，故此褚涉应是褚渊之误。又褚渊虽入《南齐书》，为南齐开国元勋，其纳公主则在宋朝。

相投者，莫不竭力营赡；若不至者，以为不义，不为乡里所容。仲德闻王愉在江南，是太原人，乃往依之；愉礼之甚薄，因至姑孰投桓玄。"王懿刚刚从北方归附到东晋，根据北朝风俗，他以为同出太原王氏的王愉一定会礼待自己，结果事与愿违，王愉没有热情地接待他。可见北朝比较重视族姓，重视嫡庶。北方一直处在各族混战之中，汉人要想在那种极其残酷的斗争中得以生存，必须聚族而居，北方坞堡众多，各堡多一族一姓，或几族几姓共力维系，所以其宗族观念、家族观念比南方更强。南方本受魏晋通脱之风影响，对传统儒家伦理道德不及以前重视，南渡以后，宗族散居各地，各个族姓之间，甚至同姓同族之间为了权力利益，不惜牺牲亲友之情，亲戚家族之间关系比较淡薄。王敦乱后，作为王敦堂弟的王舒为了保全自己，竟然将投奔他的王敦的弟弟王含等沉入江底。① 南朝不仅不重视宗族与嫡庶，一门之中也不太讲究同居相恤。《魏书·刘裕传》中录有参军周朗向宋孝武帝反映宋世风俗的一段话："今士大夫父母在而兄弟异计，十家而七；庶人父子殊产，八家而五。凡甚者乃危亡不相知，饥寒不相恤，又疾疢害其间，不可称数。宜明其禁，以易其风。"周讲这一段话，虽然是在元嘉之后的宋孝武帝时期，但我们综合前面王懿的事例，可知范晔时代，虽然士人们极为看重阀阅，但同姓之间、一家之间人情淡薄的风俗应该与此相差不大，只是刘宋以后，程度更重一些罢了。据范晔本传："收晔家，乐器服玩，并皆珍丽，妓妾亦盛饰，母住止单陋，唯有一厨盛樵薪，弟子冬无被，叔父单布衣。"沈约对此事的记载可能有夸大的成分，但也并非全无根据，范晔可能对家人、亲属缺乏体恤之情。总之，当范晔之朝，出生嫡庶对个人命运并无绝对决定作用，士族之间更是如此。范晔后来出仕即为刘裕之相国掾，文帝时更深为所用，这正说明他的庶出身份对他影响不大，同时也说明他并未因庶生身份而受到歧视与侮辱。

虽然籍贯属于南阳，范晔实际上是在建康出生、长大的，他的家庭早已随族南迁到南朝都城建康。史籍关于范晔少年成长过程的介绍十分简略，今天的研究者要想准确地勾勒他少年生活历程，几乎不可能。我们只能

---

① 参见曹道衡先生《南朝文学与北朝文学研究》（江苏古籍出版社1998年版）《第五章 南朝文学发展的社会原因》之《南朝士人的生活方式》及《第七章 河朔的文化传统》之《河朔的地理环境与民风》。

"从后往前看",即以研究的态度,顺着范晔一生经历,从他的时代,他的家族,他的同事,他的朋友,以及他的才华,他的学问,他的个性,去反观他的青少年时期,他的成长期。南朝时代具有重文艺、重才华的社会风气,范晔家族又有尊儒好学的传统,其祖父范宁乃当时大儒,父亲范泰好为文章。时代影响了范晔,家庭教育了范晔,少年范晔即"好学",不仅"博览经史,善为文章",而且还"能隶书,晓音律"(皆见其本传)。也正因为他的博学,他的才华,范晔年轻时就已经引起人们的关注,受到社会的重视。范晔一生经历晋、宋两个朝代,他22岁以前的成长过程是在东晋时代完成的,自23岁(宋武帝永初元年,420年)始,范晔开始他在刘宋一朝的仕宦经历。实际上,范晔的仕宦应始于东晋义熙十年(414)[1],而范晔真正第一次出仕应是在东晋安帝义熙十四年。[2] 范晔入仕应该说是比较顺利的,21岁进仕,踏进仕途就成为当时重权人物宋武帝刘裕的幕宾,位为炙手可热的"相国掾",迅速迈入了当时政治中心圈。范晔能够有如此顺利入仕,主要得益于他的父亲范泰。范泰深得刘裕及宋文帝信任与倚重。父荣子自宠,范晔沿袭他父亲刘宋功臣的勋业之迹,轻松自然地登上南朝新政权的政治舞台。当然,刘裕青睐范晔,除了他的家身原因,还有范晔本人多才多艺,雅善属文的原因。在得悉范晔参与谋反后,文帝对他说:"以

---

[1] 按其本传记载"年十七,州辟主簿,不就",因其没有实质性的就职,所以略而未计;又,赵志汉、林剑鸣《中国史学家评传·范晔》指出,范晔籍贯在宋时属雍州,故辟范晔为州主簿的应是当时的雍州刺史鲁宗之,又因"这时范泰正受刘裕信任,而鲁宗之因恐刘裕不能相容,正密谋与荆州刺史司马休之举兵反对刘裕,故(范)晔未能就任"(第207页)。此说有误。赵刘之说的依据是"顺阳属雍州(侨置襄阳),时雍州刺史为鲁宗之"。问题是,雍州是东晋孝武帝侨置的(见《宋书·州郡志》第1135页),直至宋文帝元嘉二十六年(449),方才"割荆州之襄阳、南阳、新野、顺阳、随等五郡为雍州"(同上),也就是说在元嘉二十六年之前,雍州只是一个侨置之州,并无实地,其真正变为一个实有的州应是自元嘉二十六年始。那么顺阳属雍州,也应自元嘉二十六年始,此前的顺阳一直是属于荆州的,只是元嘉二十六年被割出去了,才属于雍州。据范晔本传及《范蔚宗年谱》,范晔"年十七,州辟主簿,不就",其时应是义熙十年,鲁宗之时为雍州刺史也不错,只是那时的雍州只是一个侨州,那时的顺阳是属于荆州管辖的,而不是属于雍州,范晔的籍贯在顺阳,如按籍贯论,范之被辟应为荆州,而非雍州。这样一来,鲁宗之辟范晔为主簿之事就不对了。另外,本传只载"州辟主簿",并未说明究竟是哪一州,范晔一家已从顺阳出来多年,顺阳只是他的祖郡,不一定是由顺阳来辟其为主簿。

[2] 据《宋书·范晔传》范晔不就州主簿之辟,之后即载其为"高祖相国掾,彭城王义康参军……"所以范晔的第一个真正的官职应是相国掾。又据《宋书·武帝纪》刘裕被任为相国的诏书是安帝义熙十二年(416)下的,而刘裕直至义熙十四年六月才至彭城,接受此次封职,故张述祖《范蔚宗年谱》系范晔任高祖掾在此年,而不是义熙十二年,张说是。

卿粗有文翰，故相擢任，名爵期怀，于例非少。"(《宋书·范晔传》）可见刘宋王室非常赏识范晔的文才。父亲的功业，本人的才学，是范晔一生仕宦的两个基本支撑点。

范晔仕宦经历大致可以分为三个阶段，即初仕（义熙十四年至元嘉六年）、宣城之贬（元嘉九年冬至元嘉十六年）、再升至终死（元嘉十六年至元嘉二十二年）。其初仕之起点很高，以后，则渐次黜降。元嘉九年，被贬为宣城太守，这一事件显示他狂躁不稳的性格，同时也促使他完成《后汉书》编撰。

第二节　初仕与轻躁的性格

范晔入仕相当顺利，他第一任官职"相国掾"的任期并不太长，两年后，宋武帝永初元年（420），他进入彭城王刘义康幕府，为彭城王"冠军参军"，并在同年随刘义康进号右将军而转"右军参军"①。刘义康在刘裕七个儿子中年龄居第四，是刘裕元初建宋后亲自封王的三子之一②，其余诸子，像元嘉时封王的刘义恭，虽为"高祖特所钟爱"（《宋书》本传），因为年幼，当时未能封王。刘裕死后，继位的少帝被弑，庐陵王被杀，除了即位的文帝，刘裕诸子就数刘义康最长，因此，他颇受文帝重用。加上刘义康本人"少而聪察，及居方任，职事修理"（《宋书》本传），又有司徒王弘之表荐，所以，他很快就由地方入居京师，经略军政，相辅文帝。元嘉初年的刘义康是刘宋炙手可热的权臣。从相国掾到王府参军，由帝府到王府，范晔的职阶有所降抑，但他所随附的是刘义康，所以其降抑的幅度还不算大，总体看来，不能算仕途的失势。另外，宋文帝让他入辅刘义康，也许是想给他锻炼机会，以后再加以提升。范晔本传记载，在为刘义康右军参军之后，范晔接着"入补尚书外兵郎"③。此后，范晔再度进入刘义康幕府，为其"荆州别驾从事史"④。不久，范又为秘书丞，元嘉

---

① 此条，《范蔚宗年谱》考证甚详，张述祖据《宋书》《义康传》及《武帝纪》指出义康为冠军将军在永初元年（420），即东晋元熙二年，其为右将军也在这一年，时年仅十二岁，范晔的任职随之，其说是，见其注44。
② 少帝刘义符为世子，刘义真为庐陵王，文帝刘义隆为宜都王，刘义康为彭城王，各见其本传。
③ 《年谱》系此事于元嘉元年（424），可参考。
④ 见《年谱》，系此事于元嘉三年（426），并定此时刘义康正任职荆州，其说是。

五年（428）以父忧去职（《宋书·文帝纪》载为五年秋八月）；元嘉七年，为征南将军檀道济之司马，领新蔡太守。檀道济北伐，"（范）晔惮行，辞以脚疾，上不许"①。元嘉八年，为司徒从事中郎、尚书吏部郎。②此为范晔初仕大概情况。从入仕到元嘉九年，范晔历相国掾、王府参军、将军司马、地方太守，最后是尚书吏部郎，又回入京师。相国即武帝刘裕；亲王乃其时权贵刘义康；将军则当时名将，号为"长城"的檀道济，范晔所历，都是当时最为显赫的人物，在一般士人眼中，这样的宦历令人欣羡。范晔则不一样，他心高气傲，这从他在《后汉书》中流露的态度就可以看出。在《后汉书·陈蕃传》中，他推崇陈有"清世志"；同书又称李固存社稷之心，舍生求义，顾视胡广等为粪土。另外，《宋书·范晔传》也记载文帝曾评范晔："亦知卿意难厌满"；当其与孔熙先、谢综等筹谋成事时，"无不攘袂瞋目，及在西池射堂上，跃马顾盼，自以为一世之雄"（《宋书》本传）。以上诸条显示范晔内心志向非常高远，要求突显自己的欲望非常强烈。他向往的是人生大事，追求的是成就大业。此后，他身入近侍，同样看不起身边的当朝大臣，作《和香方》将他们一一加以讥讽，而认为自己"沉实易和"，尽具中庸之美。尽管他没有李固那样高尚的德行与志操，但当朝权臣在其心中的位置可能与胡广等在李固心中的位置相差无几。帝府、王府、将军府、地方任职，官职地位略呈下降之势，他的心意自然难以得到满足。家学与时风合造了范晔满身的才学；士族的地位却使他远离入世的艰辛，将他铸成贵游公子，既不了解稼穑的艰苦，对人生社会的艰难与险恶也缺乏充分的认识，所以，尽管他在刘宋获得较高的政治起点，尽管他的初仕较顺，但他本人并没有体会得到。在他眼中，这一切离他的要求还很远。实际上，他只是一介书生，既无创建大业的勇气与魄力，也没有齐家治国的政治能力。

范晔文才超卓，将才甚劣。元嘉七年至元嘉八年，他作为征南大将军

---

① 见《宋书》范晔本传，又见同书《文帝纪》及《檀道济传》，北伐始于元嘉七年（430），真正开战则在元嘉八年（431）正月，其年二月，檀就班师回朝了。

② 檀于元嘉八年二月班师，《宋书》范晔本传载为"（檀）军还，（范晔）为司徒从事中郎，顷之，迁尚书吏部郎"。据此，范晔之任司徒从事中郎当在北伐回师后不久，其时应为元嘉八年，《年谱》系为元嘉九年（432），不确。又此时之司徒当为刘义康，据《文帝纪》，刘义康以元嘉六年（429）始为司徒、录尚书事，以接替王弘，所以，范晔此次又归入刘义康门下。又据"顷之"，范晔任尚书吏部郎也应在元嘉八年，《年谱》也系此在元嘉九年，不确。

檀道济的司马,兼领新蔡太守。这是范晔第一次出京为官,也是他第一次进入军界,而檀道济则是他的第三个上司。檀道济乃"先朝旧将",曾从高祖刘裕北伐后秦,南征卢循,战功卓著,又一直统领着军队,所以能"威服殿省"(皆见同书《徐羡之传》);他还是刘裕驾崩时任命的顾命大臣之一,徐羡之等废黜少帝,不敢回避他,"告之以谋"(同上);后又顺从文帝,平定谢晦,在元嘉朝中,其功勋与能力都是首屈一指的。元嘉七年,文帝令其领兵北伐,道济斩北魏寿昌公悉颊库结,后因魏军众盛,不能再胜,但也全军而返。檀道济也因功勋过重,以致"朝廷畏疑之"(同书檀本传),并因此被文帝诛杀。道济一死,刘宋就完全失去与北方抗衡的军帅了。元嘉二十七年(450),文帝又组织一次北伐,也就是被辛弃疾所嘲笑的"元嘉草草",不但没有克敌制胜,反而一败涂地,丧师失土。北魏太武帝拓跋焘因势南下,兵临建康,刘宋一朝"内外纂严"(同书《文帝纪》)。文帝登城慨叹:若道济在,不至此。与元嘉二十七年相比,元嘉七年檀道济指挥的北伐还算成功。范晔也参加了这次北伐,不过,他不是自愿去的,更不是像《后汉书》所叙班超那般慷慨任气,投笔从戎;他是被逼而去的。范晔本应有参与此次战争之义务,因为他是北伐主帅檀道济的司马,他所领守的新蔡又处于北方前沿,文帝派给他的任务也并不是负胄上马,亲临战阵,只是"由水道统载器仗队伍"(同书本传),即后勤转输工作,他却借口逃避。范本传载他"惮行,辞以脚疾"。他为自己找了一个极为蹩脚的借口:脚疾。文帝当然"不许",他这才北上参战。由此可见,范晔的确是志大才疏,文籍虽满腹,但并无一点真正的经略才能。范晔的实际军政能力、统领魄力及临事的勇气,远远不如东晋时代叱咤风云的王谢诸人,也不及刘宋朝代的谢晦、谢灵运。这时的他与当时大多数士人一样,对自己的地位心有不甘,但又承受不了人生进取的艰苦,经受不住成就功业的危难。范晔胆小怯懦,不敢从军,临死之前,还恋恋不舍今生华屋,毫无叛逆的血性,更多的是软弱文士的悲哀。[①]

[①] 《宋书》本传详细描述了范晔临刑前的情状,开始时,范晔本以为"入狱便死",所以作了一首临终诗道"虽无嵇生琴,庶同夏侯色",以嵇康、夏侯玄自励;后来文帝穷治此狱,时间推迟了二十多天,范晔又有了生还的欲望,于是狱吏故意戏弄他道"外传詹事或当长系",他信以为真,"惊喜"。当刑之前,又让家人前来告别,与姊妹妓妾别,"悲涕流涟",谢综笑他"殊不同夏侯色",这才止泪。从人生遭际来看,一家同死是非常悲惨的事情,但留恋难舍的情态也反映范晔英雄气短,儿女情长,难以承担大事。

北伐回师之后，范晔职位未见大的升迁。元嘉九年（432）冬，时值彭城王刘义康生母去世，范晔弟弟范广渊当值，范晔竟与其弟等人"夜中酣饮，开北牖听挽歌为乐"（范晔本传）。刘义康大怒，贬范晔为宣城太守。范晔一生仕宦历程陷入了最低谷时期。初仕未能完全令范晔如愿，此次贬谪更令范晔萌生"不得志"的感受，于是他转移自己的心力，编作《后汉书》。元嘉九年之事充分暴露范晔轻佻、狂放的本性。范晔"素无行检，少负瑕衅"（范晔本传文帝语）。"少负瑕衅"，传录简单，不见有载。"素无行检"的例子却不少，范母去世，"（范）晔不时奔赴，及行，又携妓妾自随"，以致为刘损所奏（见范晔本传），此为不孝；家中"乐器服玩，并皆珍丽，妓妾亦盛饰，母住止单陋，唯有一厨盛樵薪，弟子冬无被，叔父单布衣"（见范晔本传），此为不悌；作《和香方》嘲弄同朝僚士，此为不友；文帝欲听其演奏琵琶，他假装"不晓"，直至文帝对他说"我欲歌，卿且弹"，这才奏曲，文帝刚唱罢，他就止弦，终不多弹，此为不诚于事君。由此可见，范晔平素任情适己，不恪守礼法，也不注重立德修身；元嘉九年之事只是其"素无行检"的集中体现而已。范本人也承认自己"狂衅"（范晔本传语），而谋反致诛则是其轻易不稳的最后、最大之必然败局。

第三节　谋反与最终悲剧

元嘉九年贬至宣城后，范晔完成《后汉书》编写工作，大约在元嘉十二年至元嘉十四年（435—437）间，迁为长沙王义欣的镇军长史、宁朔将军（见其本传、《义欣传》及《年谱》考证），其职务又开始上升，这也标志着他基本走出仕宦最低谷。

元嘉十六年（439）范晔又为始兴王刘濬后军长史，领南下邳太守，元嘉十七年，随刘濬调任扬州。[①] 元嘉十九年，又升调为左卫将军、太子詹事（见《年谱》），这也是范晔一生最后的职务，他就死在此任上。元

[①] 《年谱》将此二事定为同一年，不确。据《二凶传》，刘濬于元嘉十六年（439）为湘州刺史，兼南豫州刺史，都督南豫、豫、司、雍、并五州军事，元嘉十七年为扬州刺史，《文帝纪》亦同。范晔传载其先为刘濬之后军长史，及南下邳太守，顺接道"及濬为扬州，未亲政事，悉以委晔"，循此文义，当是范晔先随刘濬为湘州，又随其为扬州。

嘉二十二年（445），他因附和刘义康谋反被诛。

范晔一生短暂，且是一个颇有争议的人物。他出身士族，为官出入将相王府，元嘉十九年后，甚至亲侍帝侧，典掌机要，最终却死于谋反，似不可理解。后世学者对此事发表意见的较多，一些学者可能是因为偏爱《后汉书》的缘故，对范晔也产生极强的好感，认为范晔不可能参与谋反，于是发论为其辩护。如王鸣盛[①]、陈澧、傅维森、李慈铭就认为

[①] 王力主范晔系受诬而非谋反，其观点最有代表性，见其《十七史商榷》（中国书店据上海文瑞楼版影印本1987年版）卷六十一"范蔚宗以谋反诛"："范蔚宗……仕宋贵显，忽坐谋反，与其四子一弟同死于市，计蔚宗性轻躁不谨，与妄人孔熙先往返，是其罪耳，决不当有谋反事也。蔚宗生晋安帝隆安三年，宋受禅，年二十二。盖当宋台建即仕刘氏，故国之思既已绝无，新朝之恩则又甚渥。熙先以文帝弟义康出镇豫章，欲弑弟（笔者按：原文即此，"弟"当为"兄"，或"帝"）迎义康立之，此真妄想，事之必不能成钩，下愚亦知，蔚宗乃与共谋乎？且当义康执政，蔚宗以饮食细过为所黜，遂怨义康必甚。熙先钩蔚宗之甥谢综，综为解隙，亦何肯遽以身殉乎？蔚宗于文帝君臣之际，乐游应诏，豫陪赓歌，携妓被弹，爱才不罪，为左卫将军掌禁旅，参机密（据《通鉴》），深加委任，可谓嘉遇矣。忽欲操戈相向，非病狂丧心，何乃有此？熙先说诱蔚宗以国家不与为婚姻，当日江左门户高于蔚宗者多，岂皆连姻帝室者？而蔚宗独当以此为怨？亦非情理。蔚宗始则执意不回，终乃默然不答，其不从显然，反谓其谋逆之意遂定，非诬之邪？蔚宗言于上，以义康奸萌已彰，将成乱阶，反谓其欲探时旨，此皆求其故而不得，从而为之词者。乃云衡阳王义季等出镇，上于武帐冈祖道，蔚宗等期以其日为乱，区区文士欲作寿寂之、姜产之伎俩，是何言与？况熙先主谋，反称为蔚宗等，徐湛之告状，亦首称贼臣范蔚宗，真不可解。初被收，不肯款服，自辨云'今宗室磐石，蕃岳张跱，设使窃发侥幸，方镇便来讨伐，几何而不诛夷。且臣位任过重，一阶两级，自然必至，如何以灭族易此'。又云'久欲上闻，逆谋未著，又冀其事消弭，故推迁至今'，然则蔚宗特知情不举，乃竟以为首乱之人，何哉？蔚宗善弹琵琶，文帝欲闻，终不肯，其耿介如此。序《香方》，一时朝贵咸加刺讥，想平日恃才傲物，憎疾者多，共相倾陷，《宋书》全据当时锻练之词书之，而犹详载其自辨语，《南史》并此删之，则蔚宗冤竟不白矣。蔚宗与沈演之同被知遇，演之每先入见，不及待蔚宗，史谓蔚宗以此为怨，故有反心。愚谓蔚宗固未必以此为怨，而沈演之正是忌蔚宗才，妒蔚宗宠，倾而杀之者，见《宋书·演之传》。蔚宗又语何尚之云'谋逆之事，闻孔熙先说此，轻其小儿，不以经意。今忽受责，方觉为罪。君方以道佐世，使天下无冤。弟就死之后，犹望君照此心也'。尚之亦正是与群小朋比而陷宗者，亦见《宋书·尚之传》。蔚宗乃向彼诉冤，急不择音耳。蔚宗又自言'外人传庾尚书见憎，计与之无恶'。尚书者，炳之也。蔚宗虽自言无恶，然《宋书·徐湛之传》云：'刘湛伏诛，殷景仁卒，太祖（即文帝）委任沈演之、庾炳之、范蔚宗等。'然则争权妒宠，炳之倾害蔚宗，事所必有。"又据范晔之《与甥侄书》，云："观其所述，志在根本之学，六朝文士罕见及此……其自负如此（笔者按，指范晔对其《后汉书》的态度），危难之际，牢户之中，言之津津，良可悲矣。沈约史才较蔚宗远逊，为其传不极推崇，似犹有忌心。李延寿为益二语云'于屈伸荣辱之际，未尝不致意焉'。此稍见蔚宗作史本趣。今读其书，贵德义，抑势利，进处士，黜奸雄。论儒学则深美康成，褒党锢则推崇李杜。宰相多无述，而特表逸民；公卿不见采，而惟尊独行。立言若是，其人可知，犯上作乱必不为也。"

第三章　范晔的仕宦及悲剧结局

范晔根本不会谋反，谋反的罪名是作史者强加的，范晔是遭受诬陷的受害者。《年谱》将诸人观点罗列、整理，共举 22 条，但并未对这 22 条逐一批驳，最后指出《宋书》早在沈约之前已有成本，即沈约立意侮辱范晔之事不可能发生，"且检《宋书》诸传，未有见一及先生（指范晔）之冤者"①，意即范晔谋反之事是真实的，不是后来史家强造的。《年谱》的观点是正确的，范晔谋反的事情不容置疑。此 22 条又可再加以简化，则诸人以为范晔不会谋反的论述可归结为如下几点：

（1）从范晔著《后汉书》出发，认为范书"崇经学，扶名教，进处士，振清议，闻之者兴起，读之者感慕，以视马、班，文章高古则胜之，其风励雅俗，哀感顽艳，固不及也"②，书的作者范晔当然不可能做出谋反之事。这明显受文如其人说法的影响，将作品表现的内容精神与作者的内在思想等同起来，就书求人，没有说服力。

（2）认为范晔曾被刘义康贬黜，有怨在前，必不会与之合作谋反。关于这一点，范晔本传记载得很详细。范晔于元嘉九年（432）受贬是事实，但元嘉九年之事错在范晔行为过分，范刘二人"本情不薄"，后又有谢综的联系，加上孔熙先有意的勾引，性格"颇疏"，轻躁疏略的范晔忘却过去，与刘义康重续旧好是完全可能的。

（3）认为范晔文帝重用，"一阶两级"，不可能谋反。受重用不是不谋反的充分条件，古来深受重用而发动叛逆者大有人在，书籍所载，不堪举数。况且宋文帝所重乃范晔的文才，并未任之以心腹大事。据《宋书·自序》，宋文帝曾对沈璞道："神畿之政，既不易理。潜以弱年临州，万物皆属耳目，赏罚得失，特宜详慎。范晔性疏，必多不同。卿腹心所寄，当密以在意。彼虽行事，其实委卿也。"可见宋文帝并不将政治实务委任于范晔，范晔所做仅日常书牍文艺而已。

---

① 见《年谱》引陈澧《申范》及傅维森《缺斋遗稿》之《读宋书范蔚宗传书后》。李慈铭《越缦堂读书记》（第 228 页）为《年谱》所未引，李也认为范晔乃良史，而陷谋逆，"史传所书，显系诬构"；又说史传文辞游移，"蔚宗此狱，揆之以事以势，以情以理，皆所必无"。还说范晔之死是由于同僚"共仇"，忌者"诬蔑"，范承其家学，必不会有闱门无礼及造反之事。又《年谱》举《宋书》诸传为证。《臧质传》柳元景檄文"孔范之变，显于逆词"；《谢景仁传》"综……与舅范晔谋反伏诛"；《竟陵王传》"义康袭轨于后……祸成范谢"；及《谢庄传》（略）。范晔本传已将其谋反及受诛过程详细地记录下来，这些传述证明其谋反之不诬。

② 李慈铭：《越缦堂读书记》，第 187 页。

（4）认为范晔得罪在朝诸大臣，为他们所陷害。朝廷政治斗争十分残酷，稍有不慎，即可能丢掉身家性命。范晔轻视当朝大臣，与他们有隙应是事实。诸大臣倾轧范晔的想法与行为都可能存在，但要让他们以谋反的罪名陷害同朝臣子，恐怕没那么容易。范晔之前的刘湛就因党同刘义康，与殷景仁、沈演之等不和而被杀，但也并未被冠以谋反的罪名。何承天与谢元交恶，互相纠奏，一人"坐白衣领职"，一人禁锢终身，都未获反罪。(《宋书·何承天传》)范晔必定有谋反的事实，诸大臣又乘机相倾，这倒是可能的。

（5）认为范晔外甥谢综与孔熙先谋反，"蔚宗知之，轻其小儿，不以上闻"(陈澧《申范》)。束世澂批驳曰："试问：'谋反'是何等事？知情不举，应得何罪？……何况谢综是担任写《后汉书》十志的人，和孔熙先都是才气纵横，具有政治经验，'轻其小儿'，怎能说得过去！"(《范晔与〈后汉书〉》)束之驳甚有力，无须再论。

（6）据《宋书·范晔传》，刘义康谋反檄文乃孔休先所作，而《与徐湛之书》则范晔所作；据《南史》，则二文皆为孔休先所作，以此，范晔谋反系受诬；又史传文辞闪烁，孔熙先劝说范晔，范晔默然，此又不与孔等同谋的证据。先说前一点，《宋书》明言《与徐湛之书》乃范晔所作，《南史》虽未明言，但也未说是孔休先所作。其原叙为"熙先使弟休先豫为檄文，言贼臣赵伯符肆兵犯跸，祸流储宰，乃奉戴义康。又以既为大事，宜须义康意旨，乃作义康与湛之书，宣示同党"。《南史》叙述简单，古文用语又多模糊，如承前面叙述，"乃作"之施动者应是孔熙先，而非孔休先。再则，结合上下文，"乃作"有两种情况，一种为熙先自作，一种为熙先让他人作，参照《宋书》，应该是熙先让范晔作。再看后一点。据《宋书》，范晔起先并不承认反罪，文帝先道以谢综、孔熙先等供词连及，再质以熙先"面辨"，范晔仍有辩词，文帝"示以墨迹"，范晔这才陈具事情本末。"墨迹"既在，范晔也承认，史传明载，并无半点含糊，后世学者多从主观心意出发，往往不顾客观之证据，认定范晔不曾谋反。

又有以范家祖、父皆当世名儒，范晔断不会做轻易、叛逆之事，斯又教育决定论、家族决定论的响应者。现代学者也有主张范晔乃被同僚诬陷而死与谋反罪的①，前（4）已驳。还有主张范晔死于与文帝及何尚之等思想冲突的，其主要观点是宋文帝与何尚之等都是佛教信徒，而范晔主无神论，公然与他们对抗，所以招致死祸。② 这种观点明显有误。前文已叙，宋文帝并不是一个笃信佛教的信徒，他尊佛主要是为了利用当时信佛士人的力量来巩固刘宋政权。东晋南朝，士人多重政治实力，他们不会因思想信仰差异而置人于死地。范缜时期，佛教信仰之风更盛，范缜的无神论观点比范晔更为激进，其时士大夫也只是与他在理论上进行辩争，并未将范缜置以反罪而诛死。

要之，范晔谋反之事，见在史书，不用再多举证。只是范晔并非这场反事中的主谋，真正的幕后指使者应是刘义康，而实际操作的承担者应是孔熙先，范晔就是孔一步步诱套陷入的，附在《范晔传》中的徐湛之上告书应该不是全文，书中首先提及范晔也并不能说明范晔就是这场谋反事件的主谋，将范晔定为主谋是不确切的。以上诸人因为旨在替范晔翻案，所以也不关注谁是主谋，只管证明范晔未曾谋反，至于其谋反的原因，谋反何以失败，诸人并未系统考证。所以，阅读他们的论述之后，范晔谋反的事情仍然不易理解。范晔生性疏略、轻易，志向很大，"耻作文士"（本传《狱中与诸甥侄书》），欲望很多，却胆小怯懦，缺乏实际政治斗争的洞察能力与应对能力，这些都是促使他走向败局的原因。如果我们对他交友与处事的情况作以分析，就可以知道何以他选择刘义康，而不是宋文帝，他谋反的原因就更清楚了，其失败的结局就更容易理解了。先看他与宋文帝及刘义康的关系。

范晔一生，所遇上司有宋武帝刘裕、刘义康、檀道济、刘义欣、刘濬、宋文帝等。文帝和刘义康是他相处时间最长的两位上司，其余如刘裕、檀道济等交接联系并不长久。他与刘义康可以说是一生"交谊"，他的仕宦与刘义康紧密相连，贬由义康而得，败也由义康而获。范晔、刘义康二人之间有着千丝万缕的牵牵绊绊，要了解范晔谋反事因，首先要了解刘义康与文帝，了解范晔在刘义康与文帝之间位置。

从宋武帝永初年（420—422）到宋文帝元嘉九年，刘义康的仕途

---

① 见白寿彝《范晔》（《中国史学史论集》，中华书局1999年版）。
② 见陈光崇《论范晔之死》，《史学史研究》1980年第1期。陈的主要理由是文帝与何尚之等皆佛教信徒，而范晔主无神论，公然与他们对抗，招致死祸。

是极其顺利的，宋文帝授予他极重的官任，二人关系也非常亲密。刘义康先为彭城王（元嘉三年，426 年）；又领荆州刺史；又为侍中（元嘉六年，429 年），宰辅朝政，兼领南徐州刺史；司徒王弘死，又领扬州刺史（元嘉九年，432 年），实际上其已"一断""内外众务"，"凡所陈奏，入无不可"，方伯以下，都由他授用，"由是朝野辐辏，势倾天下"（《宋书·刘义康传》）。至此，刘义康可谓一人之下，万人之上。刘义康得以总览朝廷大权，有刘宋王朝心忌门阀士族，分封宗室以拱卫江山的原因①；其次刘裕死后，执政大臣徐羡之、傅亮、谢晦等废杀少帝、庐陵王刘义真，皇室子弟，唯有文帝与刘义康年纪最长，文帝的地位并不稳固，稍有不虞，甚至有丧失生命的危险。隐忍待机的文帝，面临内忧外患，最可信赖的应当就是他的四弟刘义康。② 同时，刘义康个人能力也十分突出，所任也较为努力。刘义康本传评其"性好吏职，锐意文案，纠剔是非，莫不精尽"，"自强不息，无有倦怠"，又擅长用人，所用刘湛"有经国才"。义康又擅长记人，"一闻必记，常所暂遇，

---

① 刘裕起自寒庶，为了确保自家王朝稳固，他从不轻易将重要的官职授予他姓。早在即位之前，他就将几个年龄稍长的儿子分封到重要的州郡任藩王，并赋予他们经略大权。少帝刘义符义熙十一年（415），十岁（笔者按，据其本传生年上推得），为兖州刺史，第二年为豫州刺史。庐陵王刘义真年十二即为雍、凉、秦三州都督，镇长安；长安败，又都督司、雍、秦、并、凉五州军事，又改扬州；刘裕即位第二年，升司徒，又都督南豫、豫、雍、司、秦、并六州军事，见本传。文帝义隆十一岁为徐州刺史，都督徐、兖、青、冀四州军事（笔者按：文帝生于义熙三年，即 407 年，义熙十一年晋升为彭城县公，义熙十三年，刘裕伐长安，留其于彭城。本纪载晋加授其徐州刺史，都督徐、兖、青、冀军事，下一句即"关中平定，高祖还彭城，又授……司州刺史……"查《宋书·武帝纪中》，高祖还彭城乃在义熙十四年正月，而授文帝徐州刺史之职应在高祖军还之前，故晋授文帝都督四州军事之职必在义熙十三年，其时，文帝十一岁），十二岁又授司州刺史，镇洛阳；又改荆州刺史，都督荆、益、宁、雍、梁、秦等州郡军事；永初元年（420）封宜都王，进都督北秦等八州军事。彭城王刘义康十二岁即为豫州刺史，都督豫司雍并四州军事，镇寿阳，同年升为彭城王，后又曾为南豫州、南徐州刺史。文帝刘义隆也依照其父的先例，遍封诸弟，夹辅皇室。刘义康至元嘉三年（426）为荆州刺史，位居上流，都督北方八州军事。江夏王刘义恭元嘉三年为徐州刺史，六年为荆州刺史，都督八州军事，九年为南兖州刺史，镇广陵，都督南方六州军事，十六年代刘义康，二十七年镇彭城，即使彭城败后，仍领南兖州刺史，都督北方十一州军事。南郡王刘义宣元嘉元年（424）封竟陵王，年十二，镇石头，七年为徐州刺史，都督徐州等五州军事，后又为江州、南徐州、扬州、荆湘二州等刺史，等等。文帝诸子也都分封王位，节制州郡，不一一列举。

② 见《宋书·刘义康传》载，当刘义康遭贬时，龙骧参军巴东扶令育上表为义康鸣冤："当尔之时（少帝、刘义真被杀，文帝刚即位，北方有外侮，国内又要尽量减少执政三臣的疑忌，相机除掉他们），义康岂不预参皇谋，均此休否哉。"

终生不忘，稠人广席，每标所忆以示聪明，人物益以此推服之","故前后在藩，多有善政，远近所称"。宋文帝身体多病，有"虚劳疾，寝顿积年，每意有所想，便觉心中痛裂，属纩者相系"(《宋书·刘义康传》)，所以很多朝事不能躬亲，刘义康"入侍医药，尽心卫奉，汤药饮食，非口所尝不进；或连夕不寐，弥日不解衣"(同上)。于内为皇弟，于外为宰相，可谓位极人臣。最后，刘义康还得益于范泰的暗中举荐。当王弘辅政之时，范泰曾建议他召刘义康入京共同管事，以免功高位重，宋文帝疑忌。王弘听从了这个建议。(《宋书·王弘传》) 范泰为什么会建议王弘奏请刘义康入京呢？除了范王二人交谊甚笃①，范泰还存有私心，即为他两个儿子的前程考虑。范晔自宋武帝永初元年入刘义康幕后，"累经义康府佐，见待素厚"，只是由于宣城事故，二人才"意好乖离"(《宋书·范晔传》)。② 范泰的另一个儿子范广渊也曾在刘义康府里任司徒祭酒(同上)。可见，整个范家与刘义康的关系非常密切。王弘"多疾，且每事推谦"(《宋书·刘义康传》)，元嘉九年(432)，王弘去世，刘义康更是大权独揽。

此后，宋文帝对刘义康的宠信日渐衰减，因为他的权力日益膨胀，威胁到宋文帝的至上威权。首先，朝廷大小官员都先出自刘义康幕府，如无"施及忤旨"(同上)，就推为朝官。这就导致下面的官员只知有刘义康，而不知有宋文帝。一些长期与刘义康合作的官员，甚至结成党派，像刘斌、孔胤秀等，排斥异己。异己分子"虽尽忠奉国，不与己同者，必构造愆衅，加以罪黜"(同上)，殷景仁即是其例。③ 刘义康又"素无学术，阇于大体，自谓兄弟至亲，不复存君臣形迹，率心径行，曾无防猜"(同上)，私藏童仆六千多人。宋文帝叹柑橘形味都不好，刘义康从自己府中取来柑橘(地方上贡之物)，其柑竟比皇宫贡品还大

---

① 王弘与范泰关系甚佳，见《南史·范泰传》，范泰死后，朝廷议论予其赠号，殷景仁以为"泰素望不重，不可拟议台司"，事未成。及葬，王弘抚棺哭曰："君生平重殷铁，今以此为报。"

② 范泰向王弘提议邀刘义康入京，事在元嘉五年(428)之前(范泰死于元嘉五年，刘义康入京在元嘉六年)，其时，范晔与刘义康未曾交恶，据上文所述，二人交情应较厚密。

③ 见《宋书·殷景仁传》，刘义康、刘湛等排挤殷；又《宋书·沈演之传》载其与沈不睦；另见《宋书·庾登之传》："彭城王义康专览政事，不欲自下厝怀，而登之性刚，每陈己意，义康甚不悦，出为吴郡太守。"

三寸。权威过大，却并不知防慎，刘义康政治敏感性之迟钝可见一斑。直至被贬后，读到淮南王的故事，刘义康方才明白获罪的由来。刘义康甚至还加入皇位继承之争。目睹宋文帝体弱多病，刘义康死党们乘机造势，提出国家应该立长君，其意所指，即刘义康。他们甚至向尚书仪曹索要东晋成帝后立康帝的"故事"①，意图正在兄终弟即。这些行为无疑触及君权政体禁区，也没有能够逃过宋文帝的暗察，刘义康的衰败也随之而至。与刘义康想比，宋文帝更工于心计，善于政治斗争。宋文帝性格忍忌，表面上"虚怀博尽"，"无以喜怒加人"②，实际上利用诸臣的矛盾来平衡政局。元嘉初，他就分化檀道济与徐、傅、谢的联盟，诛杀徐、傅、谢；元嘉十三年（436），又因疾病加重，忌虑道济，而将其诛杀。他对刘义康的一举一行洞若观火，刘湛等排挤殷景仁、沈演之，他对殷、沈二人反而更加信任（见二人本传），又让庾炳之穿梭刘、殷等之间，收集情报，真可谓"纲维备举，条禁明察"（《宋书·文帝纪论》）。相比之下，刘义康的政治斗争经验及技巧远远不及乃兄。元嘉十六年，刘义康又进位大将军，领司徒，辟召掾属，而宋文帝不再幸"东府"（义康的府邸，见《宋书·刘义康传》），二人之间嫌隙已成。元嘉十七年，宋文帝露出他的本来面目，杀刘湛、刘斌、孔邵秀等一大批刘义康的心腹，又出刘义康为江州刺史，镇豫章，刘义康的势力遭到毁灭性打击；元嘉二十二年，谋反事发，再贬刘义康为庶人；元嘉二十八年，又违背对会稽公主许下的誓言，诛刘义康。③ 由上可知，刘义康与宋文帝的对立关系也是后来权重时才形成的，至少元嘉九年之前，二人还十分亲密，彼此依靠。刘义康确实具有一定的政治管理能力，所以能够网罗一批士人依附自己。有学者因此指出范晔"是有政治思想的"，认为刘义康是一个"大有为之君"，可能"想辅佐他以展开自己的抱负"④。这种看法颇欠说服力。范晔之所以能与刘义康联系起来，是因为范家与刘义康保持着良好关系。范晔又曾三入刘义康幕

---

① 见《宋书·刘义康传》，为孔胤秀所做，刘义康本人事先并不知道此事。
② 《宋书·刘义恭传》载文帝与刘义恭书信告诫义恭之语。
③ 据《宋书·刘义康传》，当时北军南下，谣言四起，甚至有拥护刘义康的起义者，加上孝武帝及刘义恭等人怂恿，文帝又虑及时局变动，所以，杀死刘义康。
④ 见束世澂《范晔与〈后汉书〉》，选自吴泽主编《中国史学史论集》（一），上海人民出版社1980年版。

第三章 范晔的仕宦及悲剧结局

府，分别是：永初元年（420），为刘义康参军，并随其转右军参军；元嘉三年（426），又为刘义康荆州刺史的别驾从事；① 元嘉九年（432），范晔为刘义康府之司徒从事中郎。② 他个人与刘义康的关系应该是相当厚密的，这也为后来二人的共谋架起联络的桥梁。但这些都不是范晔选择刘义康集团的根本原因。范晔三入刘义康之府都是元嘉九年之前的事，那时，二人之间并未有反谋。元嘉十七年（440）之后，刘义康被贬谪豫章，威权尽丧，性命且忧。③ 范晔就是在这个时候才被牵扯进刘义康谋反集团的，这时的范晔已摆脱贬谪的抑郁。元嘉十九年（442），他升职为左卫将军、太子詹事，近侍宋文帝，仕宦颇为得意，却加入到没落的刘义康一边，原因应是宋文帝并没有实质性地重用他，宋文帝身边的大臣又多排挤他。范晔缺乏帅才，宋文帝当然不会重用他来主管军政大事。宋文帝欣赏的是他的文才，将他调至身边，只是想充分利用他这一方面的特长。范晔朝中同僚又多对其持排挤的态度，范晔恃才傲物，也作《和香方》将他们一一加以讽刺。兹据《和香方》所载名单，对诸人对待范晔的态度作以分析。

庾炳之，也曾随始兴王刘濬任其湘州刺史之司马，正好与范晔同事。（见其本传）炳之为人无学、贪婪、结党、违制④，人品低劣，却深得宋文帝信任。实际上，庾炳之是替宋文帝收集情报，调节矛盾的外在耳目。《宋书·徐湛之传》记载："初，刘湛伏诛，殷景仁卒，太祖委任沈演之、庾炳之、范晔等，后又有江湛、何瑀之。"庾炳之本传也载："于时领军将军刘湛协附大将军彭城王义康，而与太仆殷景仁有隙，凡朝士游殷氏

---

① 据《宋书·文帝纪》，刘义康以元嘉三年（426）正月被封为荆州刺史，所以，范晔此时正是刘义康的部下。
② 《范蔚宗年谱》注73、74均以范晔元嘉九年（432）为司徒从事中郎，元嘉八年范晔还在檀道济府。
③ 见《宋书·刘义康传》，会稽长公主就宴会的机会为刘义康向文帝请命。
④ 见《宋书·庾炳之传》中载："炳之为人强急而不耐烦，宾客干诉非理者，忿詈形于辞色。素无术学，不为众望所推。"又"领选既不缉众论，又颇通货贿。炳之请急还家，吏部令史钱泰、主客令史周伯齐出炳之宅咨事。泰能弹琵琶，伯齐善歌，炳之因留停宿。尚书旧制，令史咨事，不得宿停外，虽有八座命，亦不许。为有司所奏。"同传何尚之又参奏其贪婪结党，"诸见人有物，鲜或不求"，"炳之身上之衅，既自藉藉，交结朋党，构扇是非，实足乱俗伤风。诸恶纷纭，过于范晔，所少贼一事耳"。

者，不得入刘氏之门，独炳之游二人之间，密尽忠于朝廷。……义康出藩，刘湛伏诛，以炳之为吏部尚书郎，与右卫将军沈演之俱参机密。"可见，庾炳之是靠出卖他人来获取宋文帝宠信的。他对宋文帝很忠诚，而这正是范晔所缺乏的。宋文帝重用他，只是取其尽忠一条。范晔才高，待人挑剔，《和香方》以"麝本多忌"比庾炳之，言庾炳之为人"强急"而有洁癖。[①] 庾炳之又无学问，自然不会与范晔有融洽关系，二人交情甚差，以致范晔事败时，何尚之问范晔何以至此，范道"外人传庾尚书见憎"（《宋书·范晔传》），竟然以为是庾炳之排挤的结果。"外人传"即意味着范晔与庾炳之交恶的情况已是众所共知了。

沈演之，出身江南士族，"家世为将"（《宋书·沈演之传》），却折节好学，为官有能名，在朝不与刘义康、刘湛等结党，所以，刘湛被诛后，即升为右卫将军，与范晔同掌机密。沈、范二人并无过多的交往记录，范讽刺沈为"詹唐黏湿"（《和香方》），但沈"器思沉济"（《宋书·沈演之传》文帝诏语），更受文帝青睐，见《宋书·范晔传》："时晔与沈演之并为上所知待，每被见多同。晔若先至，必待演之俱入；演之先至，尝独被引，晔又以此为怨。"范晔事发之前，沈就曾在文帝面前参告过范晔，说道："晔怀逆谋，演之觉其有异，言之太祖，晔寻事发伏诛。"（《宋书·沈演之传》）

何尚之，士族出身，少时轻薄，好樗蒲，与范晔有些相似，但稍长之后，则"折节蹈道，以操立见称"（《宋书·何尚之传》）。尚之曾跟从宋高祖、庐陵王，以雅好文艺为文帝所知。文帝任其为丹阳尹，以抗衡刘义康的势力，何以此与刘湛不睦。又立讲玄学，门生甚众，范晔事发之前，何也曾向文帝揭露范晔"意趣异常"，并建议出范晔至广州，以避免对大臣不必要的诛杀。（《宋书·何尚之传》）范晔临死之前，曾托意尚之"君方以道佐世，使天下无冤，弟就死之后，犹望君照此心也"（《宋书·范晔传》），这是讨好之语，表明范晔希望尚之或能相帮一下。范晔后又告诉他人："寄语何仆射，天下决无佛鬼。若有灵，自当相报。"可见尚之也应该扮演过排挤范晔的角色，不然，范晔不会咒他"有灵相报"。与沈演之比较起来，尚之

---

① 《宋书·庾炳之传》中载："性好洁，士大夫造之者，去未出户，辄令人拭席洗床。"

对范晔的排挤程度应该轻一些，如对范晔谋反之事，演之是不负责任地呈报，尚之则提出自己的建议，尽管尚之站在文帝一方①，但其建议如成，可能就不会有谋反事件的发生，范晔或许能保全性命。何尚之的建议在客观上有帮助范晔的一面。

此外，范晔在《和香方》中尚提到羊玄保、慧琳道人。羊传并无二人交往记录。慧琳为文帝所重，"引见常升独榻"（《高僧传》卷七），并曾为文帝派遣，去安慰贬谪的刘义康，俨然临朝大臣，与范晔似交往不多，不赘述。以上所录为范晔主要同僚，范晔对他们多有贬抑，其所作之《和香方》意即讥嗤他们。他们又都与范晔不太同心同气，或多或少曾排挤过他。前文已述，庾炳之与范晔不睦；沈演之与刘义康集团不和，与范晔也不是一条心；何尚之在政治上既不倾向刘义康，也不倾向范晔。从其同事相处的圈子来看，范晔是很孤立的。上述诸人之外，《和香方》还提到徐湛之。

众多同事之中，唯有徐湛之与范晔气性相投，也只有徐湛之属于刘义康一派，这就使得范晔逐渐向刘义康集团靠拢了，也更远离宋文帝集团。湛之出身士族，同时是皇亲贵戚②，性奢华③，"善于尺牍，音辞流畅"（《宋书·徐湛之传》），与范晔所尚相类，故二人能结好。④ 另外，

---

① 《宋书·何尚之传》载："时左卫将军范晔任参机密，尚之察其意趣异常，白太祖宜出为广州，若在内衅成，不得不加以铁钺，屡诛大臣，有亏皇化。"尚之旨在帮助文帝，以免诛杀过多，"有亏皇化"。

② 据《宋书·徐湛之传》载，其母为刘裕嫡长女会稽公主，其父为刘宋战死疆场，公主极为文帝所礼，"家事大小，必先咨而后行"。又，刘裕少时贫穷，家有公主生母孝敬皇后亲手制作的"纳布衫袄"，后刘裕即以此衣与会稽公主，令其可以此衣威示后世"骄奢不节者"。公主平日"忽有不得意，辄号哭，上（文帝）甚惮之"。故在公主在生之时，文帝不会处置湛之。

③ 《宋书·徐湛之传》载："贵戚豪家，产业甚厚。室宇园池，贵游莫及。伎乐之妙，冠绝一时。门生数千余人，皆三吴富人之子，姿质端妍，衣服鲜丽。每出入行游，途巷盈满，泥雨日，悉以后车载之。太祖嫌其侈纵，每以为言。时安成公何勖，无忌之子也，临汝公孟灵休，昶之子也，并各奢豪，与湛之共以肴膳、器服、车马相尚。京邑为之语曰：'安成食，临汝饰。'湛之二事之美，兼于何、孟。"可见湛之的奢华程度，也可以说明湛之分明一贵游公子，不足成事。

④ 据《宋书·范晔传》，徐湛之于刘义康谋反事发前曾上表言："臣与范晔，本无素旧，中忝门下，与之邻省，屡来见就，故渐成周旋。"此虽辩白之文字，"屡来见就"说明徐范二人过从甚密。

徐湛之与刘义康乃甥舅关系，二人相处又十分融洽①，他与刘义康交情深厚的程度，远远超过范晔，早在与范晔等谋反之前，徐湛之即已是刘义康党内人物，与刘义康死党刘湛等过从甚密。② 刘湛受诛时，事连湛之，文帝大怒，将要治湛之死罪，幸亏湛之母亲会稽公主号哭求救，这才得免。刘义康"生长富贵，任情用己"（《宋书·范晔传》载范晔代义康作《与（徐）湛之书》），年幼即执掌大权，所以不知退让，"恃宠骄盈"，一朝亲信被诛，大权顿丧，其内心的失落难以排遣，倍感刑罚所加，"伤和枉理"（同上），所以广泛交结，以谋再起。据《宋书·徐湛之传》，徐湛之上言道："昔义康南出之始，敕臣入相伴慰，晨夕觐对，经逾旬日。逆图成谋，虽无显然，恣容异意，颇形言旨。遗臣利刃，期以际会，臣苦相谏譬，深加拒塞。以为怨愤所至，不足为虑，便以关启，惧成虚妄，思量反覆，实经愚心，非为纳受，曲相蔽匿。又令申情范晔，释中间之憾，致怀萧思话，恨婚意未申，谓此侥幸，亦不宣达。"则刘义康元嘉十七年出京时，即已与徐湛之有谋在先，交给他利刃，并让他联络范晔、萧思话。徐湛之自谓"深相拒塞""亦不宣达"，明显是为自己开罪，不可信。同书上文即言仲承祖供认徐湛之"与义康宿有密契，在省之言，期以为定"，刘义康谋反，徐湛之应是积极的中坚分子。③ 又据《宋书》徐湛之本传，徐湛之"后发其事，所陈多不尽，为晔等款辞所连，乃诣廷尉归罪"。"所陈多不尽"意即湛之说了开脱自己的话，所以范晔等"款辞"相连，湛之只好自首请罪。以见湛之确实预先加入刘义康集团，史书虽一直明写范晔受孔熙先引诱而陷入刘义康集团，实际上徐湛之早已联络范晔。范晔直到临死才知道是徐湛之告的密，他一直都对徐湛之深信不疑，更说明徐湛之参与谋反的积极程度。在刘义康与范晔之间，徐湛之是一个重要的联系纽带。宋文帝不能重用，同僚又加以排挤，这时，徐湛之过来勾引，范晔对刘义康的就无疑更近一步。徐湛之本与刘

---

① 《宋书·范晔传》载："丹阳尹徐湛之，素为义康所爱，虽为舅甥，恩过子弟。"另据《宋书·刘义康传》，元嘉十七年之变后，湛之母亲会稽公主曾借文帝宴会之机，请求文帝饶刘义康一命，文帝深为感动，许之。可见湛之母子都善于刘义康。

② 《宋书·徐湛之传》载："湛之为大将军彭城王义康所爱，与刘湛等颇相协附。"

③ 据《宋书·范晔传》载：湛之与范晔计划联络臧质与萧思话，又预先为诸人设定官职，湛之为抚军将军、扬州刺史，孔休先所作的檄文，湛之与范晔的名字分别居第一位和第二位。又据同传，仲承祖先联系湛之，而后才联系范晔，可见在刘义康眼中，湛之亲于范晔。

义康亲熟，积极参与反事是可以理解的，元嘉二十二年（445），却突然背叛刘义康集团，向宋文帝告密，转变之快令人吃惊。其实，徐湛之与范晔一样，都是贵游公子性格，一旦加以军国谋谟之责，如何承担得起，所以，一到紧要关头，他们不是投降，就是败亡，只有这两条路可走，而徐湛之选择投降。徐湛之投降还有更深一层的原因。元嘉十七年（440），徐湛之之所以逃过一死，是因为其母会稽公主的庇护，元嘉二十二年时，会稽公主已死，徐湛之失去政治及人生的靠山，他深知此事之罪责远远重于前事，万一不虞，将谁来救？权衡利弊、得失之后，他选择投降，刘义康集团颓然瓦解，范晔突前成为谋反的主要罪人。

总之，范晔在宋文帝那里得不到信赖与实权，同僚又加以倾轧，排挤，唯有徐湛之可党，徐湛之又属刘义康一派，这些都是促成他投向刘义康的原因，但这也还不是最终原因。

让范晔决定放手一搏的原因可能是宋文帝虚弱的身体状况。宋文帝身体孱弱，前已有述，元嘉十二年（435），宋文帝病重，元嘉十三年，甚至达到病危的险境。[①] 刘义康能够独揽大权也是因为宋文帝体弱，每不能亲政的缘故。前此的刘湛等可能也是看到宋文帝虚弱的体状，感到有机可乘，于是结党于刘义康门下，妄想推刘义康为皇位继承人。范晔也觉得宋文帝虚弱的身体难以承久，可以因此而造就一番大事。东晋以来，弑君代君的行为屡见不鲜，宋少帝甚至还被徐湛之、傅亮等诛杀，以致范泰曾叹道，"先帝登遐之日，便是道消之初"（《范泰传》），批斥弑杀的态度十分明显。但这种风气肯定影响了范晔，对他起事谋反有所助推。范晔起先所产生的只是一丝念头，真正打动、说服范晔的是孔熙先。孔的有意引诱是导致范晔决意加入刘义康谋反集团的最直接的原因。《宋书·范晔传》比较详细地记录了孔熙先的事迹。孔父曾受刘义康之恩，熙先"博学有纵横才智"，却官位卑下，仅为"员外散骑侍郎"，"不为时所知"，又"久不得调"[②]，所以，首为反谋，潜结刘义康府吏仲承祖、徐湛之、萧思话、范晔、臧质等，以求扶持刘义康为

[①] 见前第一章论述檀道济被杀时引《檀传》语。
[②] 《宋书·范晔传》文帝审问孔熙先后，对其才华甚为欣赏，曾道"以卿之才，而滞于集书省，理应有异志。此乃我负卿也"。又诘责前吏部尚书何尚之曰："使孔熙先年将三十作散骑郎，那不作贼。"

帝。在刘义康谋反集团中，熙先最工心计。他知道范晔非常赞赏外甥谢综，于是先结交谢综，通过谢综来结交范晔。他以自己的文艺才华来吸引范晔，又以自己的家藏财货来引诱范晔，二人渐熟，这才以微言挑动范晔，见范并无反应，又纵深譬说，打动了范晔。据史书记载，孔是以文帝并不信任范晔，故不与范晔为婚姻一条来说服范晔的。实际上，孔熙先可能应是以谶言打动范晔的。据卿希泰《中国道教史》（第482页），孔熙先出身道教世家，信仰上清道，"博学有纵横才志，文史星算，无不兼善"，"善于治病，兼能诊脉"（《宋书·范晔传》）。孔素善天文，道："太祖必以非道晏驾，当由骨肉相残。江州应出天子。"其时刘义康正在江州，所以孔认定天意在刘义康。范晔不信佛鬼，对谶纬也不大信服①，这些谶言虽不能彻底打动他，但启发了他，结合文帝的身体状况，他觉得有一人取代文帝是可能的，徐湛之陈说在前，孔熙先劝诱在后，加上刘义康也具有一定的政治能力，所以，他认定这个取代文帝的人应为义康，于是决意谋反。

范晔决定投靠刘义康也有其外甥谢综、谢约方面的原因。谢综是范晔外甥，出身陈郡谢氏，世为士族。其父谢述，为官有慧政，宋文帝特以之辅佐义康，为其长史，随之入相，为司徒左长史兼左卫将军。"义康遇之甚厚"，与殷景仁、刘湛并为"异常之交"。谢综"有才艺，善隶书"（同上附），也许受到父亲恩荫，谢综、谢约二人皆与刘义康关系密切。谢综"素为义康所狎"（《宋书·刘义康传》），为刘义康记室参军，随之出镇豫章（《宋书·范晔传》），是刘义康近吏；其弟谢约则是刘义康女婿。范晔颇为亲信谢综②，孔熙先就是通过谢综才结识范晔的③，刘义康与范晔重续旧好，也是谢综担当中间的和事使者④，可以说，谢综是引范晔入刘义康集团的又一重要人物。最后，舅甥"同归于尽"，都做了刘宋皇室内部斗争的殉葬品。

---

① 见《后汉书·贾逵传论》："桓谭以不善谶流亡，郑兴以逊辞仅免，贾逵能附会文致，最差贵显。世主以此论学，悲矣哉！"范晔不尊谶纬的态度甚明。

② 见《宋书·范晔传》："晔外甥谢综，雅为晔所知。"又，谢综善书法，与范晔有共同爱好，这可能也是二人相投的原因之一。

③ 据《宋书·范晔传》，孔先与谢综赌戏，故意输于谢，彼此结交，再让谢综引范晔参与赌戏，又输于范晔，并由此与范晔结交。

④ 《宋书·范晔传》："（谢）综还，申义康意于晔，求解晚隙，复敦往好。"

第三章 范晔的仕宦及悲剧结局

此外，在刘义康谋反名册上还有两位，一位是臧质，一位是萧思话。元嘉二十二年（445）之事并没有将其二人卷入进去，但并不意味着二人全都立场坚定，与刘义康毫无牵连，毫无瓜葛。先看臧质。

臧质与范晔交情甚笃，他出身将门，其父臧熹、伯父臧焘皆刘宋建国元勋，其姑乃刘裕皇后。臧质生而富贵，"少好鹰犬，善蒲博意钱之戏"，"以轻薄无检，为太祖所知"，"年始出三十，屡居名郡，涉猎史籍，尺牍便敏，既有气干，好言兵权。太祖谓可大任，欲以为益州事，未行，征为使持节、都督徐兖二州诸军事、宁远将军、徐兖二州刺史。在镇奢费，爵命无章，为有司所纠，遇赦。与范晔、徐湛之等厚善，晔谋反，量质必与之同，会事发，复为建威将军、义兴太守。元嘉二十六年，太祖谒京陵，质朝丹徒，与何勖、檀和之并功臣子，时共上礼。太祖设燕尽欢，赐布千匹"。范、臧二人厚善，可能因二人都出身富贵，少年公子，又都有才而狂放。不过，臧质不仅有文才，也有经略军事的武才，有统兵作战的胆气，这是范晔所缺乏的。元嘉二十八年（451），他竟以区区一个盱眙小城抗拒了北魏太武帝拓跋焘百万虎狼之师，令其无功而归。臧质同时也是一个不太安分守己的人，他心有大志，范晔谋反名册上即有他的大名①，但他并没受到惩罚，史书再无其他关于其曾参与元嘉二十二年谋反的证据的记载，这说明他未曾参与？从柳元景的质问，范晔等人的反册名单，范晔、徐湛之与他"厚善"的交情②及其后他的反叛等诸事来看，臧对范、徐的事起码是知情的，他肯定有反思，只是当时无法实现，或见时机不对，未曾付诸实施罢了。宋文帝对臧质或者仍用以前对付檀道济的方式，区别相待，隐忍除之，因为臧质那时正手握军权，位为徐州刺史。（《宋书·符瑞志下》）宋文帝死后，臧质曾有意于刘义宣及刘义恭，可见他是想有作为的。③ 不久，他就举兵反，但与他合作的刘义宣诸事不能合心④，最后也只能以失败而告终。

---

① 见《宋书·臧质传》载柳元景讨臧之檄书曰："孔、范之变，显于逆辞。"
② 见《宋书·臧质传》载："（臧质）与范晔、徐湛之等厚善，晔谋反，量质必与之同。"
③ 据《宋书·臧质传》中载，平定二凶后，臧质曾先后拜过刘义宣及刘义恭，可见他或曾有意立二位为帝。
④ 据《宋书·臧质传》中载，刘义宣怀疑臧质，军事不完全听其调度，以致军败。

臧、范二人皆以谋反而败亡，此又二人相似处，可谓"人以类聚，物以群分"。只不过范在前，臧在后；范事未彰即束手受擒，臧谋事更远、更长，当范举事时，他并不"与之同"，直到宋文帝去世，他才开始四处联络，最终与朝廷兵戈相争，客观地讲，臧的实际能力还是强于范的。

萧思话可能完全没有参与刘义康的计划，刘义康与他的谋士只是一厢情愿地将他纳入反册之中。萧是孝懿皇后弟子，少时，刘裕即以"国器"许之（《宋书·萧思话传》），后曾击退北魏杨难当进攻，为宋文帝所倚重，护卫西北边境。萧曾谏文帝北伐，文帝驾崩后，他积极拥护孝武帝刘骏，攻击"元凶"刘劭，这些关键时期的抉择都十分正确，确保他一生之中，恩宠不失。可见他的政治眼光远远高于范、臧二位，他估计是不会轻易像范、臧那样去谋反的。不像臧质，萧与范晔并无交往记录，王僧虔曾在其《论书》中提及萧、范二人曾同师羊欣学习书法，这实在算不上二人深交的证据。范晔传的谋事檄书提及萧，其本传也言及萧①，且徐湛之的上书里也提到（刘义康）"又令申情范晔，释中间之憾，致怀萧思话，恨婚意未申，谓此侥幸，亦不宣达"（《宋书·徐湛之传》），但徐在文首，提及主谋时，只提到范晔、孔熙先及刘义康，并未提到萧思话。萧应该没有参加到他们的行列中。范晔、刘义康、臧质诸传及萧本传均无萧直接参与此事的记载②，且萧一直受文帝尊重，元嘉十四年（437）为南蛮校尉，临行之时，文帝亲赠弓琴，呼之"丈人"。从文帝的态度及萧本人的仕履可知，萧是不会与范晔、义康等人为谋的。萧应不属于范晔等人的集团。

另有孔休先、仲承祖等，也是范晔同谋。反观这场反事，孔熙先是主谋，刘义康是后台主宰，孔休先、仲承祖等负责一些具体事务性工作，如联络人员、起草文件等，范晔与徐湛之二人可能主要负责提供朝廷动向。他们中有宗室皇弟、地方主官（徐湛之为丹阳尹）、朝廷下级官员

---

① 《宋书·范晔传》载："（仲）承祖南下，申义康意于萧思话及晔，云：'本欲与萧结婚，恨始意不果。与范本情不薄，中间相失，傍人为之耳。'"

② 《宋书·范晔传》载徐湛之与范晔谋划曰："臧质见与异常，岁内当还，已报质，悉携门生义故，其亦当解人此旨，故应得健儿数百。质与萧思话款密，当仗要之，二人并受大将军眷遇，必无异同。"对照此徐、范之谋与上文，可见萧思话本人并未直接参与谋反之事，只是他与臧质交好，又位居要职，所以，刘义康集团一直想拉拢他。

(孔熙先)、府吏幕宾（仲承祖），而真正能给他们带来实际力量的应该是封疆大吏（臧质），因为只有封疆大吏才拥有军政大权。萧思话不予其谋，臧质忍而不动，这个集团一开始就存在着严重的问题，注定难以成事，此亦足见范晔政治洞察力的浅陋。

第四章

范晔的史学观念

第一节 《春秋》研究与著史家传

前四史作者中，司马迁有家族作史传统，班固也继承其父班彪作史之基业，陈寿虽无作史的家学渊源，但他的老师谯周乃学术通人，著有《古史考》，以纠正《史记》中关于古代历史记载的舛误。三人都有先辈史学传承，范晔似乎没有这方面的背景可以依靠。其实不然。范晔家族有经学传统，已见上述。清人章学诚曾说"六经皆史也。古人不著书，古人未尝离事而言理，六经皆先王之政典也"，又说"愚之所见，以为天地间凡涉著作之林，皆是史学。六经特圣人取此六种之史以垂训者耳"[1]。《春秋》本来就是一部记载鲁国历史的史书[2]，范家十分重视《春秋》研究，其学术所精正在《春秋》。范宁在其《陈时政疏》中建议实施土断时指出："古者失地之君，犹臣所寓之主，列国之臣，亦有违适之礼。随会仕秦，致称《春秋》；乐毅宦燕，见褒良史。且今普天之人，原其氏出，皆随世迁移，何至于今而独不可？"（《晋书·范宁传》）他引用的就是《春秋》上的例子，以《春秋》作为论据。范泰在其《呈建学疏》中也说："不知《春秋》，则所陷或大，故赵盾忠而书弑，许子孝而得罪，以斯为戒，可不惧哉！"（《宋书·范泰传》）他认为《春秋》能够"使乱臣贼子惧"，正与其父"成天下之事业，定天下之邪正，莫善于《春秋》"（《春秋谷梁传序》）的见解相合。范泰还根据《春秋》陈言灾异之事，

---

[1] 此及上所引文均出章学诚《文史通义·易教上》，此文出注引之《章氏遗书》卷九。注还道"《七略》录《太史公书》在《春秋》家"。

[2] 章太炎《国学讲演录》（华东师范大学出版社1995年版，第113页）"《春秋》者，史也"；又曰"鲁之《春秋》，一国之史也"（第114页）。

指出"灾变虽小，要有以致之。守宰之失，臣所不能究；上天之谴，臣所不敢诬。有蝗之处，县官多课民捕之，无益于枯苗，有伤于杀害。臣闻桑谷时亡，无假斤斧；楚昭仁爱，不洁自瘳。卓茂去无知之虫，宋均囚有异之虎，蝗生有由，非所宜杀。石不能言，星不自陨，《春秋》之旨，所宜详察"（《宋书·范泰传》）。范家研究《春秋》，传习《春秋》，不仅在发挥《春秋》的经学作用，也在发挥其史学效应。据《南史·王准之传》："自彪之至准之四世居此职（御史中丞）。准之尝作五言诗，范泰嘲之：'卿唯解弹事耳。'准之正色答：'犹差卿世载雄狐。'"范家精于《春秋》，而《春秋》正是史书，所以王准之称范家"世载雄狐"。准之一语戏言，说明当时之人乃目范家之学为记录历史之史学。范家对《春秋》的研究态度是范晔后来著述《后汉书》的家学渊源。据刘知幾《史通·序例》，范晔著有序例。① 所谓序例，其实就是著史者所依据的一些行文准则。又据《后汉书·光武帝纪》李贤注："臣贤按，范晔《序例》云：'《帝纪》略依《春秋》，唯孛慧、日食、地震书，余悉备于志'。"② 则范晔乃是依据《春秋》而作《序例》的，范家家学正是其作史的理论基础。经史不分，学兼经史，使范家一直有研究历史的传统。据《后汉书·黄宪传论》，范汪曾专论过东汉黄宪。又据同书《逸民列传·高凤传》传论："先大夫宣侯，尝以讲道余隙，寓乎逸士之篇。至《高文通传》，辍而有感，以为隐者也，因著其行事而论之曰：'古者隐逸，其风尚矣。颍阳洗耳，耻闻禅让；孤竹长饥，羞食周粟。或高栖以违行，或疾物以矫情，虽轨迹异区，其去就一也。若伊人者，志陵青云之上，身晦泥污之下，心名且犹不显，况怨累之为哉！与夫委体渊沙，鸣弦撲日者，不其远乎！'"是范泰曾为范晔等子弟讲解过东汉隐士《高凤传》。范宁也曾评论过郑玄的经学成就。（《后汉书·郑玄传论》）范家的这种经史兼习的学问传统无疑会影响范晔的著史。他曾在《后汉书·儒林列传》中感叹道："不循《春秋》，至乃比于杀逆，其将有意乎！"他之著史正在承继《春秋》贤贤，恶恶，善善贱不肖，使乱臣贼子惧的传统。

---

① 见浦起龙《史通通释·序例》（第88页）言"魏收作例，全取蔚宗，贪天之功以为己力，异乎范依叔骏，班习子长"。是范晔曾作有《序例》。

② 范晔著《序例》还见《后汉书·光武帝纪》注："例曰：多所诛杀曰屠"；又见同书《安帝纪》注。

第二节　范晔著史观念的新变

司马迁著作《史记》是以人为中心的，他在《伯夷叔齐列传》中写道："或曰：'天道无亲，常与善人。'若伯夷、叔齐，可谓善人者非邪？积仁洁行如此而饿死！且七十子之徒，仲尼独荐颜渊为好学。然回也屡空，糟糠不厌，而卒蚤夭。天之报施善人，其何如哉？"又举行为恶劣之人像盗跖者，"横行天下，竟以寿终"，可见他主张"切近世，极人事"（《自序》），对天道、天理的公正性有所怀疑。但他又在《报任安书》言道："仆窃不逊，近自托于无能之辞，网罗天下放失旧闻，考之行事，稽其成败兴坏之理，凡百三十篇，亦欲以究天人之际，通古今之变，成一家之言。"这又表明他著作史书是为收集历史材料，以之为基础，考究"成败兴坏之理"，最终达到"究天人之际，通古今之变，成一家之言"的目的。班固也说"顺时施宜，有所损益"（《汉书·刑法志》），但他更是将《汉书》著成一部百科全书。他在叙传中写道："凡《汉书》，叙皇帝，列官司，建侯王。准天地，统阴阳，阐元极，步三光。分州域，物土疆，穷人理，该万方。纬六经，缀道纲，总百氏，赞篇章。函雅故，通古今，正文字，惟学林。"班固的要求比司马迁更具体，但他没有司马迁那么宏大的气魄，其"穷人理""通古今"明显是从司马迁那里继承得来的。二人都想连缀历史事件，探究历史背后的规律与道理。汉末的荀悦也以为："立典有五志焉：一曰达道义；二曰彰法式；三曰通古今；四曰著功勋；五曰表贤能。于是天人之际，粲然显著，罔不备矣。"（《后汉书·荀悦传》）他们都在追求一种客观之"理"，而范晔与他们著史出发点有明显不同。范晔的宗旨在"正一代之得失"。所谓"正"，主要是从政治角度对东汉时代加以反思，并得出准确论断。比范晔时代稍前的袁宏作《后汉纪》的目的也是"正"当时著史的混乱。他说道："予尝读《后汉书》，烦秽杂乱，睡而不能竟也。"[1] 他历数当时已有的各种《后汉书》，批评他们"前史缺略，多不叙次"，感叹"错谬同异，谁使正之"[2]？袁宏要"正"的是诸书混乱的叙次，即各书对历史事件的记叙，

---

[1] 周天游校注之《后汉书校注》（天津古籍出版社1987年版）《原序》。

[2] 同上。

而不是"论",刘知幾就曾批评袁宏的论"务饰玄言","玉卮无当"[①]。范晔则认为《后汉书》编作,使他对历史著作情况有全面、统一的认识,回观其他著史者,觉得他们的"著述及评论,殆少可意者"(范晔本传),于是他在叙述中杂随传论,"皆有深意"。他正的是"意",此"意"即"一代之得失",而不是司马迁、班固等所言的"理"。所以束世澂说:"他们(司马迁、班固、荀悦)都提到'天人之际'或阴阳人理,好象是追求一种哲理,而哲理向'天人之际'来追求是落空的。范晔干脆就说:'欲因事就卷内发论,以正一代得失'。可算是最先明白提出历史编纂为政治服务的,比他的前辈,前进了一步。"[②] 汪荣祖也说:"子长欲窥天人、穷古今;孟坚欲穷天理、该万方。而范氏则'欲因事就卷内发论,以正一代得失'。更具以史为谏之深旨矣。"(《史传通说·后汉诸史第十》)范晔著史不是探求形而上的理念,他的出发点乃在实践性的政治。司马迁著《史记》,尚气好奇,更偏重以道德来观照历史,如他以吴太伯为世家之首,以伯夷、叔齐为列传之首,吴太伯与伯夷、叔齐都不是建有卓越政治功业的人物,司马迁将他们分别置于世家、列传之首,主要因为他们高尚的道德。所以杨慎曾道:"世家首列太伯,列传首列伯夷,贵让也。"[③] 可见司马迁著史的主要目的或不在探究政治得失。范晔《后汉书》在功臣之后,首列《卓茂鲁恭魏霸刘宽列传》,卓茂等都是东汉的文吏,又都以宽柔为治,而宽柔的政治正是东汉光武所提倡的,也是整个东汉一代所追求的目标。太伯、伯夷影响的是社会风气,卓茂等影响的是政治风气。范晔将此四人置于列传之首,足见他著书主要关注一代政治得失。他写《后汉书》是想就历史事件、历史人物、历史变化发表议论,以"正"东汉一代的政治"得失"。与司马迁、班固等相比,他更注重"经世致用",故有学者言,他应是第一位明确地指出历史文献、历史记载、历史研究应服务于社会现实的史学家。[④]

[①] 浦起龙《史通通释》,第82页。
[②] 《范晔与〈后汉书〉》,选自吴泽主编《中国史学史论集》(一)(上海人民出版社1980年版)。
[③] 《史记题评》卷三十一,见杨燕起、陈可青等编《历代名家评〈史记〉》,北京师范大学出版社1986年版,第459页。
[④] 参见王锦贵《中国纪传体文献研究》,北京大学出版社1996年版,第95页。

第三节　范晔尊王道、尚宽政、
　　　　　重儒学的历史观

　　前文已叙，范家曾作《春秋谷梁传集解》，儒学可谓代代相承，而《谷梁传》的特点正在"指归较正"①。此"指归较正"意思就是说《谷梁传》所传述的儒学思想较其他二家更为正统。范晔著《后汉书》自然会秉承家学，戴着正统儒家的分辨镜来记叙历史事件，评判历史人物。历来学者也都认为范晔是推崇儒学的，他所持的观点，所站的立场主要是儒家的。邵晋涵在《南江文钞》卷三《后汉书提要》中说道："《儒林》考传经源流，能补前书所未备，范氏承其祖宁之绪论，深有慨于汉学之兴衰。关于教化，推言始终，三致意焉。"汪荣祖曾说："子长著论，徘徊于儒道之间；孟坚独崇仲尼，见乎字里行间；蔚宗则以儒教为精神血脉，融合于著论之间，以史事彰儒义，以儒义贯史事。其论东汉一代得失，几与儒学之盛衰、儒士之荣辱，息息相关矣。"（《史传通说·后汉诸史第十》）他认为与马、班相比，范晔更重视儒学。事实也是这样。范晔提倡儒家的王道精神，主张朝廷首先应该弘扬儒家的"道"，为了能够让儒"道"得以弘扬，朝廷当局应当有远见卓识，须重视教育与教化。东汉之所以能够击败列侯建国，得益的就是弘"道"。据《后汉书·邓禹传》，邓初见光武，即建议"深虑远图""尊主安民"，后来又告诉光武能否平定天下的关键是"德之厚薄"，而不是占据地盘的大小。邓进军关中时，执行的正是这种"以德怀人"的政策，"师行有纪"，百姓望风而顺。邓随处所停即抚慰前来依附的百姓，"父老童稚，重发戴白，满其车下，莫不感悦"。他以"道"来扩展刘秀新兴政权的影响力。对邓禹这种弘扬大"道"的实践行为，范晔极为赞赏。他认为尽管邓禹在收复关中的过程中没能取得最后的军事胜利，但取得了政治上的胜利，"功虽不遂，而道亦弘矣"（《邓禹传论》，自此以下凡引《后汉书》，皆不注书名，只注传名）。相反，如不能以弘"道"为己任，结果必败。公孙述就是例证。范晔评价他"道未足而意有余"（《公孙述传论》），"道"既不足，虽强力求得，又怎么能够实现呢？从儒家大道出发，范晔抛开朝廷

---

①　刘熙载《刘熙载论艺六种》，萧华荣等校点，巴蜀书社1990年版，第7页。

正统观念，不以成败论英雄，赞扬能够持"道"的失败者。如隗嚣，虽然在与光武的斗争中落败，但"其道有足怀者"，所以能够"栖有四方之杰，士至投死绝亢而不悔者"。范晔认为，他最终败于光武，原因可能并不在道义上，而在机运上。(《隗嚣传论》) 又，刘虞虽败于公孙瓒，范晔称赞其"守道慕名，以忠厚自牧。美哉乎，季汉之名宗子也！"

东汉建国后，国家元首也追求远"道"，在选择政府宰相上，尤其注重长远利益。"中兴以后，居台相总权衡多矣，其能以任职取名者，岂非先远业后小数哉？故惠公造次，急于乡射之礼；君房入朝，先奏宽大之令。夫器博者无近用，道长者其功远，盖志士仁人所为根心者也。"(《宋弘传论》)"惠公"即伏湛，"君房"即侯霸。二人相继为大司徒，为政尚宽大，说明在东汉初年，君主的政治眼光是长远的，"先远业后小数"，重大道，轻小利。对此，范晔也是极为肯定的，认为这样的策略"道长"，故能"功远"。

范晔甚至认为哪怕位为小吏，也应尊道、弘道。他赞扬陈寔能够"弘道下邑"(《左周黄列传论》)，尽管陈之官位仅为太丘长。反之，臣吏如不能以"道"，而徒以力治理州郡，则不会得到百姓认可，更不会获得优异政绩。如桥玄为政威急，以至"众失其情"。范晔认为这并不是因为桥玄"力不足"，而是"有道在焉"，桥没有遵守儒家必循的"道"，并说"如令其道可忘，则强梁胜矣"(《桥玄传论》)。可见，在范晔心中，儒家的"道"是一个国家和社会必须共同依从的大原则，有一种超越强力的深层力量。人们应该尊"道"，甚至为了"循道"，可以"释利"(《鲍永传论》)；为了正"道"，"正天下之风"，不求"徇名安己"，甚至可以"杀身成仁"，"舍生取义"(《李杜列传论》)。

范晔认为仁道的治理，不仅能影响朝廷中心地区，更能化及边疆。他指出汉代"文约之所沾渐，风声之所周流，几将日所出入处也。著自山经、水志者，亦略及焉。虽服叛难常，威泽时旷，及其化行，则缓耳雕脚之伦，兽居鸟语之类，莫不举种尽落，回面而请吏，陵海越障，累译以内属焉"(《南蛮西南夷列传》)。而这些远人之所以来服，正佐证"柔服之道"以致远的儒家风化传统的正确性。

为了弘"道"，政府必须弘学。朝廷应该重视教育与教化，这是儒王道思想的要求，也是范晔的主张。教育与教化是为了将儒家道德伦理普及到民间社会，广大百姓深受儒家思想熏陶与感染，自然会接纳儒家忠孝节义、仁厚礼信等观念，朝野内外皆是有道德修为的谦谦君子，社会风俗也就会淳朴起来,所以弘学是国家发展的长久大计。王先谦就曾赞扬范晔"不蹈前人所讥班马之失","褒尚学术,表彰节义"(《后汉书集解述略》)。东汉学风承继西汉,儒学甚重,光武帝曾在长安学习《尚书》,随其起义的诸将多通儒学。① 东汉开国后,尚儒的风气得以发扬,而倡导之功,首在朝廷。《儒林列传序》道:

> 及光武中兴,爱好经术,未及下车,而先访儒雅,采求阙文,补缀漏逸。先是四方学士多怀协图书,遁逃林薮。自是莫不抱负坟策,云会京师,范升、陈元、郑兴、杜林、卫宏、刘昆、桓荣之徒,继踵而集。于是立《五经》博士,各以家法教授,《易》有施、孟、梁丘、京氏,《尚书》欧阳、大小夏侯,《诗》齐、鲁、韩,《礼》大小戴,《春秋》严、颜、凡十四博士,太常差次总领焉。

光武帝对儒学极为推崇。明帝对儒学也非常尊崇,他师从桓荣,十分敦谨。桓荣有疾,则亲至他家询问起居情况,"入街下车,拥经而前,抚荣垂涕,赐以床茵、帷帐、刀剑、衣被,良久乃去"。此后,公卿大夫问疾者都不敢乘车到门,"皆拜床下"(皆见《桓荣传》)。又据《张酺传》,明帝曾专为四姓小侯开学馆,置《五经》教师。章帝即位,"降意儒术"(《贾逵传》),建初五年,专门集群儒于白虎观,讲习"五经"同异,如西汉石渠故事,作《白虎通德论》。(《班固传》)元和二年(85),章帝东巡时,"引(张)酺及门生并郡县掾史并会庭中",章帝"先备弟子之仪,使酺讲《尚书》一篇,然后修君臣之礼"。可见章帝对儒生、儒学也极为尊重。明、章二帝还能以儒家伦理道德要求自己,克己复礼。明帝极孝②,章帝不仅十分孝顺,而且也非常友悌。③ 在光武帝的影响下,不单

---

① 见赵翼《廿二史札记·东汉功臣多近儒》载:"至东汉中兴,则诸将帅皆有儒者气象,亦一时风会不同也。"又列举邓禹、寇恂、冯异、贾复、耿弇、祭遵、李忠、朱祐、郭凉、窦融等,道"是光武诸功臣,大半习儒术,与光武意气相孚合"。其说是。

② 见《皇后纪·光武阴后纪》载"明帝孝爱",竟夜梦光武与其母阴后如平生欢,想念母亲以至"感动悲涕",左右之人皆受感染,悲泣不敢仰视。

③ 见《皇后纪》之关于章帝孝敬明帝马皇后的记载:"肃宗亦孝性淳笃,恩性天至,母子慈爱,始终无纤介之间。"又据《宋均传附宋意传》:"肃宗宽仁,而亲亲之恩笃,故叔父济南、中山二王每数入朝,特加恩宠,及诸昆弟并留京师,不遣就国。"是章帝极为孝友。

第四章　范晔的史学观念

明、章颇敬儒学，甚至内宫的皇后也重视儒家经典学习与传承。据《皇后纪》，明帝马皇后能"诵《易》，好读《春秋》《楚辞》，尤善《周官》《董仲舒书》"。又，马皇后还能笃行，她平素不好戏乐，"常与帝（章帝）旦夕言道政事，乃教授诸小王，论议经书，述叙平生，雍和终日"。上层鼓励经学、儒道，下层士人们纷纷从学，社会风俗日渐淳厚起来。朝野民间，儒家所倡的忠、孝、信、义、仁、厚、恭、敬等美德处处可见。顾炎武言东汉风俗最淳，赵翼《廿二史札记·东汉尚名节》条，列举东汉时笃尚名节的现象，认为原因是"当时荐举征辟，必采名誉，故凡可以得名者，必全力赴之，好为苟难，遂成风俗"，又说"其时轻生尚气已成习俗，故志节之士好为苟难，务欲绝出流辈，以成卓特之行，而不自知其非也。然举世以此相尚，故国家缓急之际，尚有可恃，以搘拄倾危。昔人以气节之盛，为世运之衰，而不知并气节而无之，其衰乃更盛也"。赵论"东汉尚名节"，当"国家缓急之际，尚有可恃，以（尚名节的士大夫）搘拄倾危"，其说诚是，但其举例极不全面，又称荐举征辟导致士人务为苟难，也不准确。① 实则东汉一代尚气节的风俗得因于光武、明、章等对经学、儒学的提倡与弘扬。② 范晔对此极为赞赏。他说"自光武中年以后，干戈稍戢，专事经学，自是其风世笃焉"（《儒林列传论》）。他认为东汉风俗淳朴的直接原因是朝廷对经学的推崇。有了朝廷的提倡，儒生们"所谈者仁义，所传者圣法"，以至人人"识君臣父子之纲，家知违邪归正之路"（同上）。安顺以后，朝廷对经学的尊重渐不如前③，但是由于有光武等在前的倡导，"所以声教废于上，而风俗清乎下"

---

① 赵列之现象可分以下几类：掾吏尽忠于长官者；感知遇之恩，为长官服丧收葬者；让爵位者；轻生报仇者；代人报仇者。实则赵所列举并不全面，且所列仅仅为士人之计较小节者。像李固、陈蕃等为国不避死难；党人为清正不屈于阉宦；刘平等为孝义不惜性命；徐稚、严光、梁鸿等为志操不慕富贵；《列女传》中诸女或为贞洁，或为志道，或以身殉义，或随夫高隐等，赵并皆未举。

② 朱东润先生认为"东汉所以造成这样的风气，通常都以为得力于光武帝提倡气节"，"其实光武帝始终不曾提倡气节"，又认为光武重用的是卓茂，其目的是为了"笼络人心"。另一方面，朱先生又承认"范晔认为只有儒家，才能养成这一批担当国家大事死而后已的人物"（《〈史记〉考索》，第362—363页）。其实，不管动机怎样，光武的确推重儒学，而那些为国家大事死而后已的人物正是在儒学的影响下成长起来的，可见光武等崇儒的效果。

③ 见《儒林列传》记载："自安帝览政，薄于艺文，博士倚席不讲，朋徒相视怠散，学舍颓敝，鞠为园蔬，牧儿荛竖，至于薪刈其下。"顺帝时期情况稍好，桓灵时期就更无须举证了。

(《陈寔传论》)。桓帝、灵帝时期，尽管"君道秕僻，朝纲日陵，国隙屡启，自中智以下，靡不审其崩离；而权强之臣，息其阚盗之谋，豪俊之夫，屈于鄙生之议者，人诵先王言也，下畏逆顺势也"。像皇甫嵩、张温等手握军权的大臣，"功定天下之半，声驰四海之表，俯仰顾眄，则天业可移，犹鞠躬昏主之下，狼狈折札之命，散成兵，就绳约，而无悔心。暨乎剥桡自极，人神数尽，然后群英乘其运，世德终其祚。迹衰敝之所由致，而能多历年所者，斯岂非学之效乎？故先师垂典文，褒励学者之功，笃矣切矣"(《儒林列传论》)。面对极其衰敝的朝政，武将如张、朱等受儒风熏陶，"畏逆顺之势"，竟无犯上作乱的想法。另一方面，文臣如陈蕃、李固等更是竭力持正，东汉"乱而不亡"，正是依赖这些仁人君子的力量，所以范晔慨叹道：(东汉)"所以倾而未颠，决而未溃，岂非仁人君子心力之为乎"(《左周黄列传论》)？在范晔看来，如果不是有儒学风效的影响，东汉一朝根本不可能维持那么长时间。

然而，范晔并不完全赞同光武等对儒学的理解，他认为光武等东汉初期皇帝所推崇的并不是最纯正的儒家学术。作为政治君主，光武等推崇儒学主要是着眼于新朝的政治治理，而不在于对学术本质内核的发扬。从重用桓荣一事上就可知光武虽尊儒学，却并未能攫住儒学的精髓。光武年轻时曾游学长安，学习《尚书》，略通大义，立国之后，爱尚经学，"数引公卿、郎、将，讲论经理，夜分乃寐"。因此在确定经师上，他自然会根据自己的学术熟悉程度来选择。相对来说，他对《尚书》更熟悉，桓荣所习正是欧阳《尚书》，彼此学问有相通之处，所以光武选择他来作太子少傅，传太子《尚书》。与皇帝学问有相通之处，是桓荣获得器重的一个重要原因。光武重用桓荣的一个更重要的原因是桓荣十分谦恭、温和、顺从。据《桓荣传》，桓"辩明经义，每以礼让相厌"，光武赏赐诸生，"受者皆怀之，荣独举手捧之以拜"，光武叹为"真儒生"。于是，桓氏自桓荣始，"世宗其道，父子兄弟代作帝师，受其业者皆至卿相，显乎当世"(《桓荣传论》)，为东汉一代以学术致仕之最盛者。但是，桓荣的学术乃典型章句之学。桓受其师朱普所传章句为40万言，"浮辞繁长，多过其实"，桓虽对其师的章句讲义加以精简，为23万言，仍然极为繁碎，到桓荣之子桓郁时，再删减一半，改为12万言。一部《尚书》，经说竟至12万言，已相当琐细，而这竟是最精简的讲义，足见桓氏章句之学的末弊。这就是东汉一朝所推重的学术事业。这种对待学术的态度只

第四章　范晔的史学观念

能使学术走向偏蔽。所以范晔在桓荣传后论中写道："孔子曰：'古之学者为己，今之学者为人。'为人者，凭誉以显物；为己者，因心以会道。桓荣之累世见宗，岂其为己乎！"刘咸炘曰："举为人为己二义甚精，讥意明矣。"① 细读此论，以一反问语气结尾，说明范晔认为桓荣之学算不得"因心会道"，应是"凭誉显物"。学不为道，只是为己，已偏离儒学本质要求。在与桓荣同时代的学者中，曹褒学为儒宗，但他的宦位却并不如桓荣显贵，所受宠待也远远不能与桓相比。儒家追求以礼乐治国，而长于"礼"的曹褒、张奋崇"礼"的建议也并未得到实质性的重视。郑兴、陈元、桓谭"俱为学者所宗"（《陈元传》），郑兴的学问更是"行乎数百年中，遂为诸儒宗"，但"亦徒有以焉尔"（《贾逵传论》），他们的宦位都不高，其所受的待遇也都不能与桓荣相比。可见，东汉初年，朝廷君主虽然重儒，实际上并未把握住儒学的根本。

又，光武极信图谶，起义以图谶，即位以图谶，任用卿相亦以图谶②，这是因为他崛起于寒庶，要想顺利立国，必须有一套可以厌服众心的学说，图谶刚好满足他的要求。诸学者于是都以谶纬解经书，能说图谶者则易贵显，否则，不易为用。郑兴、桓谭虽为儒学大师，但都因不好图谶而得不到重用，桓谭几乎因为反对图谶而被光武诛死。相反，贾逵能够迎合朝廷的意向，以纬书、图谶解经，深得章帝赏识。范晔对此极有异议，他感叹道："桓谭以不善谶流亡，郑兴以逊辞仅免，贾逵能附会文致，最差贵显。世主以此论学，悲矣哉！"（《贾逵传论》）范晔并不完全反对图谶，他反对的是光武这种以图谶为国学的态度，他反对将图谶作为学问主流。他以为儒家的学问应在崇扬"仁义正道"③，像这样从一家一姓的朝廷利益出发而过分崇拜谶纬，尊显章句，实在有违儒家学术的本来追求，结局往往是舍本逐末，儒家学术越来越背离其本质大道，越来越走向拘泥小数的偏端。这种做法弊端极大：首先，学术失去可贵的独立性，只为当朝者意志服务，迎合当朝者意愿。西汉皇帝对经书之言尚有尊畏感，成帝时，屡有灾异，吏民上书以为原因是外戚王氏专政，

---

① 《后汉书知意》，第698页。
② 起义以图谶见《光武纪》李通等言刘秀当为天子；即位以图谶见同纪诏书引谶记"刘秀发兵捕不道，卯金修德为天子"；任用大臣以图谶，见《王梁传》以《赤伏符》曰"王梁主卫作玄武"而任王梁为大司空；又见《景丹传》以谶记任孙咸为大司马。
③ 见《桓谭传》桓上书以为不宜崇图谶。

成帝"惧",向精通经学的张禹请教,经张一番解释才释然而去。(《汉书·张禹传》)东汉光武利用图谶得天下,又让学者经务图谶,这是以经学为己用,不是尊经扬学。治经学者过多过滥引用谶纬,加以过于繁琐的章句,使经学就变得越来越空虚,越来越无实效。东汉初年的王充就曾对当时图谶过热,以致学问过虚的学风已大加鞭挞。① 刘勰不信图谶,但又指出图谶所言"事丰奇伟,辞富膏腴",虽"无益经典,而有助文章",所以后来的"辞人"往往从中"采摭英华"②。也就是说,图谶尽管算不上经学的正本,却在客观上促进了东汉以后文学创作繁荣。经学转为文学,谶纬起到了极其重要的作用。换句话说,过分重视图谶的学风带来的是"文采"的增多,文采的繁复也就意味着经学淳正之味的丧失。东汉后期,学者徒尚"浮华",重儒家内在思想的学术一变为重外在文辞的学术③,学者不能专经,原因就是经学日渐驳杂。其次章句之学渐盛,也是经学研究陷入词句考究之圈,日渐脱离儒道的要因。徐干曾说:"凡学者,大义为先,物名为后;大义举而物名从之。然鄙儒之博学也,务于物名,详于器械,矜于训诂,摘其章句,而不能统其大义之所极,以获先王之心。"(《中论上·治学篇》)对于主张重儒学大义、本义,求儒家之道的范晔来说,桓荣等的章句之学都是"破碎小道",有违儒学原旨。再则,西汉"大要以军吏立国"④,独尊儒术之后,治理天下的主要是儒吏。儒者以经学取仕,一变秦代的"以吏为师"为"以师为吏"⑤。东汉建

---

① 见其《论衡》之《书虚》《儒增》《感虚》《指瑞》《订鬼》等篇。
② 此及上刘所言皆出《文心雕龙·正纬》。
③ 按"浮华"一词词义,唐长孺认为"就是结党标榜,这是和'臧否人物'不可分离的行为"(《魏晋南北朝史论丛》,生活·读书·新知三联书店1955年版,第296页)。贺昌群也以为本意为"不实",魏晋时指"清谈"(《魏晋清谈思想初论》),皆不确切。"浮华"之意应是博文、骛采。《汉书·杜钦传》赞曰:"钦浮沉当世,好谋而成,以建始之初,深陈女戒,终如其言;庶几乎关雎之见微,非夫浮华博习之徒所能规也。"此处,浮华与博习相连,盖指学不务实。东汉中后期,经学繁碎,德行与学问分离,治经者只在文辞上下功夫。《三国志·管辂别传》载:"裴使君问:'何平叔一代才名,其实何如?'辂曰:'……故说老、庄则巧而多华,说《易》生义则美而多伪;华则道浮,伪则神虚;……辂以为少功之才也。'裴使君曰:'诚如来论,吾数与平叔共说老、庄及《易》,常觉其辞妙于理,不能折之。'"是此"浮华"意为浮词华文,脱离大道,使思想变为文辞。东汉后期的"浮华"之意应与此意近。
④ (宋)赵彦衡:《云麓漫钞》,傅根清校点,中华书局1996年版,第96页。
⑤ 参见葛兆光《七世纪前中国的知识、思想与信仰世界》之《第三编》。

国，笃重经学，取吏以儒生①，通经学成了士人获取禄利的要途。桓荣只通一经，"学之为人"，不合大道，却贵为帝师，世代受宠。以利为学，不合儒者求学的宗旨；以禄利来吸引儒者，"贤者不能行礼以从道，品臣不能无枉以从利"（《潜夫论·班禄篇》），则学术已被阉割。学者目的在于利禄，其为学如前徐干所言，"务于物名"，失其大义，最终只能成为俗儒、俗吏，很少有人学成"博览古今"的通人，更不用说学成"精思著文，连接篇章"（《论衡·超奇》）的鸿儒。范晔对这样的现象非常不满，谴责当时学风"观成名高第，终能远至者，盖亦寡焉"，认为如此学风只能造就"迂滞"的俗才（《儒林列传》）。学术依赖朝廷的禄利，只为朝廷的统治服务，听顺皇帝的诏旨，一旦朝廷君主昏聩，又不重视学术，学者禄利之途断绝，那么，那些与现实利益紧密相关的学术就只好走向没落了。因为东汉采用如此倡导儒学的方式，所以东汉的儒学发展表面上极为繁荣，"游学渐盛"，实际上已日呈衰弊之象。和帝邓后时，"学者颇懈"，安帝时"博士倚席不讲"，桓帝时"儒者之风渐衰"。当然，东汉后期儒学的衰落与其时的政治腐朽也有极大关系。此外，东汉后期，朝廷所尚之官方学术既已渐衰，于是民间诸子之说乘机崛起，最有代表性的是王符《潜夫论》、仲长统《昌言》及崔寔《政论》。这几家主要是探讨为政的，其说多针对汉末腐败，"皆辨章功实，而深疾浮淫靡靡"，近法家之术。②范晔对法家之术不太赞成，他曾说道："以为力诈可以救沦敝，文律足以致宁平，智尽于猜察，道足于法令，虽济万世，其将与夷狄同也。"（《方术列传论》）因此，范晔批评诸家曰"数子之言当世失得皆究矣，然多谬通方之训，好申一隅之说"③。可见范晔还是笃持儒家正统观念的。最后，尽管范晔批评东汉朝廷对待学术的政策，指斥其导致为禄利而学，为名誉而学，难以培养出有远致的鸿儒，但他还是承认，

---

① 据《左雄周举黄琼列传论》，西汉选举有贤良、方正、孝廉、秀才等方式，东汉更增加敦朴、有道、贤能、直言、独行、高节、质直、清白、敦厚等名目，取儒生为吏。

② 见章太炎《学变》（选自傅杰编校之《章太炎学术论集》，中国社会科学出版社1997年版）。先生原话为："东京之衰，刑赏无章也。儒不可任，而发愤者变之以法家。王符之为《潜夫论》也，仲长统之造《昌言》也，崔寔之述《政论》也，皆辨章功实，而深疾浮淫靡靡，比于'五蠹'；又恶夫以宽缓之政，治衰敝之俗。《昌言》最恢广。上视扬雄诸家，牵制儒述，奢阔无施，而三子闳达矣。"

③ 见《王充王符仲长统列传》传论，此论未及崔寔，而由上章太炎先生之言可知，崔亦在尚法之流。

光武等上层君主对儒学的倡导在客观上促进了下层社会风气的淳朴。

除了主张求道、弘学，在政治实践上，范晔推崇儒家宽和仁政，而宽和仁政必须有贤明君主来保障。范晔认为君主必须贤明。关于东汉一朝的君主，他认为光武帝、明帝、章帝这三个前期皇帝是比较贤明的，所以他称赞道："后之言事者，莫不先建武、永平之政。"又说章帝也能做到"气调时豫，宪平人富"（《章帝纪赞》）。和帝时，"虽颇有弛张，而俱存不扰，是以齐民岁增，辟土世广"。其时，东汉朝廷甚至以偏师出塞，一举而击败北方匈奴，功绩远胜于西汉强盛时的武帝时期。和帝能够取得这样的政绩，主要是基于前三位君主经年的政治积累。（《和帝纪论》）安顺以后，朝政日益趋于腐败、混乱，原因即在朝君主或短寿，或昏庸。其中，安帝时，和帝邓太后专政，"令自房帷，威不逮远，始失根统，归成陵敝"（《安帝纪论》）。范晔极为反对女主主政，所以他认为这个时期是东汉丧失根基的开始。事实也是如此。东汉衰败原因，后世总结很多，大家的结论相差无几，多认为东汉灭亡于宦官专权、外戚主政及羌战的耗费。① 范晔自己也有这样的理解②，但是范晔还是认为东汉之所以溃败的最初原因是女主专政。女主专政，才会重用外戚与宦官，这才导致外戚与宦官权力的增长，所以他认为安帝时，权归邓后为东汉衰败之始。此后的君主，或宦官辅立，如顺帝，或太后临朝，如冲帝、质帝，几乎没有一个可以称得上贤明的。安帝"计金授官，移民逃寇"（同上），顺帝则多僻，桓灵之昏庸更不用赘言。没有明主的政治自然是失败的政治。安顺以后的"失"就失在缺乏明主上，只有贤明的君主才能开创开明、兴盛的朝政。所以，对安、顺以后诸帝的统治，范晔从总体上是否定的，其所持的态度也主要为批评、责备。在范晔看来，光武帝、明帝时的国家、社会之所以能够得到稳定、平和的发展，是因为他们主要采用儒家宽仁的政治态度与王道的政治精神，政治眼光高远，政治措施合理。

---

① 汪荣祖以为范晔揭示东汉亡国因为宦官与羌战（见其《史传通说》之关于范晔与《后汉书》的论述）。朱东润先生以为"后汉的国力，一大半破坏在对于羌人的战争里"（《史记考索》，第354页）。李景星则以为"东汉之亡也，以阉竖"（《四史评议》，第347页）。何焯认为"东都则黄巾蚁聚，群雄龙战，皆由宦者流毒"（《义门读书记》，第401页）。

② 范晔言"东都缘阉尹倾国"（《宦者列传论》），又在《西羌列传》中言道"惜哉寇敌略定矣，而汉祚亦衰焉"，意即羌战严重削东汉之根基。

第四章 范晔的史学观念

范晔赞同儒家宽和简约的政治。他在《王刘张李彭卢列传》中论道：

> 传称"盛德必百世祀"，孔子曰"宽则得众"。夫能得众心，则百世不忘矣。观更始之际，刘氏之遗恩余烈，英雄岂能抗之哉！然则知高祖、孝文之宽仁，结于人心深矣。周人之思邵公，爱其甘棠，又况其子孙哉！刘氏之再受命，盖以此乎！

他以为东汉能够得以顺利建立，是因为西汉高祖、文帝等宽仁的政治深"结于人心"，以至天下百姓难以忘怀，所谓"宽则得人"。在他看来，只有宽和的政治才能换得朝廷长久绵延。他以为东汉前期的政治成绩主要来自光武等宽和的政治态度与政治实践。光武本以"柔术"治天下。[①] 又，《循吏列传》序曰：

> 初，光武长于民间，颇达情伪，见稼穑艰难，百姓病害，至天下已定，务用安静，解王莽之繁密，还汉世之轻法。身衣大练，色无重采，耳不听郑、卫之音，手不持珠玉之玩，宫房无私爱，左右无偏恩。

由这一段序论，我们可以看出光武摒去王莽"繁密"之术，所用乃"安静"的"轻法"。又，光武在位"广求民瘼，观纳风谣。故能内外匪懈，百姓宽息"（同上）。明帝也"日晏坐朝，幽枉必达。内外无幸曲之私，在上无矜大之色。断狱得情，号居前代十二"（《明帝纪论》）。范晔对光武、明帝的政治治理还是极为赞赏的。然而光武、明帝的政策并不是他心中最为完美的政策。他坚持宽和简约，因而指斥光武帝、明帝过于好尚吏事，甚至课核三公，对待臣吏每每于礼稍薄，臣吏往往遭遇诛斥诘辱。（《朱浮传论》）并批评道"建武、永平之间，吏事刻深，亟以谣言单辞，转易守长"，虽有朱浮、钟离意等上书劝谏，朝廷也未曾采纳。（《循吏列传序》）所以，他以为光武之治"道未方古"（《光武帝纪》），

[①] 见《光武帝纪》，建武十七年，光武幸章陵，与诸宗室从容话平生，宗室诸母因酣悦，相与语曰："文叔少时谨信，与人不款曲，唯直柔耳。今乃能如此！"帝闻之，大笑曰："吾理天下，亦欲以柔道行之。"

而"中兴之美，盖未尽焉"（《循吏列传论》）。他最为赞赏的是章帝的政治策略。他称赞章帝能够改去明帝的"苛切"，"事从宽厚"，"感陈宠之义，除惨狱之科。深元元之爱，著胎养之令。奉承明德太后，尽心孝道。割裂名都，以崇建周亲。平徭简赋，而人赖其庆。又体之以忠恕，文之以礼乐"（《章帝纪论》），以至在位期间，屡见祥瑞。章帝所行，乃宽和之政。范晔甚至迷信地认为袁安之所以子孙昌盛，是因为他处理楚王英案件时，"未尝鞫人于臧罪"，积善得余庆。（《袁安传论》）他对卓茂、鲁恭、刘宽、魏霸等人大加颂扬①，因为他们都是宽和待民的良吏。范晔称许宽政的另一面即拒斥苛酷繁细的政治政策。他指出"大道既往，刑礼为薄"，"末暴虽胜，崇本或略"（《酷吏列传赞》）。他还举袁安、朱邑为例，说道："邑不以笞辱加物，袁安未尝鞫人臧罪，而猾恶自禁，人不敢犯。何者？以为威辟既用，而苟免之行兴；仁信道孚，故感被之情著。苟免者威隙则奸起，感被者人亡而思存。由一邦以言天下，则刑讼繁措，可得而求乎！"（同上传论）繁细的条文、苛酷的政治不能深入人心，感化民人，所以往往不能持续长久，不是政治统治久远之计。范晔总体上主张采用宽和温柔的政治方式，反对苛杂繁细的法吏之治，但他也并不走入极端，反对一切形式的法律。如郭躬长于法律，世代相传以治民，躬本人以法律治事时，屏弃私心得失，用"恕心"，"推己以议物，舍状以贪情"，凭着对事物本质的把握，对生民人生的宽容，往往不落偏执。范晔认为这样的法家精神是可以借鉴的。② 他还说道："《老子》曰：'法令滋章，盗贼多有。'箕子之省简文条而用信义，其得圣贤作法之原矣！"（《东夷列传论》）可见范晔思想中甚至有一定的道家成分。范晔又主张政治应做到"繁简唯时，宽猛相济"（《王充王符仲长统列传论》）。斯又表现范晔思想中和的一面，也反映他的思想，有时也并不是一个完全糅合无间的浑然整体，在一些问题上，他多半是随机而发、就事论事，所以他的议论有不太统一的地方。总而言之，范晔在思想上属于儒家派，力

---

① 见诸人传赞："卓、鲁款款，情悫德满。仁感昆虫，爱及胎卵。宽、霸临政，亦称优缓。"

② 见《郭躬传》，郭为法"务在宽平，及典理官，决狱断刑，多依矜恕，乃条诸重文可从轻者四十一事奏之，事皆施行，著于令"。是郭法近于儒之温和宽轻。范晔在传论中赞其"起自佐史，小大之狱必察焉。原其平刑审断，庶于勿喜者乎？若乃推己以议物，舍状以贪情，法家之能庆延于世，盖由此也！"是又认为只要应用得当，法家的思想与实践也是可以借鉴的。

第四章　范晔的史学观念　　71

举儒家王道思想，称颂君主的教化政治，讴歌宽容待民的仁政策略。在这些大原则上，他的思想基本上是贯穿一致的。

第四节　边防问题上的霸道思想

汉宣帝曾言"汉家自有制度，本以霸王道杂之"（《汉书·元帝纪》），是西汉虽号称"独尊儒术"，而儒术之独尊实始自宣帝之后。东汉中兴，光武尊崇儒学，师从汉文帝，任用"柔道"，"退功臣而进文吏，戢弓矢而散马牛"（《光武帝纪》）。范晔认为光武帝基本上是在运用宽宏的王道精神来矫正战国以来的霸道思想。[①] 的确，光武帝不仅对内采用"安静"柔术，对外也循守退保政策。天下平定，匈奴为患，臧宫、马武建议以武力征服之，光武报以务远谋，广柔德，拒绝他们的提议。建武年间，西域要求内附，光武竟然不答应，"闭玉门以谢西域之质"。明帝永平时，匈奴威胁西域以侵犯东汉边疆，边疆州郡"城门昼闭"。范晔对光武这种边疆政策持反对态度，他积极主张征服边疆众夷。他认为光武虽号称"中兴"，但是所面对的敌人不如秦、项强大，百姓又心怀"附汉之思"，所以光武的勋业算不得"比功上烈"。当天下既定之时，"戎羯丧其精胆，群帅贾其余壮，斯诚雄心尚武之几，先志玩兵之日"，而光武竟然不顾臧宫、马武等人的志向，"其意防盖已弘深"。那么，光武的"意防"是什么呢？范晔用反问的语气委婉作答："岂其颠沛平城之围，忍伤黥王之阵乎？"（《吴盖陈臧列传论》）细循此句意，范晔以为，光武"意防"的目标有二：一是四夷的势力，尤其是匈奴的军事力量；二是像黥布一样的功臣武将们的威权。光武在回答马武、臧宫时曾说："北狄尚强。"他对北方游牧民族的军事实力还是很忌惮的，他担心与北方作战，一旦不利，很可能会出现第二次平城之围。当然，这也与光武务远谋，广柔德的思想有关。另一方面，如果要征伐北

[①] 见范晔之《朱景王杜马刘傅坚马列传》中论："若乃王道既衰，降及霸德，犹能授受惟庸，勋贤皆序，如管、隰之迭升王桓世，先、赵之同列文朝，可谓兼通矣。降自秦、汉，世资战力，至于翼扶王运，皆武人屈起。亦有鹯缯屠狗轻猾之徒，或崇以连城之赏，或任以阿衡之地，故势疑则隙生，力侔则乱генerates。萧、樊且犹缧绁，信、越终见菹戮，不其然乎！"是范晔认为战国以来，诸侯所用乃"霸德"，以致像萧何这样的功臣也难逃疑虑之折磨，故光武有鉴前事之违，"存矫枉之志"，任文德，黜武功。

方的匈奴，光武必须要依赖武将的力量，这样一来，不仅国家得承受巨大的军费开支，功臣武将的个人威权也随之膨胀，出现一两个像黥布、韩信那样难以制御的叛乱分子是完全可能的。所以，尽管光武对功臣武将们十分宽容，"每能回容，宥其小失"（《马武传》），爱惜贾复性命，不令其亲自作战；怜悯邓奉，希望能免其一死①，但仍存有防忌之念。②对光武宽宥功臣，范晔是称赞的；对光武建国以后，偃武修文，"卑词币以礼匈奴之使"的政策，范晔则是反对的。范晔有极强的华夏正统观念。他以文化先进者自居，非常鄙视周围的民族，称其为"缓耳雕脚之伦，兽居鸟语之类"（《南蛮西南夷列传论》）。他认为应该以夏变夷，而不能以夷变夏，华夏与夷狄不同之处在于华夏能够任"道"，夷狄则重"力诈"，斯正夷狄落后华夏之处。③ 如何以夏变夷，范晔则主张先行武力征服。在对待羌人是战是和的问题上，他强烈地批判张奂，认为张所盛称"戎狄一气所生，不宜诛尽，流血污野，伤和致妖"，是迂腐之言，因为"羌虽外患，实深内疾，若攻之不根，是养疾疴于心腹"。要想除掉这个内患，就必须采用战争手段，而且是有效的战争手段，只有有效的战争

---

① 分别见《贾复传》及《岑彭传》。

② 如耿弇，先曾献策于光武，后又平定张步，一生累战，"未尝挫折"（耿弇本传），"然弇自克拔全齐，而无复尺寸功"。范晔本着史家的精神，委婉地质问："夫岂不怀？将时之度数，不足以相容乎？"事实很明显，光武肯定忌惮耿的军事才能，自然不会让他再建功勋。何焯在论及光武对待耿弇一事时，也说道："有以见光武之不宏也"（《义门读书记》之 21 卷《后汉书》，第 369 页）。另外，刘咸炘也批评光武"防忌功臣权势太甚"（《四史知意》，第 680 页）。范晔则借他人之言道出"议者多非光武不以功臣任职，至使英姿茂绩，委而勿用"（《朱景王杜马刘傅坚马列传》论）。朱东润先生以光武与高祖相比，责备其对功臣"不是更宽大，而是更周密，更严厉"，又说"光武所以获得优容功臣的令名，只是因为他忌嫉功臣，以功大受封，最多不过四县到六县，功臣既然没有反抗能力，因此光武也获得宽大的美名"（《史记考索》，第 400—401 页）。诸论都是有道理的，光武确实对功臣有防忌之心。话说回来，光武对功臣的宽柔是事实，不以功臣任职也是事实，但也不全是出于防忌。宽柔与光武所受的儒家思想教育有关，与他的个人性格有关（见前论）。而不以功臣任职史，又有出于爱惜功臣，提拔人才，利于朝政的一面。刘咸炘也承认东汉功臣得以保全有赖光武的宽柔，宽柔正是光武"异于常君之处"（《四史知意》，第 680 页）。范晔则指出光武此举非徒保全功臣，更在"至公均被"，选才任人以德不以功，能够达到"广招贤之路"的效果，称得上是"深图远算"（《朱景王杜马刘傅坚马列传论》）。范论似有矛盾之处，实是他有求折中之嫌。

③ 见《方术列传》中论："以为力诈可以救沦敝，文律足以致宁平，智尽于猜察，道足于法令，虽济万世，其将与夷狄同也。孟轲有言曰：'以夏变夷，不闻变夷于夏。'况有未济者乎！"

手段才能彻底解除边疆民族带来的威胁与破坏。他谴责邓骘、马贤等作战无方，以致军败边陲，虽或偶有胜利，然"军书未奏其利害，而离叛之状已言矣"，结果是"得不酬失，功不半劳"（《西羌列传论》）。宋赵彦衡曾列举东汉用于羌战的军费，"《段颎传》中云：永初诸羌反，十有四年，用二百四十亿；永和之末，复经七年，用八十余亿；本规三年之费，用五十四亿；后平东羌，费四十四亿。袁安封事云：汉之故事，供给南单于费直岁一亿九十余万，西域岁七千四百八十万"，指出东汉用于羌战的军费甚至比北宋用于契丹的还多，结论是"自汉以来，中国财用耗于虏，惟东汉为盛"①。基于此，范晔坚决否定苟和，指斥和帝邓后亲政时"惮兵力之损"，以致"情存苟安"的御羌策略。（《西羌列传论》）段颎主张对待西羌应"建长久之策"，这个长久之策就是"绝其本根，不使能殖"（段本传）。因而在打击羌人时，段毫不手软，深入羌人居住区，对叛乱者残酷杀戮，西羌在他的强力镇压下，死伤殆尽，"其能穿窜草石，自脱于锋镞者，百不一二"（《西羌列传论》）。范晔认为到此时，东汉西方的寇敌才算得以平定，他赞同段颎的军事策略。② 范晔虽主张以战争手段征服夷狄，但他并不是一个战争至上主义者。在他看来，战争只是解决问题的手段和方法。通过战争，彻底地征服制造混乱的边疆民族，之后就应该宣扬儒家文化，用汉人先进的思想观念影响他们，教化他们，如其在《南蛮西南夷列传》中论道："汉氏征伐戎狄，有事边远，盖亦与王业而终始矣。至于倾没疆垂，丧师败将者，不出时岁，卒能开四夷之境，款殊俗之附。若乃文约之所沾渐，风声之所周流，几将日所出入处也。"他赞扬汉室能够通过征伐"开四夷之境，款殊俗之附"，从而将华夏的"文约""风声"的影响扩及四周边境。当然，这种思想也非范晔一人专利，传统知识分子多半都如此思考。征伐不是目的，但是征伐是实现弘扬儒家文化，确保华夏中心地位的有效手段。尽管范晔主张通过征伐开疆拓土，以夏化夷，但他却反对将周边所谓的夷狄民族徙入内地。

---

① 参见《云麓漫钞》，中华书局1996年版，第59页。笔者按，段上书言三年灭东羌，将用五十四亿，一年内其已基本平定，而费用未用一半；两年完全平定，后班师，计费用四十四亿，考察文意，段三年共花四十四亿，其前所言五十四亿乃先之预算，后未花费如此数字，赵将此两个数字皆算入花费，误。削去误算的数字，东汉用于羌战的军费开支的数目仍很庞大。

② 见《西羌列传论》，在叙述完段颎的成功后，范晔接着感叹道"惜哉寇敌略定矣，而汉祚亦衰焉"，可见他认为段的军事策略是奏效的。

他认为征伐之后，就应该将这些夷狄民族赶到他们原先所在的居住地，避免他们渗入内地，与内地汉人杂居。他这个观点其实也是承袭段颎的。试看二人的论述。

段颎："昔先零作寇，赵充国徙令居内，煎当乱边，马援迁之三辅，始服终叛，至今为鲠。故远识之士，以为深忧。今傍郡户口单少，数为羌所创毒，而欲令降徒与之杂居，是犹种枳棘于良田，养虺蛇于室内也。"（本传上书）

范晔："先零侵境，赵充国迁之内地；煎当作寇，马文渊徙之三辅。贪其暂安之势，信其驯服之情，计日用之权宜，忘经世之远略，岂夫识微者之为乎？故微子垂泣于象箸，辛有浩叹于伊川也。"（《西羌列传论》）

二人之论何其相似，都批评徙戎杂居为权宜之短视，以致为后世留下巨大隐患。对待匈奴，范晔同样反对将其徙入内地。他认为当窦宪平定北匈奴时，不应该另封一个单于于北方，而应该"因其时势，及其虚旷，还南虏于阴山，归西河于内地"（《南匈奴列传论》），并采用耿国先前曾提出的建议，让南匈奴抵挡北匈奴，最终达到以夷制夷的目的。（同上）范晔认为正是这种短视的、偏离根本的徙戎杂居政策导致后来神州陆沉，夷变华夏。由此可见，在范晔心中，华夏与夷狄的分界非常明显。当然，这也与他所处时代有关。当南北朝时，北方拓跋鲜卑势力正盛，时刻威胁着南朝的安全。自认为代表文化正宗的南朝人无力与北方抗衡，他们内心深处对于这样的局面非常不满。于是他们开始反思，将徙戎视为造成这种局面的前因。今天看来，范晔这种观点虽有一定的道理，但并不准确。关于中原沦丧，南朝脆弱的原因，后世评论相当多，有以为"清谈误国"的，如王衍[①]、桓温[②]；有以为"任世贵""以言貌举人"的，如章太炎[③]，等等，皆偏执一隅。西晋灭亡，南朝脆弱主要原因应是当时汉族政权太过于昏庸、陋隘、腐败，内外政策又有许多的错误。范晔只看到表面现象，并未能深入到问题的本质。综上所

[①] 见其《晋书》本传载："衍将死，顾而言曰：'呜呼！吾曹虽不如古人，向若不祖尚浮虚，勠力以匡天下，犹可不至今日。'"按王尚清谈，此正自责。

[②] 见《晋书·桓温传》载："于是过淮泗，践北境，与诸僚属登平乘楼，眺瞩中原，慨然曰：'遂使神州陆沉，百年丘墟，王夷甫诸人不得不任其责！'"桓亦责备王衍等以清谈误国。

[③] 《五朝学》，《章太炎学术史论集》，第268页。

言，范晔有感于其所处时代汉人政权的趋弱现象，极为重视汉人的政治、文化中心地位，鄙视周围民族的文化；在边疆问题上，有些"霸道"思想，追求武力征伐，指责退守、宽柔的文德策略。但他毕竟一介书生，既无上阵杀敌之气力，也无冲锋陷阵的胆识，他的论点还是欠缺实践检验力的。

第五节　范晔对谶纬的态度及其思想上的矛盾

范晔的思想有时非常矛盾，最明显的表现是他对待谶纬的态度。东汉刘秀受谶纬的影响，又起自下层，可能没有想到竟然能够做成天子，回思总结，觉得或有天意想助，因此，对谶纬、图符笃信不疑。赵翼曾比较详细地列举光武帝相信图谶的事例①，此处不再赘述。中元二年，光武甚至"宣布图谶于天下"（《光武本纪》），这就意味着图谶一跃而成为官方之学。光武这样做，实际上有其政治目的。他想神化自己，使东汉政权更加合法化，这样就更容易统御天下。上有所尚，下必甚之，贾逵从《左传》中找出刘姓为尧之后，与图谶相合；又道《左传》以为少昊代黄帝，则汉为火德，与图谶符合。他以图谶从经典中寻找到了刘姓王室统治天下的学术证据，所以能够为皇帝所宠尊。前文已述，范晔对光武这种过于抬高图谶地位，以致学者以图谶为学问之主流的做法极为不满，他确实曾指责东汉政府重贾逵，斥桓谭、郑兴等的态度与行为，但主要是针对光武功利的崇学态度。范晔对谶纬本身并不完全反对，甚至对图谶、符书也很相信。后世学者有指出范晔不信图谶者，论据是范晔"指责李通说谶是亿测微隐，猖狂无妄之福"②。实际情况并不是这样。范晔在《李通传》中说道：

子曰："富与贵是人之所欲，不以其道得之，不处也。"李通岂

---

①　见《廿二史札记·光武信谶书》（王树民校证本，第88页）列光武以谶用人、立政等事，皆见《后汉书》。

②　参见《范晔》（载白寿彝《中国史学史论集》，第146—147页）以李通、桓谭、张衡事证明范晔不信图谶。

知夫所欲而未识以道者乎！夫天道性命，圣人难言之，况乃亿测微隐，猖狂无妄之福，污灭亲宗，以觖一切之功哉！

这里，范晔并无反对图谶之意，他只是强调图谶意旨"微隐"，一般人难以参透。范晔也没有认定李通所言之谶①是错误的，他只是认为李通为了一己之功名而牺牲全家性命，有些不合仁者之道。桓谭不信图谶，曾上书要求摒弃图谶，但桓主要是针对光武以图谶治理天下而上书的，并且桓也认为天道性命是存在的，只是其中微意不是后世俗儒所能体会到的罢了。（《桓谭传》）另外，范晔作为史家，将桓一生主要事迹客观地传写出来，并不说明他赞成或否定桓谭的观点。张衡也曾上书要求"收藏图谶，一禁绝之"，但张并不反对图谶，他说道："且《河洛》、《六艺》，篇录已定，后人皮傅，无所容篡。"李贤注谓"皮傅"的意思为"不得其情核，皮肤浅近，强相傅会也"。可见张衡反对的是当时儒者对图纬的随意傅会，对图纬本身，他并不彻底否定。范晔载录桓张二人关于图谶的上书，旨在显示东汉初年图谶盛行的情形，这并不能说明他本人就完全不相信图谶。《后汉书》各论赞中并无范晔不信图谶的直接证据。相反，《后汉书》各论倒有范晔相信图谶、符命的证据。如《光武纪论》所言，无关人事，全为命运、图符之说。② 先言光武如何生而神异，末尾竟道："初，道士西门君惠、李守等亦云刘秀当为天子。其王者受命，信有符乎？不然，何以能乘时龙而御天哉！"是范晔相信谶符，至少，他认为西门君惠、李守之谶言与事实相符。又，《隗嚣传》中论曰："若嚣命会符运，敌非天力，虽坐论西伯，岂多嗤乎？"是范晔以为隗失败原因之一是命运不应图谶，此为范晔相信图谶之又一证据。又，范晔《章帝纪》后道赞：（章帝）"在位十三年，郡国所上符瑞，合于图书者数百千所"（《章帝纪论》）。是其相信图谶证据之三。又据《苏竟杨厚郎颛襄楷列传》，苏郎诸人都善于图谶，又能够"仰瞻俯察，参诸人事"，所以他们的进言往往有征验，所谓"祸福吉凶既应"，而且能够与儒家大道相符，所谓"引之教义亦明"。范晔认为他们的所行所为

---

① 见《李通传》："莽末，百姓愁怨，通素闻守（通父）说谶云'刘氏复兴，李氏为辅'，私常怀之。"

② 范晔《光武纪论》的内容全部来自《东观汉记》，《东观汉记》则纯仿《史记·高祖本纪》，将光武神异之事记载在纪的前面，不像《后汉书》置之纪后作论。《光武纪论》的内容虽是照搬《东观汉记》，但范晔既已将其纳入己书，说明其也代表范晔的思想。

才是真正的"道术","有补于时",后人应当向他们借鉴。又说:"古人有云:'善言天者,必有验于人。'而张衡亦云:'天文历数,阴阳占候,今所宜急也。'"这些都说明范晔并不否定图谶。但他也指出图谶等的弊端:"其敝好巫,故君子不以专心焉。"(《苏竟杨厚郎顗襄楷列传》)可见范晔还是相信图谶的,他谴责的是那种与巫术套在一起、走入末敝的图符与谶言,对于能够与儒家大道结合起来、有益国家政治与政教的图谶,他并不否定。最后,范晔之死也与图谶有一定关联。陈寅恪先生以为范晔谋反案的主要联络人孔熙先家世奉天师道,孔乃道教徒。又说:"至于范蔚宗以谋逆诛,王西庄(《十七史商榷》陆壹)、陈兰甫(《东塾集》附《申范》一卷)皆著论辩诬,而不知其死由于孔熙先,熙先为天师道世家。然则谓蔚宗之死实由于天师道,固亦无不可也。"① 说范晔死于天师道确有一定之道理,说他死于谶纬也无不可。谶纬本来就是道教形成的一个源头,道教吸收有谶纬的成分。② 又据《宋书·范晔传》,孔熙先"文史星算,无不兼善",又善天文,曾向范晔"陈说图谶":"太祖必以非道晏驾,当由骨肉相残。江州应出天子。"是孔不只是一位道教徒,也颇精于图谶。范晔曾代刘义康作《与徐湛之书》:"每知天文人事,及外间物情,土崩瓦解,必在朝夕。"(《宋书·范晔传》)可见刘义康听信了孔熙先的谶言,范晔谋反也受到孔的谶言的影响,论详见前章。要之,范晔以为将图谶过分夸举,以至宣扬成国学主流的做法是不对的,将图谶混杂,以至使其与低级巫术相类就更泥于小数了;如果学者能够根据儒家大道来宣讲图纬与谶言,那么图谶之学就是一种弘道之"术",对国家治理也具有一定参考价值。

范晔不仅相信图谶,而且相信天命几运、阴阳术数、神仙鬼怪等,可以称得上是一个有神论者。他曾说:"至乃《河》《洛》之文,龟龙之图,箕子之术,师旷之书,纬候之部,钤决之符,皆所以探抽冥赜,参验人区,

---

① 见《陈寅恪史学论文集》之《天师道与滨海地域之关系》(上海古籍出版社1992年版),第171页—174页,陈详论会稽孔氏乃信天师道,又注引《真诰·十九·翼真检第一真诰叙录》以证明孔熙先亦天师道信徒。陈论是。但陈又说为"又《弘明集》壹贰所载护持佛法诸文之作者,如范泰,即蔚宗之父,与子真(范缜)为同族,及琅琊王谧,皆出于天师道世家,而皈依佛教者"。(见同书之《陶渊明之思想与清谈之关系》)是其以范家为天师道世家,不确,典籍并无资料证明。又,范家世传儒学,范晔的思想主要偏在儒家。

② 见卿希泰主编之《中国道教》第一卷第11页中载:"董仲舒以'天人感应'为核心的宗天神学以及随之而起的谶纬神学,均为道教所吸收,成为道教的重要渊源。"第12页中又说:谶纬中的"星象预示吉凶之说和召神劾鬼之术,如此等等,均是便于道教利用的资料"。

时有可闻者焉。其流又有风角、遁甲、七政、元气、六日七分、逢占、日者、挺专、须臾、孤虚之术，乃望云省气，推处祥妖，时亦有以效于事也。而斯道隐远，玄奥难原，故圣人不语怪神，罕言性命。"(《方术列传序》)可见他不仅认为图纬等可信，而且还将风角、遁甲等算作图符、谶纬的"支流"，言其"亦时有效于事"。对于难以解释的事例，范晔总是从上述方面去寻找原因。范晔认为天命不可臆测，如其言道："天命符验，可得而见，未可得而言也。"(《袁术传论》)对党人所遭受的灾祸及东汉末年腐败的时世，他借孔子之话叹道："子曰：'道之将废也与？命也！'"(《范滂传论》)对汉末皇甫嵩等拘泥小道，导致社会大乱，他疑虑地自问"岂天之长斯乱也？"(《皇甫嵩朱儁传论》)范晔对天命有畏惧感，曾借《诗》语道"敬之敬之，命不易哉"(《刘寅传论》)，所以他屡屡言命，言数。他在《和帝纪》后论及和帝政治松弛，不及前三代，但军事上却空前成功时，他自问道："岂其道远三代，术长前世？将服叛去来，自有数也？"和帝的道义政治当然不如光武、明、章等前三代，言下之意，和帝时的军事成功非在人力，乃是天数使之，是范晔相信命数。又，刘玄本很平庸，一旦称帝，则四方响应，范晔认为之所以如此，"非唯汉人余思，固亦几运之会也"(《刘玄传论》)。范晔还认为窦武等谋诛宦官不成乃是天意①；荀彧最终"非命"，也是"天数"；甚至北方游牧民族总是为乱中原，以至颠覆中原也是"天之冥数"。又指出高祖避柏人，岑彭不避彭亡，可能有"期数"存在。(《岑彭传论》)最后，范晔的迷信天命观及其对数术、阴阳等方术的相信还反映在他的编写态度中。范晔《后汉书》关于阴阳数术、神仙感应的记载很多。兹简列如下：

> 帝自在邸第，数有神光照室，又有赤蛇盘于床笫之间。(《安帝纪》)

> 初，安父没，母使安访求葬地，道逢三书生，问安何之，安为言其故，生乃指一处，云"葬此地，当世为上公"。须臾不见，安异之。于是遂葬其所占之地，故累世隆盛焉。(《袁安传》)

---

① 见《窦何列传论》，范晔曰："《传》曰：'天之废商久矣，君将兴之。斯宋襄公所以败于泓也。'"其意即天意要让东汉灭亡，二三子之力不足维持。

第四章 范晔的史学观念

后有冠雀衔三鳣鱼，飞集讲堂前，都讲取鱼进曰："蛇鳣者，卿大夫服之象也。数三者，法三台也。先生自此升矣。"年五十，乃始仕州郡。（《杨震列传》）

此为杨震未显时事，又记载杨震下葬时事为：

先葬十余日，有大鸟高丈余，集震丧前，俯仰悲鸣，泪下沾地，葬毕，乃飞去。郡以状上。（《杨震列传》）

还有蔡茂梦得穗而为公（《蔡茂传》），和帝邓太后梦"扪天""嗽饮"而为皇后（《皇后纪》），都是有关阴阳数术的传说。历史发展及变化的规律、人生的无常往往令人难以琢磨，治史者推之以天命，在古代社会里是常见之事。范晔将无法理解的事情付诸天意，今天看来，尽管可以接受，但也显示他史学思想中落后的一面。范晔好以命数来解释历史现象，但他有时也指出术数的局限性。他说数术往往"或开末以抑其端，或曲辞以章其义"，其失在"诡俗"，修习数术的人又"多迷其统，取遣颇偏"，间或有一些人颇有修得，也难辞"流宕过诞"的咎责。（《方术列传序》）范晔对天命、方术等也有不太相信的时候，这反映了他思想中矛盾的一面。如他在《刘虞传》后论中指出：如果刘虞、公孙瓒能够"舍诸天运，征乎人文"，那么达到古人的"休烈"，也不是很难的事情。是其主张多重人事，少呈天命。再则，史弼为平原相时，不举勾党，"济活者千余人"，"终全平原之党，而其后不大"（《史弼传论》），与"活千人者子孙必封""积善之家，必有余庆"的运命论并不相符，范晔对此评价道："斯亦未可论也。"（同上）他对天命论又表示怀疑了。

另外，在《郭躬传》中，他又专门附载吴雄、赵兴不信禁忌，一生幸运，后代显赫；陈伯敬恪守禁忌，反而一生困顿，后遭人杀[①]等事，这说明范晔思想比较复杂，作为治史者，他在思想上有折衷倾向。

---

① 吴雄"丧母，营人所不封土者，择葬其中。丧事趣办，不问时日，巫皆言当族灭，而雄不顾。及子䜣孙恭，三世廷尉，为法名家"。赵兴"不恤讳忌，每入官舍，辄更缮修馆宇，移穿改筑，故犯妖禁，而家人爵禄，益用丰炽，官至颍川太守。子峻，太傅，以才器称。孙安世，鲁相。三叶皆为司隶，时称其盛"。陈伯敬"行必矩步，坐必端膝，呵叱狗马，终不言死，目有所见，不食其肉，行路闻凶，便解驾留止，还触归忌，则寄宿乡亭。年老寝滞，不过举孝廉。后坐女婿亡吏，太守邵夔怒而杀之。时人罔忌禁者，多谈为证焉"。

范晔又另设一《方术列传》，所载不仅有图谶、阴阳之流，更有许多荒诞不经的事例。如郭宪喷酒灭火、许杨遭禁器械自解、杨由预言兵战、李南女因风角自明死期、樊英喷水灭火、赵彦以遁甲攻莒、徐登赵炳能禁水树，等等。其中费长房役鬼魅之事、苏子训化死为生之事、刘根令人见鬼之事、左慈变羊之事、上成公举步登天成仙之事、解奴辜变易物形之事、寿光侯劾鬼魅之事更是玄而又玄，已超越精善谶纬、阴阳的术士的能耐，简直是方外神仙所作所为。这些事例的记载表明，范晔内心深处对神仙、鬼怪这些所谓的世外之事还是颇为相信的。范晔的史书大谈儒家的仁义道德，所以后人对其在《方术列传》中载录如此荒诞不经的事例都觉得不可理解。王先谦《后汉书集解》黄山校补"长房复令就太守服"条云：

> 惟范史于华佗传后附入冷寿光、唐虞、鲁女生三人，颇涉容成等术，此下若徐登者、费长房者、苏子训者、刘根生者，本以巫术附及，其文绝不类蔚宗，盖后人援褚少孙补史之例，依仿范例，妄有附益，故文中多汉后郡县名，而苏子训与计子勋复出不觉也。观蔚宗于传，计子勋以下，其文皆甚简，与传冷寿光等三人同。王乔凫履，左慈羊鸣，《史通》所讥，然如结以"或云"，及书"司空曹操"皆具史法。而苏子训与费长房传何其荒诞芜累耶？又计子勋等传盖亦因左慈传附及，非自为传也，编目录者失之耳。

校补以为此传中徐、费等事乃后人所加，但并不否认左慈与王乔的事乃范晔本人所录，而王乔与左慈的事迹已经足够荒诞的了。又，刘咸炘批评道："黄氏谓计子勋等非别为传，是也。谓徐登四人为后人所加，则尚无证。"[①] 陈寅恪也不同意校补的观点，他说：

> 蔚宗之著《后汉书》，体大思精，信称良史，独方术一传附载不经之谈，竟与《搜神记》《列仙传》无别，故在全书中最为不类。遂来刘子玄之讥评（见《史通》伍《采撰篇》及一七《杂说篇》中诸晋史条），亦有疑其非范氏原文，而为后人附益者（见王先谦《后汉

---

① 《后汉书知意》，第754页。

书集解》八二下黄山校补），其实读诸史者苟明乎蔚宗与天师道之关系，则知此传全文本出蔚宗之手，不必致疑也。①

　　陈以为此传乃范晔本人所录，诚是。但又说范晔之所以作此传与其道教信仰有关，则又有些牵强。前文已叙，典籍并无范晔信仰道教的记载，范晔只是与道教徒关系密切，其本人不是道教徒（见本书第77页注①）。无论儒道，对神鬼都是相信的。范晔曾说人死神灭，要著《无鬼论》，所以后人多将其视为无神论者。其实不然。范晔所谓"人死神灭"主要是针对当时过分盛扬的佛教信仰。晋宋之际，佛教势力膨胀，影响了当时的政治、经济、文化及百姓民生。佛教主要通过生死轮回、善恶报应影响士人、百姓。受传统儒家重人事、求事功思想的影响，范晔对佛教过分热兴心存异议，对人死为鬼之说颇为不满，所以他主张无鬼。他的主张与其家族后人范缜有一致之处。二人都是从正统儒家立场出发，抨击当时的佛鬼传说。范晔之不信佛，也由此可知。换句话说，范晔对儒家传承下来的神鬼之事是相信的，他不相信的是从西域传来的佛教中的神鬼传说。他临死时仍坚持"天下决无佛鬼"，正说明他拒斥的是佛教中的神鬼，而不是儒教中的神鬼。他每言敬天命，敬神，夫子不语天道神命，等等，这正是古代儒家知识分子思想局限之所在。这里有必要谈一谈范晔对佛教的态度。学者多以为范晔对佛教持排斥的态度，认为他坚决反对佛教，且多以《西域列传论》作为论据。②的确，范晔对佛教持批判态度。但如以《西域列传论》为证，则他对佛教的态度既有批判，也有吸收。③他以为佛教来生说、报应传说"好大不经，奇谲无已"，又说"精灵起灭，因报相寻。若晓而昧者，故通人多惑焉"。但他也承认佛教"清心释累之训，空有兼遣之宗，道书之流也。且好仁恶杀，蠲敝崇善，所以贤达君子多爱其法焉"。由上可知，范晔是将佛教比成道家，对佛教"好仁恶杀，蠲敝崇善"深为赞许，并对士大夫多爱其法感到可以理解。这说明他并不是将佛教彻底否定。在如何对待佛教的问题上，他

---

①　陈寅恪：《天师道与滨海地域之关系》，载《陈寅恪史学论文集》，上海古籍出版社1992年版，第171—174页。

②　见白寿彝《范晔》，《中国史学史论集》，第145—147页。

③　何焯以为《西域列传论》"结语犹未免于两是其说"。实则范晔并未有"两是"，他只是想更公正、更客观的评价佛教。见下论。

采取批判加接收的态度。他认为应该"取诸同归,措夫疑说",如此,则佛教之说也就与儒家大道相通了。(引文均见《西域列传论》)从范晔对待佛教的态度看,他之反对佛鬼,实是因为当时佛风太盛,佛寺佛僧奢侈过当,给当时社会带来巨大负面影响。再则,佛教毕竟来自外域,佛学非常深奥,不是一般人所能够参悟得透的,所以,佛教容易给人空玄之感,因此范晔称其"好大不经"。佛家要求出世、超越,更适于安慰人们的心灵,不太适用于世俗政治实践。儒学更适于世俗政治管理,范泰就常言"六经典文,本在济俗为治"(《高僧传》,第261页)。在范晔同时,对佛教不满的并非仅其一人。何承天作《报应问》,批斥佛教的报应说,甚至以为佛教"无故以科法入中国,乃所以为民陷阱也"[1]。宋文帝也不是一个虔诚佛教信徒,他之尊佛纯粹是为了迎合当时士大夫的好尚,以利于稳固刘宋朝局。[2] 要之,范晔与其族人范缜一样,都不是真正的无神论者,范晔谈无佛无鬼,主要是针对当时的奉佛之风,他本人还是信鬼信神的。他从政治角度出发,客观地指出佛教的弊端,但他并不对佛教全盘否定,这显示了史家公正的著史态度。

第六节　范晔的门第思想

魏晋南北朝时期,人们的门第观念很强,士族非常看重他们的家族,南朝尤甚,士庶之间,如同天隔。士族纷纷编修家谱,记载家族先人的辉煌业绩[3],维护家族种姓的纯洁与高贵。当时谱学空前兴盛,《隋书·经籍志》所载"谱系"类书合53部,1280卷(包括亡书)。南阳范氏算不上上等士族,范汪时才得以挤入社会上层。当时的门第观念无疑也影响了他们,为了增强家族势力,范汪将自己的女儿嫁给当时一流士族——太原王氏的王坦之。另外,据《隋书·经籍志》,范汪也著有《范

---

[1] 《广弘明集》卷20,台湾"中华书局"据常州天宁寺本校刊,1981年版。
[2] 见《高僧传·释惠严传》,文帝对何尚之、羊玄保说:"朕少来读经不多,比日弥复无暇,三世因果未辩厝怀,而复不敢立异者,正以卿辈时秀,率所敬信故也。"
[3] 见(清)赵翼《陔余丛考·谱学》(栾保平、吕宗力点校,河北人民出版社1990年版):"魏九品中正法行,于是权归右姓,州大中正主簿,郡中正功曹,皆取著姓士族为之,有司选举必稽谱牒,故官有世胄,谱有世官,于是贾氏、王氏谱学出焉。"据此则谱学之兴也因之于选举制度的变迁。

氏家传》1卷，足见范汪具有较强的门第观念。范晔在门第观念上也受到家族与时代的熏染，并将之表现在《后汉书》的编写中。

表现之一，范晔好著载家族成功的发展史。如载南阳邓氏："邓氏自中兴后，累世宠贵，凡侯者二十九人，公二人，大将军以下十三人，中二千石十四人，列校二十二人，州牧、郡守四十八人，其余侍中、将、大夫、郎、谒者不可胜数，东京莫与为比。"(《邓禹传》)

扶风耿氏："耿氏自中兴已后迄建安之末，大将军二人，将军九人，卿十三人，尚公主三人，列侯十九人，中郎将、护羌校尉及刺史、二千石数十百人，遂与汉兴衰云。"(《耿弇列传》)

安平崔氏："崔为文宗，世禅雕龙。"(《崔骃列传赞》)

弘农杨氏："自震至彪，四世太尉，德业相继，与袁氏俱为东京名族云。"(《杨震列传》)又"杨氏载德，仍世柱国"(同前传赞)。

表现之二，传首好叙姓氏来历。计其传中先列姓氏来源者如下：

《法雄传》中云其齐襄王法章之后，乃以之为姓。

《第五伦传》中云"其先先齐诸田，诸田徙园陵者多，故以次第为氏"。

《马援传》中云"其先赵奢为赵将，号曰马服君，子孙因为氏"。

《鲁恭传》中云"其先出于鲁顷公，为楚所灭，迁于下邑，因氏焉"。

《樊宏传》中云"其先周仲山甫，封于樊，因而氏焉"。

《阴识传》中云"其先出自管仲，管仲七世孙修，自齐适楚，为阴大夫，因而氏焉"。

《冯鲂传》中云"其先魏之支别，食菜冯城，因以氏焉。秦灭魏，迁于湖阳，为郡族姓"。

《种暠传》中云"仲山甫之后也"。

《段颎传》中云出于郑共段叔，因以为姓。

刘咸炘《后汉书知意》(第685页)《鲁恭传》首曰："范书叙世系多赘且多谬误。何氏(何焯)每纠之，盖皆晋以后谱家牵附之说也。"实则范晔受时代与家族的影响，好叙世系渊源，有些族姓来源未必确切，或有攀附之嫌。

表现之三，先叙传主家族。《朱晖传》中云"家世衣冠"；《张堪传》中云"为郡族姓"；《姜肱传》中云"家世名族"；《王龚传》中云"世为豪族"；《张衡传》中云"世为著姓"；《钟皓传》中云"为郡著姓"；

《尹勋传》中云"家世衣冠";《阳球传》中云"家世大姓冠盖";《寇恂传》中云"世为著姓";《郭躬传》中云"家世衣冠"。也有家世贫寒,亦予以交代的,如黄宪,"世贫贱",这样的例子很少。这说明范晔头脑中有极强的门第思想。

表现之四,先叙传主先祖。此类现象很多,兹简列几例如下:

《廉范传》中云"赵将廉颇之后也";《梁统传》中云"晋大夫梁益耳,即其先也";《孔融传》中云"孔子二十世孙也";《荀淑传》中云"荀卿十一世孙也"。此皆为远祖。

《张酺传》中云其为张敖之后;《韩棱传》中云其为弓高侯颓当之后;《张皓传》中云其乃张良之后;《张俭传》中云其赵王张耳之后;《伏湛传》载:"伏湛字惠公,琅邪东武人也。九世祖胜,字子贱,所谓济南伏生者也。湛高祖父孺,武帝时,客授东武,因家焉。"此祖先时代又稍近者。

又有所叙祖先时代更近者,如《来歙传》载:"来歙字君叔,南阳新野人也。六世祖汉,有才力,武帝世,以光禄大夫副楼船将军杨仆,击破南越、朝鲜。"《窦融传》载:"窦融字周公,扶风平陵人也。七世祖广国,孝文皇后之弟,封章武侯。融高祖父,宣帝时以吏二千石自常山徙焉。"《冯勤传》载:"冯勤字伟伯,魏郡繁阳人也。曾祖父扬,宣帝时为弘农太守。有八子,皆为二千石,赵魏间荣之,号曰'万石君'焉。"《申屠刚传》载:"申屠刚字巨卿,扶风茂陵人也。七世祖嘉,文帝时为丞相。"《苏章传》载:"苏章字孺文,扶风平陵人也。八世祖建,武帝时为右将军。祖父纯,字桓公,有高名,性强切而持毁誉,士友咸惮之,至乃相谓曰:'见苏桓公,患其教责人,不见,又思之。'三辅号为'大人'。永平中,为奉车都尉窦固军,出击北匈奴、车师有功,封中陵乡侯,官至南阳太守。"《羊续传》载:"羊续字兴祖,太山平阳人也。其先七世二千石卿校,祖父侵,安帝时司隶校尉。父儒,桓帝时为太常。"《郑玄传》载:"郑玄字康成,北海高密人也。八世祖崇,哀帝时尚书仆射。"《贾逵传》载:"贾逵字景伯,扶风平陵人也。九世祖谊,文帝时为梁王太傅。曾祖父光,为常山太守,宣帝时以吏二千石自洛阳徙焉。父徽,从刘歆受《左氏春秋》,兼习《国语》《周官》,又受《古文尚书》于涂恽,学《毛诗》于谢曼卿,作《左氏条例》二十一篇。"等等。又《文苑列传·张放传》中云"富平侯敞之孙",《后汉书集解》引洪亮吉言曰"案升传，升以党锢事诛，年四十九，以升始生之年计之，放卒已一百三十余年。放子纯、孙奋皆显名于建武中，与升相去甚远。又前史言张汤后三徙，复还杜陵。纯传亦言杜陵人。升居陈留尉氏，里居亦不同，范言升放之孙，未识何据也？"以此可见范晔对传主家族的叙述有牵附之嫌。同例还有《文苑传·郦炎传》。范晔书谓郦范阳人，乃郦食其的后代。王氏集解引惠栋语曰："《陈留风俗传》云郦氏居于高阳，沛公攻陈留县，郦食其有功封高阳侯，有郦峻字文山，官至公府掾史。将军郦商有功食邑于涿。"黄山校补则曰："案此传所言与前书食其、商传皆不合，食其前死后，其子疥封高梁侯；商先以列侯食邑于涿，更封曲周侯。"以此，则以郦炎为郦食其的后代也属牵附之说。至于传中先列传主父亲简历的，其数目就更多了。总之，范晔经常为传主人物附载姓氏由来、祖先源头，这种比附往往非常牵强，这反映他具有较强的门第思想。

第五章

《后汉书》纪传体例的继承与创新

范晔《后汉书》（以下只称《后汉书》，其他《后汉书》前冠以作者）是在贬谪宣城期间完成的，所用时间较短，约为六七年。[1] 一部宏大的史著竟然在如此短的时间完成，范晔的主要功劳应是对前代史书的整理与编写。《宋书》范晔本传也说范晔"不得志，乃删众家《后汉书》为一家之作"。实际上，前三史都有对前人成果的承袭。《史记》从著作思想到体例、篇章上都有继承司马谈的成分。《汉书》也是以班彪所作为基础，与《史记》重叠的传章，更是将《史记》里的故事情节加以删减整理，挪用过来。陈寿著《三国志》前，已有王沈《魏书》、韦昭《吴书》、鱼豢《魏略》等书存在，陈著书一定会将所见诸书的材料加以整理利用。[2] 范晔也认为《后汉书》的"整理未必愧"于《汉书》，是承认《后汉书》多为"整理"之功。后世学者也多认为范晔乃基于前人所作而整理、编纂成今日之后汉一书。如赵翼就曾指出："《后汉书》撰述家最多，是以范蔚宗易于藉手。"[3] 赵说倒比较公平。据《隋书·经籍志》正

---

[1] 见《年谱》注："据本传云，先生（指范晔）守宣城数年，何时去职，则无明文，要之，必在十六年前。"

[2] 据赵翼《廿二史札记·裴松之三国志注》，裴松之引书一百四十三种。又周国林《裴松之〈三国志〉引书考》（《中国历史文献研究》第一辑，华中师大出版社1986年版）得二百二十四种。虞万里《〈三国志〉裴注引书新考》（《温州师范学院学报》1994年4月）又得二百三十五种。其中大多书目为陈寿当时所见。又据《隋书·经籍志》："及三国鼎峙，魏氏及吴，并有史官。晋时，巴西陈寿采集三国之事，唯魏帝为纪，其功臣及吴、蜀之主，并皆为传，仍各依其国，部类相从，谓之《三国志》。"是陈寿亦删书为史。

[3] 见赵翼《陔余丛考》（栾保平、吕宗力点校，河北人民出版社1990年版）卷五"后汉书一"条。赵又罗列出范晔之前诸后汉书目，言范晔所见后汉之记载不下数十种，"成书既多，采择自易，兼有迁、固为之成式，益得斟酌，以求至当"。

第五章 《后汉书》纪传体例的继承与创新

史部类可知范晔著作后汉书所参考的主要书目：

《东观汉记》一百四十三卷，起光武记注至灵帝，刘珍等撰；《后汉书》一百三十卷，无帝纪，吴谢承撰；《后汉记》六十五卷，本一百卷，梁有，残缺，晋薛莹撰；《续汉书》八十三卷，晋马彪撰；《后汉书》十七卷，本九十七卷，残缺，晋华峤撰；《后汉书》八十五卷，本一百二十二卷，晋谢沈撰；《后汉南记》四十五卷，本五十五卷，残缺，晋张莹撰；《后汉书》九十五卷，本一百卷，晋袁山松撰；《后汉纪》三十卷，张璠撰。

《东观汉记》以下八种后汉书正是今天周天游《八家后汉书辑注》中八种后汉书的原书。又有：《汉纪》三十卷，汉荀悦撰；《后汉纪》三十卷，晋袁宏撰；《献帝春秋》十卷，晋袁晔撰；《魏氏春秋》二十卷，晋孙盛撰；《魏纪》十二卷，晋阴澹撰；《汉魏春秋》九卷，晋孔舒元撰[①]；《汉晋阳秋》四十七卷，晋习凿齿撰；《汉灵献二帝纪》三卷，汉刘芳撰，残缺，梁有六卷；《山阳公载记》十卷，乐资撰；《汉末英雄记》八卷，王粲撰，残缺，梁有十卷；《九州春秋》十卷，司马彪撰，记汉末事；《魏武本纪》四卷，梁并历五卷；《魏尚书》八卷孔衍撰，梁十卷；《吕布本事》一卷，毛范撰；《三史略》二十九卷，吴张温撰；《后汉略》二十五卷，张缅撰；《帝王世纪》十卷，皇甫谧撰，起三皇，尽汉、魏；《汉献帝起居注》五卷（隋书无作者，王先谦以为乃侯瑾作）；《三国志》六十五卷，叙录一卷，晋陈寿撰，宋裴松之注。另《新唐志》及《旧唐志》均有刘义庆《后汉书》五十八卷。再，王先谦《后汉书集解述略》注又举有侯瑾《汉皇德记》三十卷，汉侯瑾撰，起光武，至冲帝；孔衍《后汉尚书》六卷、《后汉春秋》六卷；张温《后汉尚书》十四卷。朱东润先生又列范书所举《显宗起居注》（见《明帝马皇后纪》）、《长乐宫注》（见《和帝邓皇后纪》）、《灵纪》、十意及列传四十二篇（见《蔡邕传》）、马融注《列女传》。[②]

上列书目仅为范晔所见书目之一部分，不过可能是最重要的一部分。此外，尚有一些杂传、家传等也应为范晔所引用。如《蔡邕别传》

[①] 袁晔、孔舒先，隋志并无朝代记载，但隋志作者依时代顺序先后，故可推知二人为晋人。阴澹为晋人，见《晋书·张轨传》及《晋书·隐逸传》之《索袭传》。以下所引同。

[②] 《后汉书考索》，《史记考索》，第328页。

中云:"汉灵帝时,陈留蔡邕,以数上书陈奏,忤上旨意,又内宠恶之。邕虑卒不免,乃亡命江海,远迹吴会。至吴,吴人有烧桐以爨者,邕闻火烈声,曰:'此良材也'。因请之,削以为琴,果有美音,而其尾焦,故名'焦尾琴'。"(又见《搜神记》第167页)这段文字所叙述的内容同时也出现于范书之《蔡邕传》。范书较《蔡邕别传》更为简洁,原因之一是所引别传乃断章片节,往往要在前面加上事件的前因,如此就显得详多一些;原因之二是范晔在采择此事入书时,肯定有加工与润色。

因为承袭前人所作,有学者直接指责范晔"颇略取前人旧闻"[①]。今人也有与陈所持态度相近者,如杨骥襄就曾说:"范晔写这部书,在材料上并没有下多大功夫。……范氏自己并没有多少独到的见解。"又说:"本来,范晔只是个文学家和音乐家。他之所以要写《后汉书》,是因为他在政治上被贬,满腔义愤,无以寄托,只好借史发抒。历代学者那样推崇范晔,实际上是把以前各家后汉史,尤其是华峤著作的成绩算在范晔身上了。"[②] 范晔确实吸收前人材料,但不能就此认定他完全照搬抄录,没有一点自己的新创。王先谦在《后汉书集解述略》中曾道:"后汉著述在范前者,自《东观汉记》以下,无虑十家。范氏原以《东观记》为本书,又广集学徒,穷览旧籍,删烦补略,取资实宏,然进退众家以成一家之言,笔削所关,谈何容易。"范晔《后汉书》在吸收前人成书基础上,有所创新。《后汉书》体例创新主要表现在增纪、增传上。《后汉书》在正史中第一次设立《皇后纪》,并增设一批新的类传传目:《文苑列传》《逸民列传》《独行列传》《列女传》《宦者列传》《党锢列传》。其中,《党锢列传》与《皇后纪》是针对东汉特殊政治情况而设立的,党锢之祸与女主专政是东汉朝局的两件大事,所以为之列纪、列传是符合史实的。此外的其他新设类传,几乎都为后世正史所继承,尤以《文苑传》,除《宋书》外,诸家正史都有设列。有学者指出:范晔《后汉书》在完善断代史书编写体例上最突出的贡献就是类传的设置,其所新设的类传对后世影响较大,自《后汉书》增设六个类传之后,"纪传体史书的类传名目,大体上就齐备了。后来的纪传体史书只在个别传目上有所增减外,

---

[①] 陈振孙:《书斋直录解题》卷4,丛书集成初编本,中华书局1985年版。
[②] 《裴松之与范晔》,《光明日报》1962年7月14日。

第五章 《后汉书》纪传体例的继承与创新

基本固定下来了"①。这个评价并没有夸大范晔的成就。同时，我们也必须注意到，《后汉书》新设类传也非凭空自造，范晔吸收前人史书、文学著作的一些体例与内容，在此基础上创立上述类传。实际上，中国史书的成书，都带有很强的积累性、编纂性。前文已叙，史书著作往往都不是一人独力去完成的。范晔在编纂《后汉书》时，吸纳其他诸家有关后汉一代的历史著述，这是不争的事实。与司马迁、班固相比，范晔自己著述的比例应该更小一些。顾炎武曾言："《后汉书·马援传》上云，帝尝言伏波论兵，与我意合；下云交趾女子征贰反，于是玺书拜援伏波将军。此是采辑诸书，率尔成文。而忘其伏波二字之无所本也。自范氏以下，史书若此者甚多。"②再次说明，范晔《后汉书》乃是在诸家史书基础上，编辑整理而成。

第一节 《后汉书》与《东观汉记》的关系

《东观汉记》是中国历史上第一部官修史书。它的编纂经历了整个东汉一朝。它是由多名作者共同撰集而成的一部纪传体史书。关于它的作者、编纂、目录，今人朱桂昌《〈东观汉记〉考证》③有列表，最为简明，特转载如下：

次数	年代	公元	主持者	参加者	内容	篇数
一	明帝永平十五年	72年	班固	陈宗 尹敏 孟异 马严 杜抚 刘复 贾逵 傅毅	世祖本纪 功臣列传 新市载记 平林载记 公孙述载记	28篇

---

① 参见崔曙庭《范晔在历史编纂学方面的成就》，《天中学刊》1996年2月。笔者按，崔将《方术列传》作为新设类传，认为《后汉书》新设了七个类传，不确。《三国志》已有《方技传》，与《方术列传》差别不大，所以《后汉书·方术列传》不能算新设。
② 顾炎武著，黄汝成集释：《日知录集释》，中州古籍出版社1990年版，第596页。
③ 《史学史研究》1985年第4期。又据《四库全书总目·东观汉记提要》及余嘉锡《四库提要辨证卷五·别史类》"《东观汉记》"条，与伏无忌等同时著作于东观的还有张衡、邓嗣；与蔡邕同时者还有张华。又郭愿应为郭镇。又据《马融传》，马融应也曾著书东观。

续表

次数	年代	公元	主持者	参加者	内容	篇数
二	安帝永初年中	约110年	刘珍	李尤 刘騊骎	记表 名臣传 节士传 儒林传 外戚传	缺
三	安帝永宁元年	120年	刘珍	刘毅 刘騊骎	建武以来名臣传	缺
四	桓帝元嘉元年	151年	边韶	崔实 朱穆 曹寿 延笃	孝穆崇而皇传 顺烈皇后传 外戚传增安思后 儒林传增崔篆诸人 百官表 孙程传 郭愿传 郑众传 蔡伦传	124篇
五	桓帝元嘉二年	152年	伏无忌	黄景 崔实	诸王表 王子表 功臣表 恩泽侯表 南单于传 西羌传 地理志	缺
六	灵帝熹平年中	约174年	蔡邕	马日䃅 杨彪 卢植 韩说	续纪 传 朝会志 车服志	缺
七	灵帝光和元年	178年	蔡邕	刘洪	律历志	缺

《东观汉记》修成后，与《史记》《汉书》合称"三史"①，在魏晋时极有影响，当时之人好读三史。② 刘勰《文心雕龙·史传第十六》曾指出："至于后汉纪传，发源东观。"意即后来所有的关于后汉的纪、传的史学著作都是以《东观汉记》为原材料而写成的，范晔的《后汉书》也不例外。朱东润先生就曾指出范晔《后汉书》的主要蓝本乃是《东观汉记》。他的主要依据有二：其一，范晔《后汉书》称《东观汉记》为

---

① 见钱大昕《十驾斋养新录》（上海书店1983年版）卷六"三史"条。
② 见《三国志·吕蒙传》注引《江表传》，孙权自称"统事以来，省三史、诸家兵书，自以为大有所益"。孙权又劝吕蒙等"宜急读《孙子》《六韬》《左传》《国语》及三史"。

第五章 《后汉书》纪传体例的继承与创新

"本书"。① 其二，范晔叙述功臣之后，每至和熹邓后时则止住，这是辑入刘珍等所作《功臣传》时，未加补充所致。② 其说甚是。范晔《后汉书·光武纪赞》有"于赫有命，系隆我汉"，钱大昕在《廿二史考异》卷十中指出范晔乃宋人，不应有"我汉"之称，这一定是沿袭东观旧文的缘故，是范晔《后汉书》主要出于《东观汉记》的又一证明。笔者认为范晔《后汉书》主要借鉴《东观汉记》的纪传体例及东汉前期传人物的记录。

范晔偏重纪传体史书。魏澹曾云："范晔云：'《春秋》者，文既总略，好失事形，今之拟作，所以为短。纪传者，史、班之所变也，网罗一代，事义周悉，适之后学，此焉为优，故继而述之。'"③ 此即范晔重纪传体史书的明证。《东观汉记》乃纪传体史书，范书采用的也是纪传体。二书在体例上有极强的一致性。首先，二书在帝纪的设立上极其一致。《东观汉记》有帝纪，分别为光武、明、章、和、殇、安、顺、冲、质、桓、灵，与范书比较，缺献帝纪，皇后作传而不作纪。二书都无北乡侯纪、少帝纪（即弘农王刘辩）。赵翼曾责备范晔不为北乡侯立纪④，李慈铭则认为范晔不为北乡侯立纪乃"承谢、华诸家之旧"。刘咸炘也同意李的看法。⑤ 李、刘并未勘透，实则范晔《后汉书》在帝纪的设立上，承袭的是《东观汉记》的体例。另外，《东观汉记》编辑最晚的一次应在汉灵帝光和元年。⑥ 献帝时遭遇汉末大乱，朝廷再也没有对《东观汉记》进行增修，所以今日所见之《东观汉记》自然无献帝纪、少帝（刘辩）纪。

---

① 事见《后汉书·孝明八王传》中云："孝明皇帝九子：贾贵人生章帝；阴贵人生梁节王暢；余七王本书不载母氏。"章怀注曰："本书谓《东观记》也。"

② 参见《史记考索·后汉书考索》之《范晔作书的蓝本》。又据上表可知《功臣传》并非刘珍所作，实由班固等完成。

③ 《隋书·魏澹传》。

④ 见《廿二史札记校证》（第83页）载："安帝以延光元年三月崩，阎后立北乡侯懿即位，是年十月薨。计北乡侯在帝位已阅八月，应有本纪，范书无之，盖以未逾年未改元故耳。然殇帝在位仅一年，冲帝在位并只半年，皆为立纪，此不应独缺也。"

⑤ 见刘咸炘《四史知意》，第649页引。

⑥ 见《后汉书·律历志下》（即司马彪《续汉书·律历志》）载："光和元年中，议郎蔡邕、郎中刘洪补续《律历志》。"另，同书注引袁山松《后汉书》中也曰：刘洪"及在东观，与蔡邕共述《律历记》，以考验天官"。是《东观汉记》最后一次修撰当在灵帝光和元年（178），此后再无修撰。参见《四库全书总目·东观汉记提要》。

范书之诸皇后虽然列入纪中，其后妃人物与《东观汉记》大体一致。① 另外，《东观汉记》中有志与表。志共八篇，分别为：律历志、礼志、乐志、郊祀志、天文志、地理志、朝会志、车服志；表五篇，分别为：诸王表、王子侯表、功臣表、恩泽侯表、百官表。② 范晔书无表，但有志。据范晔《狱中与甥侄书》中的"欲遍作诸志，前汉所有者悉令备。虽事不必多，且使见文得尽。又欲因事就卷内发论，以正一代得失，意复未果"，则范书本应有志，只是并未全面完成。又据《后汉书·皇后纪》附皇女传李贤注引沈约《谢俨传》中云："范晔所撰十志，一皆托俨。搜撰垂毕，遇晔败，悉蜡以覆车。宋文帝令丹阳尹徐湛之就俨寻求，已不复得，一代以为恨。其志今阙。"则范晔的志非但没有全部完成，而且当时就已散失，残缺不全。据《后汉书》本书一些篇章的记载，范书之志有：

《百官志》，见《皇后纪》："其职僚品秩，事在《百官志》"。

《礼乐志》《舆服志》，见《光武十王传·东平王苍传》："是时中兴三十余年，四方无虞，苍以天下化平，宜修礼乐，乃与公卿共议定南北郊冠冕车服制度，及光武庙登歌八佾舞数，语在《礼乐》《舆服志》。"

《五行志》《天文志》，见《蔡邕传》中载："邕悉心以对，事在《五行》《天文志》。"

对照上列《东观汉记》的志目，及范书之志目，不难发现，二书的志目，有完全相同的，如天文志；有名异实同的，如车服志与舆服志，礼志、乐志与礼乐志；也有全不相属的，如地理志、律历志、郊祀志、百官志等。二书在志目上似乎差别多于类似。原因很简单，这里所列的志目都是后人辑佚得来的，并不是二书载志的原貌。由上文范晔语"欲遍作诸志，前汉所有者悉令备"及此残存志目，我们可以推出：范书志的类目可能比《东观汉记》要多。另外，今日刊行《后汉书》后所附之志也不是范书原志，乃梁刘昭所注司马彪《续汉书》的志。③

范书也从《东观汉记》那里继承了列传传主人物的大概规模。这个规模究竟有多大，还要看具体比较。笔者对范书列传传目所有，而今日

---

① 见《后汉书·皇后纪》与《东观汉记》诸皇后传。

② 这里列举的志表是后人辑佚而得的，所以不是《东观汉记》志表的全部，仅为其中之一部分，但能够反映《东观汉记》的大概面貌。

③ 详参王先谦《后汉书集解述略》及其《后汉书集解》《律历志上第一》所引卢文弨的解说。

第五章 《后汉书》纪传体例的继承与创新

残存之《东观汉记》所缺的人物作了一下统计，范书卷二五以前开国功臣及诸侯，《东观汉记》不载者仅张步、李宪、刘永。范书卷二六以下的情况大概如下：

卷二六伏侯宋蔡冯赵牟韦列传无蔡茂（国初，此"国初"表示传主大概所处之时代，下仿此；另外，"无"字后的人物为范书所有，《东观汉记》所无）；

卷三十苏杨郎襄列传无杨厚（顺帝）、郎顗（顺帝）、襄楷（桓帝）；

卷三一郭杜孔张廉王苏羊贾陆列传无苏章（安帝）（其后附苏不韦）、羊续、贾琮、陆康（均为桓灵时人）；

卷三三朱冯虞郑周列传无周章（安帝）；

卷三五张曹郑列传无郑玄（灵帝）；

卷三八张宗、法雄（均国初人）、滕抚（桓帝）、冯绲（与滕抚同时）、度尚（桓帝）、杨琁（桓帝）传全无；

卷三九刘赵淳于江刘周赵列传无周磐（安帝）；

卷四一第五钟离宋寒列传无寒朗（明帝）；

卷四七班梁列传无梁慬（有其父讽，当后失）；

卷四八杨李翟应（应奉附劭）霍爰徐列传无杨终（明帝）、李法（和帝）、翟酺（安帝）、霍谞（桓帝）、爰延（桓帝）、徐璆（献帝）；

卷四九王充（国初人）、王符、仲长统（均末期人）全无；

卷五一李陈庞陈桥列传无陈禅（安帝）、桥玄（灵帝）；

卷五三周黄徐姜申屠列传无周燮（安帝）、黄宪（桓帝）、徐稚（同前）；

卷五六张王种陈列传无张皓（有张皓子纲）、王龚（安、顺帝）、种暠（顺桓）；

卷五七杜栾刘李刘谢列传无栾巴（顺桓帝）、刘陶（桓帝）、刘瑜（桓帝）、谢弼（灵帝）；

卷五八虞盖傅臧列传虞诩（安、顺帝）、傅燮（桓帝）、盖勋（灵、献帝）、臧洪（献帝）全无；

卷五九张衡列传（安、顺帝），无；

卷六二荀韩钟陈列传无荀淑（安、顺帝）、韩韶、钟皓（皆灵帝）；

卷六三李杜列传无杜乔（桓帝）；

卷六四吴延史卢赵列传无延笃（桓帝）、史弼（桓帝）、卢植（桓、灵帝)、赵岐（同前）；

卷六五皇甫规张段列传无皇甫规（桓帝）；

卷六七党锢列传仅有李膺、刘祐（桓、灵帝）；

卷六八郭符许列传无许劭（献帝）；

卷六九窦何列传（桓、灵帝）全无；

卷七十郑孔荀列传无郑太（灵帝）、荀彧（献帝）；

卷七二董卓列传（灵、献帝）无；

卷七三刘虞公孙瓒陶谦列传（献帝）全无；

卷七四袁绍刘表传无刘表（献帝）；

卷七五刘焉袁术吕布列传无刘焉（同上）；

卷七六循吏列传无王涣（国初人）后诸人；

卷七七酷吏列传无最后之王吉（桓帝）；

卷七八宦者列传仅有郑、蔡、孙、曹节，余无；

卷七九儒林列传所有皆章帝之前人；

卷八十文苑列传仅杜笃（光武帝）、高彪（桓帝）；

卷八一独行列传有者除刘翊外，皆国初人；

卷八二方术列传唯有郭玉（和帝）；

卷八三逸民列传有者皆国初人；

卷八四列女传只有鲍宣妻（国初）、庞淯母（桓帝）。①

从上列统计中可以总结出以下二点：其一，二书对东汉前期光武帝、明帝、章帝时的人物记载几乎是相同的。尤其是对国初功臣的记载，二书完全一样，只是《东观汉记》将王常列入到载记中去罢了。其二，范书列传所有，《东观汉记》所缺的多是东汉后期的人物，主要是桓灵时期的人物。如果再细究，《东观汉记》所缺的人物，在范书中作为传主的，绝大多数在范书一传之中，前后排序上处于靠后的位置。如卷三一《郭杜孔张廉王苏羊贾陆列传》缺后四位苏章、羊续、贾琮、陆康；卷三三《朱冯虞郑周列传》无最后之周章；卷三五《张曹郑列传》无最后之郑玄；卷四一《第五钟离宋寒列传》无最后之寒朗；卷五一《李陈庞陈桥列传》无最后之桥玄；卷六八《郭符许列传》无最后之许劭；卷七六《循吏列传》王涣（国初人）后诸人不载；卷七九《儒林列传》所有皆

---

① 笔者按，括号内文字表示传主人物在东汉所处的大概时代，未必一一对应精确。

章帝之前人，分别在卷上、下中位置居前；卷八一《独行列传》有者除刘翊外，皆国初人，在传中位置居前；卷八三《逸民列传》有者皆国初人，传中位置居前。如果我们将此结果与上引《东观汉记》编纂情况表对照来看，则知此结果与《东观汉记》编纂情况存在着明显的内在一致性。据上表知，《东观汉记》主要有七次大的编纂活动。东汉前期的各诸侯、功臣传记的编写是在明帝永平年间完成的，以后再无对此进行专门编辑的记录，也说明此后朝廷并未再写录诸侯记、功臣传，诸侯、功臣的事迹记录在安帝时已定型。所以，二书中关于功臣的记载，在人物数量、人物对应上完全一致。对诸侯的记载，《东观汉记》缺刘永、李宪，刘、李传记在原书中应有，很可能是后来佚失了，毕竟《东观汉记》大多都散佚了。又据上表，安帝永初、永宁中又创作《名臣列传》《节士列传》《儒林列传》《外戚列传》及建武以来《名臣传》，也就是说，东汉前期（安帝前）的诸名臣、节士、儒士的传记此时也已定型。范书与《东观汉记》中对东汉前期的名臣、节士、儒士的载录也基本一致。如卷二五、二六、二七、二八、二九的传主，几乎都是东汉国初人，二书也都有载（卷二五刘宽乃桓帝时人，可能后来加入或他书混入的；又卷二六缺蔡茂，蔡乃国初人，可能《东观汉记》原书有蔡，后佚）。其他如卷三十《苏杨郎襄列传》之苏竟为国初人；卷三一《郭杜孔张廉王苏羊贾陆列传》之郭伋、杜诗、孔奋、张堪、廉范为国初人；卷三三《朱冯虞郑周列传》之朱浮、冯鲂、虞延、郑均皆国初人；卷三四《梁统列传》之梁统为国初人；卷三五《张曹郑列传》之张纯为国初人、曹褒为明章时人；卷四一《第五钟离宋寒列传》之第五伦、宋均、钟离意皆明帝时人；又卷四三至四六皆明帝后，和帝、安帝之前人，全录（唯有胡广例外，应为后来补入）；《循吏列传》《独行列传》《逸民列传》的情况也是如此，多列国初人，无安帝以后人。《循吏列传》的传主加上述诸传传主与《东观汉记·名臣传》中的人物基本对应，《独行列传》的传主则与《节士传》所收人物对应；《东观汉记·外戚传》中的人物则分散到范书之《皇后纪》与马、邓、窦、梁等家传中，这些人物，二书记录也基本一致。总之，安帝以前的主要大臣、节士、儒士，二书的记录差别不大。少数安帝前人物，见于范书，而不见《东观汉记》，有两个原因。一是缺失人物宦位不高，原书可能未载，如卷三八之张宗、法雄（均国初人）；卷四一之寒朗（明帝时人）；卷四八之杨终（明帝时人）、李法（和帝时人）；卷四九之王充（国初人），等等。二是原书本载有该人，后来散失了。如卷四七之梁慬，《东观汉记》无其记录，但有其父梁讽的记载。据范书《梁慬传》，慬父官位不高，事迹不多，也不显，仅仅附在梁慬传前，可见《东观汉记》原书应有梁慬传，后来散失了，只剩下他父亲梁讽的记录。与此同例的还有张皓（国初人）。张在范书中有传，其后附其子张纲。《东观汉记》有张纲，无张皓，这也应是其传记散失所致。

安帝后，《东观汉记》编纂者主要增加了志、表，人物传记增加者有《孝穆崇而皇传》、《顺烈皇后传》、《外戚传》（增安思后）、《儒林传》（增崔篆诸人）、《孙程传》、《郭愿传》、《郑众传》、《蔡伦传》。儒林中的崔篆又进了范书中崔氏家传，后又有灵帝时蔡邕、卢植等增的传（见前表）。《蔡邕传》中载："其撰集汉事，未见录以继后史。适作《灵纪》及十意，又补诸列传四十二篇，因李傕之乱，湮没多不存。"则蔡邕所增传为四十二篇。以此，则《东观汉记》本应录有大量东汉后期传主人物。可是，如将《东观汉记》与范晔《后汉书》加以比较，则《东观汉记》缺失东汉后期人物的比例太高。又，东汉后期一些重要大臣如杜乔、董卓、刘虞、公孙瓒、刘焉、袁术等皆不见载；《党锢列传》诸人中仅有李膺、刘祐，他人都不见载，这应不是偶然的情况，为什么会出现这样的情形？据《史通·古今正史篇》中载："会董卓作乱，大驾西迁，史臣废弃，旧文散佚。及在许都，杨彪颇存注记。至于名贤君子，自永初以下缺续。魏黄初中唯著《先贤表》，故《汉记》残缺，至晋无成。"是《东观汉记》原书当时就已残散，安帝（永初即安帝年号）以后的"名贤君子"传记"缺续"。今日所见之《东观汉记》缺乏安帝以后的人物记录正是这种原因所致。又据《蔡邕传》，蔡所作列传四十二篇，因李傕之乱，也多不存。这说明，安帝以后，朝廷虽对《东观汉记》的人物列传有所增益，但因于汉末动乱，增加部分又多失散了，残存很少，如王允、孔融、蔡邕传等，寥寥无几。[①] 因此，汉以后，流传中的《东观汉记》缺失很多安帝以后人物。晋人司马彪就曾道："汉氏中兴，讫于建安，忠臣义士亦以昭著，而时无良史，记述烦杂，谯周虽已删除，然犹未尽，安顺以下，亡缺者多。"（《晋书》本传）司马彪之前关于东汉的史书主要即《东观汉记》与谢承《后汉书》，谢书当时成书不久，影响不大，《东

[①] 余嘉锡《四库提要辨证卷五·别史类》以为此几传"必出（杨）彪手无疑"。

观汉记》则是东汉史的官方著作,名属"三史",也是当时东汉史的权威著作。司马彪又言经谯周删除,谯自不会删除谢承之书,所以,司马彪所言之"安顺以下,亡缺者多",实指《东观汉记》。司马彪所处时代离汉末不远,他既言《东观汉记》缺失很多安顺以下人物,则说明《东观汉记》确实缺失安顺之后人物。这里又有一个问题,《东观汉记》间或收录一些东汉后期人物,如李固、袁绍等,其主要原因应是原书散失,他书混入。因为至唐以后,《东观汉记》则逐渐亡佚以尽,南宋时只剩下开国功臣中的邓禹、吴汉等九人之传共八卷,原书则被唐后诸书分散引用,时代久远,引用注书一定会有很多混乱。《后汉书》残存者多,所以后世注引者将他书内容引为《东观汉记》也是很正常的事。这就是其今书仍录有东汉后期一些人物的主要原因。

《东观汉记》原书虽有安帝以后人物的记载,但大多缺失了,这说明范书中安帝以后的传主人物并不是从《东观汉记》那里袭录的,而是从其他史书中继承的。其他史书(包括范晔)将《东观汉记》本有的人物结构套用过来,再在各传后补入《东观汉记》失载的东汉后期人物,这就形成了今日所见各书(包括范书)人物列传传主人物的篇目组成。刘咸炘在分析《伏侯宋蔡冯赵牟韦列传》时曾指出:"大氐范书诸传前数人皆有综合之意,末数人则大氐稍有相似而附入之。"[①] 其说诚是,也与上所言从《东观汉记》到《后汉书》的编纂过程相符,即《后汉书》多数列传中序列靠后的传主人物多是东汉以后以《东观汉记》为基础而分别附加上去的。

第二节 范晔《后汉书》与谢承《后汉书》、司马彪《后汉书》的关系

上已述,《东观汉记》所列多东汉前期人物,后期人物缺失很多,而《后汉书》里收录的人物不仅有前期的,也有后期的。《后汉书》中所录东汉前期人物多从《东观汉记》获得,东汉后期人物的事迹则主要是从谢承书与司马彪书中编取的。

谢承,会稽山阴人,《吴志·妃嫔传·吴主谢夫人传》附其传略。他

---

① 《四史知意》,第688页。

生处三国时代，乃八家后汉书作者中时代最早者。谢承《后汉书》也是八家后汉纪传中成书最早的。《隋志》载谢承《后汉书》有一百三十卷，无帝纪。① 谢书有以下几个特点：第一，刊载人物最多。姚之骃曾道：（谢承）"博物洽闻，下笔俊妙，撰《后汉书》百三十卷，可谓该矣"，其书所载人物"半为范书所遗"②。王谟甚至认为谢书"记载赅博，远胜范蔚宗"③。第二，刊载人物以江南居多。《史通·烦省篇》有言："谢承尤悉江左，京洛事缺于三吴。"第三，刊载不以名位为限，而重忠义隐逸。严元照《谢承后汉书序》道："谢书于忠义隐逸，搜罗最备，不以名位为限，其所以发潜德之幽光者，蔚宗不及也。"又《史通·杂说下》也指出谢承立传，不拘人物的官职，如姜诗、赵壹，"身止计吏，而谢书有传"。

司马彪乃晋人，《晋书》有传，也载录了他的史学思想："先王立史官以书时事，载善恶以为沮劝，撮教世之要也。是以《春秋》不修，则仲尼理之；《关雎》既乱，则师挚修之。前哲岂好烦哉？盖不得已故也。"他认为"汉氏中兴，讫于建安，忠臣义士亦以昭著，而时无良史，记述烦杂，谯周虽已删除，然犹未尽，安顺以下，亡缺者多"。所以他决定编辑《后汉书》。司马彪书"起于世祖，终于孝献，编年二百，录世十二，通综上下，旁贯庶事，为纪、志、传凡八十篇"。《隋志》存八十三卷。刘勰赞彪书"详实"（《文心雕龙·史传篇》）。据此，司马彪书也有注重为忠义之士立传的特点，尤其是注重增录安顺以后的忠义人士。

二书共同的一个特点是，收录很多《东观汉记》所未录的东汉后期人物。

谢承书共401人。④ 以范书传主人物为准，以前文所列《东观汉记》所缺东汉后期人物的情况与谢承《后汉书》作以比较，可以了解谢承书究竟增加了多少人物，其人物的增加有何规律。

---

① 据周天游《八家后汉书辑注》（上海古籍出版社1986年版，第1页）注引余嘉锡《读已见书斋随笔》之论，则谢书本有纪，可能亡失了。其说是。依其理，则谢书也应有志，今辑本中有《五行》等志，然不足为证。

② 见其《谢承后汉书序》（《八家后汉书辑注》，第758—759页）。

③ 见其《谢承后汉书钞自序》（《八家后汉书辑注》，第771页）。实则不然，刘知幾《史通·烦省篇》曾比较谢书与范书，认为谢书"若其他事迹，与范书异者，亦未见定胜"。

④ 据周天游《八家后汉书辑注》统计。

第五章 《后汉书》纪传体例的继承与创新　　99

范书卷三十苏杨郎襄列传，《东观汉记》无杨、郎、襄，谢承书增郎颛（顺帝）[①]；

卷三一郭杜孔张廉王苏羊贾陆列传无后四人，增苏章（安帝）（其后附苏不韦）、羊续、贾琮、陆康（均为桓灵时）；

卷三三朱冯虞郑周列传无周章，增周章（安帝）；

卷三五张曹郑列传无郑玄，增郑玄（灵帝）；

卷三八张法滕冯度杨列传全无，增冯绲（桓帝）、度尚（桓帝）、杨琁（桓帝）；

卷三九刘赵淳于江刘周赵列传无周磐（安帝），增之；

卷四一第五钟离宋寒列传无寒朗（明帝），仍无；

卷四七班梁列传无梁慬（和帝、安帝时）（有其父讽，当后失），仍无；

卷四八杨李翟应（应奉附劭）霍爰徐列传无杨终（明帝）、李法（和帝）、翟酺（安帝）、霍谞（桓帝）、爰延（桓帝）、徐璆（献帝），增翟酺、爰延；

卷四九王充（国初人）、王符、仲长统（均末期人）全无，增王充；

卷五一李陈庞陈桥列传无陈禅（安帝）、桥玄（灵帝），增陈禅、桥玄；

卷五三周黄徐姜申屠列传无周燮（安帝）、黄宪（桓帝）、徐稚（同前），增周燮、黄宪、徐稚；

卷五六张王种陈列传无张皓（有张皓子纲）、王龚（安顺时）、种暠（顺桓时），增王龚、种暠；

卷五七杜栾刘李刘谢列传无栾巴（顺、桓帝）、刘陶（桓帝）、刘瑜（桓帝）、谢弼（灵帝），增刘陶、刘瑜、谢弼；

卷五八虞盖傅臧列传虞诩（安帝）、傅燮（桓帝）、盖勋（灵帝）、臧洪（献帝）全无，增虞诩、盖勋、傅燮（另，有臧洪父亲臧旻，则应有臧洪，可能散失）；

---

① 下所列各条，以范晔书所有传主人物为准，顺序依次为范书卷数、《东观汉记》所有该传传主数、"增"字后为谢承书所有而《东观汉记》所缺的该传传主数。如："三十苏杨郎襄传无杨、郎、襄，增郎颛（顺帝）"，"三十"指范晔《后汉书》卷数，"苏杨郎襄传"乃范晔书传目，"无杨、郎、襄"指《东观汉记》杨、郎、襄三人，"增郎颛（顺帝）"指谢承书所有而《东观汉记》所无的传主人物，括号内"顺帝"指的是郎颛所处的大概时代。下仿此。

卷五九张衡列传（安、顺帝）缺，仍无；

卷六二荀韩钟陈列传无荀淑（安、顺帝）、韩韶、钟皓（皆灵帝时），增荀淑（有荀绲、荀悦，无荀爽，也应是散失的缘故）、韩韶、钟皓；

卷六三李杜列传无杜乔（桓帝），增杜乔；

卷六四吴延史卢赵列传无延笃（桓帝）、史弼（桓帝）、卢植（桓、灵帝）、赵岐（同前），增延笃、史弼、卢植、赵岐；

卷六五皇甫规张段列传无皇甫规（桓帝），增皇甫规；

卷六七党锢列传有李膺、刘祐（桓、灵帝），增魏朗、夏馥、巴肃、范滂、羊陟、张俭、陈翔、孔昱、檀敷、刘儒、贾彪；

卷六八郭符许列传无许劭（献帝），增许劭；

卷六九窦何列传（桓、灵帝）全无，增窦武；

卷七十郑孔荀列传无郑太（灵帝）、荀彧（献帝）；

卷七二董卓列传（灵、献帝）无，增之；

卷七三刘虞公孙瓒陶谦列传（献帝）全无，全增；

卷七四袁绍刘表列传无刘表（献帝）；

卷七五刘焉袁术吕布列传无刘、袁（同前），增袁术；

卷七六循吏列传无王涣（国初人）后诸人，增许荆（和帝）、孟尝、第五访、刘宠、仇览（皆安、顺后人），唯缺刘矩、童恢；

卷七七酷吏列传无最后之王吉，无增；

卷七八宦者列传仅有郑、蔡、孙、曹节，余无，增吕强（灵帝）；

卷七九儒林列传有刘昆、洼丹、觟阳鸿、杨政、戴凭、欧阳歙、牟长、尹敏、高诩、薛汉、魏应、召驯、周泽、孙堪、甄宇、张玄、李育，皆章帝之前人，增孙期（汉末）、张驯（灵、献帝）、周防（明帝，儒学声名不及其子周举，《东观汉记》原书可能未录）、包咸（国初人）、赵晔（灵、献帝，会稽人）、董钧（国初人，犍为资中籍）、何休（桓、灵帝）、许慎（安、顺帝）；

卷八十文苑列传仅杜笃（光武）、高彪（桓帝），增黄香（和、安帝）、葛龚（安帝，记载简短）、王逸（顺帝，记载简短）、侯瑾（不确）、祢衡（汉末）；

卷八一独行列传有者除刘翊外，皆国初人，增彭修（明帝）、李善（国初）、张武（明帝）、陆续（明帝）、戴封（章、和帝）、陈重、雷义（不确）、戴就（汉末）；

卷八二方术列传唯有郭玉（和帝），增许杨（辑作许阳，国初人）、李南（和帝）、高获（辑作周获，国初人）、谢夷吾（明帝）、廖扶（顺帝）、樊英（顺帝）、孔乔、李郃、郎宗、杨伦、王辅（皆与樊同时）、公沙穆（桓帝）、郝孟节（汉末）；

卷八三逸民列传有逢萌、周党、王霸、严光、井丹、梁鸿、高凤皆国初人，增戴良（国初）、法真（顺、桓帝）；

卷八四列女传只有鲍宣妻（国初）、庞淯母（桓帝），增曹寿妻（安帝）、袁隗妻（汉末）。

从上列情况可知：其一，《东观汉记》所缺的东汉后期传主人物，谢承书基本补齐，如郑玄、董卓、窦武等；有的补充一大部分，如《党锢传》，原只有李膺、刘祐，谢书补入魏朗等11人；有的是将原来全卷全缺的人物全都补上，如卷七三《刘虞公孙瓒陶谦列传》，《东观汉记》全无，谢书全增之。其二，一些人物，《东观汉记》中不见载的，谢书也未载。这样的人物很少，如寒朗、张衡、王符、仲长统、荀彧。这些人物有的可能因官位不高，如寒、张、王、仲，故未被录；有的则因可能朝代划分的关系而未被录，如荀彧。其三，卷七六之后的诸类传增入安顺以前人物的比例高于卷七六之前诸传。探究起来，原因也很简单。卷七六之后诸类传增人最多的是儒林传、方术传、独行传三传，所记人物多为"忠义隐逸"，这与谢承录人"不以名位为限"的标准刚好相符。又，所增人物中，南方人士不少，如包咸，会稽曲阿人；赵晔，会稽人；许荆，会稽阳羡人；孟尝，会稽上虞人；李南，丹阳人；谢夷吾，会稽人。独行传增八人，就有七人为南方人，如彭修，会稽毗陵人；张武，吴郡由拳人；陆续，会稽吴人；戴就，会稽上虞人；陈重、雷义则为豫章人。又，据《隋书·经籍志》，有谢承《会稽先贤传》七卷，谢在著《后汉书》时，肯定曾将这些地方先贤纳入其中。可见刘知幾认为谢承著书"尤悉江左，京洛事缺于三吴"，所言不虚。范晔著书，多收录一些职位不高，才秀人微但"忠义隐逸"的人物，这种取舍态度可能受到谢承书的影响。

司马彪《续汉书》所收人物谢承书中几乎都有。《后汉书》传主人物，《续汉书》亦有，其有而为《东观汉记》与谢书都缺的有卷三十之襄楷（汉末），卷六九之何进（灵帝），卷七八之单超、侯览（皆桓帝时人）、张让（灵帝），卷八十之崔琦（桓帝）、边韶（桓帝）、张升（桓、灵帝）、赵壹（桓、灵帝）。可见司马彪所增不多，且多为东汉后期人物，尤其是桓灵时期的人物。

由上可见，谢书、司马彪书收录大量《东观汉记》所未收录的人物。这些人物中很大一部分进入范晔《后汉书》。范晔书中的东汉后期传主人物应主要是从二书中编取的。谢书收录人物最多，范晔对其删减也最多。谢书中所录人物，范书中不见载的约为121人，范书中简略提及的约14人，分别是：司马均（见《贾逵传》）、宋登（《马成传》）、张禹（有传，无作廷尉记载）、王奂（《范冉传》）、龚遂（《延笃传》）、祝良（《南蛮西南夷列传》、《陈龟传》）、许永（《宋皇后纪》）、抗徐（《度尚传》）、滕延（《宦者列传》）、闵贡（《周党传》）、玉况（《侯霸传》）、唐羌（《和帝纪》）、杨乔（《杨琁传》）、刘宠（应为崇，《宗室传》）。谢书虽在人物数量上多于范书，但这并不能说明谢书在人物的记叙与载录上比范书更高明。人物数量的多少并不是决定二书是否优劣的标准。范晔对这些人物的删减也是有其道理的。谢承书所辑人物远远多于范晔书，但"与范书异者，亦未见定胜"①。今检谢书中多出人物的事迹记载，很多有类同，或雷同之嫌，或与本书内人物事迹类同、雷同，或与范书记载人物事迹类同或雷同。如：

谢书《徐栩》："为长沙郡将，亡，遗言不受赠赙，有一匹私马，卖以买棺。"② 同书《羊续》，为南阳太守，"病困，谓祕（其子）曰：'吾有马一匹，卖以买棺；牛车一乘，载丧归，勿受郡送。'"③

又，谢书《徐栩》："吴郡徐栩，为小黄令。时陈留遭蝗，飞逝不集。刺史行部，责栩不治，栩去官，蝗应声而至。刺史谢，令还寺舍，蝗即皆去。"④ 范书《戴封传》中载："时汝、颍有蝗灾，独不入西华界。时督邮行县，蝗忽大至。督邮其日即去，蝗亦顿除，一境奇。"

如此情况很多，不再一一列举。另外，范晔书《独行列传》《方术列传》《逸民列传》在体例上可能受到谢书之影响。⑤ 但笔者认为，范晔主

---

① 严元照：《孙志祖谢承后汉书补佚序》载周天游《八家后汉书辑注》，第768页。
② 周天游：《八家后汉书辑注》，第242页。
③ 同上书，第31页。
④ 同上。
⑤ 周天游认为："《独行》《方术》《逸民》《列女》诸传也可能仿谢书而设，并非范晔所独创。"（《八家后汉书辑注》"前言"）实则《列女传》中人物，谢书收载不多，可能谢书并无列女传。

要是从谢书那里继承了对东汉后期人物的记载。

第三节　范晔《后汉书》与华峤《后汉书》的关系

华峤书"起于光武，终于孝献，一百九十五年，为帝纪十二卷、皇后纪二卷、十典十卷、传七十卷及三谱、序传、目录，凡九十七卷"（《晋书》本传）。其最大的特点在为皇后立纪。华书在当时有一定的影响，据载：书成，"中书监荀勖、令和峤、太常张华、侍中王济咸以峤文质事核，有迁固之规，实录之风，藏之秘府"（同上）。刘勰也称赞华书道："若司马彪之详实，华峤之准当，则其冠也。"① 刘知幾则将华峤归于"史官之尤美，著作之妙选"之类。② 学者多以其书乃承《东观汉记》删减增订而成。刘知幾指出华峤先"删定《东观汉记》为《汉后书》，帝纪十二，皇后纪二，典十，列传七十，谱三，其十典竟不成而卒"。又曰：此后著《后汉书》者甚多，而"推其所长，华氏居最，而遭晋室东徙，三惟一存"，后经范晔删编乃有今日之《后汉书》，并曰："世言汉中兴者，唯范、袁二家而已。"（《史通·古今正史》）后世学者们多以此认为范晔《后汉书》主要承袭华书。前述杨翼襄先生就认为范书主要是借鉴华书而完成的。另有学者也认为："在各家《后汉书》中，晋人华峤的《后汉书》专以《东观汉记》为本，撰写也较为出色，范晔《后汉书》虽博采众家之长，而又以华峤书为主。因此，从《东观汉记》到华峤《后汉书》，从华峤《后汉书》到范晔《后汉书》，这一条线索是很明显的。"③ 此说源自宋人罗愿："后汉成书自刘珍、谢承、司马彪、华峤、谢忱、袁山松、刘义庆、萧子显，凡九家。唯华峤专述《汉记》。逮范晔总裁众家而成书，以华峤为主。"④ 持类似观点的还有姚之骃⑤、章宗源⑥等。对此，王先谦已有批驳在先。王的论据总

---

① 《文心雕龙·史传篇》。
② 《史通·史官建置篇》。
③ 见朱桂昌《〈东观汉记〉考证》，《史学史研究》1985 年第 4 期。
④ 参见马端临《文献通考》（台湾新兴书局 1956 年版）卷 195 之《东观汉记序》。
⑤ 见《华峤后汉书序》中载："今范书多采拾其（华峤书）余绪，至于小论，或全袭用，蔚宗其亦服膺斯编乎？微章怀之注，则掠美者胜矣。"（《八家后汉书辑注》，第 762 页）
⑥ 《隋书·经籍志考证》中载："范晔撰史，实本华峤。"（《八家后汉书辑注》，第 752 页）

结起来主要有三：其一，《史通》曾指出"言汉中兴史者，唯范、袁二家"，袁的成就不如范晔，这是有目共睹的，袁纪自序则指责当时各家后汉书"烦秽杂乱，多不次序"，其中就包括有华峤《后汉书》。范晔心志极高，作《后汉书》甚至要超过班固，"岂复措意华氏"？其二，华书遭晋东徙，"三唯存一，少可依据"。华书的三谱十典，范晔也未仿照其例，并且也未沿用其名，所以以为范晔《后汉书》"全本华书"是不正确的。其三，范晔时旧存典籍很多，隋志保存下来的书目即可以为证。据章怀太子注，范晔借用华书之处，"亦仅寥寥六事，不关纪传正文"。此六事即：《刘赵淳于江刘周赵列传序》、《袁安传论》、《桓谭冯衍列传论》"犹失之于冯衍"以上、《中兴二十八将论》首七句、《章帝本纪论》首二句、《班固传论》"然亦身陷大戮"以上文字。① 另外，据《三国志·董卓传》注引华峤书，可知范晔书《王允传论》也承自华峤。前后相加，共七则，数目不多，比例不高。王论十分有力，其说诚是，毋庸多证。由上可见，范晔之书承袭华书的部分并不多。范书在大框架上主要应是参考《东观汉记》，其主要内容多来自《东观汉记》。范晔从华峤书中承袭的是《皇后纪》的设立。为皇后设纪，也不是华峤的独创。《史记》《汉书》都为高后专设一纪。只是二书是将高后列入皇帝的行列，其他的皇后则享受不到这样的待遇。此外，晋人王隐也曾为皇后立纪。② 华峤之所以为皇后立纪，是有其史学理论作基础的。他认为"皇后配天作合，前史作外戚传以继末编，非其义也"，应该为皇后立纪，"以次帝纪"（《晋书·华峤传》）。范晔也认为"后正位宫闱，同体天王"（《皇后纪》），皇后的地位与皇帝相配，应该为之设纪。《皇后纪》的设立虽有承袭华峤的因素，实际上，范晔考虑的是整个东汉政治局面，他强调的是皇后在东汉政治统治中的实际地位、作用与影响，这与华峤"主要是从帝后间的夫妇关系去考虑"的理论与出发点有所不同。③

东汉政治有其独特之处：皇帝多短寿，皇后多称制。清人赵翼曾统计说："明帝年四十八，章帝年三十三，和帝年二十七，殇帝二岁，安帝

---

① 参见王先谦《后汉书集解述略》。
② 见《史记·外戚世家》标题下，司马贞《索隐》注云"外戚，纪后妃也，后族亦代有封爵故也。《汉书》则编之列传之中。王隐则谓之为纪，而在列传之首也"。王隐乃东晋人，是两晋即有为皇后作纪之例也。
③ 参见白寿彝《中国史学史论集》之《范晔》，第135页。

年三十二，顺帝三十，冲帝三岁，质帝九岁，桓帝三十六，灵帝三十四，皇子辩即位年十七，是年即为董卓所弑，惟献帝禅位后，至魏明帝青龙二年始薨，年五十四，此诸帝之年寿也。"① 皇帝夭寿，皇后就临朝听政了。"女主临朝，不得不用其父兄子弟以寄腹心"（同上注）。今人崔曙庭则就东汉诸帝年寿、在位时间及皇后称制的情况列了一个细表。斯表更能反映上述东汉政治特点，表录如下②：

帝名	即位年月	在位时间	拥立之人	称制者
光武帝刘秀	31岁	33年	开国之君	
明帝刘庄	30岁	18年	依次序继承	
章帝刘炟	19岁	13年	依次序继承	
和帝刘肇	10岁	17年	窦太后拥立	窦太后
殇帝刘隆	百余日	9个月	邓太后拥立	邓太后
安帝刘祜	13岁	19年	邓太后拥立	邓太后
少帝刘懿	不详	8个月	阎太后拥立	阎太后
顺帝刘保	11岁	19年	宦官孙程等拥立	
冲帝刘炳	2岁	6个月	梁太后拥立	梁太后
质帝刘缵	3岁	2年	梁太后拥立	梁太后
桓帝刘宏	15岁	21年	梁太后与兄冀等拥立	梁太后
灵帝刘志	12岁	22年	窦太后与父窦武等拥立	窦太后
废帝刘辩	17岁	6个月	何太后拥立	何太后
献帝刘协	9岁	32年	董卓拥立	

依上表可知，光武、明帝外，其余诸帝年寿都没有超过40岁（献帝例外，他其实已只有皇帝名分，不具皇帝实权），即位年龄不大，所以只有听任皇后定策。范晔也指出："东京皇统屡绝，权归女主，外立者四帝，临朝者六后，莫不定策帷帘，委事父兄，贪孩童以久其政，抑明贤以专其威。任重道悠，利深祸速。"这就往往导致外戚们"身犯雾露于云台之上，家婴缧绁于囹圄之下。湮灭连踵，倾辀继路"，更严重的是造成

---

① 见赵翼《廿二史札记》卷四"东汉诸帝多不永年"条。
② 见崔曙庭《范晔在历史编纂学方面的成就》，《天中学刊》1996年2月。

"陵夷大运，沦亡神宝"的结局。(《皇后纪序》）因此，范晔决定特立《皇后纪》。可见，范晔立《皇后纪》主要是针对东汉特殊的政治情况。何焯对此甚表理解，他认为"作《皇后纪》，为得其实，虽人所不必效，然范氏自合史家之变，未可议也"①。要之，范晔之立《皇后纪》，在体例上远承《史记》《汉书》，而真正最近的师法对象则是华峤。《皇后纪》之立与东汉朝代的政治情况相符，虽算不上革新，但仍是非常得当的。

范晔《皇后纪》的体例主要是从华书继承得来，其内容则主要来自《东观汉记》。据前表，《东观汉记》已有诸皇后的传记。因为这些传记乃官方所作，传中充满对诸皇后的神化与赞美。这些内容都被范晔照搬到《后汉书》中。兹列二书中关于诸后神异之记载如下：

《东观汉记》中载：

> 明德马皇后尝久病，至卜者家为卦，问咎祟所在。卜者卦定释蓍，仰天叹息。卜者乃曰："此女明年小疾，必将贵。遂为帝妃，不可言也。"（笔者按，此中应有脱文）又"先是数日，后梦有小飞虫无数随着身，入皮肤中，复飞出"。（明帝马皇后）

> 和熹邓皇后尝梦扪天体，荡荡正青，滑如磄，有若钟乳，后仰嗷之。以讯占梦，言尧梦攀天而上，汤梦及天舐之，皆圣主之梦。（和帝邓后）

> 相工茅通见后，瞿然惊骇，再拜贺曰："此所谓日角偃月，相之极贵，臣所未尝见。"太史卜之，兆得寿房，又筮之，得《坤》之《比》。（顺帝梁皇后）

《后汉书》中载：

> 后尝久疾，太夫人令筮之，筮者曰："此女虽有患状而当大贵，兆不可言也。"又，"先是数日，梦有小飞虫无数赴着身，又入皮肤中而复飞出。"（《明帝马皇后纪》）

---

① 《义门读书记》，第362页。

第五章 《后汉书》纪传体例的继承与创新

后尝梦扪天，荡荡正青，若有钟乳状，乃仰嗽饮之。以讯诸占梦，言尧梦攀天而上，汤梦及天而舐之，斯皆圣王之前占，吉不可言。(《和帝邓皇后纪》)

相工茅通见后，惊，再拜贺曰："此所谓日角偃月，相之极贵，臣所未尝见也。"太史卜兆得寿房，又筮得《坤》之《比》，遂以为贵人。(《顺帝梁皇后纪》)

由上可知，范晔在《皇后纪》的体例上虽依华峤，但在对诸后事迹的整理上则又取于《东观汉记》。

最后，范晔传前作序的方法可能借鉴于华峤。今计范书纪传之中，《循吏列传》等有类目的类传除外，《皇后纪》《刘淳于江刘周赵列传》《周黄徐姜申屠列传》三篇有序。① 前已叙，《皇后纪》之立有其独特的时代背景。纪前先序，也是因为东汉一朝皇后的特殊地位，所起的特殊作用的缘故；没有证据证明《皇后纪序》不是范晔所作。且就其行文特点看，此序也应是范晔自作。据《后汉书》卷三九《刘淳于江刘周赵列传》之李贤注，及袁宏《后汉纪》卷十一，可知卷三九前的序本是华峤所作，范晔取之入己书。据今残存华峤之《后汉书》，则知华氏原书有刘平、赵孝、江革、刘恺诸人之传②，这说明华书原有此传，也有此序；也说明华峤原书应有类传，且类传前可能有序，如《刘传》序一样。《周黄徐姜申屠列传》之序很可能也是范晔从华峤那里借鉴来的。其一，范晔对自己的序论非常满意，曾自称其书"《循吏》以下及《六夷》诸序论，笔势纵放，实天下之奇作"，此"序"并未包括上述二序，细揣此意，很可能此二传之序非其亲作，所以不将之列入自许的范围之内。今检范书，序主要是置于类传之前的。《刘淳于江刘周赵列传》《周黄徐姜申屠列传》既未归入《循吏列传》之后的类传，却又有序，与整个范书其他列传结

---

① 笔者按，《党锢传》虽有序，在书中的位置与《循吏》等不同，但《党锢传》有类目，立《党锢传》是为了反映东汉后期"党锢之祸"这一重要历史事件，其原因特殊，其序文就格式看，与《循吏传》等类似，所以，将其归入《循吏传》等类传一类。

② 见《八家后汉书辑注》，第548—552页，有上述四人之记录在，故推知华峤原书应有此传。

构有着鲜明的差异，这说明此二传的构成形式很可能不是范晔所创，而是范晔编辑前人史书痕迹的残存。《刘传》序既已证明取自华书，可知此二传最可能来自华书。其二，《周黄徐姜申屠列传》的序及传章的结构与《刘淳于江刘周赵列传》几乎一模一样。《刘传》序先引孔子之语，再下己论，接举毛义、薛孟尝二例，后总结，说明立传原由。《周传》序则是先引《周易》言，再下己论，接举闵仲叔、荀恁、魏桓三例，后总结，说明立传原由。二序的模式为：引言→己论→举例→总结。举例完毕，下接总结时，《刘传》序用语为"若二子者"，《周传》序用语为"若二三子"，二序承接词语、承接方式惊人一致。《党锢列传》《循吏列传》以下诸类传序的结构与此二序差别很大。另外，《党锢》《循吏》以下诸传序偏重在追溯源流，叙议难以截然分开，其语言则更整饬、骈俪，更富于南朝文章特色。综上所述，范晔受华峤影响，另立类传时，传前加论，像《刘传》《周传》这样的列传则可能直接转引华书的前序。

第四节 《后汉书·方术列传》与《三国志·方技传》及《搜神记》等书的关系

范书《方术列传》共列约45人，分上下两卷。自下卷华佗之后所载都是"异术之士"，华佗之前的王乔也是异术之士。赵翼认为范晔书增《文苑传》《方术传》《列女传》《宦者传》等诸传，皆"前史所未及"[1]。他的看法不太准确。范晔诸类传之中，《方术传》就不符"前史所未及"一条。陈寿《三国志》之《魏志》即有《方技传》，记载有擅长医术的华佗、精通音乐的杜夔、相术精妙的朱建平、相梦绝异的周宣、术筮神奇的管辂，共五人。五人很有代表性，又有共同之特点：皆有"玄妙之殊巧，非常之绝技"。同书《吴志·吴范刘惇赵达传》也是以术相合的类传，其所传人物都是长于占卜灾祥的术士，而且传内"只言其术，此外更不载一事"[2]，只是未能以"方技"命名而已。细究起来，《三国志》的《方技传》还只是范晔《方术列传》近源。陈寿本人就曾说他著《方

---

[1] 见栾保平、吕宗力点校：《陔余丛考》，河北人民出版社1990年版，第90页。
[2] 李景星：《四史评议》，第458页。

第五章 《后汉书》纪传体例的继承与创新

技传》是前承司马迁《扁鹊仓公传》《日者传》《龟策传》。①则司马迁《史记》中先已有《方术传列》例式。何焯指出《方术列传》乃"从马之《日者》《龟策》,及前书之眭宏、两夏侯、京、翼、李传,变而通之"②。是《汉书》之《眭两夏侯京翼李传》又应是《方术列传》体例的另一个源头。范晔《后汉书》除了《方术列传》,仍有记载术士的专传,如《苏竟杨厚郎𫖮襄楷列传》,《三国志》中的《吴范刘惇赵达传》《汉书》中的《眭两夏侯京翼李传》对范晔的《苏竟杨厚郎𫖮襄楷传》的影响更大一些,《方术列传》的立传直接继承《三国志》之《方技传》。因此,《方术列传》算不得范晔的独创。

　　陈寿《方技传》所载不涉神仙鬼怪之流,而是占卜术筮之类,甚至还有医学、音乐人物,强调的是"玄妙之殊巧,非常之绝技"(《三国志·方技传》)。范晔《方术列传》所列人物则很杂,多举神仙鬼怪之事,与陈寿《方技传》不同。其传华佗之后22人,事皆神怪,《东观汉记》、谢承书、司马彪书、华峤书都不见载。③刘知幾曾批评范晔此传的选择标准道:"至范晔增损东汉一代,自谓无惭良直,而王乔凫履,出于《风俗通》;左慈羊鸣,传于《抱朴子》。朱紫不别,秽莫大焉。"(《史通·采撰》)又说:"范晔博采众书,裁成汉典,观其所取,颇有奇工。至于《方术》篇及诸蛮夷传,乃录王乔、左慈、廪君、盘瓠,言唯迂诞,事多诡越,可谓美玉之瑕,白圭之玷,惜哉!"(《史通·书事》)钱大昕也指责此传曰:"多采鄙俗小说,未及厘正。"④黄山则以为华佗后诸人事迹应是后人所加,非为范晔原文(见前文引王先谦《后汉书集解》之校补),陈寅恪又认为范晔是道教徒,华佗后诸人事迹就是他自己编辑入书的。⑤实则以神异之事入史书并非范晔的独创,司马迁《史记》中就有很多神异事迹的记载,如载汉高祖刘邦天生异相,斩蛇起义,等等。以范晔为

---

① 《三国志·魏志·方技传评》曰:"昔史迁著扁鹊、仓公、日者之传,所以广异闻而表奇事也。故存录云尔。"

② 《义门读书记》,第406页。

③ 据《八家后汉书辑注》,谢承书有郝孟节,汉末人,曹操诸方士的首领。或确有其人,而范书记载甚略,可略而不计。

④ 《廿二史考异》(第267页)"费长房"条"此传多采鄙俗小说,未及厘正,若东海君、葛陂君之称,岂可秽正史乎?"

⑤ 《陈寅恪史学论文集》之《天师道与滨海地域之关系》,上海古籍出版社1992年版,第171—174页。

道教徒就更牵强了。东汉时代，"谶纬学盛，经生多讲术数，而民间禨祥禁忌之俗亦多巫祝形法，方士神仙之说，后世所行者，皆自东汉而盛"①。作史须尽可能地反映历史时代的真实面貌，所以费长房等人事迹也不会是后人附加的，而应是范晔编入的。据上述刘知幾之说，似乎范晔《方术列传》之神异人物乃是从《风俗通》《抱朴子》等书采摘而来的。范书确有从《风俗通》中取材的故事，如许曼事，《后汉书·方术列传》中为：

> 桓帝时，陇西太守冯绲始拜郡，开绶笥，有两赤蛇分南北走。绲令曼筮之，封成，曼曰："三岁之后，君当为边将，官有东名，当东北行三千里。复五年，更为大将军，南征。"延熹元年，绲出为辽东太守，讨鲜卑，至五年，复拜车骑将军，击武陵蛮贼，皆如占。其余多此类云。

《风俗通》中为：

> 车骑将军巴郡冯绲鸿卿为议郎，发绶笥，有二赤蛇，可长三尺，分南北走，大用忧怖。许季山孙曼，字宁方，得其先人秘要，绲请使卜，云："君后三岁，当为边将，东北四五千里，官以东为名，复五年，为大将军，南征，此吉祥也。"……居无几，拜尚书郎、辽东太守、廷尉、太常。②

另有《正失篇》载宋均令虎渡江事见范书《宋均传》、南阳阴子方家以黄羊祭祀灶神事见于范书《阴兴传》。而除王乔、许曼外，《方术列传》中诸人之事迹并不见载于《风俗通》。上述宋均、阴子方也都不是《方术列传》中的人物。

如果细检，则《风俗通》中很多神怪事例于《后汉书》中并未载。

---

① 《四史知意》，第749页。
② （东汉）应劭：《风俗通义校注》，"世间多有蛇作怪者"条，王利器校注，中华书局1981年版，第438页。

第五章 《后汉书》纪传体例的继承与创新

如"世间人家多有见赤白光为变怪者"①记载桥玄遇怪事，范书未载。又"世间亡者，多有见神，语言饮食，其家信以为是，益用悲伤"条记来艳死后，酒家狗变为他的形态的事情不见载于范书。从《抱朴子》中编取的事例就更少了。事实上，范晔《方术列传》的体例是直接承袭《三国志》的，其神怪内容则多袭《搜神记》。刘知幾就曾说"既而宋求汉事，旁取令升之书"（《史通·杂说下》），此"宋求汉事"指的就是范晔《后汉书》，"令升"则是干宝的字。意即范晔曾从《搜神记》中攫取材料。《方术列传》华佗之后附载的"异术之士"，分别有冷寿光、唐虞、鲁女生、徐登、赵炳、费长房、苏子训、刘根、左慈、计子勋、上成公、解奴辜、张貂、麹圣卿、编盲意、寿光侯、甘始、东郭延年、封君达、王真、郝孟节、王和平，共22人。其中记载稍详者为徐登、赵炳、费长房、苏子训、刘根、左慈、寿光侯，余人皆一笔带过。这些详细记载者，除费长房、刘根，《搜神记》都有。②

徐登条，《北堂书钞》一四五引作《搜神记》。

赵炳（"炳"《搜神记》作"昞"）条，《艺文类聚》十九、《太平御览》三九皆引作《搜神记》。

苏子训条，《艺文类聚》一、《太平御览》八皆引作《搜神记》。

左慈条，《北堂书钞》一四五、《法苑珠林》四三、《太平御览》八六二引作《搜神记》。

寿光侯条，《法苑珠林》四二引作《搜神记》。

又有前之王乔，《风俗通》以为虚无之人，而《搜神记》录之。③此正说明《方术列传》取源于《搜神记》更多。

而且《搜神记》所载诸人事迹的文字与《方术传》基本一致，差别仅在记叙体式上。如左慈事：

> 左慈字元放，庐江人也。少有神道。尝在司空曹操坐，操从容顾众宾曰："今日高会，珍羞略备，所少吴松江鲈鱼耳。"放于下坐应曰："此可得也。"因求铜盘贮水，以竹竿饵钓于盘中，须臾引一

---

① （东汉）应劭：《风俗通义校注》，王利器校注，中华书局1981年版，第441页。
② （晋）干宝：《搜神记》，汪绍楹校注，中华书局1979年版。
③ 《史通通释·杂说》，第480页，及《风俗通义校注》。

鲈鱼出。操大拊掌笑，会者皆惊。操曰："一鱼不周坐席，可更得乎？"放乃更饵钩沉之，须臾复引出，皆长三尺余，生鲜可爱。操使目前鲙之，周浃会者。操又谓曰："既已得鱼，恨无蜀中生姜耳。"放曰："亦可得也。"操恐其近即所取，因曰："吾前遣人到蜀买锦，可过敕使者，增市二端。"语顷，即得姜还，并获操使报命。后操使蜀反，验问增锦之状及时日早晚，若符契焉。

后操出近郊，士大夫从者百许人，慈乃为赍酒一升，脯一斤，手自斟酌，百官莫不醉饱。操怪之，使寻其故，行视诸垆，悉亡其酒脯矣。操怀不喜，因坐上收，欲杀之，慈乃却入壁中，霍然不知所在。或见于市者，又捕之，而市人皆变形与慈同，莫知谁是。后人逢慈于阳城山头，因复逐之，遂入走羊群。操知不可得，乃令就羊中告之曰："不复相杀，本试君术耳。"忽有一老羝屈前两膝，人立而言曰："遽如许。"即竞往赴之，而群羊数百皆变为羝，并屈前膝人立，云"遽如许"，遂莫知所取焉。（《后汉书》）

左慈字元放，庐江人也。少有神通。尝在曹公坐，公笑顾众宾曰："今日高会，珍羞略备，所少者，吴松江鲈鱼为脍。"放云："此易得也。"因求铜盘贮水，以竹竿饵钓于盘中，须臾引一鲈鱼出。公大拊掌笑，会者皆惊。公曰："一鱼不周坐客，得两更佳。"放乃复饵钩之，须臾，引出，皆三尺余，生鲜可爱。公便自前脍之，周赐座席。公曰："今既得鲈，恨无蜀中生姜耳。"放曰："亦可得也。"公恐其近道买，因曰："吾昔遣人到蜀买锦，可敕告吾使，使增市二端。"人去，须臾还，得生姜。又云："于锦肆下见公使，已敕增市二端"。

后公出近郊，士人从者百数，放乃赍酒一罂，脯一斤，手自倾罂，行酒百官，百官莫不醉饱。公怪，使寻其故，行视沽酒家，昨悉亡其酒脯矣。公怒，阴欲杀放。放在公坐，将杀之，却入壁中，霍然不见。乃募取之。或见于市，欲捕之，而市人皆放同形，莫知谁是。后人遇放于阳城山头，因复逐之，遂走入羊群。公知不可得，乃令就羊中告之曰："曹公不复相杀，本试君术耳。今既验，但欲与相见。"忽有一老羝屈前两膝，人立而言曰："遽如许。"人即云："此羊是"。竞往赴之，而群羊数百皆变为羝，并屈前膝人立，云"遽如许",于是遂莫知所取焉。老子曰:"吾之所以为大患者,以吾有身也。及吾无身,吾有何患哉!"若老子之俦,可谓能无身矣。岂不远哉也?(《搜神记》)

范书所叙故事与《搜神记》几乎完全一样。只是范晔在编写时,对原文略有改动。如《搜神记》中称曹操为公,而范晔则将"公"都改为"操"。"曹公"改为"曹操",正是史家的编写态度。范书还没有完全褪去编取他书的印迹。其载左慈二段故事,第一段称左为"元放"、"放";第二段则称为"慈",两段还没有达到融合无间的程度。另外,《搜神记》后多了一句引语、一句叹语,似更完整。这更说明范书乃选取其断章,而非全篇。

《方术列传》中的神异之事也并非仅仅取材于《搜神记》。费长房、刘根的事迹,诸书并未引作《搜神记》。二人的事迹见于葛洪《神仙传》。① 费长房的事附于"壶公"条,刘根则见于"刘根生"条,此刘根生与刘根应为同一人。

范书其他传记中仍有不少事例见于《搜神记》,如《列女传》孝女叔先雄舍身报父事,《窦武传》窦母生蛇事,《独行列传·温序传》温序死后托梦事,《应劭传》之应妪见神光照社事。另外,《灵帝宋皇后纪》桓帝托梦灵帝事见《冤魂志》(《法苑珠林》九三引);夫余国王东明生由鸡子事(《东夷传》)见《论衡·吉验篇》;华佗事见《华佗别传》;《后汉书》之蔡茂得嘉禾事(本传),段翳作简书事(本传),谅辅求雨事(本传)等均见《华阳国志》②,王忳替女鬼伸冤事见《益部耆旧传》(《太平御览》四〇三引),也见《华阳国志》。再有《列女传》中穆姜事,也具载于《华阳国志》。这些事例都是其他后汉书所未录的,这说明上述诸书也应为范晔作书的参考书。尤其是《华阳国志》,其所录人物与范晔之书有很多是重叠的。范晔《方术列传》华佗前(包括华佗)约二13人,其中,为《华阳国志》所载者有8人,占总数的1/3强,而这8人中,唯郭玉见于《东观汉记》,余7人甚至谢承书也未载,纯为范晔所

---

① 《隋书·经籍志》有葛洪《神仙传》十卷,今据丛书集成初编本(中华书局1991年版)。

② 刘琳校注:《华阳国志》,巴蜀书社1984年版。

后加。范晔立《方术列传》应借鉴过《华阳国志》《益部耆旧传》等收录四川人物的典籍。

前文已叙，范晔著《后汉书》，收录大量异事、术士，有东汉时代的原因。如果反观范晔的时代，也应有其所处时代的原因。魏晋六朝，相信神鬼的风气很浓，很多文人将自己书写的笔墨撒向神异故事，记载神异鬼怪的小说很多。今天仍可以从《隋书·经籍志》中杂传类书目及鲁迅《古小说钩沉》目录中感受当日神异故事记述的繁荣。在《隋书·经籍志》中，这些杂传被归入史类，也就是说，当时人是将它们作为纪实的史书看待的。一些史学家在从事历史著作创作的同时，也对神怪故事进行整理、编纂。如干宝，作有《晋纪》，又作有《搜神记》，前者是严谨的史书，《晋书》称"其书简略，直而能婉，咸称良史"（本传）。后者则属于典型的志怪小说。更有甚者，干宝并不是将《搜神记》当作虚构作品来创作的，他相信冥冥之中自有鬼神存在，有天意存在。① 他撰述《搜神记》就是为了"发明神道之不诬"②，为了向世人证明鬼神是确实存在的。刘惔因此称"卿可谓鬼之董狐"（《晋书·干宝传》）。范晔著史正是受了这种喜著鬼怪小说，又每每混同史作与小说界限的世风的影响，将一些荒诞不经的故事录入《后汉书》。站在史学的立场上，史书记载神怪故事是应该受到批评与责备的，因为史是纯粹纪实的。魏晋以后史作虽承继司马迁史传创作传统，但在记叙事件、传述人物时只注重事件的交代，并不注重历史人物置身于特定历史时期的特殊性。其结果是"人物性格塑造的薄弱，人物成了史事的附庸，历史舞台上的一群过客，身后留下的只是一本流水账。在这种传记意识指导下的史传创作，人物的性格形象只会越来越苍白，其文学色彩只会越来越淡薄"③。史书适当增入一些略带传奇色彩的个人故事，无疑会增强史书文学性，但将历史人物、历史事件神鬼化则有损史书的创作原则。此外，《后汉书》一些神异情节，在史传人物传记中往往能起到组织篇章结构的作用。如《杨震传》首载其致三尾鳣，言当位为三公，果然升为三公，使篇章结构更为谨严，

---

① 参见《文选·晋纪论晋武帝革命》（第2174页）载："帝王之兴，必俟天命，苟有代谢，非人事也。"
② 见《搜神记》序。
③ 李祥年：《汉魏晋南北朝传记文学史》，第99页。

也能从侧面衬托、凸显传主人物，使其更高大，更完美。《袁安传》末插入"初，安父没，母使安访求葬地，道逢三书生，问安何之，安为言其故，生乃指一处，云'葬此地，当世为上公'。须臾不见，安异之。于是遂葬其所占之地，故累世隆盛焉。安子京、敞最知名"一段，既对袁安谋谟庙堂的忠诚一生作以形象化总结，又开启了下一段对袁安家族四世三公沿承史的记叙。这一段就像一个转折枢纽，将整篇传文有机地组合起来。史传毕竟不是小说，范书所记神怪故事虽情节生动，富于想象力，使干瘪的史传变得更活泼，更可读，但太过于荒诞，有违历史著作的真实性原则。受时代的局限，史书作者或多或少，都有一些讲神讲鬼的习气，但这里有一个"度"，讲神讲鬼不可过滥，那样史书就成了巫书了。总体说来，范晔《后汉书》收录神异故事不算太多，诸事于传中的安排也比较得当，这也许是后世批评《晋书》多于《后汉书》的原因。

第五节 《后汉书》《逸民列传》与《列女传》

《逸民列传》可能是范晔的独创。但其编写仍然深受前人影响。李景星就认为"《逸民列传》全从《鲁论·微子篇》托化而出"。又曰："其以姓名见者，则直书其姓名，若向长、逢萌、周党、王霸等，盖用《微子篇》书伯夷、叔齐、虞仲、夷逸、朱张、柳下惠、少连例也；其不以姓名见者，则随其地其人而名之，若野王二老、汉滨老父、陈留老父，盖用《微子篇》书楚狂、接舆、长沮、桀溺、荷蓧丈人例也。至其叙事，又纯以峻洁见长。每传所载不过一二事，其点染传神处亦不过一二语，而皆有言外之旨，弦外之音，此亦暗用《微子篇》叙楚狂诸人笔意。"[1]这是《逸民传》的远处继承，其近处继承则是司马迁的《伯夷叔齐传》。伯夷、叔齐让国而避，隐居而终，此正汉后高士的榜样。再近的继承应是刘向的《列士传》。刘的《列士传》，《隋书·经籍志》记载为二卷。其最近的继承又是当时的一些杂传。《隋书·经籍志》所列此类杂传甚多，如各地先贤传、耆旧传等，约四十种。直接以高士、列士为目，作者又处于范晔之前的，大约有：《高士传》六卷，皇甫谧撰；《圣贤高士传赞》三卷，嵇康撰，周续之注；《逸士传》一卷，皇甫谧撰；《逸民

---

[1] 《四史评议》，第352—353页。

传》七卷，张显撰；《高士传》二卷，虞槃佐撰；《至人高士传赞》二卷，晋孙绰撰。

这些书著都可能为范晔著《逸民列传》时的参考资料。其中，皇甫谧的影响最为直接。范晔《逸民传》共列17人，不见于《高士传》[①]的仅有野王二老、逢萌、周党、高凤、戴良5人，余12人井丹[②]、梁鸿、高恢（梁鸿后附）、台佟、韩康、王霸、严光、矫慎、法真、汉阴老父（《高士传》作汉滨老父）、庞公、向长皆见于《高士传》。《高士传》所载的后汉人物还有为《逸民列传》所未收录而见于他传者，如见于卷五三《周黄徐姜申屠列传》的有：徐稚、姜肱、申屠蟠、袁闳（此卷及《郭太传》提及）、闵仲叔（此卷首附），共5人。此卷传主人物除黄宪外，全为《高士传》所收。另有郭太，见于《郭太传》；东海隐者，见于《王良传》；任棠，见《庞参传》；夏馥，见《党锢列传》；姜岐，见《桥玄传》；郑玄，有传；许劭，有传；挚恂，见《马融传》；孙期，见《儒林列传》，共10人。见于《三国志》及裴注的有：管宁、胡昭、焦先，共3人。不见于上二书的有四人：韩顺、牛牢、丘欣、荀靖。《高士传》经过流传，所录之人已有出入，但大致面貌并未改变。由上可见，范晔《逸民列传》与《周徐黄姜申屠列传》受《高士传》的影响很大，其所收录人物多与之重叠。但《高士传》并非仅仅收录隐者，所以，《高士传》中的人物不仅见于范晔《逸民列传》，有见于其他传中。如《周徐黄姜申屠列传》中诸人都是"高士"[③]，但都不是有意隐居的隐士。[④]当然，这里也存在着诸书相互援引的问题。有些人物，《东观汉记》、谢承《后汉书》、《高士传》都有记载，如梁鸿、王霸等。谢书的逸民人物较《东观汉记》所增不多，仅法真、戴良；《高士传》所增东汉逸民人物又多于谢书，计有：台佟、韩康、矫慎、汉阴老父（《高士传》作汉滨老父）、庞公、向长6人。《逸民列传》虽为范晔独创，《高士传》也是其重要参考文献。

[①] 刘晓东校点：《高士传》，辽宁教育出版社1998年版。
[②] 今本《高士传》无井丹，《世说新语笺疏·品藻80》（第540页）"王子猷"条曰："王子猷、子敬兄弟共赏《高士传》人及《赞》。子敬赏'井丹高洁'，子猷云：'未若长卿慢世。'"斯知当时之《高士传》应有井丹。
[③] 《廿二史札记校证》，第81页。
[④] 《四史知意》，第710页刘咸炘语："此诸人未尝避世，亦非有意隐处。"

《东观汉记》有女性专传，但那些女性全是皇后，其身份与范晔《列女传》中的女性不可同日而语。此外，《东观汉记》中载有鲍宣妻、庞淯母的事迹，然仅仅二人，这说明《东观汉记》并未立《列女传》，这两个女子的事迹应是附在他人传中而出现的。谢承书也只有曹寿妻、袁隗妻二人。华峤书、司马彪书干脆一个女性也未见载。谢书里的两个女子也应是附着他人传中而被记录下来的。诸书都并未专立《列女传》。史书中立《列女传》应是范晔的独创。史书之外，《列女传》的体例则不是范晔的新创。章学诚尝言："夫史臣创例，各有所因；列女本于刘向。"① 首先，在立传标准上，范晔师法刘向《列女传》。《汉书》刘向本传载道："（刘）向睹俗弥奢淫，而赵、卫之属起微贱，逾礼制。向以为王教由内及外，自近者始。故采取《诗》《书》所载贤妃贞妇，兴国显家可法则，及孽嬖乱亡者，序次为《列女传》，凡八篇，以戒天子。"今抛开刘向立传目的不管，可知刘向《列女传》不仅记录贤妃贞妇，也记载"孽嬖乱亡者"。其《列女传》设有"母仪""贤明""节义""贞顺"等传，也设有一章为"孽嬖传"，专门收录像妲己、褒姒等媚乱国家的女性。可见，刘向《列女传》非仅收录贞烈的女性。范晔也曰："余但搜次才行尤高秀者，不必专在一操而已。"（《列女传》序）斯见范晔《列女传》收录女性也不仅仅限于节义与贞烈，只要女性才行高秀，则收而录之。此"不专一操"与刘向的标准有相符之处。所以《明史·列女传序》曰："刘向传列女，取行事可为鉴借，不存一操；范氏宗之，亦采才行高秀者，非独贵节烈也。"只是范晔所收，全为正面人物，即所谓才行高秀者，这又与刘向有所不同。对范晔这种收录态度，刘知幾曾提出严厉的批评。他说："观东汉一代，贤明妇人，如秦嘉妻徐氏，动合礼仪，言成规矩，毁形不嫁，哀恸伤生，此则才德兼美者也。董祀妻蔡氏，载诞胡子，受辱虏庭，文词有余，节概不足，此则言行相乖者也。至蔚宗后汉，传标列女，徐淑不齿，而蔡琰见书。欲使彤管所载，将安准的？"（《史通·人物》）范晔著书有些疏漏是可能的，侯康曾据《华阳国志》《艺文类聚·人部》《太平御览·人事部》指出各书所载东汉女性才行高秀者尚多，此秦嘉妻徐氏就属于疏漏之类。② 刘知幾对此批评是有道理的，但他

---

① 《文史通义校注·和州志前志列传序例中》，第685页。
② 《后汉书注补》，丛书集成初编，中华书局1985年版，第914页。

误将"列女"作"烈女",指责范晔不应载录蔡琰,则是谬说。① 今人也有从男女平等立场出发赞扬范晔《列女传》创立价值的,斯又有过分抬高范晔之嫌。② 其次,范晔《列女传》在时间顺序上正好承接补充了刘向《列女传》。刘向《列女传》下迄西汉,范晔则在其《列女传序》中明言:"自中兴以后,综其成事,述为《列女篇》。"可见范晔《列女传》收录人物的时间起自东汉,上承刘向《列女传》。何焯也曰:"(范晔)《列女》之作本于子政,断自中兴以后,上继刘书,又与本书为合。"③ 最后,范晔《列女传》中的人物也有取自刘向《列女传》的。如《乐羊子妻》,《艺文类聚》就引作《列女传》。④ 范晔《列女传·乐羊子妻》亦未明言出自何朝何代,很有可能为刘向《列女传》所有,而又为范书所引。总之,范晔《列女传》受刘向书的影响明显,虽"为前史所未及,"也不是范晔凭空创造出来的。除刘向一书外,《隋书·经籍志》还收有其他有关女性传记的著述,其中,成书于范晔之前的约有:《列女传》七卷,赵母注;《列女传》八卷,高氏撰;《列女传颂》一卷,刘歆撰;《列女传颂》一卷,曹植撰;《列女传赞》一卷,缪袭撰;《列女后传》十卷,项原撰;《列女传》六卷,皇甫谧撰;《列女传》七卷,綦毋邃撰;《列女传要录》三卷;《女记》十卷,杜预撰;《美妇人传》六卷;《姑记》二卷,虞通之撰。这些书可能对范晔编写《列女传》有参考作用。

此外,范书在体例上既有对前人的继承,也有自己的创新。前者如《循吏列传》《酷吏列传》《儒林列传》,后者如《宦者列传》《文苑列传》《独行列传》《党锢列传》。这些新创类传多是因历史时代的特殊事实而设立的。"东都缘阉尹倾国",故立《宦者列传》;"东京以还,文胜

---

① 参见《文史通义校注》第766页《永清县志列女传序例》。
② 王俊杰《魏晋南北朝史学》(《史学史资料》1980年2期):"突破《史记》《汉书》《三国志》等正史的内容,为妇女立了《列女传》,记载了才行优异的妇女事迹,把历史的载笔扩展到占有人口半数的妇女之一方面,这是他眼界比一般人高明的地方。进入阶级社会以后,妇女已失掉应有的历史地位,而范晔却在历史上多少给了她们一席之地。至于以后的史书,则利用列女传作为宣扬节孝的碑文,那就是另外一回事了。"笔者按:此说过分抬高范晔的阶级思想水平,但范晔的确是将妇女列入正史的第一人,而且,他不是仅仅以节孝为入选的标准,这与后世列女传之仅以节孝为准而传列女有不同。后世的列女传往往成了烈女传。
③ 《义门读书记》,第409页。
④ (唐)欧阳询撰,汪绍楹校(中华书局1965年版)第337页中曰"《太平御览》411引为皇甫谧《列女传》"。

篇富，史臣不能概见于纪传，则汇次为《文苑》之篇"，此列《文苑列传》原因①；党锢乃东汉末期重大之政治事件，故专列为传；"汉选士有独行科，依其名以立传"②，此又立《独行列传》的原因。研究者多以为范晔在纪传的创立上有很多创新，实际上，有些纪传乃直袭前人的，如《皇后纪》《循吏列传》《方术列传》等；有些类传，前人已有名目，只是不直接见于史书，范晔将其引入史书，如《列女传》；有些类传，传中人物已见于前人史书，范晔又新增人物，为之新立传名，如《党锢列传》《宦者列传》《逸民列传》等。范晔著书在体例上还是吸收前人的居多，在吸收前人成果的基础上，又有自己的新创，其结果即《后汉书》。

---

① 又据章学诚《和州志前志列传序例中》（《文史通义》，第685页）中载："晋挚虞创为《文章志》，叙文士之生平，论辞章之端委；范史《文苑列传》所由仿也。"斯《文苑传》亦有所仿。

② 见惠栋《后汉书补注·独行传》传首语。刘咸炘以为："《独行》一传，沿用班书《杨朱胡梅云传》，班《赞》目诸人为狂狷，此叙以狂狷发端，是其明证。"（《四史知意》）

第六章

《后汉书》描写人物的技巧与方法

范晔《后汉书》，比较详细地记载了东汉兴起、衰落的全过程，反映东汉初年、末年，战争爆发、灾害连生、社会混乱，人民百姓流离失所、如处倒悬的现实。同时，也记载了东汉经学演变历史，如谶纬盛行等事实，揭示今文经学、古文经学发展情况；还记载了东汉宗教、科学、方术的发展情况；反映东汉末期一统思想的逐渐分化的情形。范晔还详载了周围各民族国家的生活情况，希望中原政权能够逐渐威化他们，或感化他们，最终达到远人来服、彼此和睦相处的效果。《后汉书》为后人了解东汉一代的政治、经济、军事、文化状况留下宝贵的历史资料。不仅如此，《后汉书》还是一部文学性较强的著作。《后汉书》是纪传体史书，纪传体史书是以记人为主的。翦伯赞也曾说："纪传体的历史，本来是以个人为中心的历史。"[①] 范晔《后汉书》纪传传主人物总数约为499人。[②] 这些人物既是历史人物，也是文学人物。史学家在记载这些人物时，不可能持绝对客观的态度。正如美国学者浦安迪所说的那样："中国史书虽然力图给我们造成一种客观记载的感觉，但实际上不外乎一种美学上的幻觉，是用各种人为的方法和手段造成的'拟客观'的效果。"[③]《史记》《汉书》是这样，《后汉书》也是这样，范晔撰述人物时，考虑的是应该选取哪些人物，选取人物之后应该选取人物一生中哪些事迹，选取事迹后如何将那些事迹有机地组合起来，用有限的笔墨将人物的是非功过等

[①] 《中国史纲》第二卷，人民出版社1979年版，第656页。
[②] 此传主指各传传名中明确指出者，类传中的人物数目，有的可以据传文明确得出，如《党锢传》《循吏传》等；也有数目不易明确得出的，如《方术传》传，则根据其所列举的主要人物列出其传主的数目。
[③] 参见《中国叙事学》，北京大学出版社1996年版。

第六章 《后汉书》描写人物的技巧与方法

历史特点、人生特点充分地表现出来。历史人物被传列出来了，他就不再是原来的本人，而是经过史学家用史学、文学笔法重新创造出来的人物。这些人物的人生事迹往往吸引读者，深深感动读者。《旧唐书·李纲传》中载："（李）纲少慷慨有志节，每以忠义自许。初名瑗，字子玉，读《后汉书·张纲传》，慕而改之。"《南齐书·王僧虔传》中载王僧虔的"第九子寂，字子玄，性迅动，好文章，读《范滂传》，未尝不叹挹"。可见，这种"拟客观"创造的直接效果就是读者心中升起的文学审美感。浦安迪曾说道："在中国文学史，虽然没有史诗，但在某种意义上史文、史书代替了史诗，起到了类似的美学作用。"[①] 有学者指出《后汉书》人物类型比较丰富，"除了一般史传有的帝王、将相、贵族、酷吏、循吏以及民族史传外，最大限度地容纳了社会各阶层人物"[②]。所以，从文学的角度来看，则范晔《后汉书》最大的成就是传列了一大批生动、活泼的人物。

史学研究者认为"范晔立传，往往破除时间先后限制，更加侧重以类相从的原则"[③]。的确，《后汉书》作为一部史书，出于载录历史信息的考虑，较多地采用合传与类传的方式，将相同类型的人物置于一传之中，目的是为了节省篇幅，收到以简胜繁的效果。梁启超就曾说："作正史上的列传，篇数越少越好，可以归纳起来的就归纳起来。"[④] 史书过多运用合传与类传的方式，容易陷入突出传记人物的共同"类"性，忽略传记人物个性特点的怪圈。与《史记》《汉书》相比，《后汉书》中"以品类立传"的情况更多[⑤]，但这并不是说，范书中的人物只有共同的"类性"，而缺乏独有的个性特色。具体到一传之中，《后汉书》在描写某一位人物时，立意极为鲜明，即要表现出该人物独有的某些特征，写出该人物的特色。纪传体史书以"人"为记载的中心。列传又以记人为主，人物列传更是"载一人之事"[⑥]。那么，一个人物究竟具备什么样的性格

[①] 《中国叙事学》，北京大学出版社1996年版，第30页。
[②] 张新科：《唐前史传研究》，第37页。
[③] 王锦贵：《〈汉书〉和〈后汉书〉》，第125页。
[④] 《中国历史研究法》，上海古籍出版社1987年版，第201页。
[⑤] 刘咸炘曾云："以品类立传，马班甚少。"转引自《史学述林·史目论》（《历代名家评〈史记〉》，第172页）。
[⑥] 吴讷：《文章辨体·传》，第49页。

特色，或者说，怎样将他的性格特点描写出来，则是作者最需要用功之所在。而要想写出人物独有的某些特点，作者必须注意人物材料的选择、取舍与组织，《后汉书》人物传记在人物材料的取舍与组织上颇具匠心。

第一节　人物材料的取舍

一　集中法

所谓"集中法"，指的是人物传记选取的事例较多，但所有事例都为一个共同的目的服务，这个目的就是表现传记人物主要的性格特点，也就是说，整个传记完全围绕着传记人物的主要性格展开，集中反映传记人物的主要性格。《史记》等纪传体史书在传写人物时，也经常运用"集中法"，其人物传记多有一个"中心的主题"①，如《项羽本纪》着重突出项羽神勇粗横，《高祖本纪》则着重突出刘邦豁达大度。但司马迁往往全面地写出人物的性格特点，项羽粗横之外尚有仁厚一面，刘邦大度之外，还有无赖一面；张良运筹帷幄，也曾博浪沙逞勇；陈平足智多谋，也曾接受贿金。《后汉书》人物传记大多集中所以材料描写传记人某一个方面的特点。《后汉书》大多数传记人物与小说理论中的"扁形人物"（也称为"类型人物"）相近，性格特点比较倾向于单一化，丰富、复杂的人物性格并不多见。② 例如《刘翊传》中载：

> 刘翊字子相，颍川颍阴人也。家世丰产，常能周旋而不有其惠。曾行于汝南界中，有陈国张季礼远赴师丧，遇寒冰车毁，顿滞道路。翊见而谓曰："君慎终赴义，行宜速达。"即下车与之，不告姓名，自策马而去。季礼意其子相也，后故到颍阴，还所假乘。翊闭门辞行，不与相见。
>
> 常守志卧疾，不屈聘命。河南种拂临郡，引为功曹，翊以拂名公之子，乃为起焉。拂以其择时而仕，甚敬任之。阳翟黄纲恃程夫

---

①　参见李长之《司马迁的人格与风格》，第232页。李还指出《史记》写舜、项羽、刘邦等人物，都注意写出他们各自的主要特点。

②　参见爱·福斯特《小说面面观》之（选自《小说美学经典三重》上海文艺出版社1990年版，第225—264页）《我们可以把人物分为扁形人物和浑圆人物两种》中载："扁形人物是围绕着单一的观念或素质塑造的。"又，"扁形人物用一句话就可以形容出来。"

人权力,求占山泽以自营植。拂召翊问曰:"程氏贵盛,在帝左右,不听则恐见怨,与之则夺民利,为之奈何?"翊曰:"名山大泽不以封,盖为民也。明府听之,则被佞幸之名矣。若以此获祸,贵子申甫,则自以不孤也。"拂从翊言,遂不与之。乃举翊为孝廉,不就。

后黄巾贼起,郡县饥荒,翊救给乏绝,资其食者数百人。乡族贫者,死亡则为具殡葬,嫠独则助营妻娶。

献帝迁都西京,翊举上计掾。是时寇贼兴起,道路隔绝,使驿稀有达者。翊夜行昼伏,乃到长安。诏书嘉其忠勤,特拜议郎,迁陈留太守。翊散所握珍玩,唯余车马,自载东归。出关数百里,见士大夫病亡道次,翊以马易棺,脱衣敛之。又逢知故困馁于路,不忍委去,因杀所驾牛,以救其乏。众人止之,翊曰:"视没不救,非志士也。"遂俱饿死。

"常能周旋而不有其惠"应为此传的传眼,有概括全篇的作用。此传所选四件事集中反映刘翊"常能周旋而不有其惠"的美德。第一事与第四事极为典型,第四事更有代表性,刘翊宁死也要救人,尤其令人感动,真可谓"能周旋而不有其惠"。类似例子尚见《李充传》。李传主要记叙四件事,分别是李充"逐妇""杀盗""应征""激刺邓骘"。李充逐弃妻子,体现他友于兄弟的深情;杀死盗贼,则表现他笃于孝道的烈义。鲁平屡征不应,说明他不屈于官府;邓骘啖肉不受,说明他不阿于权贵。这四件事虽有不同,但都反映同一个主题:李充具有高洁的道德操守。

《刘翊传》《李充传》选取事例较多,但记叙较简。《后汉书》有些人物传记,选取事例较多,对事件的记叙也比较详细,但全传始终围绕着一个中心——传记人物的主要特点来写,最终反映传记人物的主要特点。如《申屠刚传》,该传文开头即交代申屠刚的性格特点:"质性方直,常慕史鳝、汲黯之为人",此为一传之眼,也是全传中心,以下事例完全围绕申屠刚的"方直"来写。第一事,申屠刚在西汉末年上书直谏。"平帝时,王莽专政,朝多猜忌,遂隔绝帝外家冯、卫二族,不得交宦,(申屠)刚常疾之。"申屠刚于是利用对策的机会上书,主张疏远王太后,招冯、卫二族翼辅王室。结果是"(王)莽令元后下诏曰:'刚所言僻经妄说,违背大义。其罢归田里'"。第二事,直谏隗嚣。"隗嚣据陇右,欲背汉而附公孙述,刚说之。"结果是"(隗)嚣不纳,遂畔从(公孙)述"。

第三事，还是直谏隗嚣。申屠刚辞归隗嚣之前，又上书劝其专事刘秀，结果又是，"（隗）嚣不纳"。第四事，直谏光武帝。"光武尝欲出游，刚以陇蜀未平，不宜宴安逸豫。"结果是，"谏不见听，（申屠刚）遂以头轫乘舆轮，帝遂为止"。第五事，直谏光武帝。"时内外群官，多帝自选举，加以法理严察，职事过苦，尚书近臣，乃至捶扑牵曳于前，群臣莫敢正言，（申屠）刚每辄极谏"，结果是，"帝并不纳"。最后，申屠刚"以数切谏失旨"，遭到贬谪。全传共选取五件事，事事都记载申屠刚直谏。申屠刚始谏王莽，再谏隗嚣，最后直谏光武帝，好像整个一生只是在不停直谏。作者如此写法，突出了传记人物申屠刚的主要特点——质直好谏。

《冯异传》较《申屠刚传》更为详细。该传塑造一个始随光武创业的"谦退不伐"的功臣形象。在诸功臣中，冯资历甚老，自颍川时就跟随光武，从光武披荆斩棘，筚路蓝缕，开辟河北，平洛阳，定关西，厥功甚伟。全传在记叙冯异之事时，着重突出的是他的"谦退不伐"。"谦退不伐"是《冯异传》一传的传眼。因为"谦退不伐"，冯异在军队中赢得"大树将军"的美称，诸将坐在一起讨论军功，他总是"独屏树下"，不参与功劳的争论。冯异平定关西，完成邓禹不能完成的使命，但他"自以久在外，不自安，上书思慕阙廷，愿亲帷幄"。他统领关中，百姓归心，号其为"咸阳王"，光武将一些上陈此事的书信"示之"，他更加"惶惧"不安，急忙上书光武自陈，言辞恳切。大破隗嚣的将领行巡，他"上书言状，不敢自伐"，而"诸将或欲分其功"，光武十分生气，诏书表彰冯异"功若丘山，犹自以为不足"。种种事迹，贯穿整个冯异一传。全传自始至终都在突出冯异的"谦退不伐"。

又如《宋弘传》，选取四件事情，要在突出他刚正不阿。《袁安传》则"叙其抑制贵戚，筹画边事，深心远虑，无微不至"，重在突出他作为"国家柱石"的作用与特点。[1] 其他如《李固传》《陈蕃传》重写他们一心谋国；《班超传》重写他如何平定西域，突出他大智大勇；《段颎传》重叙他灭羌一事，突出他的战功杀伐，等等。这些传记在描写人物时，集中传内所有事例，突出描写人物某一方面的特点，写出人物的主要面貌。相比之下，《史记》写人更为全面，将反映人物不同特点的各个方面的事例都记入传中，《后汉书》如此写人，有时容易使人物性格简单化，

---

[1] 《四史评议》，第310页。

如《申屠刚传》，读者只看到申屠刚直谏的一面；但史传篇幅有限，需要记载的人物很多，不可能像计账簿一样，将人物各个方面特点都一一写出。集聚笔墨写出传记人物的主要特点，不仅是史学家作史的要求，更是文学家塑造人物形象的要求，这样写人，人物形象更鲜明、更吸引人。《后汉书》抓住传记人物主要特点，重点写出传记人物主要特点，客观上取得了突出人物形象的效果。

二 细事法

对于一些人物，人生重要事迹很多，《后汉书》往往以某一意义并不重大的细事突出其性格，此之谓"细事法"。如《郭伋传》中传主人物郭伋乃是一个良吏，先后为中山、渔阳、颍川等郡太守，后为并州刺史，在职期间，广施恩信，业绩显著，深得当地百姓爱戴，"所到县邑，老幼相携，逢迎道路"。作者并没有详细地去描绘他的政绩，却在传后较详地记载郭伋生活中的一件细事：

> （郭伋）始至行部，到西河美稷，有童儿数百，各骑竹马，道次迎拜。伋问："儿曹何自远来？"对曰："闻使君到，喜，故来奉迎。"伋辞谢之。及事讫，诸儿复送至郭外，问："使君何日当还？"伋谓别驾从事，计日告之。行部既还，先期一日，伋为违信于诸儿，遂止于野亭，须期乃入。

这是一个极为生动的小故事。故事中，儿童天真的神态呼之欲出，他们对郭伋的迎拜，反映郭伋在民间的声望；而郭伋为人诚厚，不与小儿违约，正是他能够获得百姓爱戴的最好注解，也是他为政成功的最好注解。传中记载这件细事使郭伋这个良吏的形象更具体、更真切，更易为读者所接受。

杨震是一个忠心为国的柱石之臣，传记记他五次上书，"俱关国家大计"，范晔为杨震立传的意旨正在显示杨震"以忠君爱国为主"[1]。在五次上书之前，作者先记载杨震生活中的一件细事：

---

[1] 《四史评议》，第320页。

当之郡，道经昌邑，故所举荆州茂才王密为昌邑令，谒见，至夜怀金十斤以遗震。震曰："故人知君，君不知故人，何也？"密曰："暮夜无知者。"震曰："天知，神知，我知，子知。何谓无知！"密愧而出。

上事中，王密与杨震的对话虽仅仅三句，却生动写出行贿者王密的真实心态，而杨震的回答义正辞严，其气凛然不可冒犯。事例虽细，杨震那种公正无私的性格却表现得淋漓尽致。此事的政治意义自然无法与杨震上书朝廷的诸事相比，但缺少此事的记载，则杨震的性格就缺乏具体形象性。又如《桓荣传》中桓荣，乃是一"以经取禄，累世尊荣"[①]的典型人物，"传内全从恩遇之隆处摹写"，写他倍受尊崇，当世莫比。作者在其传后特别记入一件细事：

荣初遭仓卒，与族人桓元卿同饥厄，而荣讲诵不息。元卿嗤荣曰："但自苦气力，何时复施用乎？"荣笑不应。及为太常，元卿叹曰："我农家子，岂意学之为利乃若是哉！"

传记记入上述这件细事，通过桓元卿前后不同态度的对比，鲜明地反映桓荣因学受恩、以学获利的特点，取得"不待论断而其意自现"的表达效果。此类例子尚见《皇后纪·明帝马皇后纪》中载："（马皇后）常衣大练，裙不加缘。朔望诸姬主朝请，望见后袍衣疏粗，反以为绮縠，就视，乃笑。后辞曰：'此缯特宜染色，故用之耳。'六宫莫不叹息。"马皇后遍读经书，为人谦肃，不好娱乐，尽心辅佐明帝，从不以家私干涉朝政，虽无亲子，但抚养章帝如同己出，章帝在她的教育下，宽厚孝悌，母子二人的相处是历来皇太后与皇帝相处的典范。马后一生事迹较多，本纪选取如此一件细事，形象地反映马皇后节俭、谨慎的生活态度。又如姜肱是一位隐士，兄弟之间非常孝友，共居一室，为了继嗣后代才彼此分开；他精通经学，门徒几千，但不应州府征辟，四处隐逸。姜肱名气在身，桓帝不能亲睹，于是令画工画下他的图像。但姜肱"卧于幽暗，以被韬面，言患眩疾，不欲出风"，画工无以得见姜肱面目，自然无法绘

---

① 《四史知意》，第 697 页。

出姜肱的形象。这件细事，写出姜肱作为隐士摈弃功利、鄙夷荣名的性格特点。又如，江革对母亲非常孝顺，乡里称之曰"江巨孝"，《江革传》除记他以孝心打动贼人外，记载了他生活中一件极细的小事："每至岁时，县当案比，革以母老，不欲摇动，自在辕中挽车，不用牛马。"江革为了让母亲坐得安稳，不用牛马，自己亲自挽车，形象地写出江革孝顺之心，真切感人。

王鸣盛《十七史商榷》称赞《后汉书》载人"公卿不见采""宰相多无述"；"褒党锢""进处士""表逸民""尊独行"[①]，的确，《后汉书》选取人物的面较广，但作为一部史书，其难以回避对王侯将相、文官武吏的载录。《史记》在写这类人物时，往往选取一些极有意味的细节来刻画他们的性格，如韩信钻胯、陈平分肉、张汤磔鼠，等等。《后汉书》在记录王侯将相、文官武吏们谋谟军国的大事同时，也注意以一些细事生动、准确地反映出他们的性格特点，如上例之郭伋、杨震。另外，《后汉书》在描写一些"细人"时，也采用这个方法，用细事反映他们的性格特点，如上例之姜肱、江革等。运用细事写人，使人物性格具体化、形象化，能够起到形象地反映人物特殊性格的作用。

三　典型事例法

对于一些人物，事迹不太多，人物政治地位也非特别重要，传记往往列其生活中几事，而只重点写其中一件典型事例，详细叙述，以突出人物性格特点，此之谓"典型事例法"。如苏不韦，乃一笃尚气节的义士，其父得罪沟通宦官的李暠，被李暠迫害致死，《苏不韦传》只取苏不韦替父报仇的故事，加以详述，突出他的节义之气：

> 不韦时年十八，征诣公车，会谦见杀，不韦载丧归乡里，瘗而不葬，仰天叹曰："伍子胥独何人也！"乃藏母于武都山中，遂变名姓，尽以家财募剑客，邀暠于诸陵间，不克。会暠迁大司农，时右校刍廥在寺北垣下，不韦与亲从兄弟潜入廥中，夜则凿地，昼则逃伏。如此经月，遂得傍达暠之寝室，出其床下。值暠在厕，因杀其妾并及小儿，留书而去。暠大惊惧，乃布棘于室，以板籍地，一夕

[①] 参见该书卷六一。

九徙,虽家人莫知其处。每出,辄剑戟随身,壮士自卫,不韦知暠有备,乃日夜飞驰,径到魏郡,掘其父阜冢,断取阜头,以祭父坟,又标之于市曰"李君迁父头"。暠匿不敢言,而自上退位,归乡里,私掩塞冢椁。捕求不韦,历岁不能得,愤恚感伤,发病欧血死。

两汉三国,复仇的社会风气很盛①,正当的复仇行为往往会赢得社会的同情与尊敬。《史记》就专为刺客列传,赞扬他们"立意较然,不欺其志,名垂后世,岂妄也哉"(《史记·刺客列传》)。作者写这一段文字,可能有将苏不韦与豫让相比之意。兹将《史记·刺客列传》中描写豫让的一段载录如下:

豫让遁逃山中,曰:"嗟乎!士为知己者死,女为说己者容。今智伯知我,我必为报雠而死,以报智伯,则吾魂魄不愧矣。"乃变名姓为刑人,入宫涂厕,中挟匕首,欲以刺襄子。襄子如厕,心动,执问涂厕之刑人,则豫让,内持刀兵,曰:"欲为智伯报仇!"左右欲诛之。襄子曰:"彼义人也,吾谨避之耳。且智伯亡无后,而其臣欲为报仇,此天下之贤人也。"卒醳去之。

豫让先发壮语,再变姓名,刺杀时,赵襄子恰好如厕,这些情节都与苏不韦行刺过程近似。但《后汉书》叙述更为详细、生动,先写苏不韦言语神态:"仰天叹曰:'伍子胥独何人也'",突出他发誓复仇的志气;再写他变姓名、募刺客及"夜则凿地,昼则逃伏"的行刺经过,突出他不达目的,决不罢休的坚韧;后写李暠含羞受辱,呕血而死,寓意有志者,事竟成,实是对苏的志节表示认可与赞许。中间还生动地描写了李受惊的状态:"暠大惊惧,乃布棘于室,以板籍地,一夕九徙,虽家人莫知其处,每出,辄剑戟随身,壮士自卫",反衬苏不韦威慑力之强。整段叙述节奏快捷,语言充实有力,塑造出一个立志复仇的侠义之士。这件事情极有代表性,苏

---

① 《史记·货殖列传》中载:"其在闾巷少年,攻剽椎埋,劫人作奸,掘冢铸币,任侠并兼,借交报仇,篡逐幽隐,不避法禁,走死地如鹜者,其实皆为财用耳。"《汉书·鲍宣传》中载,鲍列"怨仇相残"为民人"七死"之一。《三国志·魏书·庞淯传》载其母庞娥为父报仇,入皇甫谧之《列女传》,《后汉书》亦载。《后汉书·酷吏列传》中载:"郡吏有辱其母者,(阳)球少年数十人,杀吏,灭其家,由是知名。"由此可知,两汉三国,复仇的社会风气很浓。

不韦的性格通过这一件事得以充分体现。又如祢衡，《后汉书·祢衡传》列举他生活中的几件事，都很简略，特别详写他击鼓骂曹一事，表现他"有才辩，而尚气刚傲，好矫时慢物"的性格特点。事列如下：

> （孔）融既爱衡才，数称述于曹操。操欲见之，而衡素相轻疾，自称狂病，不肯往，而数有恣言。操怀忿，而以其才名，不欲杀之。闻衡善击鼓，乃召为鼓史，因大会宾客，阅试音节。诸史过者，皆令脱其故衣，更着岑牟单绞之服。次至衡，衡方为《渔阳》参挝，蹀躞而前，容态有异，声节悲壮，听者莫不慷慨。衡进至操前而止，吏呵之曰："鼓史何不改装，而轻敢进乎？"衡曰："诺。"于是先解袒衣，次释余服，裸身而立，徐取岑牟、单绞而着之，毕，复参挝而去，颜色不怍。操笑曰："本欲辱衡，衡反辱孤。"

此段详细地描写祢衡羞辱曹操的过程，对祢衡神态的摩画尤为成功。官吏呵令祢衡改装，祢衡不以为忤，答道："诺"。"先解""次释""徐取""颜色不怍"，表明他非常清楚曹操的用心，同时也表明他确是存心让曹操自取其辱。祢衡本来就是一个极有性格的人物，这段描写精妙地写出他的性格特点。这段故事也吸引了后世的读者，为他们所喜爱，被他们改编成剧本，广泛传诵于闾里街巷之间。

有些人物，《后汉书》传记则只写其一生中的一件事，并将该事详细写出，以突出该人性格特点。如苏章，本传对他作为良吏的业绩略叙而过，只详载他拒绝故人为私一事：

> 顺帝时，迁冀州刺史。故人为清河太守，章行部案其奸臧。乃请太守，为设酒肴，陈平生之好甚欢。太守喜曰："人皆有一天，我独有二天。"章曰："今夕苏孺文与故人饮者，私恩也；明日冀州刺史案事者，公法也。"遂举正其罪。州境知章无私，望风畏肃。

苏章故人得意之态惟妙惟肖，更反衬苏章公而无私的特点。此类例子尚见《寒朗传》《杜根传》等。《后汉书》类传写人，经常只写人物一生中某一件事，有时甚至只写人物一生中某一个生活片断，但往往也写出了人物独有的性格特点。如《皇甫规妻传》只写了一件事情：

安定皇甫规妻者，不知何氏女也。规初丧室家，后更娶之。妻善属文，能草书，时为规答书记，众人怪其工。及规卒时，妻年犹盛，而容色美。后董卓为相国，承其名，娉以辎軿百乘，马二十匹，奴婢钱帛充路。妻乃轻服诣卓门，跪自陈请，辞甚酸怆。卓使傅奴侍者悉拔刀围之，而谓曰："孤之威教，欲令四海风靡，何有不行于一妇人乎？"妻知不免，乃立骂卓曰："君羌胡之种，毒害天下犹未足邪！妾之先人，清德奕世。皇甫氏文武上才，为汉忠臣。君亲非其趣使走吏乎？敢欲行非礼于尔君夫人邪！"卓乃引车庭中，以其头县轭，鞭扑交下。妻谓持杖者曰："何不重乎？速尽为惠。"遂死车下。后人图画，号曰"礼宗"云。

这段故事颇为感人，皇甫规妻为董卓强娉，"乃轻服诣卓门，跪自陈请，辞甚酸怆"，这表明她并非刻意追求死节，她对获得董卓的同情，被董卓释放仍抱有幻想。当发现董卓逞威扬武，贼心不死时，她变跪为立，怒骂董卓，但求速死。传记仅仅摘取皇甫规妻生活中一件事，却写出她不屈威武的刚强志节。同例还见《赵娥传》等。

有的人物传记只截取人物生活中一个片断来塑造人物形象，如《马伦传》：

　　汝南袁隗妻者，扶风马融之女也，字伦。隗已见前传。伦少有才辩。融家世丰豪，装遣甚盛。及初成礼，隗问之曰："妇奉箕帚而已，何乃过珍丽乎？"对曰："慈亲垂爱，不敢逆命。君若欲慕鲍宣、梁鸿之高者，妾亦请从少君、孟光之事矣。"隗又曰："弟先兄举，世以为笑。今处姊未适，先行可乎？"对曰："妾姊高行殊邈，未遭良匹，不似鄙薄，苟然而已。"又问曰："南郡君学穷道奥，文为辞宗，而所在之职，辄以货财为损，何邪？"对曰："孔子大圣，不免武叔之毁；子路至贤，犹有伯寮之诉。家君获此，固其宜耳。"隗默然不能屈，帐外听者为惭。隗既宠贵当时，伦亦有名于世。

此段截取马伦与袁隗洞房中一段对话，突出马伦的"才辩"，与传首语"少有才辩"相符。片断简短，清新可喜。如此事例还可见《逸民传

·汉阴老父传》等。

要之，史传记录人物较多，不可能一一详写，浓墨重彩往往给予那些有重大政治、军事、文化影响的人物，对于一些社会地位不太高，人生事迹与军国关系不大，但又颇有特色的人物，《后汉书》并不遗弃，一般选取他们生活中极有代表性的一件事，或一个片断来表现他们的性格魅力，使史学的真实性与文学的形象性得以沟通共融。

四 极端典型事例法

一些人物个性非常突出，《后汉书》往往选用一些极端典型事例来表现他们的独特个性。有些时候，为了将人物某一方面的独特性格鲜明地表现出来，《后汉书》运用夸张手笔，将人物生活中某些材料的典型性推至极端，以突出人物某方面与众不同的特点，此之谓"极端典型事例法"。极端之人，必行极端之事，《后汉书》往往选取一些非常极端事例来表现一些人物的特殊之处。如戴良，本传写道：

> 良少诞节，母憙驴鸣，良常学之以娱乐焉。及母卒，兄伯鸾居庐啜粥，非礼不行，良独食肉饮酒，哀至乃哭，而二人俱有毁容。或问良曰："子之居丧，礼乎？"良曰："然。礼所以制情佚也，情苟不佚，何礼之论！夫食旨不甘，故致毁容之实。若味不存口，食之可也。"论者不能夺之。
>
> 良才既高达，而论议尚奇，多骇流俗。同郡谢季孝问曰："子自视天下孰可为比？"良曰："我若仲尼长东鲁，大禹出西羌，独步天下，谁与为偶！"

此段将戴良越礼任情、不偶世俗的性格展露无遗。再如任永、冯信，本传记载任永、冯信逃避公孙述征命，都托以青盲，以避世难。任永妻子淫于目前，匿而无言；儿子坠井，忍而不救。冯信侍婢对其奸通，冯视若无闻。公孙述被诛，二人才盥洗更视，恢复常态。任永为逃避公孙述征辟，竟然妻淫不言，子死不救，行为太"不近人情"[①]。此例表现任、冯二人过于狷介的性格。又如向栩，极有名声，本

---

① 《四史知意》，第747页。

传载道：

> 征拜侍中，每朝廷大事，侃然正色，百官惮之。会张角作乱，栩上便宜，颇讥刺左右，不欲国家兴兵，但遣将于河上北向读《孝经》，贼自当消灭。

《独行》之士，本非圣贤，多不合中庸之道，向栩更是"卓诡不伦"，此段的叙述写出他空有高名，并无实能的迂腐怪诞性格。难怪刘咸炘慨叹："东汉名士之魁，多负人望"①。

上述诸人事迹虽较极端，但夸张成分不多，叙述平朴不繁。《后汉书》为突出人物特点，有时将事例加以夸张描写，使其典型性更强，从而强化人物性格某一方面的特点。如《戴就传》中写戴就：

> 戴就字景成，会稽上虞人也。仕郡仓曹掾，扬州刺史欧阳参奏太守成公浮赃罪，遣部从事薛安案仓库簿领，收就于钱唐县狱。幽囚考掠，五毒参至。就慷慨直辞，色不变容。又烧鋘斧，使就挟于肘腋。就语狱卒："可熟烧斧，勿令冷。"每上彭考，因止饭食不肯下，肉焦毁堕地者，掇而食之。主者穷竭酷惨，无复余方，乃卧就覆船下，以马通薰之。一夜二日，皆谓已死，发船视之，就方张眼大骂曰："何不益火，而使灭绝！"又复烧地，以大针刺指爪中，使以把土，爪悉堕落。主者以状白安，安呼见就，谓曰："太守罪秽狼藉，受命考实，君何故以骨肉拒扞邪？"就据地答言："太守剖符大臣，当以死报国。卿虽衔命，固宜申断冤毒，奈何诬枉忠良，强相掠理，令臣谤其君，子证其父！薛安庸骏，忸行无义，就考死之日，当白之于天，与群鬼杀汝于亭中。如蒙生全，当手刃相裂！"安深奇其壮节，即解械，更与美谈，表其言辞，解释郡事。

作者以一种夸张笔法来写戴就，如"肉焦毁堕地者，掇而食之"的行动；"可熟烧斧，勿令冷""何不益火，而使灭绝""就考死之日，当白之于天，与群鬼杀汝于亭中。如蒙生全，当手刃相裂"的语言；"张眼

---

① 《四史知意》，第727页。

大骂"的神态等都极具夸张性。通过这种夸张笔法，史书写出戴就宁死不屈的刚强气魄。戴就的事迹非常感人，戴就的形象也极为典型。《后汉书》有的传记，为突出人物某方面性格，往往加大夸张力度。如种暠作为一名良吏，深受百姓爱戴，为凉州刺史，复留一年；调为汉阳太守，"戎夷男女送至汉阳界，暠与相揖谢，千里不得乘车"（《种暠传》）。"千里不得乘车"，笔调夸张，突出种暠深得人心。此类人物还有鲁恭，鲁为政仁和，为中牟令，蝗虫为害周围郡县，唯独不入中牟县界。上司巡视，见有野雉飞过，旁边儿童并不捕捉，问其原因，儿童答道："雉方将雏。"鲁恭的政治治理竟然能够感化村野小儿，野雉育雏时不加捕猎，作者用夸张之笔来突出鲁恭的诱化效果。与鲁恭相类似的人物还有戴封，但戴的事迹更为夸张：

> （戴封）迁西华令。时汝、颍有蝗灾，独不入西华界。时督邮行县，蝗忽大至。督邮其日即去，蝗亦顿除，一境奇之。其年大旱，封祷请无获，乃积薪坐其上以自焚。火起而大雨暴至，于是远近叹服。（《戴封传》）

《后汉书》中，为官爱民的循吏多能感动上天，每有天灾，蝗虫不会进入他们治理的郡县。戴封的事迹较一般循吏更为典型。督邮"行县"，蝗虫随之而至，督邮离开，"蝗亦顿除"，事迹的奇异是戴封为政宽仁的最好注释。

再如应奉："自为童儿及长，凡所经履，莫不暗记。读书五行并下。为郡决曹史，行部四十二县，录囚徒数百千人。及还，太守备问之，奉口说罪系姓名，坐状轻重，无所遗脱，时人奇之。"叙述颇为夸张，目的在突出应奉的惊人记忆力。更有甚者，《后汉书》为突出人物独特性格，有时将人物事件的典型性夸大至极端境界。如写蔡顺，以夸笔叙述蔡的孝顺：

> 磐同郡蔡顺，字君仲，亦以至孝称。顺少孤，养母。尝出求薪，有客卒至，母望顺不还，乃啮其指，顺即心动，弃薪驰归，跪问其故。母曰："有急客来，吾啮指以悟汝耳。"母年九十，以寿终。未及得葬，里中灾，火将逼其舍，顺抱伏棺柩，号哭叫天，火遂越烧

它室，顺独得免。(《周磐传》附《蔡顺传》)

当蔡母咬一下指头，则家外的蔡顺就能有感应，知道母亲唤他，急忙回家。蔡母去世，"未及得葬，里中灾，火将逼其舍，(蔡)顺抱伏棺柩，号哭叫天，火遂越烧它室，(蔡)顺独得免"。这个故事就更神奇了，母子之间因为孝亲竟然能够有心灵感应，母亲咬咬指头，孝顺的儿子就会有心动；孝子的孝心，竟能使自己的房屋在火灾中得到保全；史书如此夸张叙述，正是为了表现蔡顺的孝顺之心。

要之，《后汉书》往往选取一些极端典型事例，有时甚至不惜将事例典型性加以夸大，以极端笔法表现传主人物某些极为特殊的性格。如此写法，塑造的人物形象特点鲜明，令读者触目难忘。有时，过分夸大也容易使事例显得虚化，影响人物形象的真实性与感染力。

第二节　描写人物的方法

一　对比法

对于一些人物，《后汉书》往往以他人对比衬托出其性格特点。《后汉书》有时在人物传记中的某一部分，以其他人物与所写人物进行对比，突出所写人物性格特点。如《朱晖传》写群贼劫诸妇女，掠夺衣物，朱晖时年仅十三岁，拔剑向前道："财物皆可取耳，诸母衣不可得。今日朱晖死日也！"以诸昆弟宾客的"惶迫、伏地莫敢动"与朱晖的少年勇敢对比，突出朱晖"有气决"的性格特点。再如《王符传》中末尾载：

后度辽将军皇甫规解官归安定，乡人有以货得雁门太守者，亦去职还家，书刺谒规。规卧不迎，既入而问："卿前在郡食雁美乎？"有顷，又白王符在门。规素闻符名，乃惊遽而起，衣不及带，屣履出迎，援符手而还，与同坐，极欢。时人为之语曰："徒见二千石，不如一缝掖。"言书生道义之为贵也。

这段文字对皇甫规语言、神态的摹写颇为生动，但其更成功的地方乃在于写出皇甫规对待雁门太守与王符二人迥然不同的态度。写皇甫规对待雁门太守，用"卧不迎"，既入，又略带讥刺地问道，"卿前在郡食雁美乎"，鄙夷之心，溢于言表；写皇甫规对待王符，用"惊遽而起，衣不及带，屣履出迎，援符手而还，与同坐，极欢"，敬慕之情，无以复加。以皇甫规对待二人完全不同的态度对比，反衬王符满腹经纶，德行高尚。又如《光武本纪》中载：

  光武遂将宾客还舂陵。时伯升已会众起兵。初，诸家子弟恐惧，皆亡逃自匿，曰"伯升杀我"。及见光武绛衣大冠，皆惊曰"谨厚者亦复为之"，乃稍自安。

光武兄刘縯"慷慨有大节"（本传语），"好侠养士"（《光武本纪》），光武则勤奋谨慎，上引文字将诸家子弟对待刘縯与光武二人的态度比较，形象地描绘出二人完全不同的个性特点。有的人物，一生中某一重要事迹与他人有一定关系，传记在叙述其事迹时，往往以他人与所写人物比较，突出所写人物性格特点。如陈球，坚持以窦太后配桓帝是他一生中一件重要事情，这件事情充分显示陈球执着大节的特点。《陈球传》在记叙这件事时，将李咸纳入传中，对比反衬陈球：

  及（窦太后）将葬，（曹）节等复欲别葬（窦）太后，而以冯贵人配祔。诏公卿大会朝堂，令中常侍赵忠监议。太尉李咸时病，乃扶舆而起，捣椒自随，谓妻子曰："若皇太后不得配食桓帝，吾不生还矣。"既议，坐者数百人，各瞻望中官，良久莫肯先言。赵忠曰："议当时定。"怪公卿以下各相顾望。球曰："皇太后以盛德良家，母临天下，宜配先帝，是无所疑。"忠笑而言曰："陈廷尉宜便操笔。"球即下议曰："皇太后自在椒房，有聪明母仪之德。遭时不造，援立圣明，承继宗庙，功烈至重。先帝晏驾，因遇大狱，迁居空宫，不幸早世，家虽获罪，事非太后。今若别葬，诚失天下之望。且冯贵人冢墓被发，骸骨暴露，与贼并尸，魂灵污染，且无功于国，何宜上配至尊？"忠省球议，作色俯仰，蚩球曰："陈廷尉建此议甚健！"球曰："陈、窦既冤，皇太后无故幽闭，臣常痛心，天下愤叹。今日言之，退而受罪，宿昔之愿。"公卿以下，皆从球议。
  李咸始不敢先发，见球辞正，然后大言曰："臣本谓宜尔，诚与臣意合。"会者皆为之愧。

此段文字将李咸先后不同的态度进行比较，又以李咸与陈球相比。李咸先言若不如愿，将不生还，面对宦官却"不敢先发"，前后反差极大，以至公卿大夫都"为之愧"。李并无专传，史书将他的事迹置于陈球传中，与陈球对比，反衬陈球忠正。《后汉书》中一些人物，一生重要事迹都与他人紧密相关，史书在叙述其事迹时，往往以他人与所写人物比较，突出所写人物的性格特点。如李固，一生最重要的事情即抵制梁冀的邪恶势力，维护朝廷正气。《李固传》主要将李固与梁冀对比而写。李固"上奏南阳太守高赐等臧秽。赐等惧罪，遂共重赂大将军梁冀，冀为千里移檄，而固持之愈急"；"（李）固以清河王蒜年长有德，欲立之"，"（梁）冀不从"；李固奏免宦官，梁冀等与宦官勾结，作飞章诬陷李；李以为应立清河王，而梁等立桓帝；最终以李失败而告终。李固的重要事迹一直与梁冀紧密相关，写李固，不能不写到梁冀，史书于是将梁冀作为一个配角，以梁的跋扈衬托李的公忠谋国。《李固传》又以胡广、赵戒与李固相比较。议论立清河王时，胡、赵皆与李同意，梁冀反对，"自胡广、赵戒以下，莫不慑惮之。皆曰：'惟大将军令。'而固独与杜乔坚守本议"。以胡、赵委曲附势反衬李固等忠直不屈。

　　此外，《后汉书》内传与传之间，篇与篇之间，也存在着人物对比的现象。传与传之间的人物关系也就是合传内各传传主人物之间的关系，《后汉书》合传往往也能够写出同一传内不同人物的一些独有的特点。如窦武与何进，二人都是外戚，都以与宦官斗争失败而丧命。但二人确有很大不同。窦武出身名门，乃窦融之后，"少以经行著称"，"名显关西"，为人正派、正直，"在位多辟名士，清身疾恶，礼赂不通，妻子衣食裁充足而已"，同情士人，为士人禁锢上书直谏，深得士人敬仰，士人甚至将他列为党人"三君"之一，与李膺、陈蕃齐名。窦武深疾宦官当权，危害国家、百姓，常有剪除之意。但是行事不密，最终为宦官所害，身死家灭。当他在位时，"天下雄俊，知其风旨，莫不延颈企踵，思奋其智力"，及至被害，"士大夫皆丧其气"。窦武是一个德学双修，忠于谋国的形象，值得人们称颂。何进则不然。他出身屠家，没有受过良好的教育，当权之后，听信望气者蛊惑，进言天子，讲武平乐观，妄想以此"厌服"天下混乱。何进也想诛杀宦官，但主要不是出于家国远图，而是出于私心，因为宦官蹇硕等有图谋他的计划。何进也结交士人，但多是豪侠智谋之士，如袁绍等，其目的在宠树腹心。何进又招进董卓，引狼入室，何一死，董卓为乱，"何氏遂亡，而汉室亦自此败乱"。同为外戚，又都丧于宦官之手，但一为国，一谋己，性格相差很大。史书将他们列在一传，突出他们的共同点，也写出他们各自独有特点。同样，合为一传的割据诸侯，公孙述与隗嚣也各有特点。隗嚣出身陇西大族，曾师事刘歆，能得士人之心，部下称其"隗王"，范晔称其"道有足怀者"。公孙述出身小吏，心无大志，苟于细事，乃马援所谓"井底之蛙"，不能与隗嚣相比。

　　篇与篇之间主要人物的相互比较衬托现象较突出的是东汉开国皇帝光武与刘玄、刘盆子之间的对比。刘玄、刘盆子皆首义领袖，但他们的形象远不如光武高大，或者说，《后汉书》在记叙他们的事迹时，总是以光武为参照物，将他们与光武比较，突出光武作为英明君主的形象特点。李景星在评论《刘玄刘盆子传》时曾言："传中叙刘玄刘盆子事，处处与《光武纪》遥作反应。如《刘玄传》曰：'更始即帝位，南面立，朝群臣。素懦弱，羞愧流汗，举手不能言。'《刘盆子传》曰：'诸将乃皆称臣拜，盆子时年十五，被发徒跣，敝衣赭汗，见众拜，恐畏欲啼。'与《光武纪》所云'固辞再三'，'建元大赦'者异矣。《刘玄传》曰：'日夜与妇人饮宴后庭，群臣欲言事，辄醉不能见。'《刘盆子传》曰：'诸将日会论功，争言欢呼，拔剑击柱，不能相一。'与《光武纪》所云'在上不骄，高而不危；制节谨度，满而不溢'者异矣。《刘玄传》曰：'自是关中离心，四方怨叛。'《刘盆子传》曰：'时三辅大饥，人相食，城郭皆空，白骨蔽野，遗人往往聚为营保，各坚守不下。'与《光武纪》所云'由是识者皆属心焉'；'吏人喜悦，争持牛酒迎劳'者异矣。至于论刘玄，则曰'夫为权首，鲜或不及。'赞又曰：'圣公靡闻，假我风云。赤眉阻乱，盆子探符。'则于两人之不能成事，又有以断其当然矣。"[①] 可见《后汉书》较为注意全书中各个人物的比较与衬托。

　　要之，《后汉书》在刻画人物形象时，往往将不同人物进行比较，以突出所写人物性格特点。通过人物之间的对比，人物形象独有之特点更显鲜明；同时，运用对比方法写人，须得将与该人相关的其他人物纳入进来，所写人物形象的性格特点在比较中凸显，也在比较中累积，有时

---

① 《四史评议》，第275页。

使文章行文线索与脉络更加清晰、流畅。如上述《李固传》，梁冀反衬李固，二人相辅相成，情节在二人斗争中一步步展开，传记显得井然有序。

二 侧面描写法

《后汉书》传写人物，主要采用正面描写的方法，通过写人物语言、行动、神态等来表现人物性格。在对人物进行正面刻画的同时，《后汉书》有时也从侧面描写人物。如邓训，治边有方，深得边疆民族爱戴，《邓训传》中写道：

> 四年冬，（邓训）病卒官，时年五十三。吏人羌胡爱惜，旦夕临者日数千人。戎俗，父母死，耻悲泣，皆骑马歌呼。至闻训卒，莫不吼号，或以刀自割，又刺杀其犬、马、牛、羊，曰："邓使君已死，我曹亦俱死耳。"前乌桓吏士皆奔走道路，至空城郭。吏执不听，以状白校尉徐傿。傿叹息曰："此义也。"乃释之。遂家家为训立祠，每有疾病，辄此请祷求福。

这段文字没有直接描写邓训治理羌胡的实际功绩，而是叙述邓训死后，羌胡百姓痛不欲生的情景与场面，以羌胡百姓对邓训的留恋与怀念，从侧面表现邓训"宽中容众"（本传语）的性格特点。又如《许劭传》写许劭云：

> 初为郡功曹，太守徐璆甚敬之。府中闻子将为吏，莫不改操饰行。同郡袁绍，公族豪侠，去濮阳令归，车徒甚盛，将入郡界，乃谢遣宾客，曰："吾舆服岂可使许子将见。"遂以单车归家。

以太守徐璆与袁绍对许劭的尊敬态度，从侧面写出许劭善于识别人物，颇受士人敬重的特点。又如《李膺传》记载道："荀爽尝就谒膺，因为其御，既还，喜曰：'今日乃得御李君矣。'"荀爽乃一时名士，竟以为李膺御车为荣，反衬李膺德行高超，为人景慕。《李膺传》李膺捕杀宦官张让的弟弟后，"自此诸黄门常侍皆鞠躬屏气，休沐不敢复出宫省。帝怪问其故，并叩头泣曰：'畏李校尉'"。诸宦官畏惧神态逼真活现，突出李膺秉正刚直，威气压人，令邪恶势力不敢抬头。正面描写中的一些侧面

第六章 《后汉书》描写人物的技巧与方法

描写，宛如绘画中的点染，经常对表现人物性格特点有烘托与渲染作用。《后汉书》有些人物传记，侧面描写成分较多，如《徐稚传》。全传四段文字，第二段、第三段主要是从侧面叙写徐稚。第二段主要写陈蕃在行动上敬重徐稚，为之特备一榻；第三段则写陈蕃在语言上赞美徐稚，向胡广、桓帝推荐徐稚。史书用一半的篇幅从侧面描写徐稚，间接地写出了徐稚"德行纯备"的特点。《后汉书》还有全篇都运用侧面描写的方法塑造人物形象的，如《黄宪传》：

> 黄宪字叔度，汝南慎阳人也。世贫贱，父为牛医。
> 颍川荀淑至慎阳，遇宪于逆旅，时年十四，淑竦然异之，揖与语，移日不能去。谓宪曰："子，吾之师表也。"既而前至袁阆所，未及劳问，逆曰："子国有颜子，宁识之乎？"阆曰："见吾叔度邪？"是时，同郡戴良才高倨傲，而见宪未尝不正容，及归，罔然若有失也。其母问曰："汝复从牛医儿来邪？"对曰："良不见叔度，不自以为不及；既睹其人，则瞻之在前，忽焉在后，固难得而测矣。"同郡陈蕃、周举常相谓曰："时月之间不见黄生，则鄙吝之萌复存乎心。"及蕃为三公，临朝叹曰："叔度若在，吾不敢先佩印绶矣。"太守王龚在郡，礼进贤达，多所降致，卒不能屈宪。郭林宗少游汝南，先过袁阆，不宿而退，进往从宪，累日方还。或以问林宗。林宗曰："奉高之器，譬诸氾滥，虽清而易挹。叔度汪汪若千顷陂，澄之不清，淆之不浊，不可量也。"

李景星曾语："《黄宪传》纯用虚叙，不载其言，不著其行，而但载荀淑之言曰：'子，吾之师表也。'袁闳［阆］之言曰：'见吾叔度邪？'戴良之言曰：'良不见叔度，不自以为不及；既睹其人，则瞻之在前，忽焉在后，固难得而测矣。'陈蕃、周举之言曰：'时月之间不见黄生，则鄙吝之萌复存乎心。'郭林宗之言曰：'叔度汪汪若千顷陂，澄之不清，淆之不浊，不可量也。'空空写去，而其人之高自见。此乃史家创格，若特辟此途以位置斯人者。"[1] 李所谓"虚写"即侧面描写。《黄宪传》并未直接写出黄宪言语、行动，全为对黄宪的侧面描写，通过他人语言来

---

[1] 《四史评议》，第318页。

表现黄宪清淡超脱，而又深厚处顺的性格特点。《步里客谈》云："范史《黄宪传》，盖无事迹，直以语言模写其形容体段，此为最妙。"①

总之，《后汉书》塑造人物形象时，有时也通过其他人物的语言评判、行动态度来表现所写人物的性格特点。《史记》《汉书》人物传记也有侧面写人的先例，但还没有像《后汉书》这样整篇运用侧面描写的方法描写人物的。《后汉书》全篇侧面写人，往往能够攫住所写人物的独特之处，勾勒出人物的"神"，达到"传神写照"境界。

三　微隐法与直铺法

一些人物，如庸臣、外戚、宦官等，是史臣批判的对象，《后汉书》对他们的描写也颇有特点。《春秋》作史的方法，有微而隐，婉而成章之说。② 刘知幾《史通·叙事》也言："显也者，繁词缛说，理尽于篇中；晦也者，省字约句，事溢于句外。然则晦之将显，优劣不同，故可知矣。夫能略小存大，举重明轻，一言而巨细咸该，片语而洪纤靡漏，此皆有晦之道也。"又说："斯皆言尽而旨远，辞浅而义深，虽发语已殚，而含意未尽。使夫读者望表而知里，扪毛而辨骨，睹一事于句中，反三隅于字外。晦之时义，不亦大哉？"③ 对于那些庸庸碌碌，只知保全官位的朝廷大臣，《后汉书》往往并不直接指斥他们，而是在传记叙述中暗含对他们的评价，用"微而隐"的方法将他们的特点间接地显示出来。如张敏，位为三公，本传叙述他为政"清约不烦，用刑平正，有理能名"，之后加一句"在位奉法而已"，"言外之意自见"④，讽刺他为官庸禄，无所作为。再如《胡广传》。该传全传皆讽刺胡广，却又将讽刺藏寓于褒颂之中。该传末尾写道：

> 自在公台三十余年，历事六帝，礼任甚优，每逊位辞病，及免退田里，未尝满岁，辄复升进。凡一履司空，再作司徒，三登太尉，又为太傅。其所辟命，皆天下名士。与故吏陈蕃、李咸并为三司。

---

① 吴讷：《文章辩体序说》，人民文学出版社1962年版，第49页引。
② 见《左传·成公十四年》赞《春秋》"微而显，志而晦，婉而成章，尽而不污，惩恶而劝善"。
③ 《史通通释》，第174页。
④ 《后汉书集解》，第530页。

蕃等每朝会，辄称疾避广，时人荣之。年八十二，熹平元年薨。使五官中朗将持节奉策赠太傅、安乐乡侯印绶，给东园梓器，谒者护丧事，赐冢茔于原陵，谥文恭侯，拜家一人为郎中。故吏自公、卿、大夫、博士、议郎以下数百人，皆缞绖殡位，自终及葬。汉兴以来，人臣之盛，未尝有也。

这段对胡广的称赞与《汉书》对孔光的夸赞十分相似，兹摘《汉书·孔光传》结尾一段如下：

（孔）光凡为御史大夫、丞相各再，一为大司徒、太傅、太师，历三世，居公辅位前后十七年。自为尚书，止不教授，后为卿，时会门下大生讲问疑难，举大义云。其弟子多成就为博士、大夫者，见师居大位，几得其助力，光终无所荐举，至或怨之。其公如此。

二传都分别罗列二人仕宦成就，又都对二人赞赏有加，稍有不同的是，《胡广传》称其善于辟人，《孔光传》则赞其无所举荐。但史臣对二人是持批判态度的。《胡广传赞》责备胡广曰"胡公庸庸，饰情恭貌。朝章虽理，据正或桡"；《孔光传赞》直言孔光"持禄保位，被阿谀之讥"。

清人王鸣盛曾评此传言："西京张禹、孔光，东都胡广皆以文学著，皆小人之至无耻而享大福者。孟坚于张孔直笔诋斥，尽丑描募，洵不愧良史矣。而蔚宗于胡乃别换一种笔墨，冷讥毒刺寓于褒颂夸誉中，其党恶误国反为藏过。读之，辄为击节叹赏，亦不觉捧腹绝倒。……及叙至质帝崩，之下但云'代李固为太尉，录尚书事，以定策立桓帝，封育阳安乐乡侯'。夫倾固而夺其位，又以定策受封，党恶之罪显然矣。下叙冀诛，则云'广坐不卫宫，减死一等，夺爵土，免为庶人'。深恶其幸免罪重而所坐轻也。（《黄琼传》则云'广坐阿附梁氏'）其总叙云：'共李固定策，大议不全。'大议不全者，何谓也？至劣之行，以蕴藉出之。其下即云'在公台三十余年，每逊位辞疾，及免退归里，未尝满岁，辄复升进。'鄙夫情状，曲曲道破。通读一遍，此传若有美无刺者而已，不啻铸鼎象之、然犀照之，且各传中互见已多矣。肆而隐，微而彰，其范史之谓乎！"① 范晔立此传，学习了班固对孔光等的写法，对胡广表面上似有赞扬，实际上对他的庸庸无为有批判之意。如果将《后汉书》与《后汉纪》对胡广的描写对比，更能看出《后汉书》对胡广寓贬于褒的态度。"延熹二年，大将军梁冀诛，广与司徒韩縯、司空孙朗坐不卫宫，皆减死一等，夺爵土，免为庶人"及"自在公台三十余年，历事六帝，礼任甚优，每逊位辞病，及免退田里，未尝满岁，辄复升时。凡一履司空，再作司徒，三登太尉，又为太傅"，都是明褒实贬之语，见于范书，不见于袁纪。此其一。《后汉纪》最后对胡广总评为："广所临治无粃政，世为之谚语曰：'天下中庸有胡公。'此时公辅者，或私树恩为子孙计，其后累世致公卿，而广子孙无过二千石者。"这段话在《后汉书》中为："故京师谚曰：'万事不理问伯始，天下中庸有胡公。'"范书没有"广所临治无粃政……此时公辅者，或私树恩为子孙计，其后累世致公卿，而广子孙无过二千石者"，多加入一句"万事不理问伯始"，突出了胡广享居高位、碌碌无为的特点。此其二。由此可知，《后汉书》传写胡广时运用"微而隐"的写法。另外，《后汉书》最后写胡广"时年已八十，而心力克壮"，表面上赞扬胡广精力过人，实际上微显其"庸臣之态"②。

章学诚认为魏晋南北朝史学著作写人上更为直接，所以，他说魏晋南北朝的史学著作"旨复浅近，亦无古人隐微难喻之故"③。《后汉书》也不例外，对于那些骄奢淫逸、为非作歹的外戚、宦官、军阀，《后汉

---

① 见《十七史商榷》卷36，第8页。省略一段文字为："夫质帝为梁冀所弑，时李固为太尉，与杜乔执议，必欲立清河王蒜。冀以蒜年长有德，恐为后患，贪蠡吾侯志童昏，欲立之。广与司空赵戒附会成之，是为桓帝。于是李固罢黜，卒死冀手。而广即代固为太尉，广之罪于是为大。桓帝立，乱政亟行，后虽诛冀，而宦官之权转盛，汉亡实兆于此。原广之心，非必欲乱汉也，特贪位惧祸耳。但鄙夫之误人国家，正为患得患失使然。当时广若能与李杜同心，立清河王，无桓则亦无灵矣。蔚宗作此传，全用美词，其前但叙顺帝欲立皇后，有宠者四人，莫知所建，欲探筹定选，广与尚书郭虔、史敞上疏谏，乃立梁贵人，则已明著广之党于梁氏矣。(时权在尚书，郭、史乃戚宦之党，广又首先创议，冀勋德比周公，锡之山川、田土、附庸，见《黄琼传》)"按王鸣盛之说，有牵强之处。胡广的确有党于梁氏之嫌，顺帝立后时，欲从诸妃子中抓阄，极为荒唐可笑，所以胡广等上言谏议应立良家女，他们的上书还是表现了为臣之节，是值得称赞的。至于顺帝立梁氏为后，可能是因为梁氏家族是当时四姓大族，梁商为人"谦柔"的缘故。其时，梁冀尚未走入政治舞台，胡广等倡议梁冀比德周公是元嘉元年，桓帝时期的事情。也可参见《后汉书集解》，第531页《校补》。

② 《四史知意》第702页中注引王闿运之语。

③ 《文史通义校注》，第237页。

书》则不用"微而隐"的写法,而是换一种直接客观的写法,将他们为恶的事实活生生地铺叙出来,让读者自己去感觉他们的丑恶、奸邪,去厌恶他们,去斥责他们,去憎恨他们,这种写法可以称为"直铺法"。如《马防传》详细铺叙马防的奢侈,激发人们的反感。再如窦宪兄弟,本传中写道:

> 宪既平匈奴,威名大盛,以耿夔、任尚等为爪牙,邓叠、郭璜为心腹。班固、傅毅之徒,皆置幕府,以典文章。刺史、守令多出其门。尚书仆射郅寿、乐恢并以忤意,相继自杀。由是朝臣震慑,望风承旨。而笃进位特进,得举吏,见礼依三公。景为执金吾,瑰光禄勋,权贵显赫,倾动京都。虽俱骄纵,而景为尤甚,奴客缇骑依倚形势,侵陵小人,强夺财货,篡取罪人,妻略妇女。商贾闭塞,如避寇仇。有司畏懦,莫敢举奏。

窦氏兄弟危害朝廷和社会更甚于马氏兄弟,各传真实客观地记载他们的恶劣行迹,突出他们的骄横不羁。马、窦虽然骄奢,但仍有可取之处,马防、窦宪都有军功于国,窦宪还曾一举扫除北匈奴,勋绩甚至超过卫青、霍去病。① 梁冀则完全是一个反面人物形象,他长相丑陋、品质恶劣、飞扬跋扈、损朝害国,《后汉书》刻画他的形象时,仿佛置身历史事件之外,以更加直接的笔触,冷静、客观地将他的丑行完全、彻底地展现在读者面前。如本传写梁冀夫妻骄纵奢侈、草菅人命:

> (梁)冀乃大起第舍,而寿亦对街为宅,殚极土木,互相夸竞。堂寝皆有阴阳奥室,连房洞户。柱壁雕镂,加以铜漆,窗牖皆有绮疏青琐,图以云气仙灵。台阁周通,更相临望;飞梁石蹬,陵跨水道。金玉珠玑,异方珍怪,充积臧室。远致汗血名马。又广开园囿,采土筑山,十里九坂,以像二崤,深林绝涧,有若自然,奇禽驯兽,飞走其间。冀、寿共乘辇车,张羽盖,饰以金银,游观第内,多从倡伎,鸣钟吹管,酣讴竟路。或连继日夜,以骋娱恣。客到门不得

---

① 《窦宪传论》载:"窦宪率羌胡边杂之师,一举而空朔庭,至乃追奔稽落之表,饮马比鞮之曲,铭石负鼎,荐告清庙。列其功庸,兼茂于前多矣。"

通，皆请谢门者，门者累千金。又多拓林苑，禁同王家，西至弘农，东界荥阳，南极鲁阳，北达河、淇，包含山薮，远带丘荒，周旋封域，殆将千里。又起菟苑于河南城西，经亘数十里，发属县卒徒，缮修楼观，数年乃成。移檄所在，调发生菟，刻其毛以为识，人有犯者，罪至刑死。尝有西域贾胡，不知禁忌，误杀一兔，转相告言，坐死者十余人。冀二弟尝私遣人出猎上党，冀闻而捕其宾客，一时杀三十余人，无生还者。冀又起别第于城西，以纳奸亡。或取良人，悉为奴婢，至数千人，名曰"自卖人"。

刘熙载曾言："叙事不合参入断语。"① 以上对梁冀的描写，史书运用近乎自然主义的笔法，将梁冀各种恶行一一陈述出来。作者对梁冀夫妻的骄奢淫逸，不厌其烦，反复铺写，像纪录片一样将二人"殚极土木，互相夸竞"的情状铺陈出来。无须作者加入主观评价，读者自有评判。读者掩卷之后，对梁冀恶劣行径一定会有深刻印象，同时，对梁冀的憎恶之情也会随之而生。

除了外戚，东汉还有一类祸国殃民的人物——宦官，《后汉书》在为他们立传时，也运用这种直接写实法，将他们的恶行如实地铺展出来。不同的是，史书在铺陈他们恶行的同时，也将对他们批判与指责的情感直接表露出来。如《宦者传》写侯览道：

建宁二年，（侯览）丧母还家，大起茔冢。督邮张俭因举奏览贪侈奢纵，前后请夺人宅三百八十一所，田百一十八顷。起立第宅十有六区，皆有高楼池苑，堂阁相望，饰以绮画丹漆之属，制度重深，僭类宫省。又豫作寿冢，石椁双阙，高庑百尺，破人居室，发掘坟墓。虏夺良人，妻略妇子，及诸罪衅，请诛之。而览伺候遮截，章竟不上。俭遂破览冢宅，藉没资财，具言罪状。又奏览母生时交通宾客，干乱郡国。复不得御。览遂诬俭为钩党，及故长乐少府李膺、太仆杜密等，皆夷灭之。

对侯览穷奢极欲、为害百姓的恶行，史书不惜浓墨重彩，一一列

---

① 《艺概》，第16页。

写，加深读者的印象，引发读者的感情。"东都缘阉尹倾国"，范晔对宦官误国痛恨尤深，因此，禁不住于字里行间流露出对他们的厌恶之情。

东汉末年，军阀蠹害莫甚于董卓，史书称其"狼戾贼忍，暴虐不仁，自书契已来，殆未之有也"①。《后汉书》在描写董卓时，也采用直接显示的方法，将他的恶行一一罗列，让读者对其"暴虐不仁"有直观的认识。《董卓传》中写道：

> 是时，洛中贵戚室第相望，金帛财产，家家殷积。卓纵放兵士，突其庐舍，淫略妇女，剽虏资物，谓之"搜牢"。人情崩恐，不保朝夕。及何后葬，开文陵，卓悉取藏中珍物。又奸乱公主，妻略宫人，虐刑滥罚，睚眦必死，群僚内外莫能自固。卓尝遣军至阳城，时人会于社下，悉令就斩之，驾其车重，载其妇女，以头系车辕，歌呼而还。又坏五铢钱，更铸小钱，悉收洛阳及长安铜人、钟虡、飞廉、铜马之属，以充铸焉。故货贱物贵，谷石数万。……卓所得义兵士卒，皆以布缠裹，倒立于地，热膏灌杀之。……卓施帐幔饮设，诱降北地反者数百人，于坐中杀之。先断其舌，次斩手足，次凿其眼目，以镬煮之。未及得死，偃转杯案间。会者战慄，亡失匕箸，而卓饮食自若。诸将有言语蹉跌，便戮于前。

《后汉书》对董卓的记叙远较《三国志·董卓传》更详细，上文运用"赋"的方法铺写董卓罪孽，像"驾其车重，载其妇女，以头系车辕，歌呼而还""先断其舌，次斩手足，次凿其眼目，以镬煮之"，令人发指，而作者并不加入个人断语，以近乎公正的史家面孔作客观叙述，使对董卓残忍之性的控诉更为有力。

此外，对一些昏庸君主，史书也运用这种直接写实的方法，将他们的昏庸客观地陈示于读者面前。《宦者传》如实地记写灵帝私积财帛的愚蠢行为，也如实地记写灵帝被宦官欺骗、蒙蔽的经过，书写冷静、客观，作者个人好恶不见显露，灵帝的浅陋与无知却直露无遗，读来领人痛心

---

① 《三国志·董卓传》评语。

不已,扼腕叹息。范晔将灵帝比作视鹿为马的秦二世,信有征矣。①

总之,《后汉书》运用"微而隐"的方法写碌碌保位的庸臣,运用直接铺露的方法写误国殃民的外戚、宦官,甚至昏庸的君主,并都能形象地揭示他们身上的某些缺点、劣性,吸引读者,感动读者。胡广、梁冀、张让、灵帝等人物也因之更为形象,分别成为一类人物形象的典型代表。

四　情气渲染法

对于一些豪杰、义士、烈士,《后汉书》往往将他们置身于生死抉择的激烈或悲烈背景之中,通过情气渲染,以突出他们雄壮的气魄或高洁的人格与品德,这种方法可称为"情气渲染法"。刘师培曾将文章分为主观(唯心)、客观(唯物)两类,认为内涵作者主观意见的文章属于主观类,而缺乏作者主观意见的文章属于客观类。他肯定主观类文章,否定客观类文章,主张文章应有作者个人的主观意见在。为此,他极称《史记》,认为"《史记》虽为记事之书,而一切人物皆由己意发挥",是唯心的文学,但对南朝史传著作作了彻底否定,说道"《汉书》以下,客观益多,降及六朝,史自史而我自我,等于官书,毫无主观之致矣"②。刘所谓文章分主客观之说极有道理,《史记》为唯心文学之论也颇有见地。但他全盘否定六朝史学著作,将之全部归入客观之流,则有失公允。范晔《后汉书》虽不如"《史记》欲借事立言,以发挥意见为主"③,但范晔在载录人物上,还是颇有己意的。范晔曾指斥班彪父子道:"其论议常排死节,否正直,而不叙杀身成仁之为美,则轻仁义,贱守节愈矣。"(《班固传论》)范晔自己也深赞死节的义士与义行,他说道:"若义重于生,舍生可也。"(《李固传论》)以此可知范晔偏爱义节之士,《后汉书》也收录一大批志气高昂的壮士与笃守节义的烈士。这些人物的传记,是

---

① 《灵帝纪论》中载:"《秦本纪》说赵高谲二世,指鹿为马,而赵忠、张让亦绐灵帝不得登高临观,故知亡敝者同其致矣。"

② 参见《论文章有主客观之别》(《中古文学论著三种》,第126—127页)。刘在该页中写道:"文章有主观、客观之别,今试就各家之文说明之。夫文学所以表达心之所见,虽为艺术而颇与哲学有关。古人之学说,各有独到之处,故其发为文学,或缘题生意,以题为主,以己为客;或言在文先,以己为主,以题为客。于是,唯心、唯物分遂区以别焉。"又言"《史记》虽为记事之书,而一切人物皆由己意发挥"。以此,则刘此处所谓之"意"应为文章作者的主观意见。

③ 刘师培:《中古文学论著三种》,第126—127页。

《后汉书》中极为吸引人的一部分。范晔在为这些人物立传时,往往写出他们那种壮伟精神,以及如同悲剧英雄一般的悲烈气概,尤其能鼓舞人,感染人。

袁绍应为汉末壮士,《三国志》与《后汉书》对他的描写有所不同。如袁绍反对董卓废黜少帝事,《三国志·袁绍传》中为:

> 董卓呼绍,议欲废帝,立陈留王。是时绍叔父隗为太傅,绍伪许之,曰:"此大事,出当与太傅议。"卓曰:"刘氏种不足复遗。"绍不应,横刀长揖而去。绍既出,遂奔亡冀州。

《后汉书·袁绍传》中则写道:

> 卓复言:"刘氏种不足复遗。"绍勃然曰:"天下健者,岂惟董公!"横刀长揖径出。悬节于上东门,而奔冀州。

《后汉书》中的袁绍无论语言上,还是神态上,都富含壮士的豪气,相比之下,《三国志》对袁绍的描写过于简单化。《后汉书·袁绍传》还写道:

> (公孙)瓒散兵二千余骑卒至,围绍数重,射矢雨下。田丰扶绍,使却入空垣。绍脱兜鍪抵地,曰:"大丈夫当前斗死,而反逃垣墙间邪?"促使诸弩竞发,多伤瓒骑。众不知是绍,颇稍引却。

这段文字出自《英雄记》,《后汉书》编之入书,写出袁绍英侠之气,但《三国志》并未记载。据《三国志·袁绍传》,袁绍颇能折节下士,"士多附之",王粲《英雄记》也写他"不应呼召而养死士"[①],可知袁绍乃一英杰之士,颇有英雄豪气。但《三国志》太执着于史,记叙过于简单,未曾写出袁绍豪爽的一面。《后汉书》好写壮气,所以将袁绍作为壮士豪爽的一面生动的描绘出来,这是《后汉书》的优长之处。李慈铭曾道:"承祚固称良史,然其意务简洁,故裁制有余,文才不足,当时人

---

① 《三国志·袁绍传》注引。

物，不减秦汉之际，乃子长《史记》，声色百倍；承祚此书，暗然无华，范蔚宗《后汉书》较为胜矣。"① 李以为陈寿写人过于平朴，不如范晔，其说诚是。再如王允，本传记道：

> 会赦，还复刺史。旬日间，复以他罪被捕。司徒杨赐以允素高，不欲使更楚辱，乃遣客谢之曰："君以张让之事，故一月再征。凶慝难量，幸为深计。"又诸从事好气决者，共流涕奉药而进之。允厉声曰："吾为人臣，获罪于君，当伏大辟以谢天下，岂有乳药求死乎！"投杯而起，出就槛车。既至廷尉，左右皆促其事，朝臣莫不叹息。

上文将王允不屈于宦官的义节彻底表现出来，造语慷慨，节奏铿锵，壮气逼人。

对于义烈之士，《后汉书》往往将他们置身于悲烈背景之中，通过描绘他们富含情气的语言、行动，表现他们慷慨的气节，制造出动人效果。如来歙，《来歙传》中写道：

> 蜀人大惧，使刺客刺歙，未殊，驰召盖延。延见歙，因伏悲哀，不能仰视。歙叱延曰："虎牙何敢然！今使者中刺客，无以报国，故呼巨卿，欲相属以军事，而反效儿女子涕泣乎！刃虽在身，不能勒兵斩公耶！"延收泪强起，受所诫。歙自书表曰："臣夜人定后，为何人所贼伤，中臣要害。臣不敢自惜，诚恨奉职不称，以为朝廷羞。夫理国以得贤为本，太中大夫段襄，骨鲠可任，愿陛下裁察。又臣兄弟不肖，终恐被罪，陛下哀怜，数赐教督。"投笔抽刃而绝。

来歙身受重创，命在旦夕，盖延"因伏悲哀，不能仰视"，乃是人生常情，而来歙"叱"之，语言铿锵有力，临终上表，先公后私，发语简练，毫不拖沓，最后"投笔抽刃而绝"，气调慷慨，悲而不哀，壮烈动人。李景星赞道："观其受刺未殊，叱盖延数语，绝命一表，慷慨激昂，千载如生，足为全传生色。"② 来歙乃"天下信士"（本传论），"素刚毅"

---

① 《越缦堂读书记》，第 323 页。
② 《四史评议》，第 279 页。

（本传语），范书选取来歙遇刺一节，近乎逼真地再现来歙遇刺时的语言、神态，突出来歙刚毅执节的性格特点。再如《温序传》中写道：

> （温）序行部至襄武，为隗嚣别将苟宇所拘劫。宇谓序曰："子若与我并威同力，天下可图也。"序曰："受国重任，分当效死，义不贪生，苟背恩德。"宇等复晓譬之。序素有气力，大怒，叱宇等曰："虏何敢迫胁汉将！"因以节棰杀数人。贼众争欲杀之。宇止之曰："此义士死节，可赐以剑。"序受剑，衔须于口，顾左右曰："既为贼所迫杀，无令须污土。"遂伏剑而死。

范晔精写温序被隗嚣部将拘劫的场景。面对苟宇的威胁利诱，温序毫不动摇。尤其是当兵士以武力相逼时，传记用"大怒""叱""何敢"等词语绘写温序的态度与气节，激越有力，悲壮动人，有力地展现温序宁死不屈的烈士性格。又如《范滂传》中写范滂：

> 狱吏将加掠考，滂以同囚多婴病，乃请先就格，遂与同郡袁忠争受楚毒。桓帝使中常侍王甫以次辨诘，滂等皆三木囊头，暴于阶下，余人在前，或对或否，滂、忠于后越次而进。王甫诘曰："君为人臣，不惟忠国，而共造部党，自相褒举，评论朝廷，虚构无端，诸所谋结，并欲何为？皆以情对，不得隐饰。"滂对曰："臣闻仲尼之言，'见善如不及，见恶如探汤'。欲使善善同其清，恶恶同其污，谓王政之所愿闻，不悟更以为党。"甫曰："卿更相拔举，迭为唇齿，有不合者，见则排斥，其意如何？"滂乃慷慨仰天曰："古之循善，自求多福；今之循善，身陷大戮。身死之日，愿埋滂于首阳山侧，上不负皇天，下不愧夷、齐。"甫愍然为之改容。乃得并解桎梏。
> ……
> 建宁二年，遂大诛党人，诏下急捕滂等。督邮吴导至县，抱诏书，闭传舍，伏床而泣。滂闻之，曰："必为我也。"即自诣狱。县令郭揖大惊，出解印绶，引与俱亡。曰："天下大矣，子何为在此？"滂曰："滂死则祸塞，何敢以罪累君，又令老母流离乎！"其母就与之诀。滂白母曰："仲博孝敬，足以供养，滂从龙舒君归黄泉，存亡各得其所。惟大人割不忍之恩，勿增感戚。"母曰："汝今得与李、

杜齐名，死亦何恨！既有令名，复求寿考，可兼得乎？"滂跪受教，再拜而辞。顾谓其子曰："吾欲使汝为恶，则恶不可为；使汝为善，则我不为恶。"行路闻之，莫不流涕。时年三十三。

前一段写范滂面对拷打，不但不避，反而"越次而进"，与宦官对质，神态慷慨，词气刚正，令宦官为之动容。后一段写范滂就义之前的情景，先有督邮吴导接诏哭泣，再有县令愿意解印俱亡，最后写范滂母子死别一幕，悲而不伤，壮烈动人，令人一读难忘。范晔自己也称赞道："子伏其死而母欢其义，壮矣哉！"（《范滂传论》）刘师培认为《后汉书》属于记事生动传神之列，而文章是否生动传神则取决于文章是否具有"活跃之气"，所以他又指出："文章之最文章有生死之别，不可不知。有活跃之气者为生，无活跃之气者为死。文章之最有活跃之气者，莫过于'前三史'（史记、汉书、后汉书）。"他还指出《后汉书·范滂传》等"叙述生动，亦与《史》《汉》相同"[1]。《范滂传》满篇激荡着壮烈的情气，生动表现范滂高洁的人格与刚强的志节。历史长河不停流逝，范滂的形象却魅力不减，影响长在。《南齐书·王僧虔传》记载王僧虔"第九子寂，字子玄，性迅动，好文章，读《范滂传》，未常不叹挹"。大文豪苏东坡也深受范滂形象的感染："（苏轼）生十年，父洵游学四方，母程氏亲授以书，闻古今成败，辄能语其要。程氏读东汉《范滂传》，慨然太息，轼请曰：'轼若为滂，母许之否乎？'程氏曰：'汝能为滂，吾顾不能为滂母邪？'"[2] 此类例子还有《盖勋传》：

时叛羌围护羌校尉夏育于畜官，勋与州郡合兵救育，至狐槃，为羌所破。勋收余众百余人，为鱼丽之阵。羌精骑夹攻之急，士卒多死。勋被三创，坚不动，乃指木表曰："必尸我于此。"句就种羌滇吾素为勋所厚，乃以兵扞众曰："盖长史贤人，汝曹杀之者为负天。"勋仰骂曰："死反虏，汝何知，促来杀我！"众相视而惊。滇吾下马与勋，勋不肯上，遂为贼所执。羌戎服其义勇，不敢加害，送还汉阳。

---

[1] 皆见其《论文章有生死之别》，《中古文学论著三种》，第118页。
[2] 《宋史·苏轼传》。

此段写出盖勋陷入敌军包围之中，慷慨不减，视死如归，誓不苟生的义节，格调高昂，激气夺人。又如《乐羊子妻传》中载："后盗欲有犯妻者，乃先劫其姑。妻闻，操刀而出。盗人曰：'释汝刀从我者可全，不从我者，则杀汝姑。'妻仰天而叹，举刀刎颈而死。""操刀而出""仰天长叹""举刀刎颈"，用语极简，叙述不繁，而激壮有力，描绘出一个舍生守义的刚烈女子形象。

为了突出义士、烈士人物的高义与壮烈，《后汉书》有时对人物活动的背景作以悲情渲染，以达到感染人心的目的。如《陆续传》中载：

> 是时，楚王英谋反，阴疏天下善士。及楚事觉，显宗得其录，有尹兴名，乃征兴诣廷尉狱。续与主簿梁宏、功曹史驷勋及掾史五百余人诣洛阳诏狱就考，诸吏不堪痛楚，死者大半。唯续、宏、勋掠考五毒，肌肉消烂，终无异辞。续母远至京师，觇候消息，狱事特急，无缘与续相闻，母但作馈食，付门卒以进之，续虽见考苦毒，而辞色慷慨，未尝易容，唯对食悲泣不能自胜。使者怪而问其故。续曰："母来不得相见，故泣耳。"使者大怒，以为门卒通传意气，召将案之。续曰："因食饷羹，识母所自调和，故知来耳。非人告也。"使者问："何以知母所作乎？"续曰："母尝截肉，未尝不方，断葱以寸为度，是以知之。"使者问诸谒舍，续母果来，于是阴嘉之，上书说续行状。

传文以陆续"对食悲泣不能自胜"，引出使者发问，最后由陆续道出"母来不得相见，故泣耳"，渲染出令人感伤的悲情气氛，对比陆续面对拷打，"辞色慷慨，未尝易容"的表现，突出陆续临事以节、事亲以孝的高尚品德。

《后汉书》还以神异现象来渲染悲情气氛，强化义、烈人物的高尚德行或义节。如《杨震传》写杨震之死一节。其文为：

> 及车驾行还，便时太学，夜遣使者策收震太尉印绶，于是柴门绝宾客。丰等复恶之，乃请大将军耿宝奏震大臣不服罪，怀恚望，有诏遣归本郡。震行至城西几阳亭，乃慷慨谓其诸子门人曰："死者

士之常分。吾蒙恩居上司，疾奸臣狡猾而不能诛，恶嬖女倾乱而不能禁，何面目复见日月！身死之日，以杂木为棺，布单被裁足盖形，勿归冢次，勿设祭祠。"因饮鸩而卒，时年七十余。弘农太守移良承樊丰等旨，遣吏于陕县留停震丧，露棺道侧，谪震诸子代邮行书，道路皆为陨涕。……朝廷咸称其忠，乃下诏除二子为郎，赠钱百万，以礼改葬于华阴潼亭，远近毕至。先葬十余日，有大鸟高丈余，集震丧前，俯仰悲鸣，泪下沾地，葬毕，乃飞去。

杨震是支持朝廷的柱石，忠于谋国却被迫害致死，冤屈至甚，下葬之日，群鸟毕集，"俯仰悲鸣"，悲情极浓，更衬托出杨震高尚忠正的德行。较《杨震传》更为感人的是《范式传》中范式与张邵的生死友情：

（范）式仕为郡功曹。后元伯寝疾笃，同郡郅君章、殷子徵晨夜省视之。元伯临尽，叹曰："恨不见吾死友！"子徵曰："吾与君章尽心于子，是非死友，复欲谁求？"元伯曰："若二子者，吾生友耳。山阳范巨卿，所谓死友也。"寻而卒。式忽梦见元伯玄冕垂缨屣履而呼曰："巨卿，吾以某日死，当以尔时葬，永归黄泉。子未我忘，岂能相及？"式怳然觉寤，悲叹泣下，具告太守，请往奔丧。太守虽心不信而重违其情，许之。式便服朋友之服，投其葬日，驰往赴之。式未及到，而丧已发，引既至圹，将窆，而柩不肯进。其母抚之曰："元伯，岂有望邪？"遂停柩移时，乃见有素车白马，号哭而来。其母望之曰："是必范巨卿也。"巨卿既至，叩丧言曰："行矣元伯！死生路异，永从此辞。"会葬者千人，咸为挥涕。式因执绋而引柩，于是乃前。

传记中范、张生死为友，张劭死后，托梦范式一节，语词和婉，悲凉动人。范不亲临，张的灵柩则不肯下葬，直至张深情叩丧道，"行矣元伯！死生路异，永从此辞"，灵柩乃前。作者极力渲染悲情气氛，使范、张二人的生死友情感人不已，也突出范式笃于诚信的美德。

要之，东汉一代，风俗最美，重义轻生的义烈之士较多，范晔所处时代，士人往往缺乏积极刚健的人生态度，缺乏深厚高尚的道德修为，所以范晔特修《后汉书》，录取一些刚强富健的义烈人物，希望能够整齐社会，再使风俗淳朴。①《后汉书》传写这些烈士、节士也较为成功，其所塑写的一系列义烈人物大多生动感人，传于典籍，布在人口，影响久远。

第三节 《后汉书》对前史写人技巧的借鉴

魏晋南北朝史书以《后汉书》成就最大。《后汉书》对人物的描写与刻画为魏晋南北朝诸史之最优者。《后汉书》的成就与范晔对前史的借鉴与继承分不开。范晔描写人物，从前史中获取不少的方法与技巧，有些对人物的描写甚至直接拟照前三史。《后汉书》对《史记》的写人技法承袭最多。如：

《史记·陈涉世家》中载："陈涉少时，尝与人佣耕，辍耕之垄上，怅恨久之，曰：'苟富贵，无相忘。'庸者笑而应曰：'若为庸耕，何富贵也？'陈涉太息曰：'嗟乎，燕雀安知鸿鹄之志哉！'"

《后汉书·班超传》中载："家贫，常为官佣书以供养。久劳苦，尝辍业投笔叹曰：'大丈夫无它志略，犹当效傅介子、张骞立功异域，以取封侯，安能久事笔研间乎？'左右皆笑之。超曰：'小子安知壮士志哉！'"

《史记》言陈涉"佣耕"，《后汉书》言班超"佣书"；《史记》言"辍耕之垄"，《后汉书》言"辍业投笔"；《史记》言"怅恨久之"，《后汉书》言"久劳苦"；《史记》言"庸者笑而应曰"，《后汉书》言"左右皆笑之"；《史记》言"燕雀安知鸿鹄之志哉"，《后汉书》言"小子安知壮士志哉"。这两段描写从情节到语言都极为相似，因此《后汉书》有模仿《史记》之嫌。

再如《史记·李广传》中载："及出击胡，而广行无部伍行阵，就善水草屯，舍止，人人自便，不击刁斗以自卫，莫府省约文书籍事，然亦远斥候，未尝遇害。……士以此爱乐为用。"

《后汉书·耿秉传》："秉性勇壮而简易于事，军行常自被甲在前，休止不结营部，然远斥候，明要誓，有警，军阵立成，士卒皆乐为死。"

---

① 刘咸炘《四史知意》（第639—640页）说道："班氏当士习矫激之时，故折狂狷以中行，每裁矫抗之过，范氏当士习骩骳之际，故颇取狂狷。生当宋世，不修魏晋之书，而止述东汉，彼固有取也。"

李广"行无部伍行阵",耿秉"休止不结营部";李广"远斥候",耿秉亦"远斥候";李传写"士以此爱乐为用",耿传则道"士卒皆乐为死"。《耿秉传》这段文字与《李广传》的描写也极为相似。

再次如《史记·廉颇蔺相如传》中载道:"廉颇曰:'我为赵将,有攻城野战之大功,而蔺相如徒以口舌为劳,而位居我上,且相如素贱人,吾羞,不忍为之下。'宣言曰:'我见相如,必辱之。'相如闻,不肯与会。相如每朝时,常称病,不欲与廉颇争列。已而相如出,望见廉颇,相如引车避匿。于是舍人相与谏曰:'臣所以去亲戚而事君者,徒慕君之高义也。今君与廉颇同列,廉君宣恶言而君畏匿之,恐惧殊甚,且庸人尚羞之,况于将相乎!臣等不肖,请辞去。'蔺相如固止之,曰:'公之视廉将军孰与秦王?'曰:'不若也。'相如曰:'夫以秦王之威,而相如廷叱之,辱其群臣,相如虽驽,独畏廉将军哉?顾吾念之,强秦之所以不敢加兵于赵者,徒以吾两人在也。今两虎共斗,其势不俱生。吾所以为此者,以先国家之急而后私仇也。'廉颇闻之,肉袒负荆,因宾客至蔺相如门谢罪。曰:'鄙贱之人,不知将军宽之至此也。'卒相与欢,为刎颈之交。"

《后汉书·寇恂传》中写道:"执金吾贾复在汝南,部将杀人于颍川,恂捕得系狱。时尚草创,军营犯法,率多相容,恂乃戮之于市。复以为耻,叹。还过颍川,谓左右曰:'吾与寇恂并列将帅,而今为其所陷,大丈夫岂有怀侵怨而不决之者乎?今见恂,必手剑之!'恂知其谋,不欲与相见。谷崇曰:'崇,将也,得带剑侍侧。卒有变,足以相当。'恂曰:'不然。昔蔺相如不畏秦王而屈于廉颇者,为国也。区区之赵,尚有此义,吾安可以忘之乎?'乃敕属县盛供具,储酒醪,执金吾军入界,一人皆兼二人之馔。恂乃出迎于道,称疾而还。贾复勒兵欲追之,而吏士皆醉,遂过去。恂遣谷崇以状闻,帝乃征恂。恂至引见,时复先在坐,欲起相避。帝曰:'天下未定,两虎安得私斗?今日朕分之。'于是并坐极欢,遂共车同出,结友而去。"

寇恂传的故事情节与廉颇蔺相如传几乎一模一样。廉颇蔺相如传中廉颇对蔺相如不满,蔺相如尽量回避,中夹蔺的门客谏议,最后二人和好。寇恂传中,贾复对寇不满,寇尽量回避,中夹谷崇的建议,最后,二人和好。二段描写的语词也极为相近。廉传:"我见相如,必辱之";"相如闻,不肯与会";"常称病";"舍人相与谏曰";"先国家之急而后私仇也";"今两虎共斗";"卒相与欢,为刎颈之交"。寇传为:"今见恂,必手剑之!""恂知其谋,不欲与相见";"称疾而还";"谷崇曰";"为国也";"两虎安得私斗";"于是并坐极欢,遂共车同出,结友而去"。

　　《后汉书》对《史记》的写人技法的借鉴与模仿主要集中在武将与功臣上,如上述的班超、耿秉、寇恂。《后汉书》有些篇幅甚至全篇模仿《史记》。如《耿弇传》,李景星就认为应参《史记·淮阴侯列传》。他说道:"淮阴无基可藉,弇则有业可承;淮阴诛及本身,弇则荣施后世。论其始终,适成反对;至其建功立业,两人如出一辙。而范氏之传弇,其出力摹写处笔笔精神,亦不在《史记·淮阴传》下。《淮阴传》曰:'上未之奇也',《弇传》则曰:'小儿曹乃有大意哉?'是其初见略同;《淮阴传》曰:'于是汉王大喜,自以为得信晚',《弇传》则曰:'光武大悦',是其相得略同;至于弇入造光武床下请间说光武,则淮阴登坛之对也;弇到上谷收斩韦顺、蔡充,则淮阴卤豹之谋也;弇进讨张步,以次削平齐地,则淮阴破赵服燕,终于定齐之功也。而又详载帝谓弇言曰:'昔韩信破历下以开基,今将军攻祝阿以发迹。'曰:'韩信袭击已降,将军独拔'……句句以弇之所为与淮阴比较,夹叙夹议,聚精会神,使读者拍案叫奇,以为天生对偶,特分著于东西两汉,为当时之不可阙少之人物。盖范氏传弇,先有一篇《淮阴传》存于胸中,力与争胜,恐落后尘,故用笔出色乃尔。论仍以淮阴与弇对写,而深叹耿氏之盛,为本传作收,并为附传作提,章法周密之至。"[①] 又,寇恂,"犹高帝之萧何"。[②]《寇恂传》先写光武帝谓寇恂道"昔高祖留萧何镇关中,吾今委公以河内",将寇恂比如萧何。后又写寇恂听从董崇建议,效法萧何,"遣兄子寇张、姊子谷崇将突骑",作为军锋,光武"善之"。可见《后汉书·寇恂传》在写作上,也有参照《史记·萧相国世家》之处。

　　《后汉书》写人,也借鉴《汉书》的方法。有的故事情节与《汉书》颇为类似。如《汉书·于定国》中写道:"东海有孝妇,少寡,亡子,养姑甚谨,姑欲嫁之,终不肯。姑谓邻人曰:'孝妇事我勤苦,哀其亡子守寡。我老,久累丁壮,奈何?'其后姑自经死,姑女告吏:'妇杀我母。'

---

① 《四史评议》,第283页。
② 同上书,第279页。

吏捕孝妇，孝妇辞不杀姑。吏验治，孝妇自诬服。具狱上府，于公以为此妇养姑十余年，以孝闻，必不杀也。太守不听，于公争之，弗能得，乃抱其具狱，哭于府上，因辞疾去。太守竟论杀孝妇。郡中枯旱三年。后太守至，卜筮其故，于公曰：'孝妇不当死，前太守强断之，咎党在是乎？'于是太守杀牛自祭孝妇冢，因表其墓，天立大雨，岁孰。郡中以此大敬重于公。"

《后汉书·孟尝传》中则写道："孟尝字伯周，会稽上虞人也。其先三世为郡吏，并伏节死难。尝少修操行，仕郡为户曹史。上虞有寡妇至孝养姑。姑年老寿终，夫女弟先怀嫌忌，乃诬妇厌苦供养，加鸩其母，列讼县庭。郡不加寻察，遂结竟其罪。尝先知枉状，备言之于太守，太守不为理。尝哀泣外门，因谢病去，妇竟冤死。自是郡中连旱二年，祷请无所获。后太守殷丹到官，访问其故，尝诣府具陈寡妇冤诬之事。因曰：'昔东海孝妇，感天致旱，于公一言，甘泽时降。宜戮讼者，以谢冤魂，庶幽枉获申，时雨可期。'丹从之，即刑讼女而祭妇墓，天应澍雨，谷稼以登。"

《后汉书》将于定国换为孟尝，东海孝妇换为上虞孝妇，其余故事情节惊人相似。另外，《搜神记》中也有这段故事，内容全袭于《汉书·于定国传》，只是更侧重描写东海孝妇。

《后汉书》也有学习《三国志》的地方。《后汉书·邓禹传》邓禹谒见光武一段的描写与《三国志·鲁肃传》颇为近似。

《邓禹传》中写道："光武见之甚欢，谓曰：'我得专封拜，生远来，宁欲仕乎？'禹曰：'不愿也。'光武曰：'即如是，何欲为？'禹曰：'但愿明公威德加于四海，禹得效其尺寸，垂功名于竹帛耳。'光武笑，因留宿闲语。"

《鲁肃传》中则写道："肃将入阁拜，权起礼之，因谓曰：'子敬，孤持鞍下马相迎，足以显卿未？'肃趋进曰：'未也。'众人闻之，无不愕然。就坐，徐举鞭言曰：'愿至尊威德加乎四海，总括九州，克成帝业，更以安车软轮征肃，始当显耳。'权抚掌欢笑。"

由上可知，《邓禹传》中这一段叙述可能参考过《鲁肃传》。

第七章

《后汉书》人物传记结构及叙事方法

第一节 《后汉书》人物传记的篇章结构

此处所说的"篇",指的是《后汉书》中人物列传的单位,一"篇"之中往往包含一个或几个人物传记。文学创作重视作品结构构造,清人李渔认为戏曲作品结构最重要,他曾道:"至于结构二字,则在引商刻羽之先,拈韵抽毫之始,如造物之赋形,当其精血初凝,胞胎未就,先为制定全形,使点血而具五官百骸之势。倘先无成局,而由顶及踵,逐段滋生,则人之一身,当有无数断续之痕,而血气为之中阻矣。工师之建宅亦然:基址初平,间架未立,先筹何处建厅,何方开户,栋须何木,梁用何材,必俟成局了然,始可挥斤运斧;倘造成一架而后再筹一架,则便于前者不便于后,势必改而就之,未成先毁,犹之筑舍道旁,兼数宅之匠资,不足供一亭一堂之用矣。"① 对于文章、史传传记的创作,结构同样重要。前章已叙,《后汉书》在整体结构上采用纪传体,在篇内结构安排上,一些卷篇表现为"牵连"的特点。所谓"牵连",指的是一篇之内,各个不同人物传记之间存在着贯通、勾连关系。这种结构方法,主要适用于史传中合传、类传、家传的创作。

《后汉书》往往在合传中写出各个传主人物之间的牵连关系。《史记》《汉书》的合传,也采用"牵连法",勾连一卷之内不同人物之间的关系,如《史记·管晏列传》管仲传后特别写道,"后百余年而有晏子焉",开启

---

① 李渔:《闲情偶寄·词曲部·结构第一》第 3 卷,浙江古籍出版社 1991 年版,第 1—4 页。

晏子传记。《汉书·赵充国辛庆忌传》赵充国传结尾为："（赵）充国为后将军，徙杜陵。辛武贤自羌军还后七年，复为破羌将军，征乌孙至敦煌，后不出，征未到，病卒。子庆忌至大官"，牵连进辛庆忌。《后汉书》则多将性格相同或相类人物合为一传，其合传数目更多于《史记》《汉书》。《后汉书》有些合传人物的排列缺乏有机联系，所以刘咸炘曾言"范氏列传皆各自孤立"①。刘所言并不全面，《后汉书》一些卷篇非常注重人物之间的牵连关系。《后汉书》合传的牵连写法与《史记》《汉书》相比，有其自己特色。《史记》《汉书》往往是在一个人物传记末尾，特别以数语引出合传中的另一人物，如上所例。《后汉书》则多在人物传记行文中，写出合传人物之间牵连关系，如《李杜列传》。

《李固传》中载李上书称"侍中杜乔，学深行直，当世良臣，久托疾病，可敕令起"。《杜乔传》也载杜曾"表奏太山太守李固政为天下第一"。

《李固传》中载"（梁）冀意气凶凶，而言辞激切，自胡广、赵戒以下，莫不慑惮之。皆曰：'惟大将军令。'而固独与杜乔坚守本议。"《杜乔传》也载："先是李固见废，内外丧气，群臣侧足而立，唯乔正色无所回桡"。

《李固传》中载"李、杜二公为大臣"。《杜乔传》中也载："（杨）匡于是带铁锧诣阙上书，并乞李、杜二公骸骨。"《李杜列传》三次将李固、杜乔二人的事迹牵连一起叙述，突出李杜二人尽忠谋国，志同道合。②

再如《袁绍刘表列传》之《袁绍传》载刘表与袁谭书，《刘表传》载"及曹操与袁绍相持于官度，绍遣人求助，表许之，不至，亦不援曹操，且欲观天下之变"，将袁、刘二人牵连一起。《三国志·董二袁刘传》中并未载刘表与袁谭书，因为该传董卓、二袁及刘表之间彼此牵连，不必再另加刘表与袁谭书。《后汉书·袁刘传》中把袁刘二人合传，袁传中加入此书，则二人事迹互相关联，全篇更显统一。

牵连关系并不完全是均衡的对称关系，也就是说，一人传记中提及他人，他人传记中则未必相应的也提及该人。

---

① 《四史知意》，第 707 页。
② 参见李景星《四史评议》，第 330 页。

如《吴盖陈臧列传》。"《延传》曰：'延与吴汉同谋归光武。'《俊传》曰：'大司马吴汉承制拜俊为强弩大将军。'《宫传》曰：'与吴汉并灭公孙述。'叙诸人而兼及吴汉，盖于合传之中见归重于汉之意，正不独以牵连为长也"①。吴汉在四人功劳最大，其他三人都曾从属于他，所以，盖延、陈俊、臧宫传中都提到吴汉，此传牵连法的运用旨在突出吴汉在传主诸人中的主导地位，同时，他也是一个结构链条，将传中四人牵连一起，使全卷更加统一、整齐。

再如《邓寇列传》。《寇恂传》中写道："（寇恂）数与邓禹谋议，禹奇之，因奉牛酒共交欢。"又写道："光武南定河内，而更始大司马朱鲔等盛兵据洛阳。又并州未安，光武难其守，问于邓禹曰：'诸将谁可使守河内者？'禹曰：'昔高祖任萧何于关中，无复西顾之忧，所以得专精山东，终成大业。今河内带河为固，户口殷实，北通上党，南迫洛阳。寇恂文武备足，有牧人御众之才，非此子莫可使也。'"《寇恂传》中两次提到邓禹，交代邓禹向光武推荐寇恂的经过。《邓禹传》中并未写到寇恂，只是简略写道："（光武）时任使诸将，多访于禹，禹每有所举者，皆当其才，光武以为知人。"以此，《邓寇列传》内的牵连关系具有不均衡性、不对等性。此类例子尚有《桓荣丁鸿列传》《郭陈列传》等。《后汉书》也有在传记末尾用数语将合传人物牵连起来的，如《皇甫张段列传》，《段颎传》结尾言"初，（段）颎与皇甫威明、张然明，并知名显达，京师称为'凉州三明'云"，将皇甫规、张奂、段颎三人牵连一起。但此处牵连用语出现在整个列传末尾，而不是某一人物传记末尾。这又是与《史记》有所不同。

其次，《后汉书》家传中各人物传记之间也多贯以牵连法。《史记》《汉书》几乎都没有专门的家族列传。《后汉书》创立不少家族列传，如《耿弇列传》《梁统列传》，等等，列名传主只有一人，实际上却记载整个家族在东汉一朝的兴衰情况。这与东汉政治社会特点有关。东汉政权是以士族大姓作为社会基础而建立起来的，整个东汉一代，士族大姓势力已较强盛②，一些家族，学术与爵位代代相传，如扶风马姓、扶风窦姓、

---

① 李景星：《四史评议》，第282页。
② 参见余英时《东汉政权之建立与士族大姓之关系》，载《士与中国文化》，第217—286页。

弘农杨姓等,《后汉书》多立家传,也是为了更好地反映东汉这种历史事实状况。当然,我们也不能排除魏晋南朝士族门阀思想对范晔的影响。家传人物众多,将一个家族各个时代的人物合理组织于一传之内,颇需匠心。范晔运用"牵连法",使一卷之内各个人物的传记有机地关联起来。如《耿弇列传》中载耿弇"好将帅之事";耿弇子耿忠"以骑都尉击匈奴于天山,有功";耿弇弟耿国"素有筹策,数言边事";耿国子耿秉"尤好将帅之略";耿国子耿夔"少有气决,永元初,为车骑将军窦宪假司马,北击匈奴";耿恭"慷慨多大略,有将帅才";耿恭子耿溥曾"击畔羌于丁奚城";耿溥子耿晔"率乌桓及诸郡卒出塞讨击,大破之",以见耿氏家族盛于军战之事。后总结道,"耿氏自中兴已后迄建安之末,大将军二人,将军九人,卿十三人,尚公主三人,列侯十九人,中郎将、护羌校尉及刺史、二千石数十百人,遂与汉兴衰云",又使全传牵连一气。

《崔骃列传》载崔篆(王)"莽时为郡文学";崔篆孙崔"骃,年十三能通《诗》《易》《春秋》,博学有伟才,尽通古今训诂百家之言,善属文";崔骃子崔瑗"锐志好学,尽能传其父业";崔瑗子崔寔"好典籍";崔寔从兄崔烈"有文才",整卷以尚文学而贯通。论又称"崔氏世有美才",赞又曰"崔为文宗,世禅雕龙",总括全传。

《杨震列传》载杨震"少好学,受《欧阳尚书》于太常桓郁,明经博览,无不穷究";杨震孙杨敷"笃志博闻,议者以为能世其家";杨敷子杨众"亦传先业";杨震子杨秉"少传父业,兼明《京氏易》,博通书传,常隐居教授";杨秉子杨赐"少传家学,笃志博闻";杨赐子杨彪"少传家学";结尾又总结云"自震至彪,四世太尉,德业相继,与袁氏俱为东京名族云"。以世代传学作为列传叙述结构的主线索,牵连全传,使全传主题显得更加明确,结构显得更加整饬。

《后汉书》一些列传中的单传人物,子孙后代成就突出的很多,这些传记,名为单传,实为家传。在为这些人物作传记时,范晔将他们子孙的事迹一一记载,并运用"牵连法",将整个家族的特点也揭示出来。

如《袁安传》载道,袁安"祖父良,习《孟氏易》,平帝时举明经,为太子舍人"。此袁安"少传良学";袁安子袁京"习《孟氏易》,作《难记》三十万言";袁安子袁彭"少传父业";袁彭弟袁汤"少传家学,诸儒称其节,多历显位";袁安子袁敞"少传《易经》教授,以父任为太子舍人"。此以袁氏世传《孟氏易》为结构线索,写出袁氏累世通经,代为三公的家族发展特点。

《桓荣传》中载道,桓荣"少学长安,习《欧阳尚书》",为帝师;桓荣子桓郁"少以父任为郎。敦厚笃学,传父业,以《尚书》教授,门徒常数百人",为"先帝师";桓郁子桓焉"能世传其家学","明经笃行,有名称","入授安帝";桓焉孙桓典"复传其家业,以《尚书》教授颍川,门徒数百人",以桓氏一门,世传《尚书》,学为帝师为结构线索,将全传人物牵连一起。

《陈寔传》中,传记附其子陈纪、孙陈群,末曰"天下以为公惭卿,卿惭长"。将陈氏一家三代合贯一起。此类例子尚有《郭躬传》《樊宏传》等。

牵连法最大的作用是使一卷之内各传记人物之间相互关联起来,从而使全卷在结构上显得更紧密,看起来也更像一个有机整体。

在人物传记结构组织上,《后汉书》一些类传则运用"递加法"。所谓递加法,意即依循前后顺序,类传诸人的某种性格呈逐渐增强的趋势,后面的人物的该种性格往往强于前面的人物。《史记·刺客列传》在记叙上使用"阶级法"[①],刺客的传记,一个比一个详细,《荆轲传》位居卷后,叙述最详,但《史记·刺客列传》各个刺客的激烈之性并不呈现一人高于一人的递进性特点。《汉书》《三国志》的类传则往往是将各个人物传记孤立的排列在一起,各个人物传记之间缺乏有机勾连,抛开时代先后顺序,各个人物传记次序前后互换并不影响整个类传的统一性。如《三国志·方技传》所载五人,华佗善"医诊"、杜夔善"声乐"、朱建平善"相术"、周宣善"相梦"、管辂善"术筮",各有一长,各为一传,彼此之间完全可以互换位置。《后汉书》的一些类传,传内人物并不是机械地排列在一起,人物某种性格表现为一个强于一个的特点,这些类传各个人物传记的前后次序不能互换,例如《宦者传》。

《宦者传》前序中已按时间的先后顺序将宦者用事这一特殊历史现象的演进过程叙述了一遍。"下列各传,亦俱是加倍摹写文字。"[②] 先《郑众传》,"独一心王室,不事豪党",但"常与议事,中官用权,自众始

---

① 参见《四史评议》,第79页。
② 《四史评议》,第347页。

焉";再《孙程传》,"为司隶校尉虞诩讼罪",痛斥张防,死后"诏宦官养子悉听得为后,袭封爵,定著乎令";再单超等传,"兄弟姻戚皆宰州临郡,辜较百姓,与盗贼无异","自是权归宦官,朝廷日乱矣";《侯览传》载"览等得此愈放纵";《曹节传》载"父兄子弟皆为公卿列校、牧守令长,布满天下";《张让传》载"天下乱矣"。郑众、孙程尚能忠于为国,自五侯至侯览,至曹节,至张让,宦者用事的势头日趋加强,宦者恶劣的程度也日趋加重。《宦者传》中各个宦者的传记是独立的,但它们的排列是有机的。作者在为各个宦者作传时,贯穿着东汉一朝宦者势力逐渐加强,朝廷日趋衰退的内在线索。

其次为《酷吏传》,共列七人:董宣、樊晔、李章、周纡、黄昌、阳球、王吉。自始至终,这七个酷吏一个比一个酷恶。董宣诛杀湖阳公主家奴,为国家执法,替百姓除恶,所行乃正义之事,公主、皇帝也不能奈何,百姓因而歌之曰:"枹鼓不鸣董少平。"酷吏不酷[①],董宣的事迹,被传为美谈。樊晔为河东都尉,政尚严猛,诛大姓马适匡等,所治州郡,路不拾遗,夜不闭户,百姓作歌颂之;传记反复指出"吏人畏之""吏人及羌胡畏之",樊可谓猛而不恶。李章为阳平令,所诛大姓赵纲,乃地方恶霸;为琅邪太守,所诛大姓夏长恩,乃一时反贼,"虽云严也,犹不涉于残"[②]。《周纡传》中,"每赦令到郡,辄隐闭不出,先遣使属县尽决刑罪,乃出诏书",虽行事激切,外戚尚惮其公正。《黄昌传》中,"人有盗其车盖者,昌初无所言,后乃密遣亲客至门下贼曹家掩取得之,悉收其家,一时杀戮";又,"县人彭氏旧豪纵,造起大舍,高楼临道。昌每出行县,彭氏妇人辄升楼而观。昌不喜,遂敕收付狱,案杀之"。黄昌所为,"已不免于滥杀"[③]。《王吉传》中,"凡杀人皆磔尸车上,随其罪目,宣示属县。夏月腐烂,则以绳连其骨,周遍一郡乃止,见者骇惧",斯则"以杀人为乐"[④]。其他如《党锢传》等都有运用递加法贯穿全传各个传记人物。递加法能够使类传中各个单立人物传记前后贯穿起来,使一卷记叙具有一条内在线索与脉络,也使类传显得浑圆一体。

---

① 参见《义门读书记》,第 389 页中载:"董宣、何并之流,不当入酷吏传。"
② 参见《四史评议》,第 346 页。
③ 同上。
④ 同上。

第二节 《后汉书》人物传记的开头、结尾

史传记人，一般顺序为：人物姓名、籍贯、正文、史论。《后汉书》的顺序与之大同小异：人物姓名、籍贯、正文、论、赞，比一般史传多了后赞。此处所说的"开头""结尾"指人物传记的正文的开头与结尾。

一 《后汉书》人物传记的开头

司马迁往往寓论断于叙事之中，所以，《史记》人物传记的开篇多客观叙述式。如《项羽本纪》开头曰"项籍者，下相人也，字羽。初起时，年二十四。其季父项梁，梁父即楚将项燕，为秦将王翦所戮者也。项氏世世为楚将，封于项，故姓项氏"，并不对传主人物作主观评价，而是客观地陈述传主人物的出身与家世。《汉书》人物传记的开头往往效仿《史记》，客观叙述者居多，直接评价传主人物性格特点的较少。《后汉书》人物传记开头大多先为全传立一"传眼"。"立片言而居要，乃一篇之警策"①，"传眼"一般能够指示传记人物的大概特点，起到总括全传的作用。传记在"传眼"笼盖的范围内渐渐展开。如《耿弇传》始曰："好将帅之事"，全传即围绕此"传眼"展开，历叙耿弇如何百战百胜，塑造出一个多谋善战的将帅形象。范晔作史，情感态度往往比较直接，《后汉书》人物传记开头的"传眼"主要为"主观论断式"。所谓"主观论断式"，指的是《后汉书》一般在人物传记的开头，以简略数语，对传主人物的个性特点、道德修为作出直接的评价，全传就围绕着这个"主观论断"叙写。这种开头方式在《后汉书》中运用最多。兹列例如下：

如《卢植传》开头写道，"性刚毅有大节，常怀济世志"。是为传眼。传记先写他以布衣身份劝谏窦武不必加封进爵，理循大义；再他写平黄巾，即将成功，却因为不肯贿赂宦官，遭到宦官的陷害；又写他建议不应召进董卓，"及卓至，果陵虐朝廷，乃大会百官于朝堂，议欲废立，群僚无敢言，植独抗议不同"；最后曹操作语赞他"士之楷模，国之桢干"，等等。叙述都围绕传眼展开，突出卢植尚节执义，勤于为国，忠于朝廷的风格。此类例子还有很多。

---

① 陆机《文赋》，郁沅、张明高：《魏晋南北朝文论选》，第148页。

《赵憙传》"少有节操"为传眼，笼盖一传，以下"兼叙其少年复仇事，保护韩仲伯妇事，穷诘李子春事，点染其义烈性成"①。《卓茂传》"性宽仁恭爱"为传眼，一传全写卓茂的宽和。其余如《杜林传》《申屠刚传》《李法传》《耿夔传》《铫期传》《杜诗传》《班彪传》《梁慬传》《赵咨传》《何敞传》《杜密传》《阳球传》，等等，都在传记的开头立一"主观论断式""传眼"。"主观论断式"的开头使整个人物传记记叙中心更明确、更集中，但也容易使传记人物性格格式化、固定化，不利于显示传记人物性格的发展与成长。

《后汉书》人物传记开头部分"传眼"，除了"主观论断式"，尚有"客观叙述式"。这类方式，一般在人物传记开头客观叙述与所写人物相关的事情，从而大略地将所写人物主要特点指示出来。史书在叙述的时候，基本上站在旁观者角度，不作直接的人物评判，即使有一些断语，也由叙述中的他人间接道出。《史记》一些人物传记开头极其别致，如《李斯传》记李斯对厕鼠与仓鼠的感叹，《黥布传》记黥布"刑而为王"的细节，皆如神龙探首，引发全篇，用意深远，飘逸难测，韵味无穷。《后汉书》"客观叙述式"开头往往能够接近或达到《史记》这种表达效果。如《陈蕃传》开头写道：

　　陈蕃字仲举，汝南平舆人也。祖河东太守。蕃年十年，尝闲处一室，而庭宇芜秽。父友同郡薛勤来候之，谓蕃曰："孺子何不洒扫以待宾客？"蕃曰："大丈夫处世，当扫除天下，安事一室乎！"勤知其有清世志，甚奇之。

史书客观地叙述陈蕃语言、行动，并通过薛勤，从侧面揭示陈蕃以澄清天下为己志，而这正是陈蕃性格中最有魅力的地方，全传叙写也正是为了突出陈蕃竭力支持朝廷与国家的志气与决心。再如《和帝邓后本纪》开头写道：

　　后年五岁，太傅夫人爱之，自为剪发。夫人年高目冥，误伤后额，忍痛不言。左右见者怪而问之，后曰："非不痛也，太夫人哀怜

---

① 《四史评议》，第291页。

为断发，难伤老人意，故忍之耳。"

以一生活中的琐微细事间接地显示邓后善于体察他人的美德，由此，她能够位进皇后，临朝听政也就不足为怪了。

《后汉书》叙述较《史记》更为直露，一些人物传记开头往往既有客观叙述，也有主观评论，主观与客观有机地结合在一起，为传主人物的塑造厘定大概基调。如《虞延传》开头写道：

延初生，其上有物若一匹练，遂上升天，占者以为吉。及长，长八尺六寸，要带十围，力能扛鼎。少为户牖亭长。时王莽贵人魏氏宾客放从，延率吏卒突入其家捕之，以此见怨，故位不升。性敦朴，不拘小节，又无乡曲之誉。

这段开头客观地叙述虞延出生的神异，也对虞做了主观评价："性敦朴，不拘小节"。客观叙述对表现虞延刚正不阿的形象有烘托作用，主观评价辅助客观叙述，强化了虞延的形象特点。再如《孔融传》写道：

融幼有异才。年十岁，随父诣京师。时，河南尹李膺以简重自居，不妄接士宾客，敕外自非当世名人及与通家，皆不得白。融欲观其人，故造膺门。语门者曰："我是李君通家子弟。"门者言之。膺请融，问曰："高明祖父尝与仆有恩旧乎？"融曰："然。先君孔子与君先人李老君同德比义，而相师友，则融与君累世通家。"众坐莫不叹息。太中大夫陈炜后至，坐中以告炜。炜曰："夫人小而聪了，大未必奇。"融应声曰："观君所言，将不早惠乎？"膺大笑曰："高明必为伟器。"

上段先给出主观断语："融幼有异才"，随即叙述孔融与李膺及陈炜对话，用具体内容支持这个断语。对话叙述，清新雅洁，有六朝人风度。此类例子尚见《朱俊传》《班超传》《马援传》等。

这类人物传记开头，往往不如"客观叙述式"涵混，表达效果略差于"客观叙述式"。《后汉书》有些人物传记开头，虽然采用客观叙述方式，"客观"地叙述传主人物的一些言语、行动。但是，实际上，作者的叙述中含有一定的主观倾向，作者在记叙传主人物的言语、行动时，加入自己的一些情感判断。如《郭太传》开头写道：

> 郭太字林宗，太原界休人也。家世贫贱。早孤，母欲使给事县廷。林宗曰："大丈夫焉能处斗筲之役乎？"遂辞。

郭太的语言颇有壮气，作者对郭怀有敬仰之心，所以，用充满豪气的语言来显示郭太洒脱的个性。再如《逢萌传》中写道：

> 逢萌字子康，北海都昌人也。家贫，给事县为亭长。时尉行过亭，萌候迎拜谒，既而掷楯叹曰："大丈夫安能为人役哉！"

叙述虽然十分客观，但逢萌言语中浓烈的飘逸之气间接地显露史书对逢有所称许的倾向。如此例子尚有《张纲传》等。

总之，《后汉书》人物传记多以直接论断开头，明确指出传主人物的性格特点，使传记人物形象特点显得异常清晰，而传记叙述重点也更加突出。一些人物传记开头比较混融，只为传主人物形象勾画一个大概轮廓，往往渲染、烘托传主人物形象特点，无形之中给传记叙述增添活泼、灵动的气息。

二 《后汉书》人物传记的结尾

无论文章，还是传记，结尾在整个结构中扮演着极为重要的角色。俗语云"龙头豹尾"，强调结尾对一篇文章的重要性。《唐诗纪事》记上官昭容评沈佺期、宋之问二人诗作道："二诗工力悉敌，沈诗落句云：'微臣雕朽质，羞睹豫章材，'盖词气已竭。宋诗云：'不愁明月尽，自有夜珠来。'犹陡健骞举。"因为宋诗结尾仍然留有余意，所以最后认定宋诗胜。文章结尾也应该做到"言已尽而意犹未尽"，留下深长余味，让读者去咀嚼、去品味。史传记叙人物事迹，一般至人物死亡，该人传记也自然结束。传后往往附以该人子孙简单介绍；有著述的，附以著述作品名目。《后汉书》结尾方式也难以完全摆脱如此成式，但《后汉书》比较注意卒章写法，往往在结尾中蕴涵着不尽的情意，使传记结构更显完美。《后汉书》有几种颇有特点的结尾方式。

（一）以追叙神话故事结尾。如《窦武传》云：

> 初，武母产武而并产一蛇，送之林中。后母卒，及葬未窆，有大蛇自榛草而出，径至丧所，以头击柩，涕血皆流，俯仰蜿屈，若哀泣之容，有顷而去。时人知为窦氏之祥。

又如《袁安传》云："初，安父没，母使安访求葬地，道逢三书生，问安何之，安为言其故，生乃指一处，云'葬此地，当世为上公'。须臾不见，安异之。于是遂葬其所占之地，故累世隆盛焉。"《应奉传》云："中兴初，有应妪者，生四子而寡。见神光照社，试探之，乃得黄金。自是诸子宦学，并有才名，至璩七世通显。"《阴识传》云："阴氏侯者凡四人。初，阴氏世奉管仲之祀，谓为'相君。'宣帝时，阴子方者，至孝有仁恩，腊日晨炊而灶神形见，子方再拜受庆。家有黄羊，因以祀之。自是已后，暴至巨富，田有七百余顷，舆马仆隶，比于邦君。子方常言'我子孙必将强大'。至识三世而遂繁昌，故后常以腊日祀灶，而荐黄羊焉。"

这类结尾，在形式上多用一"初"字开头，追叙以前发生的神异之事，为人物传记作结。《史记》也记载一些神怪故事，如刘邦出生，就托之于神话。但《史记》总体上仍以"雅驯"作为书写准则，司马迁在编写与他相近时代的历史时，更偏重历史事实，很少记载神怪传说。前四史中，《后汉书》应是记录神怪之事最多的一部。这些神异之事，虽非信史，但也不是传记中的闲笔。李景星指出《窦武传》结尾"追叙（窦）武母产武及产蛇事，正以事之成败归于前定，并非闲文也"[1]。其余袁传、应传、阴传结尾都仿佛神来之笔，宛如国画中的渲染，起到强化传记人物家族成就的作用。《后汉书》追叙式结尾，也有不用神化笔墨的，如《班超传》中载：

> 初，超被征，以戊己校尉任尚为都护。与超交代。尚谓超曰："君侯在外国三十余年，而小人猥承君后，任重虑浅，宜有以诲之。"超曰："年老失智，任君数当大位，岂班超所能及哉！必不得已，愿

---

[1] 李景星：《四史评议》，第337页。

进愚言。塞外吏士，本非孝子顺孙，皆以罪过徙补边屯。而蛮夷怀鸟兽之心，难养易败。今君性严急，水清无大鱼，察政不得下和。宜荡佚简易，宽小过，总大纲而已。"超去后，尚私谓所亲曰："我以班君当有奇策，今所言平平耳。"尚至数年，而西域反乱，以罪被征，如超所戒。

班超有勇有谋，以区区36人平定广漠西域，传记结尾，班超年龄老迈，返回家乡。最后又追叙他与任尚"交代"的情节，以总收全传。这段总结不仅告诉读者，班超纵横西域，未遭败绩的原因，更以任尚的骄简反衬班超的过人英明，叙述笔法与《史记·陈涉世家》结尾的追叙颇为类似，史家评判自然地融入在客观叙述之中，言近旨远，余韵无穷，实乃传记文学结尾佳构。

（二）以他人对所写人物的态度结尾。通过他人语言评价或者对待态度间接总结所写人物性格特点，为人物传记传作结。《后汉书》有以他人言语为结尾的，如《祭遵传》结尾道：

既葬，车驾复临其坟，存见夫人室家。其后会朝，（光武）帝每叹曰："安得忧国奉公之臣如祭征虏者乎！"遵之见思若此。

以光武对祭遵的思念之语表现祭遵"忧国奉公"的美德，颇有斯人已去，德音犹存的意味。此类例子尚见《郭丹传》。该传传尾通过刘匡的话语赞扬郭丹廉洁奉公，为郭丹一生作结。又如《钟皓传》中以诸儒颂词结尾，突出钟皓德行高尚，为人景仰。再如《蔡邕传》中云："搢绅诸儒莫不流涕。北海郑玄闻而叹曰：'汉世之事，谁与正之！'"以郑玄的惜叹，突出蔡邕过人的才华，悲惨的命运。

《后汉书》又有以他人对所写人物行为态度作结的，如《祭肜传》中载：

（明）帝雅重肜，方更任用，闻之大惊，召问逢疾状，嗟叹者良久焉。乌桓、鲜卑追思肜无已，每朝贺京师，常过冢拜谒，仰天号泣乃去。辽东吏人为立祠，四时奉祭焉。

祭肜生性沉毅刚强，以信用征服边疆百姓，功效显著，论称其"卧鼓边亭，灭烽幽障者将三十年"，一旦被南匈奴左贤王所陷害，积愤难平，怀恨而终。传记以明帝对他早死的惋惜，乌桓、鲜卑对他恋恋不舍的情状结尾，既突出祭肜生前业绩与人格魅力，又渲染出动人的感情，也使全传叙述结构更加完美。再如《张纲传》结尾写道：

> 纲在郡一年，年四十六卒。百姓老幼相携，诣府赴哀者不可胜数。纲自被疾，吏人咸为祠祀祈福，皆言"千秋万岁，何时复见此君"。张婴等五百余人制服行丧，送到犍为，负土成坟。

上文从侧面烘托张纲的德行与政绩，叙述效果与《祭肜传》相似。此类例子尚见《种暠传》《延笃传》等。《后汉书》一些人物传记，往往以他人为传主人物所作的怀念彰表作为结尾，如《桥玄传》结尾道：

> 初，曹操微时，人莫知者。尝往候玄，玄见而异焉。谓曰："今天下将乱，安生民者其在君乎！"操常感其知己。及后经过玄墓，辄凄怆致祭。自为其文曰："故太尉桥公，懿德高轨，泛爱博容。国念明训，士思令谟。幽灵潜翳，悬哉缅矣！操以幼年，逮升堂室，特以顽质，见纳君子。增荣益观，皆由奖助，犹仲尼称不如颜渊，李生厚叹贾复。士死知己，怀此无忘。又承从容约誓之言：'殂没之后，路有经由，不以斗酒只鸡过相沃酹，车过三步，腹痛勿怨。'虽临时戏笑之言，非至亲之笃好，胡肯为此辞哉？怀旧惟顾，念之凄怆。奉命东征，屯次乡里，北望贵土，乃心陵墓。裁致薄奠，公其享之！"

上文追叙桥玄对曹操的评价，又顺叙曹操对桥玄的感激之情，并全载曹操为桥所作祭文。李景星称："《玄传》载曹操过墓祭文一首，其人之性情功业，及当时变乱形状，无不俱见，较之正叙，反为过之。"[①] 李的称赞稍有些过，但这段文字文情并茂，无论写人，还是结篇，都取得极佳效果。同类例子还有《卢植传》，以曹操告书为结，突出卢植笃于忠

[①] 《四史评议》，第316页。

义的特点。《郭太传》结尾则既有他人行为态度,也有他人主观评价:

> 明年春,卒于家,时年四十二。四方之士千余人,皆来会葬。同志者乃共刻石立碑,蔡邕为其文,既而谓涿郡卢植曰:"吾为碑铭多矣,皆有惭德,唯郭有道无愧色耳。"

以众人倾慕与蔡邕赞扬,强化郭太形象特点,深化传记主题。《史记》人物传记也有以他人对待传主的态度作为结尾的,如《王翦传》记客曰"为将三世必败",间接总结王翦家族结局,被顾炎武称之为不待论断而其意自现;又如《魏公子列传》以汉高祖为之置人守冢结尾,《曹参列传》以百姓歌曰结尾,都从侧面总结传主人物一生,收到极佳效果。《后汉书》继承《史记》这种传记结尾方式,间接地强调所写人物性格特点,于含混之中显示着作者"微意",增强传记感人力度。

(三)以所写人物自己语言结尾,如《第五伦传》中载:

> 或问伦曰:"公有私乎?"对曰:"昔人有与吾千里马者,吾虽不受,每三公有所选举,心不能忘,而亦终不用也。吾兄子常病,一夜十往,退而安寝;吾子有疾,虽不省视而竟夕不眠。若是者,岂可谓无私乎?"

这是一段极为传神的对话,第五伦从自己切身体会谈起,娓娓道来,情真意实而又不失委婉巧妙,充分表现他"奉公尽节"的美德。史书以第五伦这一席话作为传记结尾,实际上是对第五伦一生作赞扬性总结。话语虽然出自传主人物自己之口,仍然别有余韵,可堪玩味。以传主人物语言作为结尾,往往比较直接地写出了传主人物性格特点,有总结全传的作用与效果。如《杨秉传》中云:

> 秉性不饮酒,又早丧夫人,遂不复娶,所在以淳白称。尝从容言曰:"我有三不惑:酒、色、财也。"

杨秉的自语则直接、干脆地突出他德行"醇白"。此类例子尚见于《虞诩传》《寇恂传》《张奂传》《左雄传》《吴汉传》《樊宏传》,寇等人

第七章 《后汉书》人物传记结构及叙事方法

传记结尾所记语言都与他们各自性格特点十分相符,直接地完成了对他们的总结,他们的性格特点也因之更为明晰、确切。

《后汉书》有些人物传记,以传主人物书面语言作为传记结尾,如《李固传》:

> 临命,与胡广、赵戒书曰:"固受国厚恩,是以竭其股肱,不顾死亡,志欲扶持王室,比隆文、宣。何图一朝梁氏迷谬,公等曲从,以吉为凶,成事为败乎?汉家衰微,从此始矣。公等受主厚禄,颠而不扶,倾覆大事,后之良史,岂有所私?固身已矣,于义得矣,夫复何言!"广、戒得书悲惭,皆长叹流涕。

记载李固所作与胡广、赵戒书,责备胡、赵"颠而不扶",突出李固"杀身成仁,舍生取义"。《仲长统传》则以其文章《昌言》结尾,突出其"能著书"的特点。

《史记》一些篇目也以传主人物言语作为结尾,如《萧相国世家》《陈丞相世家》《鲁仲连传》等,都能概括传主人物独特性格,总结全传。《后汉书》除了以传主人物口头语言做结,有时也以他们的书面表达作为一传结尾,有突出人物,归纳全传的积极作用。

(四)《后汉书》一些传记,人物事迹已结束,仍继续记叙其身后之事,余音不去。如《陈敬王刘羡附刘宠传》,刘宠善射,曾保陈国不受侵扰,后刘宠被袁术诈害,叙述至此并不终笔,继续写道,"是时,诸国无复租禄,而数见虏夺,并日而食,转死沟壑者甚众,夫人姬妾多为丹陵兵乌桓所略云",以此反衬刘宠有过人武力而不得善终,令人感叹乱世的悲惨。再如《孔融传》记叙孔融夫妇遭杀,并不停笔,接着写孔融子女从死情节:

> 初,女年七岁,男年九岁,以其幼弱得全,寄它舍。二子方弈棋,融被收而不动。左右曰:"父执而不起,何也?"答曰:"安有巢毁而卵不破乎!"主人有遗肉汁,男渴而饮之。女曰:"今日之祸,岂得久活,何赖知肉味乎?"兄号泣而止。或言于曹操,遂尽杀之。及收至,谓兄曰:"若死者有知,得见父母,岂非至愿!"乃延颈就刑,颜色不变,莫不伤之。

初，京兆人脂习元升，与融相善，每戒融刚直。及被害，许下莫敢收者，习往抚尸曰："文举舍我死，吾何用生为？"操闻大怒，将收习杀之，后得赦出。

　　魏文帝深好融文辞，每叹曰："杨、班俦也。"募天下有上融文章者，辄赏以金、帛。所著诗、颂、碑文、论议、六言、策文、表、檄、教令、书记凡二十五篇。文帝以习有栾布之节，加中散大夫。

《孔融传》结尾从结构上看，仿佛戏曲煞尾，有一煞，二煞，三煞，先记叙孔融子女从容就义的清节，以两个小孩的纯真反衬孔融事件的悲哀；传记并不结束，继续写脂习抚尸痛哭的情节，又将孔融之死的悲剧性加重一层；最后，以魏文帝的赞叹收结，再次流露对孔融惨死的惋惜。同时，此结尾在时间的顺序上延续很长，由孔融子女从死到脂习抚尸，再到魏文帝称叹，显示出孔融悲剧造成的影响经久难逝。法国传记作家莫洛亚曾说："传记虽是叙实事的，但其本身也是一项艺术，传记作者的诀窍是在将一个人的生活的记述给予读者一种美感的满足。"① 《孔融传》的结尾安排颇具匠心，易于激发读者心中的审美情感，令他们感动。

　　与此相类似的结尾还有《李固传》《杜乔传》等。而《何进传》结尾在何进死后又叙述袁绍等诛杀宦官、追救少帝、陈留王的经过。宦官被赶尽杀绝，而外戚如何氏也彻底灭亡，东汉政坛上两支极为重要的力量都销声匿迹，接下来登台亮相的该是强暴军阀，军阀的出现也预示着东汉政权的瓦解，所以，此段结尾言"董卓遂废帝，又迫杀太后，杀舞阳君，何氏遂亡，而汉室亦自此败乱"。姜夔曾在《白石诗说》中说道，"一篇全在尾句，如截奔马"，上引结句十分简洁，达到力截奔马的境界。何传结尾的记叙具有一定的象征指示意义，揭开东汉灭亡第一页，于《何进传》或为可有可无，于全书叙事却不可或缺。

　　上述结尾，主要表现的是传记人物正面的、值得称赞的特点（《何进传》除外），可以统称为"后美式"结尾。《后汉书》有时在人物传记结尾指出传记人物某些缺憾之处，这种结尾可以称之为"后恶式"结尾。如陈忠"世典刑法，用心务在宽详"，《陈忠传》结尾云："顺帝之为太子废也，诸名臣来历、祝讽等守阙固争，时忠为尚书令，与诸尚书复共

---

① 转引自董鼎山：《作为严肃文学的传记》，《读书》1987年第1期。

劾奏之。及帝立，司隶校尉虞诩追奏忠等罪过，当世以此讥焉。"指出他依附权贵，弹劾主持正义的来历这一缺憾。再如马融当世高才，门生遍天下。《马融传》结尾道，"初，融惩于邓氏，不敢复违忤势家，遂为梁冀草奏李固，又作大将军《西第颂》，以此颇为正直所羞"。指出其人生中的不足之处。刘虞宽和爱民，深受北方士人、百姓爱戴，《刘虞传》结尾写道："初，虞以俭素为操，冠敝不改，乃就补其穿。及遇害，瓚兵搜其内，而妻妾服罗纨，盛绮饰，时人以此疑之。"段颎平定西羌，功勋卓著，《段颎传》结尾言道："颎曲意宦官，故得保其富贵，遂党中常侍王甫，枉诛中常侍郑飒、董腾等，增封四千户，并前万四千户。"揭示他与宦官相结，自保富贵的事情。"后恶式"结尾在人物传记最后简略指出传记人物某些缺点，既保持传记人物整体形象的一致性，也让读者对传记人物有全面的认识。

最后，《后汉书》中还有一些恶劣的人物，如梁冀、董卓，他们为祸朝廷，殃害百姓，称得上有百害而无一益，史书在他们传记的末尾，详细地叙写他们的死亡给社会带来的震动，给人民百姓带来的欢庆。如《梁冀传》结尾写道：

其它所连及公卿列校刺史二千石死者数十人，故吏宾客免黜者三百余人，朝廷为空，惟尹勋、袁盱及廷尉邯郸义在焉。是时事卒从中发，使者交驰，公卿失其度，官府市里鼎沸，数日乃定，百姓莫不称庆。

收冀财货，县官斥卖，合三十余万万，以充王府，用减天下税租之半。散其苑囿，以业穷民。录诛冀功者，封尚书令尹勋以下数十人。

《董卓列传》之董卓部分结尾为：

士卒皆称万岁，百姓歌舞于道。长安中士女卖其珠玉衣装市酒肉相庆者，填满衢肆。使皇甫嵩攻卓弟旻郿坞，杀其母妻男女，尽灭其族。乃尸卓于市。天时始热，卓素充肥，脂流于地。守尸吏然火置卓脐中，光明达曙，如是积日。诸袁门生又聚董氏之尸，焚灰扬之于路。坞中珍藏有金二三万斤，银八九万斤，锦绮缯縠纨素奇玩，积如丘山。

这两段文字都用夸张笔法，尽力铺陈梁、董二人恶劣之性，描写百姓高兴的心情。如写梁冀死后影响，用"朝廷为空""官府市里鼎沸"；写董死后百姓庆祝，用"歌舞于道""填满衔肆"，形象地折射出他们的恶贯满盈。

总之，《后汉书》一些人物传记结尾，能够将无限情意蕴涵于有限字句之中，给读者留下感动与思考的自由空间。"为人重晚节，行文看结穴"，李景星就曾赞《逸民列传》结尾方式曰："诸传之末，曰'莫知所终，'曰'竟不知所终'，曰'隐居而终'，曰'以寿终'，曰'不屈'，曰'终于家'，曰'终不见'，曰'问其姓名，不告而去'，曰'采药不返'，似此之类，皆余韵无穷，有篇终结混茫之致。"① 文已尽而韵犹在，这正是《后汉书》一些人物传记结尾的成功之处。

第三节 《后汉书》人物传记的叙述线索

史传叙事，一般存在两条线索，一条为外在的时间线索，一条为表现人物性格的内在线索；外在的时间线索是具象的，内在的表现人物性格的线索是抽象的，与小说叙事中的明暗两条线索极为相似。章学诚曾批评后世的纪传体作品只知承袭前人，"无别识新裁，可以传世行远之具，而斤斤如守科举之程式，不敢稍变；如治胥吏之簿书，繁不可删"②。《后汉书》一些人物传记缺乏细致变化的脉络，往往不能有效地反映出人物性格变化的过程。而一些人物形象比较完整的传记，其篇幅虽长，叙事线索却比较清晰，能够比较细致地反映事情变化过程。

先看《班超传》，该传主要叙述班超平定西域过程，其叙述模式可以称为"直线递加式"。李景星以为《班超传》起首一段"叙班超之出身，曰'立功西域，以取封侯'，曰'当封侯万里之外，'曰'此万里侯相也，'已隐隐提动全篇"③。以下依次记叙班超一步步平定西域的过程。

---

① 《四史评议》，第352页。
② 《文史通义校注》，第50—51页。
③ 《四史评议》，第312页。

第一件事为降鄯善。史书叙述班超以36人除去匈奴使者，鄯善"一国震怖"。这件事乃班超立功西域起点。接着，传记叙述班超降服于寘，"重赐其王以下，因镇抚焉"。第三件事为降服疏勒。班超先驱逐龟兹人所立疏勒王，拥立疏勒人忠为大王，后又击破尉头，杀死六百多人，平定了内叛，"疏勒复安"。第四件事为平内叛。进攻莎车之前，疏勒都尉番辰叛变，投向莎车，班超与徐干击番辰，大破之，斩首千余级，多获生口。接着，疏勒王忠又叛变，班超积聚力量，"击破其众，杀七百余人"，削平叛乱，"南道于是遂通"。这是第一阶段经过，"南道于是遂通"是这一阶段最终成果。

以下叙述班超攻击莎车，"鸡鸣驰赴莎车营，胡大惊乱奔走，追斩五千余级，大获其马畜财物。莎车遂降，龟兹等因各退散，自是威震西域"。"自是威震西域"是第二阶段成果，说明班超势力又进一步壮大。从"一国震怖"到"自是威震西域"，传记具体地写出班超在西域的发展过程。

接下来叙述班超击败月氏军队，结果是"月氏由是大震，岁奉贡献"；月氏溃败后，龟兹、姑墨、温宿纷纷投降，"西域唯焉耆、危须、尉犁以前没都护，怀二心，其余悉定"。这是班超平定西域第三阶段，其势力更加壮大。

永元六年（94），班超发动龟兹、鄯善等八国兵合七万人，及吏士贾客千四百人讨伐焉耆，一举征服焉耆、危须、尉犁，"于是西域五十余国悉皆纳质内属焉"。这是他平定西域的最后阶段，至此，西域完全平定。

该传叙述班超平定西域时，以班超足智多谋、刚毅果断作为内在表现线索，采用一步步递加的方法，写他在西域的发展由"一国震怖"，到"打通南道"，到"威震西域"，到"西域唯焉耆、危须、尉犁以前没都护，怀二心，其余悉定"，最后为"西域五十余国悉皆纳质内属焉"。随着叙述推移，他的力量一次比一次强大，影响面一次比一次广阔，传记细致地展现了班超平定西域的全过程。今天读来，班超建功立业的一幕一幕，如在目前。此外，《班超传》写到班超平定西域后，立即收笔，不再叙述他建功立业的事迹，而写他上书请求回乡。班超的主要事迹戛然止住，他不久即辞世而去。全传写班超立功西域，如疾风、流水，快然顺畅，详细具体；写班超归乡，如断涯、悬岸，陡然立停，简略干脆，笔风迥异，却十分恰当。

《段颎传》的叙述与《班超传》类似。先写段征辽东鲜卑，再写征泰山、琅琊，击东郭窦、公孙举等。以下详细叙述他征讨西羌的经过：延熙二年（159），击败羌人，斩其酋豪，获其生口，虏皆奔走。延熙三年，又积斗四十余日，出塞二千余里，斩烧何大帅，首虏五千余人；又分兵击石城羌，斩首溺死者一千六百人，降伏烧当羌人九十余口。延熙七年，羌人豪酋三百五十五人率三千落归降，段颎率领万余人击破当煎、勒姐等，斩其酋豪，首虏四千余人。延熙八年春，段颎再次攻击勒姐等部，斩首四百余级，降者二千余人。永康元年（167），传记写道："西羌于此弭定。"传记总结道："（段）颎凡破西羌，斩首二万三千级，获生口数万人，马牛羊八百万头，降者万余落。"以下叙述他征服东羌的过程，事件与征伐西羌类似，也总结道："于是东羌悉平。"传记接着总结段颎平定东羌战绩道："凡百八十战，斩三万八千六百余级，获牛马骡驴驼四十二万七千五百余头，费用四十四亿，军士死者四百余人。更封新丰县侯，邑万户。颎行军仁爱，士卒疾病者，亲自瞻省，手为裹创。在边十余年，未尝一日蓐寝。与将士同苦，故皆乐为死战。"这段总结性的语言还简要指出了段颎屡获胜绩的原因。《段颎传》叙述的递进性不如《班超传》中那么明显，作者主要分两大段叙述段颎征战羌人的过程与功绩。第一大段叙述征伐西羌，第二大段叙述征伐东羌；每段详细的叙述之后，再辅以概括性的总结。李景星曾曰："《段颎传》叙战功特详……传内叙其杀伐之事，如排山倒海，势莫能遏。却又随事关锁，以作停蓄。故篇幅虽长，不觉散漫。"① 李所说的"停蓄""关锁"，指的是传记中两段叙述后的总结。此外，段传第一大段主要记载他的战绩，用笔较简，如叙延熹三年的战斗为"颎追之，且斗且行，昼夜相攻，割肉食雪，四十余日，遂至河首积石山，出塞二千余里，斩烧何大帅，首虏五千余人"；第二大段则主要叙述他作战的过程，用笔较详，细致地叙述作战具体经过，甚至记录敌我面对时，敌军的声音与语言，叙述的水平极为高超。《段颎传》可谓是《后汉书》叙事的佳作。

采用直线递进方式叙述的还有《桓谭传》。《桓谭传》开头叙述他"好音律，善鼓琴；博学多通，……能文章，……性嗜倡乐，简易不修

---

① 《四史评议》，第332页。

威仪,而喜非毁俗儒,由是多见排抵"。提挈全篇,隐隐暗示他的人生结局,与《班超传》开头相似。以下叙述他与光武帝关联的四件事。

第一事,"世祖即位,征待诏,(桓谭)上书言事失旨,(光武帝)不用"。第二事,桓谭上书,建议光武帝征用士人,禁止复仇,重农抑商,统一刑律,传记载道:"上奏,(光武帝)不省";第三事,还是桓谭上书,建议光武摈弃谶纬之说,轻爵重赏,与士共之,"(光武)帝省奏,愈不悦";最后写他回答光武帝不读谶,光武"大怒",欲斩之。光武帝对桓谭的态度由"不用"到"不省",到"不悦",到"大怒",不满的程度一次次加重,传记具体地写出光武帝情绪变化的全过程。这样叙述,更符合人物真实性格,也有利于我们理解人物性格特点。这四件事情,看似没有联系,作者却将它们按程度递加顺序依次叙述,前面发生的事情总为后面发生的事情作铺垫,全传叙述显得更加统一,传记结构也显得更加紧密。与《班超传》《段颎传》略有不同,《桓谭传》中,有两个重要人物,一为桓谭,一为光武,二人缺一不可,而传记叙述脉络却是直线式的。为什么这么说呢?因为整个传记中,桓谭那一条线并没有多大变化,起码作者没有叙述他的变化,变化的只是光武这条线。所以,笔者认为《桓谭传》的叙述也属于直线递加式。这种叙述方式,在不违背时间顺序条件下,将传记人物各个片断的事例按程度递加的内在脉络组织起来,丰富了传记表达手段,增强了传记表达效果。

再看《窦融传》,该传含有两个主要人物,一个是传主窦融,一个光武帝;叙述时也有两条线索,一条是窦融的态度变化线索,一条是光武的态度变化线索。二人事迹本来就牵连在一起,传记始终围绕着二人之间互动变化来叙述,写一方必兼及另一方,一方变化必然导致另一方相应的变化,这种方式可以称为"双线交行式"。见下表:

	窦融	光武帝
窦融与光武开始接触	"(窦)融等遥闻光武即位,而心欲东向,以河西隔远,未能自通",(经过讨论)"(窦)融小心精详,遂决策东向。五年夏,遣长史刘钧奉书献马"	"闻河西完富,地接陇、蜀,常欲招之以逼嚣、述,亦发使遗融书"

续表

	窦融	光武帝
第一回合	刘钧遇光武使者"于道，即与俱还"（光武处）	"帝见钧欢甚，礼飨毕，乃遣令还，赐融玺书。"玺书指出隗嚣游说窦融效仿尉佗的情况，劝窦融"欲遂立桓、文，辅微国，当勉卒功业；欲三分鼎足，连衡合从，亦宜以时定"
第二回合	"玺书既至，河西咸惊，以为天子明见万里之外，网罗张立之情。"窦融又派席封"间行通书"，陈说忠于汉	"帝复遣席封赐融、友书，所以尉藉之甚备"
第三回合	"融既深知帝意，乃与隗嚣书责让之曰"，"嚣不纳。融乃与五郡太守共砥厉兵马，上疏请师期"	"帝深嘉美之，乃赐融以外属图及太史公《五宗》《外戚世家》《魏其侯列传》"，却又在诏书中指出洛阳的一些官员对窦有所疑虑，希望窦会师同讨隗嚣
第四回合	窦出军，击叛羌，"因并河扬威武，伺候车驾"	"帝以融信效著明，益嘉之"，"诏右扶风修理融父坟茔，祠以太牢"
第五回合	"融恐大兵遂久不出"，上书建议速战	"帝深美之"，决定会战高平第一
第六回合	窦率军会合，"先遣从事问会见仪适"	"帝闻融先问礼仪，甚善之，以宣告百僚。乃置酒高会，引见融等，待以殊礼"，兄弟皆封侯
第七回合	"融以兄弟并受爵位，久专方面，惧不自安，数上书求代"	光武诏书勉之。"引见，就诸侯位，赏赐恩宠，倾动京师"
第八回合	"融自以非旧臣，一旦入朝，在功臣之右，每召会进见，容貌辞气卑恭已甚"	"帝以此愈亲厚之"

上表简略反映窦融与光武之间的互动关系。窦先有意于光武，光武于是加意笼络。窦融派出使者，光武见之"欢甚"，予以诏书；窦融接诏，更陈忠心，光武"尉藉甚备"；窦融于是更加忠心，发书责备隗嚣，光武"深嘉美之"，诏书共同讨伐隗嚣；窦融接诏出兵，光武"益嘉之"，诏修窦融祖坟；窦融建议速战，光武"深美之"，诏书会战；窦融参加会

战,先问晋见礼仪,光武"甚善之",封赏丰厚;窦融受封后,更加谨慎,光武"以此愈亲厚之"。两个人物之间的互动变化约经历了八个回合,两个人物、两条线索互相牵连、不可或缺,一个带动着另一个,另一个反过来又推动了这一个。窦融愈来愈忠心于东汉,光武对他也愈来愈优待;窦融受宠越来越重,他反而越来越谦和谨慎,这样,光武对他就更加尊宠了。传记将二人这种互相增益的关系十分具体地叙述出来。整个传记叙述就这样在两条线索的相互纠缠中辗转推进,全传的叙述结构也显得更加灵动,避免了排列事件的单调与平板。

与《窦融传》叙述结构相似的还有《杨震传》。《杨震传》内描写了两个方面的势力,杨震为一方,皇帝、宦官、外戚、皇帝阿母等为另一方。双方关系变化见下表:

外戚、宦官、皇帝、皇帝阿母	杨震一方	情势变化	
"邓太后崩,内宠始横。安帝乳母王圣,因保养之勤,缘恩放恣;圣子女伯荣出入宫掖,传通奸赂"	上疏言(阿母)"扰乱天下,损辱清朝",宜速出之	此得罪皇帝阿母	
"帝以(杨震上疏)示阿母等,内幸皆怀忿恚。而伯荣骄淫尤甚,与故朝阳侯刘护从兄瓌交通,瓌遂以为妻,得袭护爵,位至侍中"	"震深疾之,复诣阙上疏",反对刘瓌袭爵	"书奏不省",此得罪皇帝	
"帝舅大鸿胪耿宝荐中常侍李闰兄于震"	"震不从"	"宝大恨而去"	此得罪外戚
"皇后兄执金吾阎显亦荐所亲厚于震"	"震又不从"	"由是震益见怨"	
"时诏遣使者大为阿母修第,中常侍樊丰及侍中周广、谢恽等更相扇动,倾摇朝廷"	"震复上疏"抨击周、谢、樊等	不见反映,此得罪宦官	
"(樊)丰、(谢)恽等见震连切谏不从,无所顾忌,遂诈作诏书,调发司农钱谷、大匠见徒材木,各起家舍、园池、庐观,役费无数"	"震因地震,复上疏",建议"弃骄奢之臣"	"震前后所上,转有切至,帝既不平,而樊丰等皆侧目愤怨,俱以其名儒,未敢加害"	

续表

外戚、宦官、皇帝、皇帝阿母	杨震一方	情势变化
"河间男子赵腾诣阙上书,指陈得失。帝发怒,遂收考诏狱。结以罔上不道"	"震复上疏救之"	"帝不省,腾竟伏尸都市"
"三年春,东巡岱宗,樊丰等因乘舆在外,竞修第宅"	"震部掾高舒召大匠令史考校之,得丰等所诈下诏书,具奏,须行还上之"	"丰等闻,惶怖,会太史言星变逆行,遂共谮震。"又"请大将军耿宝奏震大臣不服罪"
结局	"有诏遣(杨震)归本郡",杨震饮鸩而死。	

　　外戚、宦官、皇帝阿母、皇帝代表着腐恶势力,而杨震代表着正义势力,传记在两种力量斗争中展开。传记中,杨震面对腐恶势力,一次又一次上书、抗争,每斗争一次,都意味着他要得罪一股腐恶势力,站到他反对面的腐恶派力量就增强一分,而他赖以存在的政治实力就减少一分。杨震政治力量呈逐渐减弱的趋势,而宦官等势力则呈逐渐加强势头。不利于杨震的恶势力一步步加强到极点,杨震的力量也就降低到最低点,双线交行结构也走到最后结局点。结局当然是杨震在斗争中失败,被迫自杀。全传在叙述时,将双方交互斗争一层层地展现出来,让读者清晰地看到双方力量的消长与消长的层递性,看到一个柱石朝廷的大臣是如何一步步地被腐恶势力逼向死节的,从而对杨震坚守正义,不避生死的气节有更全面的认识。再如《李固传》,李固与梁冀代表斗争双方,李每每违逆梁的意旨,梁对李的态度由"不从"到"每相忌疾",再到"大恶之",再到"激怒",最后诬陷而杀之。概言之,双线交行叙述模式往往以一条线索为主,如《杨震传》,杨震一方更为重要一些。两条叙述脉络交互纠缠,将传记事件有机组合在一起,写出事情发展、变化的具体过程,也突出传记人物的性格特点。

　　最后看《马援传》。《马援传》叙述模式可以称为"复合照应式"。马援传记是《后汉书》诸功臣传记中最长的一篇,超过窦融传记将近一半篇幅。首先,整个传记人物之间的关系比较复杂,事件头绪也颇为繁杂,但叙述线索随着人物、事件的前后转换,非常明了、清晰。传记前一部分,以马援归向光武为内在线索,主要写马援与隗嚣、光武三人之

第七章 《后汉书》人物传记结构及叙事方法

间的关系，其间还夹有隗嚣、公孙述、马援三人之间的关系。而各个人物之间的关系从不是孤立的，人物事迹互相牵连，彼此贯引。作者从马援与隗嚣之间的关系入手，先写隗嚣对马援"甚敬重之"，因而，派他去公孙述处观察之，引出马援与公孙述之间的关系。马援认为公孙述乃井底之蛙，劝说隗嚣"专意东方"，隗嚣派遣马援出使东汉，又引出了马援、隗嚣与光武之间的关系。马援从洛阳回归后，大谈光武的英明，"（隗）嚣意不怿……然雅信援"，所以仍然让马援带着自己的儿子入质洛阳，于是隗嚣与光武之间的关系转浓，马援逐渐由亲近隗嚣而变为亲近光武，马、隗之间的关系渐淡，而马、刘之间的关系渐浓。隗对马援赞扬光武颇为不满，他对马的态度也由"敬重"一变而为"雅信"，马援入洛后，数次上书责备隗嚣，隗听信王元计策，"意更狐疑"，隗、刘之间关系破裂，隗嚣对马援的亲信程度更为减降，"怨（马）援背己，得书增怒"，这又导致马援倾向于光武，光武于是邀请马援商讨如何击平隗嚣。至此，马、隗二人关系彻底破裂，而马、刘二人关系则得到加强。传记将三人关系演变过程原原本本地交代出来。传记后一部分，以马援如何蒙谤身后为线索，主要记叙马援与光武之间的关系，二人之间引入梁松。梁松是《马援传》后一部分的一个重要结构人物，后一部分的事件主要是通过梁松来贯穿的。先叙马援主动请缨，要求征服武陵蛮，军队进攻受阻，引出光武不满，由于光武不满，于是派梁松督责。适逢马援已死，梁松借机陷害，光武因之大怒，马援死不获葬，冤屈不已，引出朱勃为马援上书诉冤，也引出马、朱之间的关系。由此可见，《马援传》对复杂人物之间的关系的叙述极为成功。其次，《马援传》对埋伏、照应手法的运用十分巧妙。整个传记叙述，往往前有埋伏，后必有照应。有时，作者在叙述一件事情之前，早早就埋下伏笔，然后一节一节加以照应。《马援传》有全传存在的照应，这种照应自始至终，贯穿全传。《马援传》首写道，"援年十二而孤，少有大志，诸兄奇之"，又写马援兄长马况评价马援曰："汝大才，当晚成。良工不示人以朴，且从所好。"又写马援常谓宾客曰："丈夫为志，穷当益坚，老当益壮。""少有大志"，"大才晚成""丈夫为志，穷当益坚，老当益壮"为一传传眼，提括全传，早早暗示马援必当大器晚成，后文传记总是与此照应。平定交趾后，传记记叙马援言"吾从弟少游，常哀吾慷慨多大志"，与传首"少有大志"照应。接着插叙马援"男儿要当死于边野，以马革裹尸还葬耳，何能卧床上在儿女子手中邪"的名言，与传首"老当益壮"相照应，也与下文言论"吾受厚恩，年迫余日索，常恐不得死国事，今获所愿，甘心瞑目，但畏长者家儿或在左右，或与从事，殊难得调，介介独恶是耳"相照应。马援要求征讨武陵蛮，光武颇嫌其年老，马援披甲上马，以示可用，光武笑曰："瞿铄哉是翁也"，又与"老当益壮"照应。传记结尾叙述马况评价马援与朱勃道，"朱勃小器速成，智尽此耳，卒当从汝禀学，勿畏也"，又照应开头的"汝大才，当晚成"。这样节节照应，使全传内容在总体上勾连贯穿，突出传主人物——马援主要性格特点：大器晚成、老当益壮，等等。《马援传》内各部分之间还存在着巧妙伏应关系。如记马援见光武，称光武有帝王之度，又自言"当今之世，非独君择臣也，臣亦择君"，为下文他投奔光武埋下伏笔。马援平定西羌之后，传记指出他"善兵策，（光武）帝常言'伏波论兵，与我意合，'每有所谋，未尝不用"，又为下文平五溪蛮过程中"以事上之，（光武）帝从（马）援策"相照应。写马援言"男儿要当死于边野，以马革裹尸还葬耳，何能卧床上在儿女子手中邪"，为下文马援死于军中埋下伏笔。《马援传》从马援平羌开始，就为马援后来结局埋下伏笔。刘咸炘曰：

> 叙平羌后即总叙其为人，而记光武言曰：伏波论兵，与我意合，每有所谋，未尝不用。此即援致嫌之由也。诸传中多叙光武远策兵机，常应如响，盖光武诸将大抵多勇少谋，故光武以谋御之，示莫我及。薛莹《后汉书·光武纪赞》所谓"命将皆授以方略，奉图而进，其有违失，无不折伤"是也。独援善谋，不下光武，所以致猜。范史先叙此，然后入诛征侧、击五溪蛮事，盖诛征侧而援功最多，击五溪蛮而祸构矣。①

此后部分节节埋伏，一点点展示出马援获罪的过程及结局，其结构尤妙。征交趾归来后，马援出屯襄国，百官祖道，马援对黄门郎梁松、窦固说道："凡人为贵，当使可贱，如卿等欲不可复贱，居高坚自持，勉思鄙言。"这里首次引入梁松，为下文马援受其迫害先埋一笔。隔一段，作者接着叙述道："援尝有疾，梁松来候之，独拜床下，援不答。松去后，诸子问

---

① 《四史知意》，第682页。

第七章 《后汉书》人物传记结构及叙事方法

曰：'梁伯孙帝婿，贵重朝廷，公卿已下莫不惮之，大人奈何独不为礼？'援曰：'我乃松父友也。虽贵，何得失其序乎？'松由是恨之。"

上一节，马援只是告诫梁松，在这一节中，马援对梁松极为慢待，马援与梁松关系恶化程度更进一步，为下文梁松陷害马援留下伏笔。下文写道："（光武）帝乃使虎贲中郎将梁松乘驿责问援，因代监军。会援病卒，松宿怀不平，遂因陷之。帝大怒，追收援新息侯印绶。"

至此，梁松陷害马援事件暂有所结。这一段叙述，作者使用"紧"字诀，越埋越紧，最紧的端点就是马援被剥去爵位，不得入葬。但故事并未终结，以下叙述，则又使用"开"字诀，节节打开，让读者明白马援究竟以何得罪光武，以及朝廷后来对马援态度。

此外，《马援传》收笔也极为精彩。传记结尾先载朱勃"为马援诉冤之书，是援毕生功过簿，是此传最后结束笔，力量至此，可称十分完足"①。实际上，此处收结，仍未能称得上完美。传记结尾最后写道：

> 永平初，援女立为皇后，显宗图画建武中名臣、列将于云台，以椒房故，独不及援。东平王苍观图，言于帝曰："何故不画伏波将军像？"帝笑而不言。

作者记载东平王问明帝何以不将马援绘图于云台，明帝"笑而不答"，将马援一生功过得失，留与读者品味，叙述神秘玄远，传已尽而意不绝，延伸绵绵。

《后汉书》各人物传记中，马援传记叙事头绪最为复杂。马援一生，事迹颇多，作者一一叙来，所叙之事前后之间互相关连，叙述后面发生的事情，必定照应前面发生的事情，叙述前面发生的事情必定联系后面发生的事情，前前后后，此伏彼应，人物、情节、叙事方式错杂绞合，杂而不乱，构成网式环节，使全传的结构显得"圆而神"②。

上述各个人物传记，都是由几件事组成，作者在叙述时，必须要抓住贯穿全传的结构线索，这样就可以避免各个事件不相关联，以致全传

---

① 《四史评议》，第289页。

② 参见《文史通义校注》，第49页，章学诚之意指作史，在体例上不必全仿前人，应根据所写内容选择适合的体例。

内容如一盘散沙。《后汉书》有些人物传记，主要叙述了一件事，其叙述结构与小说结构中的"单体式"非常相近。① 如《耿恭传》中载：

  明年三月，北单于遣左鹿蠡王二万骑击车师。恭遣司马将兵三百人救之，道逢匈奴骑多，皆为所殁。匈奴遂破杀后王安得，而攻金蒲城。恭乘城搏战，以毒药傅矢。传语匈奴曰："汉家箭神，其中疮者必有异。"因发强弩射之。虏中矢者，视创皆沸，遂大惊。会天暴风雨，随雨击之，杀伤甚众。匈奴震怖，相谓曰："汉兵神，真可畏也！"遂解去。恭以疏勒城傍有涧水可固，五月，乃引兵据之。七月，匈奴复来攻恭，恭募先登数千人直驰之，胡骑散走，匈奴遂于城下拥绝涧水。恭于城中穿井十五丈不得水，吏士渴乏，笮马粪汁而饮之。恭仰叹曰："闻昔贰师将军拔佩刀刺山，飞泉涌出；今汉德神明，岂有穷哉。"乃整衣服向井再拜，为吏士祷。有顷，水泉奔出，众皆称万岁。乃令吏士扬水以示虏。虏出不意，以为神明，遂引去。

  时焉耆、龟兹攻殁都护陈睦，北虏亦围关宠于柳中。会显宗崩，救兵不至，车师复畔，与匈奴共攻恭。恭厉士众击走之。后王夫人先世汉人，常私以虏情告恭，又给以粮饷。数月，食尽穷困，乃煮铠弩，食其筋革。恭与士推诚同死生，故皆无二心，而稍稍死亡，余数十人。单于知恭已困，欲必降之。复遣使招恭曰："若降者，当封为白屋王，妻以女子。"恭乃诱其使上城，手击杀之，炙诸城上。虏官属望见，号哭而去。单于大怒，更益兵围恭，不能下。

  初，关宠上书求救，时肃宗新即位，乃诏公卿会议。司空第五伦以为不宜救。司徒鲍昱议曰："今使人于危难之地，急而弃之，外则纵蛮夷之暴，内则伤死难之臣。诚令权时后无边事可也，匈奴如复犯塞为寇，陛下将何以使将？又二部兵人裁各数十，匈奴围之，历旬不下，是其寡弱尽力之效也。可令敦煌、酒泉太守各将精骑二

---

① 参见石昌渝《中国小说源流论》（生活·读书·新知三联书店 1994 年版，第 31 页）载："一部小说，不论它是短篇、中篇和长篇，只要是由一个故事所构成，那就是单体式结构。这个故事也许时间绵延很长，空间跨度很大，故事发展分为若干阶段，每个阶段中又发生相关故事，……所有各阶段的小故事在时间上和序列上都含有前后的因果关系，同时又都归向起讫全篇的大故事，都是大故事的一个有机组成部分。"

千，多其幡帜，倍道兼行，以赴其急。匈奴疲极之兵，必不敢当，四十日间，足还入塞。"帝然之。乃遣征西将军耿秉屯酒泉，行太守事；遣秦彭与谒者王蒙、皇甫援发张掖、酒泉、敦煌三郡及鄯善兵，合七千余人，建初元年正月，会柳中击车师，攻交河城，斩首三千八百级，获生口三千余人，驼、驴、马、牛、羊三万七千头，北虏惊走，车师复降。

会关宠已殁，蒙等闻之，便欲引兵还。先是，恭遣军吏范羌至敦煌迎兵士寒服，羌因随王蒙军俱出塞。羌固请迎恭，诸将不敢前，乃分兵二千人与羌，从山北迎恭，遇大雪丈余，军仅能至。城中夜闻兵马声，以为虏来，大惊。羌乃遥呼曰："我范羌也。汉遣军迎校尉耳。"城中皆称万岁。开门，共相持涕泣。明日，遂相随俱归。虏兵追之，且战且行。吏士素饥困，发疏勒时尚有二十六人，随路死没，三月至玉门，唯余十三人。衣屦穿决，形容枯槁。中郎将郑众为恭已下洗沐易衣冠。上疏曰："耿恭以单兵固守孤城，当匈奴之冲，对数万之众，连月逾年，心力困尽。凿山为井，煮弩为粮，出于万死无一生之望。前后杀伤丑虏数千百计，卒全忠勇，不为大汉耻。恭之节义，古今未有。宜蒙显爵，以厉将帅。"

上传叙述耿恭守卫疏勒城，坚决不向匈奴投降的故事。

史书叙写曲屈周详，细致地写出耿恭与匈奴军队之间多个回合较量，情节一波三折。第一个回合，匈奴进攻耿恭，耿以毒箭射击之，匈奴军士中箭后，伤口沸热，以为汉军神明，十分惊恐，不敢进逼，"遂解去"。第二个回合，匈奴复来进攻，并于城下断绝城内用水，耿恭于城内掘地十五丈，仍然不能得水，军士饮马粪汁解渴，情况十分危险，耿恭整衣祈祷，井中出水，匈奴以为汉军有神人相助，"遂引去"。第三回合，耿恭等被困城中，"食尽穷困，乃煮铠弩，食其筋革"，匈奴劝诱投降，耿恭不听，杀其使者，在城上炙烤食之，匈奴虽攻而不能下。第一个回合结束后，似乎局面会有所改观，耿恭等人的紧张状况会得到缓解，但匈奴接着又发动进攻，开始了第二回合较量。第二回合勉强击走匈奴军队，匈奴军队却又对耿恭展开更为猛烈的第三轮攻击。对耿恭来说，这三个回合抗击，一个回合比一回合困难。第一个回合，汉军靠巧计以毒箭吓退敌军，战斗不太激烈。第二个回合，汉军局面更加艰难，城中无水，

"筅马粪汁而饮"。第三个回合，车师投向匈奴，汉军更加孤立，又饥又困，接近崩溃边缘。此后，作者插叙东汉朝廷关于是否发兵解救耿恭等的争论，顺叙范羌率军解救救汉军的过程及郑众上书。整个传记围绕着耿恭"义重于生"的性格特点来叙述，抗击匈奴是从正面描写，而朝廷讨论、范羌迎救、郑众上书则从侧面刻画，都集中突出传记主人公——耿恭的义节。在艺术作品中，情节发展，其内在根据是人物性格；正是人物性格，影响着，有时决定着事件进程，推动情节发展。史传中的故事与事件也是反映人物性格的，有什么样的人物，必有与之相对应的事件。但怎样将表现人物的故事讲出来，而且讲得生动感人，史传作者则需要借鉴文学的表达手法。有学者曾言："传记作品因为是写人物的事迹，因而也像一些文学样式（小说和戏剧）一样注重内容的故事性，而在讲述'故事'时自然也要借鉴若干文学手法。"① 如何生动、具体而又准确的写出事实发展的过程，这才是史家功力所在。《耿恭传》只叙述了一件事，这件事中又套有各个小故事，其叙述线索十分明晰、集中，叙述用笔也非常细致，将耿恭困守边城的具体细节都生动地描写出来。刘师培曾言："就史书而论，《史》《汉》之所以高出后代者，即在其善于写实。故每记一事，则经过之曲折，纤细不遗。"② 笔者认为，就《耿恭传》叙述来看，《后汉书》叙述的曲折与纤细已接近《史记》《汉书》水平，可以与《汉书·李陵传》《汉书·陈汤传》叙述相媲美。另外，传记叙述语言深含情感，如耿恭等获救一段，"大惊""共相涕泣""唯余十三人"等，读来令人感慨不已。

第四节　带叙、类叙的叙事方法

赵翼在《廿二史札记》中写道："《宋书》有带叙法，其人不必立传，而其事有附见于某人传内者，即于某人传内叙其履历以毕之，而下文仍叙其人之事。"按照赵翼解释，第一，《宋书》有带叙法；第二，所谓带叙法，其实就是"根据传记的需要，及时插入相关人物的履历，待

---

① 朱文华：《传记通论》，复旦大学出版社1993年版，第63页。
② 《中古文学论著三种》，第132页。

插入人物的事迹简述完毕，再接叙原来传主的事迹"①。据第一条，后世学者多以为带叙法是沈约先创。② 如据第二条，则带叙法实不是《宋书》新创。《史记》早已使用过带叙法，如《张丞相传》，在记叙张苍的事迹时，中间分别带入周昌、赵尧、任敖等人事迹，完毕后再接叙张苍事迹。《史记》带叙内容较多、带叙篇幅较长、带叙人物也较多，明为带叙，实际上可以算得上人物单传。《后汉书》较多使用带叙方法来叙述事件、安排结构。带叙的例子在《后汉书》中较多，兹举例如下：

《吴汉传》带叙谢躬："汉伏兵收之，手击杀躬，其众悉降。（前为吴汉事，此接谢躬简介）躬字子张，南阳人。初，其妻知光武不平之，常戒躬曰：'君与刘公积不相能，而信其虚谈，不为人备，终受制矣。'躬不纳，故及于难。"（后又接叙吴汉事，略）

《杜茂传》带叙郭凉："自是卢芳城邑稍稍来降，凉诛其豪右郇氏之属，镇抚羸弱，旬月间雁门且平，芳遂亡入匈奴。帝擢凉子为中郎，宿卫左右。（此前叙述杜茂事，此接郭凉简介）凉字公文，右北平人也。身长八尺，气力壮猛，虽武将，然通经书，多智略，尤晓边事，有名北方。初，幽州牧朱浮辟为兵曹掾，击彭宠有功，封广武侯（郭凉简介完毕，下又接叙杜茂事）。十三年，增茂邑，更封修侯。"

另有《度尚传》带叙抗徐；《任光传》带叙城头子路；《冯衍传》带叙田邑及其书信；《郅恽传》带叙其友人郑敬；《苏竟传》带叙刘龚；《贾逵传》带叙司马均、汝郁；《度尚传》又带叙张磐；《袁敞传》带叙张俊及其上书；《梁慬传》带叙庞雄；《王龚传》带叙袁阆；《陈球传》带叙李咸；《黄琬传》带叙刁韪；《陈蕃传》带叙刘瓆、臧旻；《周泽传》带叙孙堪，等等。

由上可知，《后汉书》带叙较为简略，比《史记》篇幅短，且一次带叙，只叙一人之事。带叙法往往能够给平板的叙述增加一些曲折变化，有些类似后世演义小说中的"花开两朵，各表一枝"，使得传记的线索头绪变得纷繁起来。如上所举《吴汉传》之带叙谢躬事，不仅简介了谢躬籍贯，还补叙了谢妻对谢的告诫之语，反映谢疏略无备，照应前文光武

---

① 《唐前史传文学研究》，第70页。
② 《唐前史传文学研究》（第39页）："在叙述方法方面，《宋书》创立了一种新的方法——带叙法。"

虽深忌谢躬,却每每称赞谢躬"谢尚书真吏也",令谢不起疑心的叙述,让读者对光武与谢躬的斗争有全面了解,对光武忍忌谋深的性格也有深刻的认识。从全书布局看,这件事的叙述实是不能省略的。有了这段叙述,使得光武平定河北的过程显得更加完整,全书显得更统一。对传主人物吴汉来说,诛灭谢躬使得东汉新生政权在河北的地位也因此得以巩固,应是他自河北跟从光武所立的第一大功,带叙这件事无疑有益于吴汉作为开国功臣的形象塑造。有的带叙事件是传主人物行为中不可缺少的,如《杜茂传》带叙郭凉事。杜曾初败于卢芳,正是因为郭凉大修屯田,卢的将领贾丹等纷纷归降于郭凉,卢芳势力逐渐衰弱,杜才能战胜卢芳。杜茂平卢芳之事离不开郭凉,带叙郭事,也是传写杜茂的必要。但是,带叙最主要的功能并不在对人物形象的塑造,而在对事件的叙述。有些传主人物的事迹中带叙他人、他事,主要是出于事件叙述的必要。如《任光传》带叙城头子路、力子都事,对任光的性格塑造并无太多帮助,但城头子路、力子都的事迹是无法回避的,任光与二人的事迹有一定关联,因此,《后汉书》将这一段事迹置于《任光传》中带叙而出。赵翼曾说:"盖人各一传则不胜传,而不为立传则其人又有事可传,有此带叙法,则既省多立传,又不没其人,此诚作史之良法。"① 赵论诚是。《后汉书》的带叙,多较精简,叙述不繁,对整个人物传记叙事节奏影响不大,体现纪传体史书在记人和记史上的统一与调和。

与范晔《后汉书》相比,袁宏《后汉纪》则更为广泛地运用带叙法进行写作。《后汉纪》乃编年体史书,但袁宏也颇好记人,如何解决这一矛盾,袁的方法是先定年代,年代后附事,事连及人,则带叙其人一生,再接着按年代记事、记人。试为举例如下:

> (建初四年)(夏四月)甲戌,司徒鲍昱为太尉,南阳太守桓虞为司徒。
>
> 虞字仲春,左冯翊万年人也。初为鲁令,以父母老去官。二亲既终讫,乃仕。稍迁南阳太守,表贤黜恶,校练名实,豪吏无所容其奸,百姓悦之。自建武以来,太守名称无及虞者,及为三公,无他异政。

---

① 《廿二史札记校证》,第185页。

六月癸丑，皇太后马氏崩。

按上例即先按年代叙事，叙事至"（建初四年）（夏四月）甲戌"，事及桓虞，于是就对桓虞作以介绍，介绍完毕，又回到原先的叙事顺序上，"六月癸丑，皇太后马氏崩"，接着按时间顺序叙事。

其余人物事迹也是这样安排记载的。只是有的人物记载可能在该人死后附带而叙，如张湛、何敞等。要之，《后汉纪》受编年体体裁限制，不可能专门为历史人物立传，只有将人物事迹如此附带叙述，所以，《后汉纪》多用带叙方法写人。范晔作《后汉书》，可能受到《后汉纪》影响，将其常用的带叙法借为己用。

类叙法，即一传之中，先叙一人，然后再简略叙述与之相类的其他人物。《史记》运用过类叙记叙方法。刘咸炘在评论《侯霸传》类叙韩歆等人之事时，指出"霸传附韩歆，专叙其得罪事，并叙欧阳、戴、蔡、玉、冯诸司徒，《史记·张丞相传论》遗法也"[1]。在《史记·张丞相传》申屠嘉之后，司马迁用类叙法记载了陶青、刘舍、许昌、薛泽、庄青翟、赵周等丞相。另外，《史记·卫将军骠骑传》也在卫霍二人之事叙述结束后，又类叙与卫、霍有关联，曾随他们二人征战匈奴的各位将领。《史记》运用类叙的地方并不太多。《汉书》也运用过类叙方法叙事。清人赵翼认为"类叙之法本起于班固《汉书》，如《鲍宣传》后，历数当时清名之士纪逡、王思、薛方、郇越、唐林、唐尊、蒋诩、栗融、禽庆、苏章、曹竟等，《货殖传》后类叙樊嘉、如氏、苴氏、王君房、豉樊少翁等"[2]。类叙能够使传记简省的论点是正确的，但类叙法并非始自《汉书》。他又说"《齐书》（指《南齐书》）类叙法最善"，所以《南齐书》比《宋书》"较为简净"[3]。此说就更不准确了，实际上，范晔《后汉书》运用类叙的事例已经很多。其类叙运用情况也各不相同。有以职位相同，而附于一类加以简述的，《侯霸传》后附韩歆传、欧阳歙、清河戴涉、玉况等人事迹。侯霸曾为司徒，韩歆以后诸人皆后继其职，所以，在侯霸

---

[1] 《四史知意》，第686页。又"《张丞相传论》"不知何指，其意应是指申屠嘉传后记载诸仅"备员"的丞相的议论与格式。

[2] 《廿二史札记校证》，第191—192页。

[3] 《廿二史札记校证》，第191。

传后，侯已去世，再一一叙述韩歆等人。属此类的还有《牟融传》类叙范迁；《陈宠传》类叙尹勤；《刘瑜传》类叙尹勋等。

有以品德相似而附类叙述的，如《赵孝传》类叙王琳、魏谭、儿萌、车成：

> 永平中，……（赵孝）卒于家。孝无子，拜礼两子为郎。
>
> 时，汝南有王琳巨尉者，年十余岁丧父母。因遭大乱，百姓奔逃，惟琳兄弟独守冢庐，号泣不绝。弟季，出遇赤眉，将为所哺，琳自缚，请先季死。贼矜而放遣，由是显名乡邑。后辟司徒府，荐士而退。
>
> 琅邪魏谭少闲者，时亦为饥寇所获，等辈数十人皆束缚，以次当亨。贼见谭似谨厚，独令主爨，暮辄执缚。贼有夷长公，特哀念谭，密解其缚，语曰："汝曹皆应就食，急从此去。"对曰："谭为诸君爨，恒得遗余，余人皆茹草莱，不如食我。"长公义之，相晓赦遣，并得俱免。谭永平中为主家令。
>
> 又齐国儿萌子明、梁郡车成子威二人，兄弟并见执于赤眉，将食之，萌、成叩头，乞以身代，贼亦哀而两释焉。

赵孝弟为贼所得，将要烹杀，赵孝请求贼人烹杀自己以救其弟，于是贼人感动，将其兄弟二人都释放。王琳诸人品德与赵类似，所以，作者将他们放在赵传后加以简述。属于此类的还有《刘平传》类叙王望、王扶；《周磐传》类叙蔡顺；《袁祕传》类叙封观；《廉范传》类叙庆鸿等。

有因与传主人物事迹有关联，因而加以类叙的，如《王允传》类叙王宏、士孙瑞、赵戬；《梁慬传》类叙何熙；《公孙瓒传》类叙鲜于辅、阎柔；《陶谦传》类叙笮融、赵昱；《袁绍传》类叙公孙康等，此外还有《桓彬传》类叙刘猛；《杜根传》类叙成翊世；《刘陶传》类叙陈耽；《杜乔传》类叙杨匡；《陈蕃传》类叙朱震；《郭躬传》类叙吴雄、赵兴、陈伯敬三人；《郭太传》则将其所鉴识的人物都罗列附后。

由上可知，《后汉书》类叙法的运用已经比较成熟，类叙往往比较简练，有着与带叙极为相近的功能，即可以使叙述更加简省、洁净。赵翼曾指出"盖人各一传则不胜传，而不立传则竟遗之，故每一传辄类叙数人"①。类叙法与带叙法运用功能相近，但二者并不完全相同。类叙法与带叙法的最大区别在于类叙人物与带叙人物在传中所处的位置。类叙中，类叙人物多处于传主人物之后，一般情况是叙述完传主人物事迹，再叙述类叙人物事迹。如上所述之《鲍宣传》，即先叙述鲍宣事迹，鲍事叙完，再列举纪逡、薛方等人事迹。而带叙时，传主人物事迹还未曾记叙完毕，即插入带叙人物的叙述，结束后，再接着按原来顺序记叙传主人物。无论带叙、类叙，主要都是叙事的方法。从文学角度看，带叙有时使人物传记显得凌乱琐碎，如《周泽传》带叙孙堪，描写孙堪的字数与描写周泽的字数差不多，分不清究竟谁是传主，谁是传记重点。类叙有时使人物传记显得拖沓冗长，如上述《赵孝传》后类叙人物一个接一个，面目相类，给人重复累赘之感。但运用二法记事、记人，往往能够收到以少胜多的效果，即以较少文字与篇幅叙述较多事件、记录较多信息。同时，带叙与类叙虽是叙事方法，但都具有较强的结构功能，史传作者往往通过带叙、类叙安排纷繁复杂的历史事件，将一些没有必要专门立传的人物省去，同时，又将一些重要的、不能省略的事件记录下来。

总之，带叙、类叙的叙事方法源自史、汉，魏晋南北朝时，史传作者熟练的运用这两种叙事方法安排历史事件，建筑传记结构。《后汉书》对带叙、类叙的运用，实不亚于《南齐书》等后来史书。

---

① 《廿二史札记校证》，第191页。

第八章

《后汉书》语言特点及序、论、赞

第一节 《后汉书》人物传记的语言

一 《后汉书》人物传记的叙述语言

史传叙述语言特别要求简要干练，所以，刘知幾尝言："夫国史之美者，以叙事为工，而叙事之工者，以简要为主。简之时义大哉！"① 魏晋人总体上有尚简的风气，清谈辩论，声名毁誉，往往决于片言。② 品评人物，也以简为尚，如评裴楷"清通简要"。魏晋笔记小说写人记事多求简洁，鲁迅曾称《世说新语》"记言则玄远冷峻，记行则高简瑰奇"③。魏晋人往往以叙事是否简约为评审历史传记之优劣的一个重要标准。晋人张辅曾道："世人论司马迁、班固之优劣，多以固为胜。余以为失。迁之著述，辞约而事举，叙三千年事，唯五十万言；固叙二百年事，乃八十万言，烦省不敌，固不如迁一也。"④ 张辅认为《史记》较《汉书》为优，他的根据就是《史记》叙事较《汉书》简约。魏晋人这种尚简风格自然会波及当时的史传文学创作。马端临《文献通考》称《三国志》"高简有法"。刘知幾则曰《后汉书》"简而且周，疏而不漏"⑤。《后汉书》叙述语言无疑也受到范晔所处时代社会风尚、文学创作风格及史传创作观念的影响，因而具有简练的特点。汪荣祖也以为《后汉书》叙述

---

① 浦起龙：《史通通释》，第168页。
② 参见鲁迅《中国小说史略》，第53页。
③ 穆克宏主编：《魏晋南北朝文论全编》，上海远东出版社2012年版，第75页。
④ 郁沅、张明高编选：《魏晋南北朝文论选》，第177页。
⑤ 浦起龙：《史通通释》，第132—133页。笔者按，《史通》所言之"简"主要指《后汉书》在材料的取舍上比较简省，也含有叙事语言简省之意。

语言有简练的特点。他说范书"卒能美而不失真","是晔固有异于六朝文士也","窃思蔚宗记事之美,端能牢笼纲纪,要言不烦"①。范晔叙述语言于简练之中又富有变化,李剑国先生曾指出"范晔的《后汉书》,于简练中见出丽密精细的工夫"②。是《后汉书》每每能够于简中见密,简中见丽。

先看简中之密,例见《列女传·王霸妻传》中载:

> 太原王霸妻者,不知何氏之女也。霸少立高节,光武时,连征不仕。霸已见《逸人传》。妻亦美志行。初,霸与同郡令狐子伯为友,后子伯为楚相,而其子为郡功曹。子伯乃令子奉书于霸,车马服从,雍容如也。霸子时方耕于野,闻宾至,投耒而归,见令狐子,沮怍不能仰视。霸目之,有愧容,客去而久卧不起。妻怪问其故,始不肯告,妻请罪,而后言曰:"吾与子伯素不相若,向见其子容服甚光,举措有适,而我儿曹蓬发历齿,未知礼则,见客而有惭色。父子恩深,不觉自失耳。"妻曰:"君少修清节,不顾荣禄。今子伯之贵孰与君之高?奈何忘宿志而惭儿女子乎!"霸屈起而笑曰:"有是哉!"遂共终身隐遁。

这一节故事较短,但相当完整,作者写出人物内心细腻的变化过程。王霸子先"投耒而归",见令狐子,则"沮怍不能仰视",反映其内心由兴奋欣喜到自卑羞怯的变化过程。王霸"目之","有愧容",他的内心产生失落之感,"客去而久卧不起",妻子一番陈说,王霸"屈起而笑",则他的失落感已消逝,宿志实现的欣喜涌上心头。如果没有这段心理变化,王霸的形象不会如此真切、自然。叙述虽简,却将人物的情绪变化、性格特点表现得淋漓尽致,可谓"简而不略"。

再如《刘宽传》写道:

> (刘)宽尝于坐被酒睡伏。帝问:"太尉醉邪?"宽仰对曰:"臣不敢醉,但任重责大,忧心如醉。"帝重其言。宽简略嗜酒,不好盥

---

① 《史传通说》,第130—131页。
② 《唐前志怪小说史》,第237页。

浴，京师以为谚。尝坐客，遣苍头市酒，迂久，大醉而还。客不堪之，骂曰："畜产。"宽须臾遣人视奴，疑必自杀。顾左右曰："此人也，骂言畜产，辱孰甚焉！故吾惧其死也。"夫人欲试宽令恚，伺当朝会，装严已讫，使侍婢奉肉羹，翻污朝衣。婢遽收之，宽神色不异，乃徐言曰："羹烂汝手？"其性度如此。海内称为长者。

此段最能反映范氏史传创作的简密特点。段文虽短，却记载了关于刘宽的三件事，用语精练、传神，十分准确地反映出刘宽"优缓"的性格特点。醉酒一节，刘宽与桓帝一问一答，"仰对曰"的"仰"字极为传神，刘宽的对答十分敏捷，直逼魏晋士人。此种记叙与《世说新语》载事极其相似，人物事迹也与《世说新语》相似。下一则刘宽优待奴婢一事更类似《世说新语》的故事。客人来家，刘让奴仆买酒，奴仆很长时间才"大醉而还"，客人不堪，骂道"畜产"。刘非但不生气，还急忙派人去省"视"奴仆，担心奴仆因辱自杀。刘的宽缓之性可见一斑。夫人相试一节最为有趣，先写"装严已讫"，已埋下包袱，接写"翻污朝衣"，两相对比，而刘并未生气。侍女"遽收之"，而刘"神色不异"，仍然"徐言曰"，一个急匆匆，心中有鬼；一个慢腾腾，满不在乎，动词对比运用，非常恰切。最有意思的是他还煞有介事地问："羹烂汝手？"这一句话换成今天的口语，大概是："烫着你手没？"关切之心，溢于纸上，最能体现刘宽宽缓之中蕴含的仁厚天性。《红楼梦》中贾宝玉对银钏一节与此节有异曲同工之妙。这一段记叙用语十分简略，却将刘宽性格生动、鲜明地揭示出来，可谓"以简胜"①。《后汉书》如此笔法，与小说家堪可媲美。如果将这段文字置于《世说新语》《雅量》篇中，相信读者不会将之视为史传之作。

又如《杜根传》中载：

时和熹邓后临朝，权在外戚。根以安帝年长，宜亲政事，乃与同时郎上书直谏。太后大怒，收执根等，令盛以缣囊，于殿上扑杀之。执法者以根知名，私语行事人使不加力，既而载出城外，根得苏。太后使人检视，根遂诈死，三日，目中生蛆，因得逃窜，为宜

---

① 《四史评议》，第290页。

城山中酒家保。积十五年,酒家知其贤,厚敬待之。

此段事件前后跨越十来年,主要涉及人物有邓太后、执法者、杜根、酒家四人。"于殿上扑杀",反映邓太后盛怒,又以杜根"诈死"以致"目中生蛆"反衬邓太后专权横断。执法者"私语"则从侧面表现杜根忠于国家的性格。"夫辞寡者出一言而已周"[1],此段叙述语言极其精练,事情经过却十分明晰,可谓简而且密。

再看简而且丽,《后汉书》这方面特点主要体现在对战争场景描写上。《左传》善于叙述战争,《鞌之战》《邲之战》对战争具体经过的记叙都较为细致。《史记》对战争的叙述也十分成功,钜鹿之战、陔下之战的叙述都为学者所称道。二史对战争中战斗场景记叙较多,也较细致,描写的成分却不太多。[2] 钜鹿之战主要从侧面来写项羽军队的勇猛,陔下之战用笔极简,根本未写战争的激烈场景。魏晋史书,描写的功夫似乎多于前史一些,《三国志》虽极简略,仍有一段对赤壁之战的场景描写,见《周瑜传》中载:

曹公军吏士皆延颈观望,指言盖降。盖放诸船,同时发火。时风盛猛,悉延烧岸上营落。顷之,烟炎张天,人马烧溺死者甚众,军遂败退,还保南郡。

同传附《江表传》的描写则又稍加修饰,更为生动:

去北军二里余,同时发火,火烈风猛,往船如箭,飞埃绝烂,烧尽北船,延及岸边营柴。

《后汉书》对战争场景的描写则寓细丽于精简之中,更富文采,可见《光武本纪》对昆阳之战的描写:

---

[1] 浦起龙:《史通通释》,第161页。
[2] 《史记·田单列传》是个例外,该列传有一段对火牛阵的具体描写,颇为形象,但这样的描写在《史记》中实在少见。

遂围之数十重，列营百数，云车十余丈，瞰临城中，旗帜蔽野，埃尘连天，钲鼓之声闻数百里。或为地道，冲辒橦城。积弩乱发，矢下如雨，城中负户而汲。王凤等乞降，不许。寻、邑自以为功在漏刻，意气甚逸。夜有流星坠营中，昼有云如坏山，当营而陨，不及地尺而散，吏士皆厌伏。

　　六月已卯，光武遂与营部俱进，自将步骑千余，前去大军四五里而阵。寻、邑亦遣兵数千合战。光武奔之，斩首数十级。诸部喜曰："刘将军平生见小敌怯，今见大敌勇，甚可怪也，且复居前。请助将军！"光武复进，寻、邑兵却，诸部共乘之，斩首数百千级。连胜，遂前。时，伯升拔宛已三日，而光武尚未知。乃伪使持书报城中，云"宛下兵到"，而阳堕其书。寻、邑得之，不憙。诸将既经累捷，胆气益壮，无不一当百。光武乃与敢死者三千人，从城西水上冲其中坚，寻、邑阵乱，乘锐崩之，遂杀王寻。城中亦鼓噪而出，中外合势，震呼动天地，莽兵大溃，走者相腾践，奔殪百余里间。会大雷风，屋瓦皆飞，雨下如注，滍川盛溢，虎豹皆股战，士卒争赴，溺死者以万数，水为不流。王邑、严尤、陈茂轻骑乘死人度水逃去。尽获其军实辎重、车甲珍宝，不可胜算，举之连月不尽，或燔烧其余。

这段文字，作者在记叙战争进行过程的同时，夹入了对战争场景的摹写（见画线部分）。这些摹写造语精丽，如"旗帜蔽野，埃尘连天"，对仗工整，略带夸张地描绘出王莽军队声势浩大的景象。一些语词颇见作者锤炼功力，如"乘锐崩之"之"崩"，字挟声力，突出光武军队作战勇猛。要之，《后汉书》描写的精丽则又胜过《三国志》。此类描写尚见《岑彭传》《臧宫传》等传记。

《后汉书》一些叙述语言往往于简练之中含寓形象的夸张，以简胜繁，简而有力。如《祭肜传》中写道：

　　永平元年，偏何击破赤山，斩其魁帅，持首诣肜，塞外震詟。肜之威声，畅于北方，西自武威，东尽玄菟及乐浪，胡夷皆来内附，野无风尘。

一句"野无风尘"形象地反映祭肜治理边疆的效果。

又如《公孙瓒传》中云：

> （袁）绍复遣兵数万与（田）揩连战二年，粮食并尽，士卒疲困，互掠百姓，野无青草。

"野无青草"略微夸大，但极富表现力，绘出了战火连绵，社会破坏的荒芜景象。此类手笔还有《段颎传》中写段与羌人战斗："……明年春，余羌复与烧何大豪寇张掖，攻没钜鹿坞，杀属国吏民，又招同种千余落，并兵晨奔颎军。颎下马大战，至日中，刀折矢尽，虏亦引退。颎追之，且斗且行，昼夜相攻，割肉食雪，四十余日，遂至河首积石山。追之三日三夜，士皆重茧……""刀折矢尽""割肉食雪""士皆重茧"等语皆极简，却写出战事的艰苦与残酷。

还如《岑彭传》中写岑攻击成都："使精骑驰广都，去成都数十里，势若风雨，所至皆奔散。""势若风雨"形象有力地写出岑军行动迅捷。

《耿纯传》中载："纯军在前，去众营数里，贼忽夜攻纯，雨射营中，士多死伤。""雨射营中"将"雨"活用为状语，强调敌军攻击猛烈。

《寇恂传》中载："苏茂军闻之，阵动，（寇）恂因奔击，大破之，追至洛阳，遂斩贾强。茂兵自投河死者数千，生获万余人。恂与冯异过河而还。自是，洛阳震恐，城门昼闭。""洛阳震恐，城门昼闭"一语将更始军队的畏惧情态表露无遗。

《后汉书》中一些叙述语言，用笔虽简，往往达到传神境界。如《吴汉传》写道："（公孙）述乃悉散金帛，募敢死士五千余人，以配岑于市桥，伪建旗帜，鸣鼓挑战，而潜遣奇兵出吴汉军后，袭击破汉。汉堕水，缘马尾得出。"写吴汉失败情形，仅用"汉堕水，缘马尾得出"一句，却生动再现吴汉败走的狼狈情状。再如《班超传》中写道：

> 其都尉黎弇曰："汉使弃我，我必复为龟兹所灭耳。诚不忍见汉使去。"因以刀自刎。超还至于寘，王侯以下皆号泣曰："依汉使如父母，诚不可去。"互抱超马脚，不得行。

"互抱超马脚"一句，突出班超在西域享有较高威望，西域诸国对他颇为依赖，非常不愿意他离开西域，语简而妙。又如《冯异传》云"积兵甲宜阳城西，与熊耳山齐"，夸张描绘了赤眉军队向冯异投降的情形，意韵神妙。又如《郭太传》中载"始见河南尹李膺，膺大奇之，遂相友善，于是名震京师。后归乡里，衣冠诸儒送至河上，车数千两。林宗唯与李膺同舟共济，众宾望之，以为神仙焉"，描写郭太的形象极为传神。

《后汉书》一些叙述语言，简练之中蕴含着动人情感，如《光武帝阴皇后纪》中写道：

> 明帝性孝爱，追慕无已。十七年正月，当谒原陵，夜梦先帝、太后如平生欢。既寤，悲不能寐，即案历，明旦日吉，遂率百官及故客上陵。其日，降甘露于陵树，帝令百官采取以荐。会毕，帝从席前伏御床，视太后镜奁中物，感动悲涕，令易脂泽装具。左右皆泣，莫能仰视焉。

全段叙述，笔带深情，令人感动。《史记·项羽本纪》写到项羽与虞姬告别时，即有"左右皆泣，莫能仰视"一句。此处全部照用，渲染出悲伤的气氛。另外，《皇后本纪·何皇后本纪》附汉少帝被弑之前与妃子告别的情景叙述，颇仿《史记·项羽本纪》项羽与虞姬告别的描写，悲情动人。

总之，《后汉书》叙述语言精练而不失生动，一些叙述语言一直被后世引用，以致化为成语。如"望门投止"，见《张俭传》中"俭得亡命，困迫遁走，望门投止，莫不重其名行，破家相容"；再如"举案齐眉"，见《梁鸿传》中"（梁鸿）每归，妻为具食，不敢于鸿前仰视，举案齐眉"。唐萧颖士在《与韦述书》中道："于《谷梁》师其简。"《谷梁春秋》是范家家传之学，范晔可能继承了家学的精华，著史也师用简笔，于简练之中写出事件经过、人物性格特点。

二 《后汉书》人物传记的人物语言

人物传记要求人物语言要与人物性格相符，《史记》中的人物，因性格不同，其语言也各有特色。刘邦曰"大丈夫当如此"，项羽则言"彼可取而代之"，陈涉又道"王侯将相宁有种乎"，三人性格各异，语言也各不相同。《后汉书》描写传记人物的语言也注意到因人而异，各人语言逼肖其人。如马援，"是东汉一奇男子，……其持论奇"①。马援的奇处在于他具有一种永远积极向上的刚健的人生精神，所以，他常对宾客说道"丈夫为志，穷当益坚，老当益壮"（本传）；又说："男儿要当死于边野，以马革裹尸还葬耳，何能卧床上在儿女子手中邪。"（本传）语言是精神的外表反映，马援这些壮语与其不停进取的内在追求是一致的。有了积极进取的内在精神，自然会激发外在的实际行动。马援与当时消极坐待主人赏识的迂腐书生不同，他主动地寻找可以成就大业的英雄人物，以与之一起创造惊天伟业，所以，他对光武说："当今之世，非独君择臣也，臣亦择君矣。"（本传）在那样一个充斥着儒家伦理道德的时代里，马援能够道出这样的话，说明他不仅具有自主独立、超越凡人的识见，更具有过人的魄力与勇气。正因为如此，他鄙薄那些没有远见卓识，不能成就大业的草莽英雄，他称公孙述曰："子阳井底蛙耳，而妄自尊大。"（本传）又如马援征讨羌人时，"诸曹时白外事，援辄曰：'此丞、掾之任，何足相烦。颇哀老子，使得遨游。若大姓侵小民，黠羌欲旅距，此乃太守事耳。'傍县尝有报仇者，吏民惊言羌反，百姓奔入城郭。狄道长诣门，请闭城发兵。援时与宾客饮，大笑曰：'烧虏何敢复犯我。晓狄道长归守寺舍，良怖急者，可床下伏。'后稍定，郡中服之。"马援的语言潇洒飘逸，流露其满心的自信。综括全传，奇人自有奇语，马援的语言充满了志士的奇逸之气。

其余如班超心有大志，所以其言语为："大丈夫无它志略，犹当效傅介子、张骞立功异域，以取封侯，安能久事笔研间乎？""小子安知壮士志哉！"（本传）陈蕃有清世之志，所以言："大丈夫处世，当扫除天下，安事一室乎！"（本传）张皓有"识危心"，所以其言为："秽恶满朝，不能奋身出命扫国家之难，虽生，吾不愿也。"（本传）各人的语言皆与其性格特点一致。

上述诸人都是历史上值得称赞的人物，作者对他们也持褒扬的态度，以他们的语言突出他们的远大志向与高尚操行。《后汉书》对一些为恶社会与国家的乱臣贼子语言的描写也颇为成功。如梁冀，欲立桓帝，唯李固、杜乔反对，梁冀厉声曰"罢会"（《李固传》）；又威胁杜乔自杀，说道"早从宜，妻子可得全"（《杜乔传》），言语之中表现出飞扬跋扈的戾

---

① 李景星：《四史评议》，第289页。

气。再如董卓,欲废少帝,立献帝,案剑吆喝袁绍"竖子敢然!天下之事,岂不在我?我欲为之,谁敢不从"(本传);河南尹朱俊向董卓上陈用军之事,董则道:"我百战百胜,决之于心,卿勿妄说,且污我刀"(《盖勋传》),出言刚狠,正与他凶毒专横的性格相合。

《后汉书》有一种人物,其性格比较复杂,因情况不同而呈现丰富的多面性,史书往往在人物语言之中将其性格的各个方面展露出来。光武帝刘秀就是一个典型代表。光武非常谨慎,语言亦然,见《李通传》中载:

> 光武初以通士君子相慕也,故往答之。及相见,共语移日,握手极欢。通因具言谶文事,光武初殊不意,未敢当之。时(李)守在长安,光武乃微观通曰:"即如此,当如宗卿师何?"通曰:"已自有度矣。"因复备言其计。

"即如此,当如宗卿师何"一句显示光武极为谨慎的一面。又如《邓晨传》中道:

> 王莽末,光武尝与兄伯升及晨俱之宛,与穰人蔡少公等宴语。少公颇学图谶,言刘秀当为天子。或曰:"是国师公刘秀乎?"光武戏曰:"何用知非仆耶?"坐者皆大笑,晨心独喜。

"何用知非仆耶"从气魄上远不如项羽、陈涉发语豪壮,而且是光武的"戏言",足见光武的小心谨慎。

"光武最大的本领还是柔道。柔是忍耐、是机警的等待机会"[1],所以,当时机不成熟时,光武则隐忍待变,其语言也表现出这一特点。如刘伯升被杀后,他偷偷哭泣,被冯异发现,他告诫冯异曰"卿勿妄言"(《冯异传》)。又如在河北与谢躬周旋时,常称曰"谢尚书真吏也"(《吴汉传》),取得了谢躬信任,最后将之消灭。马武劝他称帝,他大惊道:"何将军出是言?可斩也!"(《马武传》)朱祐劝他登基,他叫道:"召刺奸收护军!"(《朱祐传》)一旦时机成熟,力量壮大,光武的口气又发生

---

[1] 朱东润:《史记考索》,第404页。

了变化。赤眉为东汉所败,派遣刘恭乞降,问何以对待之,他说:"待汝以不死耳"(《刘盆子传》);王郎请降,也求问待遇,他说:"设使成帝复生,天下不可得,况诈子舆者乎!"王郎请求万户侯,他则曰:"顾得全身可矣"(《王郎传》)。占住主动地位的光武丝毫不作让步,自信之中透露着政治家的冷漠。

光武对手下大将有忌心,语言之中也有流露,见《王常传》中写道:

> 光武见常甚欢,劳之曰:"王廷尉良苦。每念往时共更艰厄,何日忘之。莫往莫来,岂违平生之言乎?"常顿首谢曰:"臣蒙大命,得以鞭策托身陛下。始遇宜秋,后会昆阳,幸赖灵武,辄成断金。更始不量愚臣,任以南州。赤眉之难,丧心失望,以为天下复失纲纪。闻陛下即位河北,心开目明,今得见阙庭,死无遗恨。"帝笑曰:"吾与廷尉戏耳。吾见廷尉,不忧南方矣。"

由"岂违平生之言"可知光武对王常晚来归顺颇为不满,但他比较机智,转而笑着说,"吾与廷尉戏耳",释去王常心理包袱。又如《马援传》中写道:

> 世祖笑谓援曰"卿遨游二帝间,今见卿,使人大惭"。援顿首辞谢,因曰:"当今之世,非独君择臣也,臣亦择君矣。臣与公孙述同县,少相善。臣前至蜀,述陛戟而后进臣。臣今远来,陛下何知非刺客奸人,而简易若是?"帝帝复笑曰:"卿非刺客,顾说客耳。"

"卿遨游二帝间,今见卿,使人大惭"一语流露了光武对才能出众的马援心有猜忌。

光武又有爱抚功臣的一面,见《耿纯传》中记耿遭敌夜袭,光武视察:

> 世祖明旦与诸将俱至营,劳纯曰:"昨夜困乎?"纯曰:"赖明公威德,幸而获全。"世祖曰:"大兵不可夜动,故不相救耳。军营进退无常,卿宗族不可悉居军中。"

光武语言宽详和蔼，体现对功臣的真实关怀。又如《贾复传》中记道：

复伤创甚。光武大惊曰："我所以不令贾复别将者，为其轻敌也。果然，失吾名将。闻其妇有孕，生女邪，我子娶之，生男邪，我女嫁之，不令其忧妻子也。"

光武这段语言较为快急，生动显示他对贾复的关切心态。此外，光武对归降的朱鲔、叛变的庞萌、屠城的吴汉及宗室诸母，态度各异，语气各异，语言也各不相同，分别表现他性格中的一面。

浦起龙注引裴松之言曰："凡记言之体，当使若出其口。辞胜而无实，君子所不取也。"① 人物语言除了要逼肖人物性格，还要符合人们说话的特点，尽可能切近当时生活语言，如此，语言才能活泼灵动，有生机，有趣味，有美感。《史记》记陈涉少时伙伴的语言，纯用口语；记周昌语言，则直接模拟他口吃情状，两处描写都极为成功，成为后世描写人物语言的典范。《后汉书》人物语言也有接近生活用语的倾向。如《鲍宣传》叙述鲍宣投降光武帝，光武问他人众何在，鲍答言皆已遣散，传记记载光武此时的语言为："卿言大。"这是一句极为普通的常用口语，却十分准确地道出光武对鲍宣的不满。《后汉书》描写一些人物的语言时，往往取其叠音，模拟说话人的言语情态。如《度尚传》中记载度尚征讨桂阳流贼，初战获胜，士卒"多获珍宝"，不愿追击。度尚于是秘密派人将士卒的"珍积"焚烧皆尽。然后再人人慰劳，并乘机道："卜阳（流贼）等财宝足富数世，诸卿但不并力耳。所亡少少，何足介意！"士卒斗志猛起，彻底消灭流贼。上句中"少少"正是度尚自然口语状态的流露。

又如《张步传》中载：

苏茂让步曰："以南阳兵精，延岑善战，而耿弇走之。大王奈何就攻其营？既呼茂，不能待邪？"步曰："负负，无可言者。"

---

① 《史通通释》，第153页。

李贤注曰"负，愧也。再言之也，愧之甚"。笔者以为"负负"有惭愧意义，但在此处则主要是模拟张步语言神态，与《史记》周昌的"期期"作用类似。此类例子尚见《何进传》中何太后语："中官统领禁省，自古及今，汉家故事，不可废也。且先帝新弃天下，我奈何楚楚与士人对共事乎？"

《徐稚传》中徐语："为我谢郭林宗，大树将颠，非一绳所维，何为栖栖不遑宁处？"

《窦武传》中曹节语："外间切切，请出御德阳前殿。"

《王良传》中王良友人语："不有忠言奇谋而取大位，何其往来屑屑不惮烦也？"

《刘盆子传》中光武语："卿所谓铁中铮铮，庸中佼佼者也。"

楚楚、栖栖、切切、屑屑、铮铮、佼佼，都是叠音词，较为切近人物自然语言，从声音到神态上比较形象地折射出话语人物的特点。《后汉书》中的一些人物语言，较为俚俗。如更始称赵憙曰："茧栗犊，岂能负重致远乎？"（《赵憙传》）

吕布称备曰："大耳儿最叵信！"（《吕布传》）

李傕称郭汜曰："郭多，盗马虏耳，何敢欲与我同邪！必诛之。"（《董卓列传》）

宦官骂陈蕃曰："死老魅！复能损我曹员数，夺我曹禀假不？"（《陈蕃传》）

历史传记的人物语言本来强调质朴自然，反对过分修饰，刘知幾曾言："寻夫战国已前，其言皆可讽咏，非但笔削所致，良由体质素美。……则知时人出言，史官入记，虽有讨论润色，终不失其梗概者也。"浦起龙注："此节虽专举左文，却是统证首幅，用以形其后史载谣口语，皆由倩饰也。"[1] 上引俚俗之言的发语者多较粗鄙，如吕布、李傕、宦官，其内容多有贬讥之意。"茧栗犊"意指小牛[2]，更始先称赵憙为"茧栗犊"，明显含有轻鄙意思，及至赵憙降下舞阴，更始立即改口曰：

---

[1] 浦起龙：《史通通释》，第150页。
[2] 参见《赵憙传》，李贤注："犊角如茧栗，言小也。"

"卿名家驹，努力勉之"，呼赵熹为"名家驹"，表现他对赵的赞赏。① 郭多乃郭氾的别名，"死老魅"则为宦官对陈蕃的骂语。这些语言虽然比较俚俗，缺少"倩饰"，但颇富表现力。如吕布对刘备的称呼，《三国志》为："是儿最叵信者"，虽较《后汉书》雅驯，但《后汉书》更好地表现吕布对刘备见死不救，落井下石的气愤，更符合当时事实。

《后汉书》往往以诙谐笔调描写一些人物对话，使人物对话颇为生动有趣。如《公孙述传》中载曰：

> （公孙）述梦有人语之曰："八厶子系，十二为期。"觉，谓其妻曰："虽贵而祚短，若何？"妻对曰："朝闻道，夕死尚可，况十二乎！"会有龙出其府殿中，夜有光耀，述以为符瑞，因刻其掌，文曰"公孙帝"。

公孙述极想称王，却又担心短祚，语言之中透露犹疑。他妻子的答语最有意味。"朝闻道，夕死可矣"是孔子《论语》中的名言，表现孔子作为一代先哲对真理与智慧的孜孜追求。她"活用"此话，正显示对君权威力的炽烈欲望。圣哲的精神追求竟化为俗妇恣骋物欲的话柄，可笑可叹。再如《钟离意传》中记道：

> （明）帝性褊察，好以耳目隐发为明，故公卿大臣数被诋毁，近臣尚书以下至见提拽。尝以事怒郎药崧，以杖撞之。崧走入床下，帝怒甚，疾言曰："郎出！郎出！"崧曰："天子穆穆，诸侯煌煌。未闻人君，自起撞郎。"帝赦之。朝廷莫不悚栗，争为严切，以避诛责；惟意独敢谏争，数封还诏书，臣下过失辄救解之。

明帝发怒，亲自操杖击打朝臣，这本是一件极为严肃的事情，作者却以诙谐之笔写之。明帝的语言急切，表明他怒不可支。最妙的是药崧

---

① 参见《赵熹传》，李贤注："武帝谓刘德为千里之驹，故以熹比之。"以此，此处更始称赵熹为"名家驹"自是褒义。

的答话,"天子穆穆,诸侯煌煌。未闻人君,自起撞郎"①,前两句彼此对仗,二句、四句尾字甚至押韵,四句组合一起,俨然一首朗朗上口的打油诗。答语也表现药崧忠厚老实的书生特点。又如《崔烈传》中载:

> (崔)烈时因傅母入钱五百万,得为司徒。及拜日,天子临轩,百僚毕会。帝顾谓亲幸者曰:"悔不小靳,可至千万。"程夫人于傍应曰:"崔公冀州名士,岂肯买官?赖我得是,反不知姝邪?"烈于是声誉衰减。久之不自安,从容问其子钧曰:"吾居三公,于议者何如?"钧曰:"大人少有英称,历位卿守,论者不谓不当为三公;而今登其位,天下失望。"烈曰:"何为然也?"钧曰:"论者嫌其铜臭。"烈怒,举杖击之。钧时为虎贲中郎将,服武弁,戴鹖尾,狼狈而走。烈骂曰:"死卒,父挝而走,孝乎?"钧曰:"舜之事父,小杖则受,大杖则走,非不孝也。"烈惭而止。烈后拜太尉。

此段对话涉及四人,四人的对话语言都十分生动。灵帝与程夫人的话巧妙地讥刺崔烈因贿得官的行为,同时也反映了灵帝的昏庸,可谓一举两得。崔烈先自心虚,所以征问儿子崔钧,崔钧开始的回答不太直露,崔烈颇要面子,接着讨问所以然,崔钧只好直接答道"论者嫌其铜臭"。之后,崔烈的骂语显示他伤理于心,借口他事责怪崔钧气急败坏的情态。东汉末年,朝政腐败,灵帝亲自带头卖官鬻爵,作者对此并不直接批评,而是借灵帝、程夫人、崔烈父子等人对话间接地予以评判。四人对话,尤其是崔烈父子对话,将有关朝代兴废的国家大事以轻喜剧方式诙谐地化出,颇为传神。朱东润先生曾道:"对话是叙事文学底精神,有了对话,读者便会感觉书中的人物,一一如在目前。"② 这段对话不仅表现了对话人物的性格特点,还反映了东汉末年的朝政状况,可谓言简而意长。

概言之,《后汉书》人物语言描写虽不及《史记》《汉书》,但作者注意人物语言性格化、口语化,取得了不小的成就。

---

① 据中华书局标点本,"未闻人君自起撞郎"之间没有句读。细读此句,"人君"之后,当应有一逗号,以与前二句的句读对应一致。
② 转引自傅璇琮《理性的思索和情感的倾注》,《文学遗产》1997年第5期。

三 语言运用的"累叠法"

历史人物传记在传写历史人物时,经常使用"累叠法"。钱锺书先生曾言"马迁行文,深得累叠之妙",并举《史记·项羽本纪》写钜鹿之战连用三个"无不",及《史记·晁错传》晁父语言连用三个"矣"为例,指出如此"累叠",可以使文章富于"顿挫而兼急迅错落之致"[①]。《后汉书》学习《史记》,得其"累叠"之妙。《刘赵淳于江刘周赵列传》中记薛包之为:

> 安帝时,汝南薛包孟尝,好学笃行,丧母,以至孝闻。及父娶后妻而憎包,分出之,包日夜号泣,不能去,至被欧杖。不得已,庐于舍外,旦入而洒扫,父怒,又逐之。乃庐于里门,昏晨不废。积岁余,父母惭而还之。后行六年服,丧过乎哀。既而弟子求分财异居,包不能止,乃中分其财。奴婢引其老者,曰:"与我共事久,若不能使也。"田庐取其荒顿者,曰:"吾少时所理,意所恋也。"器物取朽败者,曰:"我素所服食,身口所安也。"弟子数破其产,辄复赈给。

此段"奴婢引其老者""田庐取其荒顿者""器物取朽败者"三句,与"与我共事久,若不能使也""吾少时所理,意所恋也""我素所服食,身口所安也"三句分别层层累叠,行文顺畅,较好地表现了薛苞的淳厚孝悌。再如《桓谭传》中写道:

> 其后,有诏会议灵台所处,帝谓谭曰:"吾欲以谶决之,何如?"谭默然良久,曰:"臣不读谶。"帝问其故,谭复极言谶之非经。帝大怒曰:"桓谭非圣无法,将下斩之!"谭叩头流血,良久乃得解。出为六安郡丞,意忽忽不乐,道病卒,时年七十余。

此段隔句连用两个"良久",前一"良久"乃桓谭深入思考状态,后一"良久"则极现光武动怒之甚。前一"良久"说明桓谭并非轻率的上

---

① 参见《管锥篇》,第272—273页。

言；而后一"良久"反映光武颇为忍忌，对桓谭积怨已深。两个"良久"累叠运用，揭示"伴君如伴虎"的残酷现实。《郑兴传》中也有一段关于谶纬的对话：

> 帝尝问兴郊祀事，曰："吾欲以谶断之，何如？"兴对曰："臣不为谶。"帝怒曰："卿之不为谶，非之邪？"兴惶恐曰："臣于书有所未学，而无所非也。"帝意乃解。兴数言政事，依经守义，文章温雅，然以不善谶故不能任。

《郑兴传》此段内容与《桓谭传》相近，叙述顺序几乎一模一样，但却不如《桓谭传》生动有力。又如《樊英传》中写道：

> 永建二年，顺帝策书备礼，玄纁征之，复固辞疾笃。乃诏切责郡县，驾载上道。英不得已，到京，称疾不肯起。乃强舆入殿，犹不以礼屈。帝怒，谓英曰："朕能生君，能杀君；能贵君，能贱君；能富君，能贫君。君何以慢朕命？"英曰："臣受命于天。生尽其命，天也；死不得其命，亦天也。陛下焉能生臣，焉能杀臣！臣见暴君如见仇雠，立其朝犹不肯，可得而贵乎？虽在布衣之列，环堵之中，晏然自得，不易万乘之尊，又可得而贱乎？陛下焉能贵臣，焉能贱臣！臣非礼之禄，虽万钟不受；若申其志，虽箪食不厌也。陛下焉能富臣，焉能贫臣！"

此段对话文字极为精妙。顺帝的话，全用较短句子累叠，节奏急促，一气呵成，形象地勾勒出手握生杀予夺大权的君王的骄横；樊英的话，则用较长句子累叠，针锋相对，不屈不挠，语调虽缓而见樊英威武不能屈、富贵不能淫的刚正气节。在《袁绍传》中荀谌劝说韩馥的语言则颇似《史记·留侯世家》中张良对刘邦的陈说：

> （袁）绍乃使外甥陈留高幹及颍川荀谌等说馥曰："公孙瓒乘胜来南，而诸郡应之。袁车骑引军东向，其意未可量也。窃为将军危之。"馥惧，曰："然则为之奈何？"谌曰："君自料宽仁容众，为天下所附，孰与袁氏？"馥曰："不如也。""临危吐决，智勇迈于人，

又孰与袁氏?"馥曰:"不如也。""世布恩德,天下家受其惠,又孰与袁氏?"馥曰:"不如也。"谌曰:"勃海虽郡,其实州也。今将军资三不如之势,久处其上,袁氏一时之杰,必不为将军下也。且公孙提燕、代之卒,其锋不可当。夫冀州天下之重资,若两军并力,兵交城下,危亡可立而待也。夫袁氏将军之旧,且为同盟。当今之计,莫若举冀州以让袁氏,必厚德将军,公孙瓒不能复与之争矣。是将军有让贤之名,而身安于太山也。愿勿有疑。"

此段文字为《三国志》所无,作者连用三个"不如也",既突出韩馥毫无主见,也使全段叙述前后相连,宛然一体。

四 人物外号、民间谚谣的运用

史传通过记录人物外号、民间歌谣的方式来表现人物性格特点,为传记生色,史、汉已开先例,《后汉书》尤其明显。首先,《后汉书》多记录传记人物外号,以反映所写人物某一特点。这些外号,大多与人物性格相符,能够准确地揭示人物某一方面性格特点。如强项令董宣被称为"卧虎",本传中记载道:

(董宣)后特征为洛阳令。时湖阳公主苍头白日杀人,因匿主家,吏不能得。及主出行,而以奴骖乘,宣于夏门亭候之,乃驻车叩马,以刀画地,大言数主之失,叱奴下车,因格杀之。主即还宫诉帝,(光武)帝大怒,召宣,欲箠杀之。宣叩头曰:"愿乞一言而死。"帝曰:"欲何言?"宣曰:"陛下圣德中兴,而从奴杀良人,将何以理天下乎?臣不须箠,请得自杀。"即以头击楹,流血被面。帝令小黄门持之,使宣叩头谢主,宣不从,强使顿之,宣两手据地,终不肯俯。主曰:"文叔为白衣时,臧主匿死,吏不敢至门。今为天子,威不能行一令乎?"帝笑曰:"天子不与白衣同。"因敕强项令出。赐钱三十万,宣悉以班诸吏。由是搏击豪强,莫不震栗。京师号为"卧虎"。歌之曰:"枹鼓不鸣董少平。"

再如杜诗,为南阳太守,"性节俭而政治清平,以诛暴立威,善于计略,省爱民役。造作水排,铸为农器,用力少,见功多,百姓便之。又修治陂池，广拓土田，郡内比室殷足"。因而，百姓呼之为"杜母"。此号出自小民百姓之口，突出杜诗为政宽和，造福百姓，让百姓有衣食父母之感。"卧虎""杜母"，一强一柔，一针对豪强，一针对子民，都反映所写人物为民做主的特点。此类称号尚有：

"神父"：宋登为汝阴令，政为明能，号称"神父"（《宋登传》）。还有突出描写人物学问道德的：

"伏不斗"：伏氏经学，清静无竞，故东州号为"伏不斗"（《伏湛传》）。

"白衣尚书"：郑均数纳忠言，肃宗对他十分敬重，曾为尚书，后因病还家，章帝东巡过任城，乃幸均舍，敕赐尚书禄以终其身，故时人号为"白衣尚书"（《郑均传》）。

"任圣童"：任延年十二，为诸生，学于长安，明《诗》《易》《春秋》，显名太学，学中号为"任圣童"（《任延传》）。

"诸生"：和帝邓后六岁能《史书》，十二岁通《诗》《论语》。诸兄每读经传，辄下意难问。志在典籍，不问居家之事，家人号曰"诸生"（《皇后纪》）。

也有一些反面人物，传记将他们称号写出，突出其恶劣一面。如：

"左回天，具独坐，徐卧虎，唐两堕"：左悺、具瑗、徐璜、唐衡，横行天下，天下为之语曰："左回天，具独坐，徐卧虎，唐两堕。"（《宦者传》）据李太子注，"独坐""言骄贵无偶也"；"两堕谓随意所为不定也"。据《资治通鉴》胡三省注，"回天言权力能回天也"[①]。独坐、卧虎之称前已见，分别用以形容宣秉、董宣，突出二人的威严，此处则以之突出宦官反面劣性。这四个称号充分表现"四侯"翻弄朝权、肆无忌惮、无恶不作的特点。

将人物外号记入其传记之中，往往能够起到以少胜多、突出人物独特性格的作用。《汉书·游侠传》中的陈遵，声名显赫，所到之处，"衣冠怀之，唯恐在后"，后有一人与他同名，"每至人门，曰陈孟公，坐中莫不震动，既至而非，因号其人曰'陈惊坐'"。"陈惊坐"这个称号极富典型意义，将陈遵游侠尚气，受人尊崇的侠士风格极为形象地折射出来。《后汉书》记录人物称号，也有如此效果。

[①] 司马光：《资治通鉴》卷五十四《汉纪·孝桓帝上之下》，第1755—1756页。

其次，《后汉书》特别倾向于以歌谣反映人物性格特点。其内容主要有两个方面：其一，反映官吏为政特点，此类歌谣多为散体歌行方式，内容多称颂为民造福的良吏。

百姓歌曰："桑无附枝，麦穗两岐。张君为政，乐不可支。"歌颂渔阳太守张堪。(《张堪传》)

巷路为之歌曰："贾父来晚，使我先反；今见清平，吏不敢饭"，歌颂交趾太守贾琮。(《贾琮传》)

郡人为之语曰："前有赵、张、三王，后有边、延二君。"称赞京兆延笃。(《延笃传》)

百姓为便，乃歌之曰："廉叔度，来何暮？不禁火，民安作。平生无襦今五绔。"歌颂蜀郡太守廉范。(《廉范传》)

吏人畏爱，为之歌曰："强直自遂，南阳朱季。吏畏其威，人怀其惠。"歌颂临淮太守朱晖。(《朱晖传》)

吏民思而歌之曰："邑然不乐，思我刘君。何时复来，安此下民。"歌颂顺阳长刘陶。(《刘陶传》)

对良吏的称颂，多来自民间百姓，发自百姓内心，所以其形式也多为散体歌谣，比较通俗易懂。

其二，表彰名士的德行与经学。

学中语曰："天下模楷李元礼，不畏强御陈仲举，天下俊秀王叔茂。"称颂李膺、陈蕃、王畅的德行。(《党锢传》)

乡里号之曰："德行恂恂召伯春。"称赞召驯的志义。(《召驯传》)

乡里之语曰："道德彬彬冯仲文。"称赞冯豹德行高尚。(《冯豹传》)

常闻"关东觥觥郭子横"，称赞郭宪直道为人。(《郭宪传》)

时人叹曰"殿中无双丁孝公"：称赞丁鸿才高，论难最明。(《丁鸿传》)

京师为之语曰"《五经》从横周宣光"：称赞周举博学洽闻。(《周举传》)

京师为之语曰"说经铿铿杨子行"：称赞杨政善说经书。(《杨政传》)

时人为之语曰"《五经》无双许叔重"：称赞许慎博学经籍。(《许慎传》)

诸儒为之语曰"关西孔子杨伯起"：称赞杨震明经博览，无不穷究。(《杨震传》)

京师号曰"天下无双江夏黄童",称赞黄香博学经典,究精道术。(《黄香传》)

故京师为之语曰:"解经不穷戴侍中。"称赞戴凭善于说经。(《戴凭传》)

对德行及经学之士的称赞多出自士人,所以这类歌谣多七言整句,书卷气极重,看上去不像口头歌谣,更像文人书面创作的诗歌。

要之,《后汉书》载录人物超过《汉书》,一些人物不能详细叙述、描写,以称号、歌谣来表现人物主要性格特点,正好达到以简胜繁的效果。但歌谣太多,赞颂过盛,有重复之嫌,影响其感人效应。

第二节 《后汉书》的论、序、赞

《后汉书》传记之中,列有论、赞,有的篇章还有序。《后汉书》人物传记的叙述部分多是范晔根据其他史书、家传、小说等编辑而成,严格说来,不是范晔的原创。《后汉书》中的论、序、赞多是范晔亲笔所作,对研究范晔的创作更有意义。范晔对其所作的论、序、赞也极为自许,自称:"吾杂传论,皆有精意深旨,既有裁味,故约其词句。至于《循吏》以下及《六夷》诸序论,笔势纵放,实天下之奇作。其中合者,往往不减《过秦》篇。尝共比方班氏所作,非但不愧之而已。……赞自是吾文之杰思,殆无一字空设,奇变不穷,同合异体,乃自不知所以称之。"(《宋书·范晔传》)

一 发论的随机性

论在史传中出现得较早,《左传》无论,但有"君子曰","《春秋左氏传》每有发论,假'君子'以称之"[①]。其后,各家对"论"的称呼并不一样,《史记》云"太史公",《汉书》云"赞",荀悦《汉纪》曰"论",《东观汉记》曰"序",《三国志》曰"评",袁宏《后汉纪》则干脆直称"袁宏曰",《后汉书》则称"论"。《史记》的论"限以终篇,篇各一论"。也就是说,《史记》每篇一论,论都在各篇结尾。《汉书》

[①] 《左传》君子曰、君子谓有78则,见郑良树《竹简帛书论文集》,中华书局1982年版,第345页。

《三国志》也是这样。《后汉书》总体上继承《史记》一篇一论的传统，《后汉书》90篇纪传中，一篇一论纪传篇数仍然最多，为62篇。但《后汉书》中论的数量及论在篇中的位置情况有新的变化。首先，《后汉书》中论数与篇数的比高于前三史。前三史严格恪守一篇一论的成法，《后汉书》共90篇纪传，却有论110段，平均一篇一论还多。其次，《后汉书》论在各篇中的分配也不均衡。《后汉书》纪传中，有一篇一论的，共62篇；有一篇有两段论的，共20篇；有一篇有三段论的，共3篇，还有全篇没有一"论"的，共5篇。最后，《后汉书》中论也不全在传记末尾。其110段论，位于纪传末尾的有55段，另外55段则位于纪传中间。篇中置论，前三史还没有这个先例。而且，《后汉书》篇中论的数量与篇末论的数量大体相当，这说明《后汉书》立论有极强的随意性。刘咸炘曾指出：

> 其传中之论，多止论一二人，即附其人事后，虽父子亦以论间断之，一篇之中遂分数传，盖其每篇本无一贯之处，每段各自独立，甚至合传有全无意义，但以官位大小约略相等而遂合之者，此马班之所无也。①

立"论"随意，不拘一篇一论，也不限在结尾，这是范书的一个特点。范晔如此立"论"，自然受到后世的批评与责备。刘知幾曾曰："每卷立论，其烦已多。"② 刘咸炘也说："范论文固多精义，固多允要，无解于每人立论之乖。"③ 他们可能没有弄清范晔作《后汉书》的目的。范晔主要是"就卷内发论，正一代之得失"，也就是说，"论"才是范晔著《后汉书》重心所在。随意发论，打破史书整齐的体例，却有助于范晔自由地发表对历史事件、历史人物的看法，有助于实现"正一代得失"的目的。另外，范晔喜好卷中立"论"，应是受到当时史论的影响。章学诚曾言："范史列传之体，人自为篇，篇各为论，全失马班合传，师法《春

---

① 《四史知意》，第616页。
② 浦起龙：《史通通释》，第83页。
③ 《四史知意》，第632—635页。

秋》之比事属辞也。"① 他指出影响《后汉书》立"论"的渊源。实际上，《春秋》"属辞比事"法对《后汉书》的影响并不明显。对《后汉书》立"论"影响最明显的是范晔当时的史论。"《后汉书》中的论，于继承《史记》《汉书》的传统外，也受到了魏晋以来某种史论的影响。"②白寿彝先生所言"史论"主要指干宝《晋纪总论》等。如果再看远一点，自汉末至魏晋，论辩说理之风比较盛行，这种风气直接影响了当时史著作者，所以魏晋史著每好议论。③ 时代略早于范晔的袁宏，其《后汉纪》就著有50多条"论"，袁论也都很随意、很零散地置于各篇中间，而不是放在各篇末尾。这样，作者可以很随机地就历史事件、历史人物发表自己的见解、评论。《后汉书》可能吸收了《后汉纪》这种随机发表议论的特点，将之应用于纪传体史书之中，突破了纪传体史书立"论"的传统。

二　立论的精当性

无论是从文学角度考察，还是从史学角度关照，著文立论，都须具备"才""学""识"。对于史传的论来说，作者的志识犹为重要，章学诚曾将文章的志识与文辞进行形象比较，指出"文辞，犹三军也；志识，其将帅也"④。也就是说，"史论立言，犹当雅正"⑤，要力求允当，要打破俗世常人浅见，得出他人所未得出、又颇为精到的结论。赵翼曾指出，范晔"有学有识，未可徒以才士目之"，《后汉书》"立论持平，褒贬允当"⑥。的确，《后汉书》发表议论往往比较平允。首先，《后汉书》继承《史记》"不以成败论英雄"传统，公平地褒奖历史失败者的一些过人之处。如王郎、刘永、卢芳等，范晔一方面指出他们"因时扰攘，苟恣纵而已耳"，一方面也称赞他们"犹以附假宗室，能掘强岁月之间"。还有

---

① 王树民校证：《文史通义校注》第767页《永清县志列女传序例》。
② 白寿彝：《史学史论文集》，第140页。
③ 参见程千帆《闲堂文薮》，第174—181页中的《魏晋论辩文勃兴之因缘》及《论辩文题材之分析》。
④ 叶瑛校注：《文史通义校注》，第350页。
⑤ 浦起龙：《史通通释》，第109页。
⑥ 王树民校证：《廿二史札记校证》，第82页。

公孙述,范晔批评他好为俗治,但对公孙述矢志不降的气节也予以褒扬。① 对于众人斥责的人物,也指出其值得称赞的地方。如窦宪独揽朝权,异己者如郅寿、乐恢皆逼迫自杀,"朝臣震慑,望风承旨"(《窦宪传》);窦氏家族欺凌百姓,竞修豪宅,骄纵无端。"论"仍然客观评价窦宪,对其"一举而空朔庭",平定匈奴的大功给予应有赞扬。② 对于一些获得历史好评的人物,范晔微微揭露其人生一些不足,予以适当批评。如李通虽首倡起义,有功东汉,却破损全家,所以,论"讥其陷父以侥幸"③,为"知夫所欲而未识以道者"。再如桓氏,世为帝师,累代见宠,乃东汉经生中最受殊荣一族,论则委婉批评他们,"讥其为学以取荣"④。又如臧洪,义烈感人,以区区一城,不屈于袁绍,百姓、士人皆乐于从死而不降,论"则惜其徒死之无益"⑤。还有马援,论在称颂他因时顺世,完成千载难得大功的同时,明确批评他明于戒人,暗于全己。⑥ 此外,对于直谏之臣李云"不识失身之义"(见本传论),党锢之士张俭"不知量"(见本传论),倍受朝廷尊敬的樊英"无益于用"(见本传论),《后汉书》也在其传论中一一指出。其次,《后汉书》对党锢事件的评判比较公正。《后汉纪》对党锢士人的行为持否定态度。袁宏虽认为党锢士人"崇君亲,党忠贤,洁名行,厉风俗""有益于时",却指责党锢士人"定臧否,穷是非,触万乘,陵卿相","弊亦大矣";并说:"野不议朝,处不谈务,少不论长,贱不辩贵,先王之教也。《传》曰:'不在其位,不谋其政。''天下有道,庶人不议。'此之谓矣。苟失斯道,庶人干政,

---

① 参见《公孙述传论》"昔赵佗自王番禺,公孙亦窃帝蜀汉,推其无他功能,而至于后亡者,将以地边处远,非王化之所先乎?述虽为汉吏,无所冯资,徒以文俗自憙,遂能集其志计。道未足而意有余,不能因隙立功,以会时变,方乃坐饰边幅,以高深自安,昔吴起所以惭魏侯也。及其谢臣属,审废兴之命,与夫泥首衔玉者异日谈也"。

② 参见《窦宪传论》中载:"窦宪率羌胡边杂之师,一举而空朔庭,至乃追奔稽落之表,饮马比鞮之曲,铭石负鼎,荐告清庙。列其功庸,兼茂于前多矣,而后世莫称者,章末衅以降其实也。"

③ 参见李慈铭《越缦堂读书记》,第 228 页。

④ 同上。

⑤ 同上。

⑥ 参见《马援列传论》中载:"(马)援腾声三辅,遨游二帝,及定节立谋,以干时主,将怀负鼎之愿,盖为千载之遇焉。然其戒人之祸,智矣,而不能自免于逸隙。岂功名之际,理固然乎?夫利不在身,以之谋事则智;虑不私己,以之断义必厉。诚能回观物之智而为反身之察,若施之于人则能恕,自鉴其情亦明矣。"

权移于下,物竞所能,人轻其死,所以乱也。至乃夏馥毁形以免死,袁闳灭礼以自全,岂不哀哉?"①袁宏的议论"以名教观为核心,多迂腐陈旧之说"②,此论即是典型代表。范晔对党锢士人基本持褒扬态度。其《党锢列传·范滂传》后论曰:

> 李膺振拔污险之中,蕴义生风,以鼓动流俗,激素行以耻威权,立廉尚以振贵势,使天下之士奋迅感概,波荡而从之,幽深牢破室族而不顾,至于子伏其死而母欢其义。壮矣哉!子曰:"道之将废也与?命也!"

可见范晔肯定李膺、范滂等党人所作所为乃"道义"之行,对党锢士人不苟流俗,"舍生取义"的人生追求也极为称赞。范晔对党锢士人的看法比袁宏更有进步意义。李慈铭曾赞范晔道:"自汉以后,蔚宗最为良史,删繁举要,多得其宜。其论赞剖别贤否,指陈得失,皆有特见,远过马、班、陈寿,余不足论矣。"③斯论有一定道理。再如对建国后功臣是否应该继续担任国家职务问题,范晔也有自己独到理解,事见《马武传论》,前章已论,不赘述。刘知幾尝言:"夫论者,所以辩疑惑,释凝滞,若愚智共了,固无俟商榷。"④范晔的"论"往往发人所未发,对一些人物的评价也是如此。如对班超,袁宏论曰"班超之功,非不谓奇也,未有益中国,正足以伏四夷,故王道多不取也"⑤,基本持否定态度。范晔《班超传论》则曰"班超、梁慬奋西域之略,卒能成功立名,享受爵位,荐功祖庙,勒勋于后,亦一时之志士也",赞扬班超立志建功,留名后世。其他如论皇甫嵩,称其不能听从阎忠进言,"而舍格天之大业,蹈匹夫之小谅,卒狼狈虎口,为智士笑",直接鼓励推翻庸主,实行汤武革命(《皇甫嵩传论》);论刘璋,称其不能"闭隘养力,守案先图","与岁时推移,而遽输利器,静受流斥,所谓羊质虎皮,见豺则恐"(《刘璋传论》),则有鼓励军阀割据之嫌。这些议论都较激进,有悖于传统道德价

---

① 周天游:《后汉纪校注》,第 626—627 页。
② 周天游:《后汉纪校注》序。
③ 《越缦堂读书记》,第 226 页。
④ 浦起龙释:《史通通释》,第 81 页。
⑤ 周天游:《后汉纪校注》,第 407 页。

值观，但都就事而发，比较精当。

前人也有对《后汉书》立论大肆批驳的，如宋人高似孙曾曰："（范）晔之言张诩如此，自谓可过班固，观其所著序论，如邓禹、窦融、马援、班超、郭泰诸篇，略具气象，然亦何能企万一耶！"① 洪迈甚至认为"（范）晔所著序论，了无可取"②。需要指出的是，高、洪二人是就范晔传论的综合特点进行评论，其评论并非仅仅针对范晔的立论而言。高、洪二人的批评太过于贬低范晔传论成就。不过，范晔的"论"确实存在着前后不一致，彼此矛盾的现象。李慈铭就曾指出范晔对邓太后的论述有矛盾之处。③ 又如《顺帝纪论》批评顺帝"何其效僻之多与"，《左周黄列传论》则曰："顺帝始以童弱反政，而号令自出，知能任使，故士得用情，天下喁喁仰其风采。"又对顺帝甚为赞美，两论对照，太过矛盾，有损全书前后观点的一致性。最后，《后汉书》一些"论"论述偏于玄虚，如《光武帝纪论》，过分强调光武生而神异，赞其称帝当有天意，甚至不如袁山松《后汉书·光武帝纪论》及薛莹《后汉纪·光武帝纪赞》充实。又，《后汉书·灵帝纪论》伤于简略，不如薛莹《后汉纪·灵帝纪赞》详尽、有力。

三 议论的抒情性

从文学角度审视，一篇作品，除了具有充实的内容，还必须具有动人的感情。《后汉书》序、论、赞都蕴含作者主观感情，尤以论、序最为突出。有学者指出论赞除补充事义、发表议论外，尚有抒发情感的作用。④《后汉书》论、序就有抒发作者情感的作用。刘咸炘曾言："盖班氏赞语含蓄，不极议论，史家高度远致，固应如是。蔚宗以为于理无得，自是误衡，而自作矫之，更为详畅，则别成其妙，与班书相竞。"⑤ 刘认

---

① 宋高似孙著，周天游校笺：《史略》校笺，书目文献出版社1987年版，第44页。
② 洪迈：《容斋随笔》卷15《范晔作史》，上海古籍出版社1978年版，191页。
③ 《越缦堂读书记》（第226页）："《和熹邓后纪论》有曰：'建光之后，王柄有归，遂乃名贤戮辱，便孽党进，故知持权引谤，所幸者非己，'云云。是称邓后之德，直不亚于马后，而安帝为不克负荷。乃《安帝纪论》，则又曰：'孝安虽称尊享御，而权归邓氏，令自房帷，威不逮远，始失根统，归成陵敝。遂复计金授官，移民逃寇，既云哲妇，亦惟家之索，'云云，则全归过于邓氏。虽史家美恶，不妨彼此互见，然太相矛盾，未免轻重失伦。"
④ 参见郭丹《中州学刊》1987年第3期。
⑤ 《四史知意》，第638页。

为范晔的论述不如班固含蓄，意即范晔的议论往往直接亮明观点、表明爱憎，可见《后汉书》传论表露感情的方式比较直接、鲜明。今人张新科在指出魏晋南北朝史传作品思想感情存在"由浓而淡"倾向的同时，也指出《后汉书》思想感情色彩比较突出，而且"《后汉书》的感情色彩最主要的还是通过传论直接体现出来"[①]。张的话只说对了一半，《后汉书》不仅通过"论"，有时有通过"序"来抒发情感，抒发的方式则十分直接。范晔往往通过"论"直接表达自己对朝廷错误决策的痛惜之情，如《西羌传论》：

> 惜哉寇敌略定矣，而汉祚亦衰焉。呜呼！昔先王疆理九土，判别畿荒，知夷貊殊性，难以道御，故斥远诸华，薄其贡职，唯与辞要而已。若二汉御戎之方，失其本矣。何则？先零侵境，赵充国迁之内地；煎当作寇，马文渊徙之三辅。贪其暂安之势，信其驯服之情，计日用之权宜，忘经世之远略，岂夫识微者之为乎？故微子垂泣于象箸，辛有浩叹于伊川也。

这段文字以"呜呼"表达了范晔对东汉讨羌不力，以至国用耗尽，汉祚遂衰的惋惜与伤怀。同时，也对徙戎论提出严厉批评。再如《南匈奴列传论》：

> 而窦宪矜三捷之效，忽经世之规，狼戾不端，专行威惠。遂复更立北虏，反其故庭，并恩两护，以私己福，弃蔑天公，坐树大鲠。永言前载，何恨愤之深乎！自后经纶失方，畔服不一，其为疢毒，胡可单言！降及后世，玩为常俗，终于吞噬神乡，丘墟帝宅。呜呼！千里之差，兴自毫端，失得之源，百世不磨矣。

这段文字充斥着激烈的情感，作者一连串运用"狼戾不端""专行威惠""以私己福""弃蔑天公""坐树大鲠"等满含贬责的短语，痛斥窦宪短视误国。的确，中原陆沉，帝宅丘墟，"这怎能不使范晔感到伤痛

---

① 参见张新科《唐前史传文学》，博士论文，第40页。

呢？"① 范晔在"愤恨"之余发出沉痛的伤叹。

对破坏朝纲的宦官，范晔痛加指责，见《宦者传序》中载："手握王爵，口含天宪，非复掖廷永巷之职，闺牖房闼之任也。其后孙程定立顺之功，曹腾参建桓之策，续以五侯合谋，梁冀受钺，迹因公正，恩固主心，故中外服从，上下屏气。或称伊、霍之勋，无谢于往载；或谓良、平之画，复兴于当今。虽时有忠公，而竟见排斥。举动回山海，呼吸变霜露。阿旨曲求，则光宠三族；直情忤意，则参夷五宗。汉之纲纪大乱矣。""阿旨曲求，则光宠三族；直情忤意，则参夷五宗"，表露范晔对宦官们弄权误国的强烈不满。

范晔也运用"论"表达赞扬情感。他赞美参与创业的功臣，如《邓禹列传论》中载："及其威损枸邑，兵散宜阳，褫龙章于终朝，就侯服以卒岁，荣悴交而下无二色，进退用而上无猜情，使君臣之美，后世莫窥其间，不亦君子之致为乎！"深叹邓禹进退有度，颇得君臣相处的善美。

赞美忠义气节之士，如《耿恭传论》中载：

余初读《苏武传》，感其茹毛穷海，不为大汉羞。后览耿恭疏勒之事，喟然不觉涕之无从。嗟哉，义重于生，以至是乎！昔曹子抗质于柯盟，相如申威于河表，盖以决一旦之负，异乎百死之地也。

这一段感慨快然由心，迸发如水，激烈震撼，真挚感人，方之《史记·屈原传》"太史公曰"不啻过。再如《陈蕃传论》中载：

桓、灵之世，若陈蕃之徒，咸能树立风声，抗论昏俗。而驱驰崄厄之中，与刑人腐夫同朝争衡，终取灭亡之祸者，彼非不能洁情志，违埃雾也。愍夫世士以离俗为高，而人伦莫相恤也。以遁世为非义，故屡退而不去；以仁心为己任，虽道远而弥厉。及遭际会，协策窦武，自谓万世一遇也。懔懔乎伊、望之业矣！功虽不终，然其信义足以携持民心。汉世乱而不亡，百余年间，数公之力也。

此论赞扬陈蕃笃于忠义的霜贞之性。议论行文，跌宕起伏，一唱三

---

① 朱东润：《史记考索》，第354页。

叹，笔挟深情，动人之至，后世读者往往深为感染，王鸣盛曾感慨道："陈蕃传论，……悲愤壮烈，千载之下读之，凛凛犹有生气。"① 类似例子尚见《卢植传论》。

范晔也运用"论"表达同情与惋惜，如《祭肜传论》叹道："惜哉，畏法之敝也！"惋惜祭肜"武节刚方，动用安重"，却死于法吏。再如《乐何传论》："惜乎，过矣哉！"惋惜何敞支柱朝纲，却因子遭黜。

《后汉书》的"论"充满激荡情气，自有感发人力量。如《李杜列传论》中载：

顺、桓之间，国统三绝，太后称制，贼臣虎视。李固据位持重，以争大义，确乎而不可夺。岂不知守节之触祸，耻夫覆折之伤任也。观其发正辞，及所遗梁冀书，虽机失谋乖，犹恋恋而不能已。至矣哉，社稷之心乎！其顾视胡广、赵戒，犹粪土也。

这段文字奇偶相承，气韵生动，"顾视胡广、赵戒，犹粪土"一句掷地有声，尤为动人。再如《孔融传论》中载：

若夫文举之高志直情，其足以动义概而忤雄心。故使移鼎之迹，事隔于人存；代终之规，启机于身后也。夫严气正性，覆折而已。岂有员园委屈，可以每其生哉！懔懔焉，皭皭焉，其与琨玉秋霜比质可也。

此段连用"也""哉""焉""也"等语气词，将赞叹之情抒发得淋漓尽致。李慈铭曾指出《李固传论》《孔融传论》等"皆抑扬反复，激烈悲壮，令人百读不厌"②。

《后汉书》的"论"有时超越个人情绪感受，将万民的人生、命运都纳入关照范围，表达出强烈的忧生情感。如《董卓传论》中载："夫以刳肝斮趾之性，则群生不足以厌其快，然犹折意缙绅，迟疑陵夺，尚有盗窃之道焉。及残寇乘之，倒山倾海，崑冈之火，自兹而焚，《版》《荡》

---

① 王鸣盛：《十七史商榷》卷37，第9页。
② 《越缦堂读书记》，第228页。

之篇,于焉而极。呜呼,人之生也难矣!天地之不仁甚矣!"李景星曰:"人之生也难矣!天地之不仁甚矣"是"十分伤心语,千古国家末运,皆当作如是观"①。这段文字将范晔悲生忧世的伤感之情完全彻底地宣泄出来,读来令人生无限之伤情。

要之,《后汉书》序、论在感情抒发上几乎接近《史记》的水平②,范晔的"论"蕴含极强的主观情感表达,其感人效果也极为明显。李慈铭称范晔传论往往能使"闻之者兴起,读之者感慕,以视马、班,文章高古则胜之,其风励雅俗,哀感顽艳,固不及也"③。信非虚言。

四 序的夹叙夹议

《后汉书》序、论颇为后世学者所称道。序与论又有区别。《后汉书》共有"序"约14段。④诸纪传"序"中,篇幅最长、字数最多的是《党锢列传序》,约2000字;篇幅最短的是《列女传序》,仅109字,次短的为《独行列传序》,有122字;其余各"序"有字数在1000左右的,如《宦者列传序》《儒林列传序》,也有几百字的,总之,各"序"的篇幅有长有短,不太统一。根据刘知幾解释,"论"是为了"辩疑惑,释凝滞","序"则是用来"序作者之意"的。⑤是论与序在传记中的作用不同。其次,"序"和"论"的写作特点不同。"论"则主要采用议论方式,"有时也采取讽喻或感慨的形式","评价历史问题和历史人物"⑥。"序"一般是夹叙夹议,吴讷言:"其言次第有序,故谓之序也";又曰:

---

① 李景星:《四史评议》,第341页。
② 参见张新科《魏晋南北朝时期史传文学的嬗变》(《陕西师范大学学报》2000年第4期):"《后汉书》的感情色彩是可以与《史记》相媲美的,尤其是类传中表现的褒贬之情,在本时期内是独一无二的。"张说稍嫌有点儿夸大《后汉书》的抒情成就,但范晔序、论之中饱含情气则是不争的事实。
③ 张新科:《魏晋南北朝时期史传文学的嬗变》,《陕西师范大学学报》2000年第4期。
④ 《西羌传》《南蛮西南夷传》前分别有一大段关于西羌、南蛮西南夷早期历史简介的文字,因与其后文字在时间顺序上贯通一致,所以不将其视作"序"。《后汉书》含有序的篇目分别为:《皇后纪》《刘赵淳于江刘周赵传》《周黄徐姜申屠传》《党锢传》《循吏传》《酷吏传》《宦者传》《儒林传》《方术传》《逸民传》《独行传》《列女传》;此外,四夷传中的《东夷传》《西域传》也有前序。
⑤ 见浦起龙《史通通释》第87页引孔安国语。
⑥ 白寿彝:《中国史学史论集》,第140页。

第八章 《后汉书》语言特点及序、论、赞

"大抵序事之文,以次第其语、善叙事理者为上"①。如《宦者列传序》中载:

《易》曰:"天垂象,圣人则之。"宦者四星,在皇位之侧,故《周礼》置官,亦备其数。阍者守中门之禁,寺人掌女宫之戒。又云"王之正内者五人"。《月令》:"仲冬,命阉尹审门闾,谨房室。"《诗》之《小雅》,亦有《巷伯》刺谗之篇。然宦人之在王朝者,其来旧矣。将以其体非全气,情志专良,通关中人,易以役养乎?然而后世因之,才任稍广。其能者,则勃貂、管苏有功于楚、晋,景监、缪贤著庸于秦、赵。及其敝也,则竖刁乱齐,伊戾祸宋。

汉兴,仍袭秦制,置中常侍官。然亦引用士人,以参其选,皆银珰左貂,给事殿省。及高后称制,乃以张卿为大谒者,出入卧内,受宣诏命。文帝时,有赵谈、北宫伯子,颇见亲幸。至于孝武,亦爱李延年。帝数宴后庭,或潜游离馆,故请奏机事,多以宦人主之。至元帝之世,史游为黄门令,勤心纳忠,有所补益。其后弘恭、石显以佞险自进,卒有萧、周之祸,损秽帝德焉。

中兴之初,宦官悉用阉人,不复杂调它士。至永平中,始置员数,中常侍四人,小黄门十人。和帝即祚幼弱,而窦宪兄弟专总权威,内外臣僚,莫由亲接,所与居者,唯阉宦而已。故郑众得专谋禁中,终除大憝,遂享分土之封,超登宫卿之位。于是中官始盛焉。

自明帝以后,迄乎延平,委用渐大,而其员稍增,中常侍至有十人,小黄门二十人,改以金珰右貂,兼领卿署之职。邓后以女主临政,而万机殷远,朝臣国议,无由参断帷幄,称制下令,不出房闱之间,不得不委用刑人,寄之国命。手握王爵,口含天宪,非复掖廷永巷之职,闱牖房闼之任也。其后孙程定立顺之功,曹腾参建桓之策,续以五侯合谋,梁冀受钺,迹因公正,恩固主心,故中外服从,上下屏气。或称伊、霍之勋,无谢于往载;或谓良、平之画,复兴于当今。虽时有忠公,而竟见排斥。举动回山海,呼吸变霜露。阿旨曲求,则光宠三族;直情忤意,则参夷五宗。汉之纲纪大乱矣。

若夫高冠长剑,纡朱怀金者,布满宫闱;苴茅分虎,南面臣人

---

① 吴讷:《文章辨体序说》,第42页。

者，盖以十数。府署第馆，棋列于都鄙；子弟支附，过半于州国。南金、和宝、冰纨、雾縠之积，盈仞珍藏；嫱媛、侍儿、歌童、舞女之玩，充备绮室。狗马饰雕文，土木被缇绣。皆剥割萌黎，竞恣奢欲。构害明贤，专树党类。其有更相援引，希附权强者，皆腐身熏子，以自衒达。同敝相济，故其徒有繁，败国蠹政之事，不可单书。所以海内嗟毒，志士穷栖，寇剧缘间，摇乱区夏。虽忠良怀愤，时或奋发，而言出祸从，旋见孥戮。因复大考钩党，转相诬染。凡称善士，莫不离被灾毒。窦武、何进，位崇戚近，乘九服之嚣怨，协群英之势力，而以疑留不断，至于殄败。斯亦运之极乎！虽袁绍龚行，芟夷无余，然以暴易乱，亦何云及！自曹腾说梁冀，竟立昏弱。魏武因之，遂迁龟鼎。所谓"君以此始，必以此终"，信乎其然矣！

有学者指出，"《后汉书·循吏列传》以下各传诸序、论，有一个共同的特点，即纵向论历史演变，横向评得失利害，以陈述史事为目的，以总结经验为归宿，有吞吐古今之志，无矫揉造作之意，此即'笔势纵横'之由来。"① 上所引《宦者列传序》先言"宦人之在王朝者，其来旧矣"，接着陈述战国时期宦官对当时政治的影响，再详细叙述宦者在汉代的发展情况：高祖时，引用士人作为宦者，但只"给事殿省"；高后时，宦者则出入卧内，更接近政权核心人物，其影响力稍有增强；文帝、武帝都颇为爱幸宦者，但宦者尚不足以干涉朝政；元帝以后，宦者如弘恭、石显等则直接干乱朝权，祸害大臣，"损秽帝德"，宦者的势力较此前又有明显增强。东汉又进一层，宦者不杂士人，全用阉竖；和帝以后，女主专政，"内外臣僚，莫由亲接，所与居者，唯庵宦而已"，宦者的势力空前膨胀，并由此毁坏东汉政权根基。自战国、秦至西汉、东汉，宦者势力由"才任稍广"，到"给事殿省""出入卧内""受宣诏命""损秽帝德""于是中官始盛焉"，最后为"汉之纲纪大乱矣"。这是从纵的方面叙述宦者政治地位的不断发展，指出他们在不同时期的不同特点。除了纵的方面，作者还从横的方面展现宦官发展。横的方面，作者主要运用描写的写作方法。如"若夫高冠长剑，纡朱怀金者，布满宫闱；苴茅分

---

① 瞿林东：《中国史学史纲》，北京出版社1999年版，第249页。

虎，南面臣人者，盖以十数。府署第馆，棋列于都鄙；子弟支附，过半于州国。南金、和宝、冰纨、雾縠之积，盈仞珍藏；嫱媛、侍儿、歌童、舞女之玩，充备绮室。狗马饰雕文，土木被缇绣"一段，作者以偶化骈句，藻丽词语尽情描写宦官子弟窃掌大权之后，骄奢淫逸的生活状况。叙述、描写之中又夹杂着作者略带情感的议论。如言宦者"败国蠹政之事，不可单书"，即含有作者对宦者的抨击态度；至于"窦武、何进，位崇戚近，乘九服之嚣怨，协群英之势力，而以疑留不断，至于殄败。斯亦运之极乎！虽袁绍龚行，芟夷无余，然以暴易乱，亦何云及！自曹腾说梁冀，竟立昏弱。魏武因之，遂迁龟鼎。所谓'君以此始，必以此终'，信乎其然矣"一段，则议论挟杂感叹，显露范晔伤痛心情。李景星曾指出《宦者传序》，"于宦者之所由来及其败坏国家之情状，述说详明，而用笔十分恣肆，令读者且骇且怒，发欲上指"①。《后汉书·宦者列传序》贯通上下，纵叙横写，真可视为"一篇宦官小史"②。

《党锢列传序》也是一篇佳作，历来为学者所称道。其特点也是夹叙夹议。王鸣盛对《党锢列传序》十分赞扬，他说道："《党锢传》首总叙说两汉风俗之变，上下四百年间，了如指掌，下之风俗成于上之好尚，此可为百世之龟镜，蔚宗言之切至如此，读之能激发人。"③ 但他只谈到该序的叙述，没有论及其议论。李景星的评论更为全面，他说（《党锢传序》）"说两汉风俗之变，上下四百年间了如指掌。一路连用'矣'字以作顿挫，真有无穷感慨。其于党事原起及党祸始末，与是传之于党籍诸人详略出入之故，皆苦心剖析。盖以此事为千古变局，故叙次之间流连不置，亦如作诗者所谓'言之不足而长言之，长言之不足而咨嗟叹之也'"④。刘师培的评论则更为准确精到，他说："《党锢传序》，夹序夹议，叙事即在议论之中，议论又在叙事之中，且能'抽其芬芳，振其金石'，字句声律、并臻佳妙。导齐梁之先路，树后世之楷模，宜蔚宗自诩为'天下之奇作'矣。"⑤ 刘不仅指出《党锢列传序》有夹叙夹议的特点，还深赞范晔为后世拓开了"字句声律"的创作道路。由上可知，《后

---

① 李景星：《四史评议》，347页。
② 瞿林东：《中国史学史纲》，北京出版社1999年版，第247页。
③ 王鸣盛：《十七史商榷》卷37，第9页。
④ 李景星：《四史评议》，第335页。
⑤ 李景星：《四史评议》，第335页。

汉书》诸序主要以夹叙夹议的方法来写作，在写作方法上与论略有不同。

五　序论的骈偶化

论、序又有共同之处，二者都具有较浓文学色彩，具有较高文学价值。《史记》《汉书》的"序""可与诰誓相参，风雅齐列"，浦起龙注释曰"马班之作，犹有经序之遗"①。也就是说，《史记》《汉书》的"序"有较浓经学色彩。为此，刘知幾批评范晔，认为自他开始，史传的"序"变革源流，"遗弃史才，矜炫文彩"，即浦起龙所语："繁缛是尚，自范晔而开。"② 刘、浦二人站在历史学家立场上，对范晔的"序"存有微词，是可以理解的事。他们的批评也从反面说明，《后汉书》的"序"比前史更注重文采，其"序"有较高文学价值。论的文学价值更不待言。梁昭明太子认为《后汉书》中的一些论、序"综辑辞采"，"错比文华，事出于沈思，义归乎瀚藻"③，属于文学作品之列，所以他将《后汉书》中的四篇"序""论"收入《文选》中。学者们在对《后汉书》的序、论进行评论时，往往将二者粘连一起。刘师培就曾言："范晔之文于《后汉书》外，惟本传尚存数篇，而《后汉书》之传论序赞实其得意之作。举其佳构：则《江革传序》《党锢列传序》《左雄传论》，皆可研诵。"④ 今人张大可曾说，《后汉书》中的"史论以及类传中的'序论，'篇篇精彩，足以夺二十四史之冠"⑤。是刘、张已将《后汉书》序、论都放在一起评论，刘更将赞也与序、论掺合一起，认为它们具有很强的文学性。范晔的文才历来为学者们认可，《后汉书》序、论的文学性主要表现在俪辞与骈偶上。程千帆先生曾在《闲堂文薮》中写道："魏晋以降，骈俪大兴。诸撰史者，多遵班轨。洎乎范氏，遂弥复究心于宫商清浊，赞论则综缉辞采，序述则错比文华，而文史几于不别矣。《史通》尝叹六代史道凌夷，'其为文也，大抵编字不只，捶句皆双，修短取韵，奇偶相配……弥漫重沓，不知所裁。'盖汉、魏以还，文体由单而复，史家修撰，遂亦

---

① 浦起龙：《史通通释》，第87页。
② 同上。
③ 萧统：《文选·序》，第1页。
④ 《中古文学论著三种》，第105—106页。
⑤ 《史记研究》，甘肃人民出版社1985年版。

同流。此则文章体式，由单而复，其递嬗之迹可睹者四也。"① 可见《后汉书》序、论确实具有骈俪特点。《后汉书》序、论中骈句数量较大，骈句占总句数的比例也较高。例如《西羌传论》，全论约 900 字，共 139 句，骈句 84 句，骈句与总句数的比约为 60%。再如《西域列传论》，共 87 句，其中骈句 52 句，约占总句数的 60%；《王充王符仲长统列传论》共 90 句，骈句 46 句，约占总句数的 51%；《宦者列传论》共 49 句，骈句 26 句，约占总句数的 53%。这些传论的骈句数量较多，在整个传论所占的比例都超过了 50%。除了上述长篇传论，《后汉书》中的一些篇幅较短、字数较少的传论，也含有较多骈句。如《和帝邓皇后纪论》共 28 句，骈句数量为 14 句，占总句数的 50%；《孔融传论》共 20 句，骈句 10 句，占总句数的 50%；《卢植传论》共 15 句，骈句 8 句，约占总句数的 53%；《杜林传论》共 14 句，骈句 8 句，约占总句数的 57%。《皇后纪·郭皇后纪论》共有 29 句，其中，骈句为 20 句，约占总句数的 69%；《胡广传论》共 20 句，骈句 14 句，占总句数的 70%，骈句在全论中所占的分量就更重了。由此可知，《后汉书》的论确实存在着骈偶化情形。同时，据笔者统计，《后汉书》各个传论、序中，四字句、六字句数量较多，与其他句式相比，四字句、六字句所占比例最高。如《西域列传论》46 句骈句中，三字句 2 句，四字句 20 句，五字句 6 句，六字句 10 句，七字句 8 句，八字句 4 句，十字句 2 句；四字句在各句式中数量最多，其次为六字句。再如《西羌传论》有骈句 84 句，其中，三字句 6 句，四字句 38 句，五字句 4 句，六字句 20 句，七字句 10 句，八字句 4 句，九字句 2 句；四字句、六字句处于绝对优势地位。又如《皇后纪序》有骈句 40 句，其中四字句 22 句，五字句 4 句，六字句 8 句，七字句 2 句，八字句 2 句，九字句 2 句；四字句、六字句仍是数量最多的句式。《文心雕龙·章句》言"四字密而不促，六字格而非缓，或变之以三五，盖应机之权节也"，是刘勰也认为四字句、六字句适合作为文章基本句式。事实上，四字句、六字句是后来骈文最为主要的句式。《后汉书》论、序较多使用这两种句式，说明范晔造句明显具有追求整齐化、骈偶化倾向。由此看来，刘师培所言范晔论、序有引导齐梁骈体文章写作的先创之功，颇为有理。与此同时，我们也必须认识到，《后汉书》论、序虽然存在明显的

---

① 见该书，第 156 页。

骈偶化倾向，但它们还不是严格意义上的骈文。范晔生处宋初，宋初文学创作有追求骈俪的趋向。《文心雕龙·明诗篇》有言："宋初文咏，体有因革，庄老告退，山水方滋；俪采百字之偶，争价一句之奇。"① 但刘宋初期文学创作的骈俪化倾向并不非常强烈，有学者曾对《全上古三代秦汉六朝文》所收宋初重要作家颜延之的 21 篇作品的骈偶化情况做过统计。据其统计，颜延之作品，有含骈句数量较多的，如《三月三日曲水诗序》共 142 句，对句 120 句，对句占总句数的比率为 84.5%；也有一句对句未含的，如《上表自陈》52 句、《吊张茂度书》17 句，对句数为零，其骈偶化的情况极不均衡。最后的结论是："在这 21 篇文章中，对句超过半数或接近半数之作，不足 10 篇。可见宋初的文章，散文的比重还是比较大的。诏、表、论辩文字，基本上都还是用散文写作。相对陆机而言，颜延之骈文篇目虽略有增加，但量的变化并不太大。"② 范晔《后汉书》序、论的骈偶化情况与此极为相近。的确，《后汉书》中的一些序、论含有较多骈句，但总体看来，《后汉书》序、论中，骈句数超过或接近一半的篇幅并不占多数，大多数序、论的骈句数不到篇内总句数的一半。《文选》选录的四篇序、论所含骈句数都未达到各篇总句数的一半。另外，谈到《后汉书》序、论的骈偶化，学者们每好将序与论混为一体，实际上，序、论的骈偶化情况不太一样，序的骈偶化倾向远不及论。《后汉书》一些序，篇幅较长，所含骈句数却较少，如《周黄徐姜申屠列传序》仅有 6 句骈句；《刘赵淳于江刘周赵列传序》也仅含 14 句骈句，《东夷列传序》《西域列传序》所含则更少。

孙德潜《六朝丽指》曰："六朝文之可贵，盖以气韵胜。"《后汉书》序、论，内含骈句较多的篇目，往往都是佳作，序、论中骈句的增多，往往会增强序、论表达效果，使序、论显得音节顿挫、气韵生动，颇具文学之美。如《光武帝郭皇后纪论》中载：

> 物之兴衰，情之起伏，理有固然矣。而崇替去来之甚者，必唯宠惑乎？当其接床笫，承恩色，虽险情贽行，莫不德焉。及至移意爱，析嬿私，虽惠心妍状，愈献丑焉。爱升，则天下不足容其高；

---

① 范文澜：《文心雕龙注》，第 67 页。
② 钟涛：《六朝骈文形式及其文化意蕴》，东方出版社 1997 年版，第 80—81 页。

欢队,故九服无所逃其命。斯诚志士之所沉溺,君人之所抑扬,未或违之者也。郭后以衰离见贬,恚怨成尤,而犹恩加别馆,增宠党戚。至乎东海逡巡,去就以礼,使后世不见隆薄进退之隙,不亦光于古乎!

此论颇多骈句,但骈句的字数又不相同,有二字句,如"欢队"、"爱升";三字句,如"接床第,承恩色";四字句,如"险情赘行"、"惠心妍状";六字句,如"诚志士之所沉溺,君人之所抑扬"。各组字数不等的骈句构合在一起,使论述节奏更富于变化。又,"当其接床第,承恩色,虽险情赘行,莫不德焉。及至移意爱,析嬿私,虽惠心妍状,愈献丑焉"从形式上是一组对句。但这组对句句子较长,上句与下句之间的骈对相隔较远,如"险情赘行""惠心妍状",隔三句相对。这样就使语句在组成上避免了齐整带来的单调。同时,对句内部又存在对偶关系,如"移意爱,析嬿私"。整中有散,散中又有整,错落有致。当然,范晔还通过一些关联词,如"当其""及至"等将各个整、散句贯穿连接一起,使论文前后转合自然顺畅,全文上下,气韵流动,跌宕多姿。再如《逸民列传序》中载:

  《易》称"《遁》之时义大矣哉"。又曰:"不事王侯,高尚其事。"是以尧称则天,不屈颍阳之高;武尽美矣,终全孤竹之洁。自兹以降,风流弥繁,长往之轨未殊,而感致之数匪一。或隐居以求其志,或回避以全其道,或静己以镇其躁,或去危以图其安,或垢俗以动其概,或疵物以激其清。然观其甘心畎亩之中,憔悴江海之上,岂必亲鱼鸟、乐林草哉!亦云性分所至而已。故蒙耻之宾,屡黜不去其国;蹈海之节,千乘莫移其情。适使矫易去就,则不能相为矣。彼虽硁硁有类沽名者,然而蝉蜕嚣埃之中,自致寰区之外,异夫饰智巧以逐浮利者乎!荀卿有言曰,"志意修则骄富贵,道义重则轻王公"也。

此段骈句较多,间或夹杂一些散句,骈句之间也存在着字数不等的句子的转换现象,如第三句两个四、六对句之后,夹入两个四字分句"自兹以降,风流弥繁",再接上一对六字对句,而后是六个六字句的排偶。此下，文气一转，两个六字句后，接上两个三字句"亲鱼鸟、乐林草"，中间稍加散句，再加一组四、六对句，结尾又总以两个七字对句，整齐之中见顿挫，音韵动人。此外，"或隐居以求其志，或回避以全其道，或静己以镇其躁，或去危以图其安，或垢俗以动其概，或疵物以激其清"，六句连续排比，读来不嫌其繁，因为六句恰切地描述了逸士们归隐山林的各种具体情状。孙德谦《六朝丽指》称"六朝之文，亦非苟驰夸饰，乃真善形容者也"。范晔此处的铺排可谓善于"形容"。

瞿兑之曾言："骈文虽似繁缛，而必以警切为主。"[①]《后汉书》序、论虽称不上骈文，但其中骈句，往往非常警切。如《李杜列传论》中曰：

夫称仁人者，其道弘矣！立言践行，岂徒徇名安己而已哉，将以定去就之概，正天下之风，使生以理全，死与义合也。夫专为义则伤生，专为生则骞义，专为物则害智，专为己则损仁。若义重于生，舍生可也。生重于义，全生可也。

此段先以整句对比、排偶，最后仍以骈句归结，"若义重于生，舍生可也，生重于义，全生可也"，思理贯通，造语精简有力，颇能激发人心。

再如《马武传论》，作者对光武优待功臣，不以功臣为吏的策略非常赞成。他认为如果委任功臣以吏职，君主功臣之间则不易相处。一旦相处有隙，则往往导致败乱，他写道："势疑则隙生，力侔则乱起。"这一句话总结了历来君主与功臣之间致祸的由来。又如对宦者威权的评论，范晔用语为"手握王爵，口含天宪""中外服从，上下屏气""阿旨曲求，则光宠三族；直情忤意，则参夷五宗"，都极为形象、准确，颇有力度。又如《丁鸿传论》中写道"君子立言，非苟显其理，将以启天下之方悟者；立行，非独善其身，将以训天下之方动者"，对偶句子，由二字到五字，再到九字，节奏由紧趋缓，论述颇为警切。

范晔自称其赞"殆无一字虚设"，对其锤炼语言的能力颇为自负。今日看来，赞的文学价值远不如序、论，而《后汉书》序、论中的骈句也可以反映范晔锤字炼字的技巧。一些骈句动词对仗十分精练，全句描写

---

① 见刘麟生《中国骈文史·序》，东方出版社1996年版。

极为形象、传神,如写宦官当权,用"举动回山海,呼吸变霜露","回""变"二字略带夸张地表现了宦官翻手为云,覆手为雨的专权特点,传神之极。再如《党锢列传》中的"起徒步而仕执珪,解草衣以升卿相",袁宏《后汉纪》为"开一说而享执珪,起徒步而登卿相","起徒步"、"解草衣",对仗较袁纪工整。"解草衣"三字,颇富动感,形象地展示战国说客一跃而得富贵的特点,较袁纪更有意味。

为了使语言更生动、感人,范晔有时改变词语词性,将之灵活运用。如《逸民列传序》有句为:"蝉蜕嚣埃之中,自致寰区之外"。"蝉蜕"本为名词,此处活用为动词,更形象地表现了逸民、隐士远避尘嚣的性格特点。该序还有句为:"甘心畎亩之中,憔悴江海之上,岂必亲鱼鸟、乐林草哉"。"憔悴"本为形容性词语,意为忧郁的样子,此处用作动词,神妙再现那些归隐江湖的逸士的生活面貌。还如《西羌传论》之句:"或倥偬于豪右之手,或屈折于奴仆之勤"。其中,"倥偬"一词本为形容性词语。《卓茂传》云"斯固倥偬不暇给之日",李贤注云:"日促事多,不暇给足也。"《西羌传论》用作动词,意为羌人遭豪右奴役,整天忙于为豪右奔波。范晔此句将"倥偬"二字前置,突出豪右对羌人的欺压,既形象地反映羌人遭受迫害的现实,也揭露羌人揭竿而起的真正原因。同传论还有句:"毂马扬埃,陆梁于三辅;建号称制,恣睢于北地","陆梁"意为跳走貌,"恣睢"意为"肆怒貌"(见李贤注),都是形容性词语,此处前置于句首,活用为动词,不仅显现羌人纵恣无端,也使行文顿挫转曲,生动有气。

由上可见,范晔序、论在骈句的创造上颇有成就,程千帆先生曾道:"先师蕲春黄君《书〈后汉书〉论赞》中亦云:'寻绎范氏之文,虽多偶语,而不尽拘牵,虽谐声律,而绝无胶执。'盖其运思属辞,信六代之巨丽,极才人之能事,又不仅史笔之简严有则而已。"[①] 但这并不是说《后汉书》只有骈句才有表现力,散句表现力不如骈句。《后汉书》一些序、论,全部由散句,或主要由散句组成,同样具有较强表现力,如《公孙述传论》等。序、论中的一些散句也十分精练,如《西羌传论》中写窦宪等击败匈奴,用"铭功封石,倡呼而还,单于震慑,屏气蒙毡"一组并非骈偶的短语,将汉军得胜的兴奋与匈奴对汉军的畏惮鲜明地表现出

---

① 《闲堂文薮》,第154—155页。

来，笔墨简洁，气势动人。

六 赞的写作特点

除了"论""序"，《后汉书》每篇之后还附有"赞"。《文心雕龙》写道："赞者，明也，助也。昔虞舜之祀，乐正重赞，盖唱发之辞也。"①是"赞"应为歌体。同书又道"及迁史固书，托赞褒贬，约文以总录，颂体以论辞，又纪传后评，亦同其名"，则"赞"后来又演变为史赞，《史记》《汉书》都托"赞"以评价历史人物。刘师培曾道："班固孟坚作《汉书》，于志表纪传之后缀以'赞曰'云云，皆就其前之所记，贯穿首尾，加以论断，亦与此旨弗悖。……逮及后世，以赞为赞美之义，遂与古训相乖。不知《汉书》纪传所载，非尽圣哲；而孟坚篇必有赞，岂皆有褒无贬，有美无刺乎？（如《吴王濞传》亦有赞）正以见其不失古义也。"②可见，史"赞"并非仅仅表达正面赞扬，也可以进行否定批评，此史赞与纪传体史书中的"评""论"并无本质的区别。刘勰还指出："（赞）结言于四字之句，盘桓乎数韵之辞；约举以尽情，昭灼以送文，此其体也。"（同上注）则"赞"为四言形式韵文，"赞"可以换韵，一"赞"可以押几个不同的韵。明代吴讷则曰"厥后班孟坚《汉史》以论为赞，至宋范晔更以韵语"③，则又认为"赞"并非开始即为韵文，而是至范晔时才变为韵文的。范文澜先生注曰："郑玄注《皋陶谟》曰：'赞，明也。'孔子赞《易》，郑作《易赞》，皆以义有未明，作赞以明之。自误赞为美，而其义始歧，此考正文体者所当知也。至于赞之为体，大抵不过一韵数言而止。"④可见范文澜认为"赞"乃用来帮助阐明史传文义的韵文。要之，"赞"本为唱词，班固将"赞"引入史书，用以评价历史事件与历史人物，其性质与"论"略同；最后，范晔又变之为四言韵体，这就是后世所言的史赞。其次，《后汉书》《汉书》中的"赞"，名字相同而形式完全不同。刘师培指出："范蔚宗《后汉书》，乃以孟坚之赞为论，（无韵）而以《叙传》中述某某第几为赞。（四言有韵）《文选》因

---

① 范文澜：《文心雕龙注》，第159页。
② 刘师培：《中古文学论著三种》，第149页。
③ 《文章辨体序说》，第47页。
④ 《文心雕龙注》，第175页。

名之为'述赞',别立一类。夫以《汉书》本文只称为述者,而《后汉书》易名之曰赞。"①《汉书》的"赞"乃散文形式,不押韵,可以等同于《史记》的"太史公曰",只是《汉书》的一些"赞",如《王莽传赞》《司马迁传赞》《公孙弘卜式儿宽传赞》等,与《史记》的"太史公曰"相比,篇幅更长。《汉书》的"赞"相当于《后汉书》的"论"。《后汉书》的"赞"则相当于《汉书》的"述"。明代徐师曾曾指出《汉书》的"赞""名虽为赞,而实则评论之文";《汉书》的"述""词虽似赞,而实则小序之语"②。《汉书》的"述"其实是《史记》"作"的变体。"述"和"作"都总集在叙传一篇之中,用以说明作者创作各个传记的原由。《汉书》的"述"又与《史记》的"作"有所不同。《史记》的"作"乃散体形式,"述"则多是四言韵文形式。《后汉书》的"赞"则是四言韵文体,也以议论方式评价史传人物善恶、得失。见下例:

《汉书·叙传》中载:"上陵下替,奸轨不胜,猛政横作,刑罚用兴。曾是强圉,掊克为雄,报虐以威,殃亦凶终。述《酷吏传》第六十。"

《后汉书·酷吏列传》中载:"赞曰:大道既往,刑礼为薄。斯人斯矣,机诈萌作。去杀由仁,济宽非虐。末暴虽胜,崇本或略。"

以此,刘知幾认为《后汉书》"赞"仿照《汉书》的"述"。他说:"范晔改彼述名,呼之以赞。"③ 赵翼则说:"乃范书论之后又有赞,赞之体用四字韵语,自谓体大思精,无一字虚设,以示独辟,实则仍仿《史记》《汉书》末卷之叙述,而分散于个纪传之下,以灭其蹖袭之迹耳。"④ 王先谦也指出《后汉书》"赞体用诗以代序述,亦马班之遗范"⑤。则《后汉书》之"赞"与《史记》的"作"、《汉书》的"述"一样都有说明作者创作纪传原由的作用。但由上例可知,《后汉书》的"赞"并非统在一传之内,而是分散诸传之中,此又与《汉书》的"述"有所不同。范晔将"赞"散置于各传之中的编辑体例受到后世学者的强烈批判,刘知幾曾道:"固之总述合在一起,使其条贯有序,历然可阅。范蔚宗书,

---

① 刘师培:《中古文学论著三种》,第149页。
② 《文体明辨序说》,第143页。又"小序"见同书第135页:"按小序者,序其篇章之所由作,对大序而名之也。"
③ 浦起龙:《史通通释》,第83页。
④ 《陔余丛考》,第92页。
⑤ 《后汉书集解述略》(《后汉书集解》序)。

实同班氏，乃各附本事，书于末卷，篇目相离，断绝失次。"① 赵翼也指责道："范书之赞，……于既论之后，又将论词排比作韵语耳，岂不辞费乎？"刘、赵的批判非常中肯。范晔于"论"后又加"赞"，确实有重赘之嫌。但，刘、赵都没有看到，范晔的"赞"有一定的编辑作用。刘咸炘对此颇有见地："蔚宗间论提行，自为分裂，而又不为序目，无惑后人之混乱，犹幸卷分上下，未尝割篇从卷，且总赞在末，尚可见一篇之起止，然则蔚宗加赞于论后，虽成赘文，而适以自护其书，无用而反有用也。"②《后汉书》原本没有序目③，有了"赞"，各篇之间有了自然分界，"赞"起到分别篇章的编辑作用。再次，"赞"有助论作用。陈振孙曾力斥《后汉书》的"赞"："至于论后有赞，尤自以为杰思，殆无一字虚设，自今观之，几于赘矣。"④《后汉书》的"赞"略显多余，但也不是赘疣。刘师培在《汉魏六朝专家文研究》一文中指出："赞之训诂：（一），明也；（二），助也。"⑤ "赞"有补充"论"的作用。《后汉书》立"论"比较随意，并不严格地遵守一篇一论的前制，更没有做到一人一论。有合传多人，只摘其中一人或几人进行评论，不及其他，如《卓鲁魏刘列传》只论卓茂一人；而《伏侯宋蔡冯赵牟韦列传》只论伏湛、侯霸、宋均三人；《李陈庞陈桥列传》只论及庞参、桥玄二人。有些家传，传主虽然只有一人，但传中列及他的子孙后代，而评论也只及一人。如《杨震列传论》只列杨震，未提其余人物。要之，"论"本来就不要求面面俱到，"论"也不能面面俱到，"赞"则可以补充论述、评价"论"所不能"俱到"的人物。一传之中，"赞"往往面面俱到，人人皆评，人人皆议。如：

《卓鲁魏刘列传赞》中载："卓、鲁款款，情悫德满。仁感昆虫，爱及胎卵。宽、霸临政，亦称优缓。"此四人全都论及。

《李陈庞陈桥列传赞》中载："李叟勤身，甘饥辞馈。禅为君隐，之死靡贰。龟习边功，参起徒中。桥公识运，先觉时雄。"此五人全论及。

《杨震列传赞》中载："杨氏载德，仍世柱国。震畏四知，秉去三惑。

---

① 浦起龙：《史通通释》，第83页。
② 《四史知意》，第635页。
③ 详论见《四史知意》，第615—635页。
④ 《书斋直录解题》卷四，丛书集成初编本，中华书局1985年版，第92页。
⑤ 《中古文学论著三种》，第149页。

赐亦无讳,彪诚匪忒。修虽才子,渝我淳则。"此则论及杨震、杨秉、杨赐、杨彪、杨修,五代五人。

范文澜曰:"赞有明、助二义。纪传之事有未备则于赞中备之,此助之义也;褒贬之义有未尽,则于赞中尽之,此明之义也。"① 《后汉书》的"赞"言虽简略,但议论全面,将传中主要人物的主要事迹,或主要特点一笔点出,补全了"论"的不周之处。

复次,"赞"的四言形式与押韵。魏晋南北朝乃五言诗发展兴盛的时期。建安腾跃,太康增采,降及南朝,诗风更炽,士人才子,才能胜衣,甫就小学,即甘心驰骛,寻词雕句,分夜不休。元嘉时代,谢灵运、颜延之、鲍照三大家都是五言诗能手。四言诗作,"每苦文繁意",难于精工。四言诗的创作则渐少渐衰。文人四言诗作者,作品较多,成就较高的只有曹操、嵇康、陆云、陶渊明等为数不多的几人。大量四言诗乃沦落以庙堂歌颂为表现舞台。另有一部分,则进入史传,成为史书中的"赞"。范晔之前,班固的《汉书》有四言体赞,司马彪《续汉书》也有四言体的赞。范晔正是受他们影响,以赞体论史。四言诗虽已没落,但仍是诗之"正体",五言诗则是"流调"②。无论文人四言诗,或庙堂四言诗,都取效风骚,钟嵘所谓"取效风骚,便可多得"。曹操《短歌行》直接引用《诗经》成句,陆云"祖述'诗三百',痕迹明显"③。挚虞道:"雅音之韵,以四言为正,其余虽备曲折之体,而非音韵之正也。"④ 效法风骚更使四言形成以"雅润为本"的特点。⑤ 因为所议论的是传在汗青的史事,所以史赞不可能选择过于流俗的体式,四言雅正的特点正与史赞要求相符,于是史赞乃以四言形式出现。受文体及创作目的影响,《后汉书》"赞"文学价值不太高。但《后汉书》"赞"确有炼字炼句,简略精确的特点。如《马援列传赞》写道"南静骆越,西屠烧种"。"静"字极为精练有力,将马援平定交趾时潇洒的态度、恢宏的气势形象地刻画出

---

① 范文澜:《文心雕龙注》,第173页。
② 同上书,第67页。
③ 徐公持:《魏晋文学史》,人民文学出版社1999年版,第379页。
④ 郁沅、张明高选编:《魏晋南北朝文论选》,人民文学出版社1996年版,第183页之《文章流别论》。
⑤ 范文澜《文心雕龙注》(第67页)原句为:"四言正体,以雅润为本,五言流调,则清丽居宗。"

来。李白有诗"为君谈笑静胡沙",二句境界可以相符相通,相映相证。再如《光武帝纪赞》有句曰:"长毂雷野,高锋彗云。"据李贤注,"长毂"意为"兵车","雷野,言其声盛","彗,扫也"。全句意为:兵车轰隆,仿佛空野响过阵阵惊雷;枪矛高举,仿佛掠着天际漂浮的云彩。范晔将"雷""彗"活用为动词,以夸张笔法,生动地勾勒出兵车交错,杀气干云的战争场面。一些"赞"语因人而异,与人物性格相符,起到突显人物性格的作用。"赞"将帅,则用壮语,如"段追两狄,束马县锋,纷纭腾突,谷静山空"(《段颎传赞》),突出段颎击毁羌人的勇猛;"坦步葱、雪,咫尺龙沙"(《班超传赞》)突出班超收复西域的才略;"听笳龙庭,镂石燕然"(《窦融传赞》),突出窦宪彻底征服匈奴的巨勋;"电扫群孽,风行巴、梁"(《吴汉传赞》),突出吴汉南征北战,创建新朝的伟业。"赞"循吏则用缓笔,如"卓、鲁款款,情悫德满。仁感昆虫,爱及胎卵"(《卓鲁魏刘列传赞》),深情婉婉地写出卓茂、鲁恭宽和爱人的特点。"赞"孔融以"北海天逸,音情顿挫",将孔融"高志直情"的性格形象用写意方式表现出来。"赞"语还常以不同叠音词来写不同人物,突出人物性格特点。如以"恂恂"写樊宏、阴识谦退,"悃悃"写窦融和谨,"济济"形容章帝慈厚,"庸庸"描绘胡广平俗,皆自然妥帖。总之,《后汉书》"赞"虽局促短小,但其论事写人,间或有可取之处。《魏书·孝静纪》记载北魏孝静帝禅让之前曾"步就东廊,口咏范尉宗《后汉书赞》云:'献生不辰,身播国屯。终我四百,永作虞宾'"。可见《后汉书》的"赞"足有感人之处。

最后,《后汉书》"赞"在押韵上有一些独特之处。范晔自称"性别宫商,识清浊",王融也称"唯见范晔、谢庄颇识之耳"[1]。"赞"的押韵技巧是对范晔音律知识的最好注解。首先,《后汉书》的"赞"全部押韵。范晔《后汉书》共有"赞"90段[2],都是四言韵体形式。《汉书》之"述"绝大多数是押韵的,但也存在完全不押韵的情况。如:"季氏之讪,辱身毁节,信于上将,议臣震栗。栾公哭梁,田叔殉赵,见危授命,谊动明主。布历燕齐,叔亦相鲁,民思其政,或金或社。述《季布栾布田叔传》第七。"偶数字脚节、栗、赵、主、鲁、社皆不押韵。

---

[1] 曹旭:《诗品集注》,上海古籍出版社1994年版,第337页。
[2] 今本《后汉书》附司马彪《续汉书》之志八篇,也有赞七段,非范晔所作,故不列。

有的"述"则一部分押韵，一部分不押韵，如："上嫚下暴，惟盗是伐，胜、广熛起，梁、籍扇烈。赫赫炎炎，遂焚咸阳，宰割诸夏，命立侯王，诛婴放怀，诈虐以亡。述《陈胜项籍传》第一。"伐、烈不押韵，阳、王、亡则押韵。

有的"述"韵脚间距较长，韵味不足，如："子丝慷慨，激辞纳说，滥赘正席，显陈成败。错之琐材，智小谋大，黩如发机，先寇受害。述《爰盎朝错传》第十九。"败、害隔四句押韵。

司马彪所处时代晚于班固，他的《续汉书》篇后附"赞"，也是四言韵体。《续汉书》已散佚，今本《后汉书》还保留下《续汉书》八篇志。这八篇志后均附有"赞"。这八段"赞"都押韵。如《郡国志赞》中载："众安后载，政洽区分；侯罢守列，民无常君。称号迁隔，封割纠纷；略存减益，多证前闻。"分、君、纷、闻，二句一韵，一韵到底。范晔《后汉书》的"赞"押韵比较规范。每一"赞"都押韵。如《逸民列传赞》中载：

江海冥灭，山林长往。远性风疏，逸情云上。道就虚全，事违尘枉。

往、上、枉押韵。再如《党锢列传赞》中载：

渭以泾浊，玉以砾贞。物性既区，嗜恶从形。兰莸无并，销长相倾。徒恨芳膏，煎灼灯明。

贞、形、倾、明押韵。《续汉书》《后汉书》的押韵比《汉书》更整饬，更有规律，更完善。"赞"用韵语，往往使"赞"朗朗上口，气韵流畅。如《后汉书·宗室四王三侯列传赞》中载：

齐武沉雄，义戈乘风。仓卒匪图，亡我天工。城阳早协，赵孝晚同。泗水三侯，或恩或功。

雄、风、工、同、功，一韵下来，音节流畅生动。再如《吴盖陈臧列传赞》中载：

  吴公鸷强，实为龙骧。电扫群孽，风行巴、梁。虎牙猛力，功立睢阳。宫、俊休休，是亦鹰扬。

  语调流动，节奏铿锵，自然感人。其次，《后汉书》的"赞"篇幅长短不限，篇幅较长的，往往中间换韵，如《杨李翟应霍爰徐传赞》："杨终、李法，华阳有闻。二应克聪，亦表汝濆。翟酺诈懿，霍谞请舅。延能讦帝，璆亦悟后。"闻、濆相押，舅、后相押。《汉书》"述"换韵的现象也很普遍。《续汉书》则似乎更呆板，八篇"赞"各押一韵，一韵到底，中间不换韵。"赞"语换韵，使"赞"显得跌宕起伏，气调更婉转。

  《后汉书》一些"赞"首句即押韵，如《隗嚣公孙述传赞》中载："公孙习吏，隗王得士。汉命已还，二隅方跱。天数有违，江山难恃。"浦起龙注《史通》曰："《隗嚣公孙述列传赞》曰：'公孙习吏，隗王得士。'按：……吏、士，皆逐韵也。"①"吏"为此"赞"首句尾字，也是韵脚。再如《虞盖傅臧列传赞》中载："先零扰疆，邓、崔弃凉。诩、燮令图，再全金方。盖勋抗董，终然允刚。洪怀偏节，力屈志扬。"首句尾字"疆"押韵。《后汉书》"赞"首句尾字押韵的例子很多，约占其总数的4/9。首句尾字押韵，是近体诗发展成熟的一个重要标志。沈约等人到永明年间才提出声律说，实际上，早在元嘉时，范晔已在他的创作中运用声律理论，首句尾字押韵即是明证。范晔应是运用声律进行文学创作的开创者之一。他的文学创作传流下来的极少，难以窥知他运用声律进行创作的实绩，所幸的是《后汉书》保留了他所作的"赞"，由之，可略见他运用声律的技巧。《后汉书》"赞"不仅首句尾字押韵，一些"赞"中间换韵时，换韵首句的尾字押新韵。如《章帝八王列传赞》中载："章祚不已，本枝流祉。质惟伉孙，安亦庆子。河间多福，桓、灵承祀。济北无骄，皇恩宠饶。平原抱痼，三王薨朝。振振子孙，或秀或苗。"

  前六句押一韵，韵脚分别为已、祉、子、祀，至"济北无骄"句换韵，所以称此句为"换韵首句"，此后之句，押新韵，韵脚分别为骄、饶、朝、苗。韵脚本在偶数句尾，换韵时，只须"皇恩宠饶"一句尾字换为新韵即可。此段却在换韵首句即换用新韵，也显示范晔精于音律，

---

① 浦起龙：《史通通释》，第110页。

第八章 《后汉书》语言特点及序、论、赞

及运用音律技巧的老练娴熟。即就现存八篇"赞"观之，司马彪的"赞"首句尾字都不押韵。时代稍前于范晔的袁宏没有创作史赞，他作有《三国人物赞》，类同史赞，兹选录一例如下："玄伯刚简，大存名体。志在高构，增堂及陛。端委兽门，正言弥启。临危致命，尽其心礼。"

此"赞"也是四言体韵文，韵脚分别为体、陛、启、礼，皆是偶数句尾字，首句尾字不押韵。袁宏"赞"也有中间换韵者，如："子布擅名，遭世方扰。抚翼桑梓，息肩江表。王略威夷，吴魏同宝。遂赞宏谟，匡此霸道。桓王之薨，大业未纯。把臂托孤，惟贤与亲。轰哭止哀，临难忘身。成此南面，实由老臣。才为世生，世亦须才。得而能任，贵在无猜。"

此"赞"前八句押一韵，韵脚分别为扰、表、宝、道；中间八句换韵，韵脚分别为：纯、亲、身、臣；后四句又换韵，韵脚分别为：才、猜。换韵时，换韵首句尾字，如"薨""生"都不押所换之韵。与同时代人相比，范晔对音律技巧的把握与运用更为自觉，更为熟练。

要之，"蔚宗受其父之影响，仿佛经的偈陀，为史作赞，综摄全传，助人回味，亦自有妙用"[①]。

---

① 蓝文征：《范蔚宗的史学》，《中国史学史论文选集》（一），第309页。

主要参考文献

《史记》《汉书》《三国志》《后汉书》《宋书》《南史》《北史》《南齐书》《梁书》《隋书》《新唐书》《旧唐书》（中华书局标点本）。

（晋）杜预：《春秋左传集解》，上海人民出版社1977年版。

（清）王先谦：《后汉书集解》，中华书局影印1984年版。

（清）惠栋：《后汉书补注》丛书集成初编本，中华书局1985年版。

（清）侯康：《后汉书注补》丛书集成初编本，中华书局1985年版。

（清）汪文台辑：《七家后汉书》，周天游校，河北人民出版社1987年版。

周天游辑注：《八家后汉书辑注》，上海古籍出版社1986年版。

吴树平校注：《东观汉记校注》，中州古籍出版社1987年版。

（宋）袁宏：《后汉纪校注》，周天游校注，天津古籍出版社1987年版。

（唐）刘知幾：《史通通释》，清浦起龙注释，上海古籍出版社1978年版。

（清）章学诚、叶瑛注：《文史通义校注》，中华书局1994年版。

（宋）高似孙撰，周天游校笺：《史略校笺》，书目文献出版社1987年版。

（清）赵翼：《廿二史札记校证》（订补本），王树民校正，中华书局1984年版。

（清）赵翼：《陔余丛考》，栾保平、吕宗力校点，河北人民出版社1990年版。

（清）王鸣盛：《十七史商榷》，北京市中国书店据上海文瑞楼版影印1987年版。

（清）钱大昕：《廿二史考异》丛书集成初编本，中华书局1985年版。

（清）钱大昭：《廿二史辨疑》丛书集成初编本，中华书局1985年版。

（清）钱大昕：《十驾斋养新录》，上海书店1983年版。

（清）李景星：《四史评议》，韩兆琦、俞樟华校点，岳麓书社1986年版。

（清）刘咸炘：《四史知意并附编六种》，台湾鼎文书局 1976 年版。
（清）李慈铭：《越缦堂读书记》，由云龙辑、虞云国整理，辽宁教育出版社 2001 年版。
（晋）常璩：《华阳国志校注》，刘琳校注，巴蜀书社 1984 年版。
杨燕起等编辑：《历代名家评史记》，北京师范大学出版社 1986 年版。
（东汉）王充：《论衡校释》，黄晖校释，中华书局 1990 年版。
（梁）萧统编：《文选》，（唐）李善注，上海古籍出版社 1986 年版。
（宋）刘义庆：《世说新语笺疏》，余嘉锡笺疏，上海古籍出版社 1993 年版。
（晋）干宝：《搜神记》，（清）汪绍楹校注，中华书局 1979 年版。
（宋）王应麟：《困学纪闻》，孙通海校点，辽宁教育出版社 1998 年版。
（宋）赵彦衡：《云麓漫钞》，中华书局 1996 年版。
（明）胡应麟著：《少室山房笔丛》，世纪出版集团、上海书店出版社 2001 年版。
（明）吴讷著，于北山校点：《文章辨体序说》，载（明）徐师曾著，罗根泽校点《文体明辨序说》，人民文学出版社 1962 年版。
（清）刘熙载：《刘熙载论艺六种》，萧华荣、徐中玉校点，巴蜀书社 1990 年版。
范文澜：《文心雕龙注》，人民文学出版社 1958 年版。
曹旭：《诗品集注》，上海古籍出版社 1994 年版。
逯钦立辑校：《先秦汉魏晋南北朝诗》，中华书局 1983 年版。
（清）严可均校辑：《全上古三代秦汉六朝文》，中华书局 1958 年版。
（晋）范宁集解，（唐）杨士勋疏，夏先培整理，杨向奎审定：《春秋谷梁传注疏》（标点本），北京大学出版社 1999 年版。
（清）何焯：《义门读书记》，崔高维校点，中华书局 1987 年版。
徐公持：《魏晋文学史》，人民文学出版社 1999 年版。
沈玉成、曹道衡：《南北朝文学史》，人民文学出版社 1991 年版。
罗宗强：《魏晋南北朝文学思想史》，中华书局 1996 年版。
王运熙、杨明：《魏晋南北朝文学批评史》，上海古籍出版社 1989 年版。
郁沅、张明纲编：《魏晋南北朝文论选》，人民文学出版社 1996 年版。
郭绍虞：《中国文学批评史》，百花文艺出版社 1993 年版。
王瑶：《中古文学史论》，北京大学出版社 1998 年版。

刘师培：《中古文学论著三种》，辽宁教育出版社1997年版。
刘跃进：《门阀士族与永明文学》，生活·读书·新知三联书店1996年版。
钱仲书：《管锥编》，中华书局1979年版。
[美] 汪荣祖：《史传通说》，中华书局1989年版。
朱东润：《史记考索》（外二种），华东师范大学出版社1996年版。
王锦贵：《汉书与后汉书》，人民出版社1987年版。
王锦贵：《中国纪传体文献研究》，北京大学出版社1996年版。
侯外庐等：《中国思想通史》，人民出版社1957年版。
余英时：《士与中国文化》，上海人民出版社1987年版。
金春峰：《汉代思想史》，中国社会科学出版社1987年版。
祝瑞开：《两汉思想史》，上海古籍出版社1989年版。
葛兆光：《中国思想史》第一卷《七世纪前中国的知识、思想与信仰世界》，复旦大学出版社1998年版。
顾颉刚：《汉代学术史略》，东方出版社1996年版。
金毓黻：《中国史学史》，河北教育出版社2002年版。
瞿林东：《中国史学史纲》，北京出版社1999年版。
田余庆：《东晋门阀政治》，北京大学出版社1989年版。
陈寅恪：《魏晋南北朝史讲演录》，万绳南整理，黄山书社1987年版。
陈寅恪：《陈寅恪史学论文集》，上海古籍出版社1992年版。
章太炎：《章太炎学术史论集》，傅杰编校，中国社会科学出版社1997年版。
梁启超：《中国历史研究法》，上海古籍出版社1987年版。
王树民：《史部要籍解题》，中华书局1981年版。
吕思勉：《两晋南北朝史》，上海古籍出版社1983年版。
王仲荦：《魏晋南北朝史》，上海人民出版社1979年版。
韩国磐：《魏晋南北朝史纲》，人民出版社1983年版。
唐长孺：《魏晋南北朝史论丛》，生活·读书·新知三联书店1955年版。
唐长孺：《魏晋南北朝史论丛续编》，生活·读书·新知三联书店1959年版。
缪钺：《读史存稿》，生活·读书·新知三联书店1963年版。
周一良：《魏晋南北朝史论集》，北京大学出版社1997年版。

朱大渭：《六朝史论》，中华书局1997年版。

吴泽主编：《中国史学史论集》（一），上海人民出版社1980年版。

杜维运、黄进兴编：《中国史学史论文选集一》，华世出版社1976年版。

陈清泉等编：《中国史学家评传》（上），中州古籍出版社1985年版。

汤用彤：《魏晋玄学论稿》，上海古籍出版社2001年版。

汤用彤：《汉魏晋南北朝佛教史》，北京大学出版社1998年版。

鲁迅：《古小说勾沉》，齐鲁书社1997年版。

鲁迅：《中国小说史略》，齐鲁书社1997年版。

（清）唐晏：《两汉三国学案》，吴东民点校，中华书局1986年版。

（清）皮锡瑞：《经学历史》，周予同注释，中华书局1959年版。

王葆玹：《今古文经学新论》，中国社会科学出版社1997年版。

蒋伯潜、蒋祖怡：《骈文与散文》，上海书店出版社1997年版。

刘麟生：《中国骈文史》，东方出版社1996年版。

钟涛：《六朝骈文形式及其文化意蕴》，东方出版社1997年版。

袁济喜：《六朝美学》，北京大学出版社1999年版。

唐翼明：《魏晋清谈》，东大图书公司1992年版。

容肇祖：《魏晋自然主义》，东方出版社1996年版。

许抗生：《三国两晋玄佛道简论》，齐鲁书社1991年版。

[古希腊] 亚里士多德：《诗学》，罗念生译，人民文学出版社1962年版。

[荷兰] 米克·巴尔：《叙事学：叙事理论导论》，谭君强译、万千校，中国社会科学出版社1995年版。

[英] 爱·福斯特等：《小说美学经典三种》，上海文艺出版社1990年版。

韩兆琦：《中国传记文学史》，河北教育出版社1992年版。

陈兰村主编：《中国传记文学发展史》，语文出版社1999年版。

李祥年：《两汉魏晋南北朝传记文学史》，复旦大学出版社1995年版。

李长之：《司马迁之人格与风格》，生活·读书·新知三联书店1984年版。

[韩] 朴宰雨：《〈史记〉〈汉书〉比较研究》，中国文学出版社1994年版。

郭双成：《〈史记〉人物传记论稿》，中州古籍出版社1985年版。

陈兰村、张新科：《中国古典传记论稿》，陕西人民教育出版社1991年版。

张新科：《唐前史传文学研究》，西北大学出版社 2000 年版。
石昌渝：《中国小说源流论》，生活·读书·新知三联书店 1994 年版。
杨义：《中国叙事学》，人民出版社 1997 年版。
李剑国：《唐前志怪小说史》，南开大学出版社 1984 年版。
周振甫：《文章例话》，中国青年出版社 1983 年版。

索 引

A

安帝 35, 67, 68, 85, 93, 95 - 97, 99 - 101, 104, 179, 194, 206, 216

B

白黑论 17, 18
班超 38, 153, 155, 168, 175, 176, 198, 199, 215, 216
班固 56, 58, 59, 89, 91, 104, 142, 143, 189, 192, 216, 217, 230, 233, 235
鲍照 9, 233
北伐 2, 8, 22, 37 - 39, 54
北魏 2, 38, 53, 54, 234

C

蔡顺 133, 134, 190
蔡邕 88, 89, 91, 96, 168, 170
曹褒 65, 95
曹操 2, 4, 8, 80, 109, 111, 113, 129, 158, 163, 169, 170, 172, 233
曹丕 1, 3, 13
曹魏 2, 8, 12
曹植 118
岑彭 79
长安 4, 16, 44, 62, 64, 123, 145, 161, 174, 200, 209
陈蕃 63, 64, 136, 139, 141, 164, 199, 204, 210, 219
陈郡 5, 10, 52
陈澧 40, 41
陈寔 61
陈寅恪 6, 77, 81, 109
陈元 62, 65
程千帆 224, 229
传眼 123, 124, 163, 164, 181
春秋谷梁传集解 25, 32, 59

D

达性论 18

带叙法 186-189，191
戴封 100，133
戴颙 11
党锢列传 88，94，96，100，108，116，119，215，229
邓太后 68，79，195，216
邓训 138
邓禹 60，62，97，124，156，159，216，218
第五伦 95，170，184
东观汉记 76，87-104，106，107，109，113，116，117，211
东汉 1，12，14，15，25，30，57-69，71-73，75，76，78，88，89，91，94-98，101-107，109，110，114，116-120，132，137，144，145，150，153，159，160，162，172，178，179，181，186，188，199，201，205，214，217，222
东晋 1，2，5，6，8，10，11，13，20，23，24，26，27，31-36，38，43，46，51，104
董宣 162，208，209
董卓 96，100，101，105，130，137，145，147，158，163，172，173，200
窦融 62，84，136，177-180，216，234
窦太后 105，135
窦武 78，100，101，105，136，163，218，222，223
窦宪 74，143，160，214，217，221，229，234
独行列传 88，94，95，100，102，118，119，220
杜根 195
杜诗 95，208，209
度尚 93，99，202

F

法净尼 18
范蔼 52
范广 21
范广渊 27，39，45
范晷 20-22
范坚 24
范凯 25
范隆 21
范宁 18，22-28，31，32，35，56，57
范滂 100，149，150，215
范邵 25
范式 152
范书 41，84，87，88，91-99，102-104，107-111，113，115，118，121，142，193，212，231，232
范泰 3，17，18，24，25，27-29，32，33，35，45，51，56，57，77，82
范汪 16，18，22-29，31，32，

索　引

57，83

范晏　27，29

范晔　1，3-5，7-11，14，16-21，24，25，27-43，45-92，96，97，99，101-111，113-121，125，137，142-150，153，160，163，186，188，189，192，193，198，211-220，223-237

范雍　25

范云　28，29，32

范缜　19，24，28-32，43，77，81，82

方术列传　72，80，88，94，101，102，108-111，113，114，119

淝水　2，5

风俗通　109-111

冯异　62，124，197，198，200

傅维森　40，41

G

干宝　21，111，114，213

高士传　115，116

高似孙　216

葛洪　113

耿秉　154，155，160，185

耿纯　197，201

耿恭　160，185，186，218

耿弇　62，72，160，163，203

公孙述　60，124，131，137，159，181，199，201，204，213

顾炎武　63，89，170

瓜步山　3

关中　4，6，44，60，124，137，155，159，221

管宁　116

光武帝　62，63，68-71，75，94，124，155，177，200，202

光武中兴　14，62

郭太　116，170，198，216

H

汉纪　87，211

汉晋阳秋　87

汉书　58，86，104，106，109，117，118，120，121，141，146，155，157-159，161，163，189，192，211，212，224，231，233，236

何承天　11，13，17，18，42，82

何尚之　11，15，17，18，29，40，43，47-49，51，82

和熹邓后　91，194

侯康　117

侯览　101，144，145，162

后汉纪　58，87，90，98，107，142，188，189，211，213，214，229

后汉南记　87

后汉书　3，10，12，14，20，21，25，36-42，46，57-60，68，72，75，76，79，81，83，86-

92，96 - 99，101 - 104，106，107，109，111 - 116，120 - 123，125，127 - 134，136 - 140，142 - 148，150，151，153，155 - 161，163 - 171，173，174，177，180，182 - 184，186 - 200，202 - 206，208，210 - 214，216，217，219，220，222 - 226，228 - 236

后汉书补注　119

后汉书集解　80，81，85，109，140，142，209，231

后汉书考索　87

后汉书知意　65，81，84

后汉书注补　117

胡广　37，95，136，139 - 142，146，158，171，219，234

华峤　88，103，104，106 - 109

华阳国志　113，114，117

画品　11

桓帝　64，67，85，93 - 95，99 - 101，105，113，127，135，136，139，141，142，149，194，200

桓谭　52，65，75，76，177，206，207

桓温　2，5，6，10，22，24，26，75

桓玄　5，27，34

宦官　15，68，78，127，136 - 140，142 - 146，148，150，162，163，172，173，179，180，203，204，209，218，221 - 223，229

宦者　68，161，162，221 - 223，228

宦者列传　88，94，100，102，118，119

皇甫谧　87，115，116，118，128

皇后纪　63，79，88，92，95，104，106，107，119，209，220

黄宪　23，57，84，93，99，116，139，140

会稽公主　46，49 - 51

惠栋　85，119

慧琳　17，18，49

慧远　16 - 18，24

J

嵇康　38，116，233

集中法　122

纪传体　88，89，91，120，121，157，174，213，230

祭肜　169，197，219

祭遵　62，168

贾逵　52，65，75，85

建康　2，4，5，16，34，38

江革　107，127

江州　10，22，44，52，77

金毓黻　13

晋纪总论　21，213

晋书　2，21，22，24 - 26，74，96，98，114，115

晋宋之际　7，9，16，81
晋元帝　5
京口　3
经学　13－15，21，23，24，29，31，32，56，57，63，64，66，67，120，126，210，211，224
荆州　5，6，22，35，36，44，46，126

K

孔融　96，165，171，172，234
孔熙先　4，37，40－43，50－52，54，77，78
孔休先　42，50，54
寇恂　62，154，155，159

L

来歙　84，148，149
琅琊　2，5，7，77，176
乐羊子妻　118
雷次宗　18
类叙法　189－191
李慈铭　2，40，41，91，148，215，216，219，220
李固　37，63，64，97，136，138，141，142，158，171，173，180，219
李景星　68，115，137，139，148，155，167，169，174－176，220，223

李贤　76，203，234
李膺　94，96，100，101，136，138，139，144，165，198，210，215
李渔　157
莲社　17
梁鸿　63，101，116，130，198
梁冀　136，138，142－144，146，173，174，180，200，218，219，221－223
梁启超　12，121
列女传　63，87，88，94，101，102，108，113，115，117－119，128，220
列士传　115
临川王　9

M

马皇后　63，106，126
马融　89，130，173
马武　71，72，201
马援　74，137，180－183，199，201，216，234
门第　7，13，82－85
门阀　5，6，13，44，160
祢衡　100，129
明帝　4，62，68－71，94，95，99，104，105，126，169，183，204，221
明帝马皇后　62，63，106

N

南朝　1-7, 9, 12, 14, 18, 21, 27, 31, 33-35, 74, 75, 82, 146, 233

南史　9, 10, 21, 40, 42

南阳　20-25, 27, 28, 31, 34, 35, 83-85, 102, 110, 136, 187-189, 203, 208, 210

廿二史考异　9, 91, 109

廿二史札记　105, 186

P

裴松之　13, 86, 202

彭城王　18, 35, 36, 39, 44, 45, 47, 50

浦安迪　120, 121

Q

棋品　23

牵连法　157, 159-161

前秦　2, 5

钱大昕　9, 90, 91, 109

羌　73, 74, 124, 138, 150, 151, 160, 176, 182, 185, 199

桥玄　61, 93, 94, 99, 111, 169, 232

谯郡　3, 5, 20, 22

谯周　56, 96-98

清谈　10, 11, 13-15, 21, 22, 24, 27, 66, 74, 192

S

三国志　13, 86, 88, 108, 109, 111, 116, 118, 147, 156, 161, 192, 195, 196, 204, 208, 211, 212

三史　90, 97, 150, 153, 212

山水　7, 9, 226

邵晋涵　60

神灭论　29-31

神仙传　113

沈演之　17, 40, 42, 46-49

声律　236

十七史商榷　40, 77, 127, 142

史传　12, 20, 24, 29, 33, 41, 42, 114, 115, 121, 125, 131, 146, 157, 163, 166, 174, 186, 191, 192, 194, 208, 211, 213, 217, 224, 230, 231, 233

史记　56, 57, 59, 63, 86, 90, 104, 106, 109, 118, 120-122, 125, 127, 128, 140, 146, 148, 150, 153, 155, 157-159, 163-165, 167, 168, 170, 171, 186, 187, 189, 192, 195, 198, 202, 203, 205, 206, 211-213, 220, 224, 230, 231

史通　80，81，104，192，224，236
史学馆　13
世说新语　9，15，192，194
世祖　9，201
书品　11
疏勒　175，184，185，218
顺阳　35
司马彪　87，92，96-98，101-103，109，117，233，235，237
司马迁　56-59，89，109，114，115，122，163，167，189，192
宋弘　124
宋书　3，4，6，8，9，11，18，30，33，36-38，40-42，50，86，88，186，187，189
宋文帝　1-4，6-11，13，15，16，33，35，36，41-54，82，92
宋武帝　1，3，10，27，35，36，43，45
搜神记　81，88，108，111，113，114，156
苏章　85，94，129，189
孙绰　16，24
孙盛　87

T

太武帝　3，38，53
太原　22，23，34，83，166，193
檀道济　4，6，8，37，38，43，46，47，51，53
陶渊明　7，9，233
天师道　77，81
图谶　15，65，66，75-78，80，200
拓跋焘　12，38，53

W

外戚　15，28，66，68，104，105，136，137，140，143，144，146，162，172，179，180，194
汪荣祖　20，59，60，192
王霸　101，115，116，193
王忱　23，26，28
王导　4，5，10，16
王敦　5，6，34
王符　67，93，99，101，134，135
王弘　6，7，17，36，37，44，45
王华　6
王鸣盛　40，127，141，142，219，223
王融　10，234
王僧虔　11，54，121，150
王沈　86
王坦之　22，23，83
王羲之　11
王先谦　62，80，87，88，103，109，231
王衍　5，10，21，74，75

王隐　104

韦昭　86

蔚宗　40 – 42, 60, 77, 80, 81, 86, 98, 103, 117, 141, 142, 148, 193, 215, 216, 223

魏　3, 4, 6, 12, 14, 70, 86, 87, 96, 224

魏纪　87

魏晋　2, 4, 5, 8, 12 – 15, 20, 21, 25, 28, 31, 34, 82, 90, 114, 142, 153, 160, 191, 192, 195, 213, 217, 224, 233

魏略　86

魏氏春秋　87

魏书　86

魏文　15

魏武　15, 222, 223

温序　149

文帝　3, 4, 6, 7, 9 – 11, 16 – 18, 27, 34, 36, 38, 39, 42, 44, 46, 48 – 50, 52, 54, 69, 82, 85, 172, 221, 222

文心雕龙　230

文苑列传　88, 118, 119

无神论　30, 31, 43, 81, 82

吴汉　97, 159, 188, 197, 202, 234

吴书　86

武帝　2, 3, 7, 9, 16, 26, 46, 85, 222

X

西晋　1, 2, 5, 14, 20, 21, 31, 75

西羌　73, 131, 173, 176, 182, 220

西域　2, 16, 71, 73, 81, 124, 144, 168, 175, 176, 198, 215

习凿齿　87

徙戎　74, 217

细事法　125

夏　4

向栩　132

萧思话　11, 12, 17, 50 – 52, 54

萧统　224

谢安　7, 9, 10

谢承　96 – 99, 101, 103, 116, 117

谢晦　6, 7, 11, 38, 44

谢混　2, 6

谢灵运　6 – 9, 11, 17, 38, 233

谢沈　87

谢玄　6, 7

谢约　52

谢庄　10, 234

谢综　11, 37, 38, 40 – 42, 51, 52

新野　21, 22, 35, 84

匈奴　2, 68, 71, 72, 74, 85, 143, 160, 169, 175, 184 – 187, 189, 214, 217, 229,

230，234
徐羡之　11，38，44
徐稚　63，93，99，116，139
许劭　94，100，116，138
续汉书　87，92，101，233-236
玄学　7，15，21，23，24，26，32，48
薛莹　182，216
荀悦　58，59，100，211

Y

严光　63，101，116
颜延之　9，10，17，226，233
扬州　6，39，44，50，132
杨秉　160，171，233
杨震　79，125-127，152，160，179，180，210，232，233
义隆　44
逸民列传　88，95，101，102，115，116，119，174，227
逸士传　116
阴澹　87
应奉　133
英雄记　147
颍川　2，5，20，22，80，122，124，125，139，154，161，207
永嘉南渡　5
鱼豢　86
庾炳之　17，40，46-49
袁安　70，73，115，160
袁宏　24，58，87，107，188，211，213-215，229，237
袁山松　87，91，103，216
袁绍　97，100，137，138，147，158，172，200，214，222，223
袁术　94，96，100，171

Z

臧宫　71，72，159
臧质　50-55
张璠　87
张奋　65
张衡　76，77，89，93，100，101
张让　101，138，146，148，162
张莹　87
章帝　62，63，65，68，70，90，94，100，104，126，209，234
章怀太子　104
章学诚　56，117，119，142，174，183，212
章宗源　103
赵翼　6，7，62，63，75，83，86，91，104，105，108，186-189，191，213，231，232
郑兴　52，62，65，75，207
郑玄　13，25，57，94，99，101，116，168
中兴　2，71
朱东润　3，63，68，72，87，90，205
竺道生　16
卓茂　57，59，63，70，164，

232，234　　　　　　　左传　75，90，195，211
宗炳　7，11，17　　　　　左慈　80，81，109，111－113